李然◎主编

传奇

诸葛亮

广东旅游出版社
GUANGDONG TRAVEL & TOURISM PRESS
读书乐·悦旅行·品享人生

中国·广州

图书在版编目（CIP）数据

诸葛亮传奇 / 李然主编. — 广州：广东旅游出版社，2017.10
（2024.8重印）
 ISBN 978-7-5570-1096-6

Ⅰ.①诸… Ⅱ.①李… Ⅲ.①传记小说－中国－当代 Ⅳ.①I247.5

中国版本图书馆CIP数据核字（2017）第219203号

....

诸葛亮传奇
ZHU GE LIANG CHUAN QI

出 版 人	刘志松
责任编辑	李　丽
责任技编	冼志良
责任校对	李瑞苑

广东旅游出版社出版发行

地　　址	广东省广州市荔湾区沙面北街71号首、二层
邮　　编	510130
电　　话	020-87347732（总编室） 020-87348887（销售热线）
投稿邮箱	2026542779@qq.com
印　　刷	三河市腾飞印务有限公司
	（地址：三河市黄土庄镇小石庄村）
开　　本	710毫米×1000毫米 1/16
印　　张	17.5
字　　数	236千
版　　次	2017年10月第1版
印　　次	2024年8月第3次印刷
定　　价	75.00元

....

序　言

东汉末年，天下大乱，群雄并起，国家陷入了分裂割据局面。一介布衣刘备，自称是汉室血缘，中山靖王刘胜之后，流离失所，戎马终身，最后在诸葛亮的全力辅佐之下，才建立了蜀汉政权，形成三国鼎立的局面。

本书就是通过章回体的形式，用写实的手法，再现了那一段猛将谋士辈出的历史，着重回顾了诸葛亮幼年丧父，同叔父到南阳躬耕，与刘备隆中对后追随刘备，为刘备奠定了三分天下有其一的基础，在蜀汉开国后，对内抚百姓、示仪轨、约官职、从权制、开诚心、布公道，对外联吴抗魏，为实现光复大汉的政治理想，数次北伐，但因缺乏良将而失败，最后病逝于五丈原那一段可歌可泣、荡气回肠的历史。

诸葛亮是中国历史上杰出的政治家，被称誉为集忠、义、智、勇于一身，是中国历史上智慧神的化身。后人对诸葛亮评价颇高，"鞠躬尽瘁、死而后已"是他的人生写照，成为无数仁人志士的座右铭。

诸葛亮的忠诚，备受后世推崇。在刘备托孤后，诸葛亮对后主刘禅尽心尽力，凡事亲力亲为，忧国忘家，于《出师表》中表明心迹，直至最后自己食少事烦，病死军中。在割据政权中，诸葛亮总揽朝政十余年，既不敛财，也不营谋私利或名位，以兴复汉室为任。另一位托孤重臣李严（蜀汉）曾写信给诸葛亮，希望他受赐九锡，但是诸葛亮拒绝，表示不能为汉室收复中原就不算有功。

诸葛亮曾上表指出自己没有多余财产，只有八百株桑树和十五顷土地，而自己穿的都是朝廷赐封，就算儿子都是自给自足，自己没有一点多余的财产。果然，诸葛亮直至死时也是如此，甚至在临死前，也吩咐了他下葬时只需要挖洞一个，棺木能够放进去便足够，自己则穿着平常的服装即可，不须其他陪葬物。诸葛亮死后三十年，他的长子诸葛瞻和长孙诸葛尚一起在蜀汉保卫战中战死沙场。

诸葛亮在政治上有更为突出的成绩，除了在《隆中对》中提出了刘备政权长期战略外交规划外，早期还经常为刘备足食足兵。等到他开始独掌蜀汉军政大权以后，则以法为根本，到后来在朝内作八务、七戒、六恐及五惧训诫各臣，而朝外亦民风朴实，赏罚分明，突出法制的作用，在中国古代极为罕见。

翻开本书，让我们一起回到那个风云变幻的三国时期，领略那位"功盖三分国，名成八阵图"的千古丞相的卓越风姿，感悟人世间的沧桑变幻。那是一段传奇，更是一个很难逾越的传说。

目　录

引子　诸葛亮生平简介

引子：诸葛亮生平简介

拨开历史的迷雾，重新审视诸葛亮其人和他那运筹帷幄的智慧。

诸葛亮（181年—234年10月8日），字孔明，号卧龙（也作伏龙），汉族，滁州琅琊阳都（今山东临沂市沂南县）人，隐居湖北襄阳，三国时期蜀汉丞相，杰出的政治家、军事家、外交家、散文家、书法家、发明家、文学家。

青年时耕读于南阳郡，地方上称其卧龙、伏龙。后受刘备三顾茅庐邀请出仕，对促成孙刘联盟和建立蜀汉政权起到了决定性的作用。刘备死后，诸葛亮受封爵位武乡侯，辅佐刘禅，成为蜀汉政治、军事上的实际领导者。先后五次率军北伐曹魏，在第五次北伐时病逝于五丈原，追谥为忠武侯。后世常尊称诸葛亮为武侯、诸葛武侯。诸葛亮一生"鞠躬尽瘁、死而后已"，是中国传统文化里忠臣与智者之代表。

诸葛亮散文代表作有《出师表》《诫子书》等。曾发明木牛流马、孔明灯等，并改造连弩，叫做诸葛连弩，可一弩十矢俱发。

第01章
天下风云起　卧龙居隆中

　　东汉王朝后半段的百年间，朝廷里外戚和宦官急着夺权，地方豪族则忙着兼并土地及累积财富。贫富悬殊严重，破产的农民流浪四方，被饥馑及穷困追着四处跑。在以农立国的中国古代社会，农民失去田地，流离失所，势必成为导致社会动荡的不利因素。

　　顺帝以后的二十年间，无法生存而流亡各地的贫民，不得不揭竿起义，争取最起码的生存空间。但传统的史书，例如《后汉书》及《资治通鉴》等，大多以"妖贼"或"盗贼"称之，其实是非常不公平的。

　　刘备的宿敌曹操，在平定兖州后，曾将三十余万黄巾军收编为"青州军"，可以说是第一个以同情立场面对农民起义的政治领袖。

　　这些农民起义的领导者，大多带有浓厚的宗教色彩，他们分别被称为"无上将军""黄帝"或"黑帝"，组织庞大而松懈，全靠宗教力量结合。

　　在这一系列的起义事件中，以灵帝中平元年（公元184年）的黄巾起义规模最

大，影响也最深。

黄巾党人的领袖是巨鹿人（河北省南部）张角，是位非常有名的民间密医，以神秘的宗教医术医疗患病的农民。

张角的治疗法，是让患者先进行自我罪行告解，再以符咒浸入饮之。先不问其效果如何，至少可以看出张角的治病是宗教性大于医疗性的。

这样的治病法，即使在21世纪初的今天仍到处流行着。在医学不发达的当时，影响力自然更大了。

张角的弟子遍布全国各地，都擅长这种神水医疗术，由于碰到苦难当头的年代，信仰者急速膨胀，总称为"太平道"。

用张角自己的说法，他曾在深山中，得到仙人传授的《太平清领书》，嘱咐他推展太平道以救世。

在数十年间，以青州（现山东省）为中心，遍布冀、徐、荆、扬、兖、豫等州，张角拥有数十万信徒，盘踞在十三州中的三分之二江山。

到了光和年间，太平道的影响力，已不止于下阶层的农民，不少地主、富豪，甚至于官僚也趋之若鹜。

依《后汉书》记载，执宦官主流派牛耳的太常侍张让，便与张角有相当密切的来往。

眼见太平道急速发展，朝廷有志之士自然产生了危机意识。清流派的杨赐，首先上书主张一方面招抚流民，给予土地耕种，以安定其生活，一方面搜捕太平道在各地的领袖，以削弱其组织力量。刘陶、乐松、袁贵等也联名上书灵帝，主张逮捕张角，以免事件继续扩大。

由于亲太平道的宦官一再阻止，灵帝在软硬政策间举棋不定，终于消息外泄，反而使张角加速强化其组织。

不久，张角便将全国信徒分为三十六"方"，大"方"编组万余人，小"方"也有六七千人，每方均由直属子弟统领指挥。张角自称"天公将军"，并封其弟张宝为"地公将军"，张梁为"人公将军"，共同统率着三十六万人马。

灵帝中平元年，张角向信徒宣布："苍天已死，黄天当立，岁在甲子，天下大吉。"当年正好是甲子年，是六十年干支岁月的重新开始。张角决定在当年三月五日，发动各地的三十六万信徒同时起义。

依照华夏传说的五行思想，金、木、水、火、土的循环理论，汉王朝属火德，克火者土，因此代替汉王朝者应属土德。黄土高原和黄土平原的土都是黄色的，所以太平道信徒均以黄色头巾为标志，这也是黄巾党人的由来。

负责攻打洛阳的大方首领马元义，行动不够谨慎，二月便事泄被捕，同行的信徒有数千人遇害。灵帝到此才恍然大悟，发出逮捕张角的通缉令。

迫不得已，张角会同两位弟弟，提早一个月起义。虽然准备不足，但仍有七州二十八郡响应，头裹黄色头巾的党人，攻击官府，占领田园，不少郡县官吏闻风而逃，《后汉书·皇甫嵩传》记载："旬日之间，天下响应，京师震动。"

黄巾党人的主要战场，在洛阳附近的颍川地区，北起冀州西南区，南至南阳一带。

朝廷以何皇后之兄何进为河南尹，负责攻防总指挥，实际负责作战的是司隶军区中最精锐的师团，分别由左中郎将皇甫嵩、右中郎将朱俊、北中郎将卢植率领。

在《三国演义》中，第一章回便是刘备在涿郡募集民团，响应政府号召，共同对抗黄巾军的情节。刘备在此认识关羽和张飞，留下了"桃园三结义"的千古美谈。

起义初期，黄巾军声势浩大，张角和卢植大战于冀州，卢植大军寡不敌众，被迫向南撤退。防守在颍川附近的朱俊大军亦遭击退，南阳太守甚至在会战中阵亡。

为了保护京城洛阳，皇甫嵩将主力部队布防在颍川附近。张角以数万兵马层层包围，皇甫嵩亲往前线视察，他看到黄巾军均以茅草结营，乃趁夜色掩护，以火攻战术突击，张角大军大乱，布防在颍川南岸的朱俊大军也趁机反攻，洛阳方面前来救援的典军校尉曹操，率领骑兵部队及时赶到，三方面夹击下，黄巾军大败，死伤高达数万人，这也是朝廷部队第一次成功阻挡黄巾军攻击的正式记录。

灵帝中平元年八月，张角病死；十月，人公将军张梁的大军在颍川附近中了皇甫嵩的埋伏，死伤三万余人，张梁本人也在溃败中遭到击杀；十一月，地公将军张宝也战死在南阳会战中，黄巾军的主力部队，到此被完全歼灭。

但散居各地的黄巾军仍遥相呼应。并州的白波军、冀州的黑山军、益州和青州的黄巾军，声势浩大，均让各地方政府头痛不已。

皇甫嵩等虽在洛阳附近获得了绝对胜利，但在数度大规模会战后，主力部队也遭到了重创，根本无力再协助各地方政府镇压。朝廷为了巩固地方秩序，镇压人民，也不得不强化北方首长的行政权及军事权。

公元 188 年 3 月，朝廷接受江夏太守刘焉建议，扩大部分严重动乱地区刺史的权限，并改称"牧"。

刘焉为益州牧，黄琬为豫州牧，刘虞为幽州牧。《资治通鉴》记载："州任之重，自此而始。"

这些地方州牧，权限逐步扩大，渐渐形成一股独立的力量，朝廷也慢慢失去了指挥权和控制力，终于酿成了汉末群雄割据的局面，东汉王朝也步入名存实亡的境地了。

黄巾军起义的那个甲子年二月，诸葛亮正好满四岁。

诸葛亮的父亲诸葛珪，当时出任泰山郡郡丞，泰山郡中的泰山是华夏自古以来有名的灵山，诸葛亮便在这附近度过了他最早期的童年。

诸葛亮本籍在琅琊郡，当时称为阳都县，约在今山东省临沂和沂南县之间，同

属于山东省的西北区。司马迁在《货殖列传》中记载：

> 泰山之南有鲁国，北方则有齐国，濒山临海间有块相当肥沃的平原，可产桑树和麻类植物，麻、绢等织制品便成了这里的名产。主要的大城市临淄位于渤海及泰山间，这里的人一向思虑较深，并且好作议论，行事从不轻举妄动，这些人个别能力都很强，但集体作战力则偏弱，是典型的工商社会，国家的经济力旺盛而活跃，住民大约可分成士、农、工商、工、坐商等五种职业。

思虑周密，绝不轻举妄动的性格，相当明显地可以在诸葛亮身上体现。

从姜太公在齐地建国以来，这里一向便是南北贸易中心，经济力量旺盛，因此文明程度也比其他地方高，东汉到六朝时期，有不少名人皆出于此。

另一个特色是齐国的兵学思想。齐军一向以怯战出名，因此更用心于研究战争的技巧和方法。姜太公的兵法学是战争的原则，也是战争策略。一代兵学宗师孙武，也是齐国人，《孙子兵法》中的准备和应变功夫，相信和齐国传统的处世哲学有关。《鬼谷子兵法》，也是以齐国为其发源地，孙膑、庞涓，甚至于苏秦、张仪都是在这里学成的。除了在襄阳地区居住时，和当地的名士学者切磋研习外，诸葛亮的思想、言行及人生观，显然也是和齐国传统的文化有关。

韦昭写的《吴书》中记载，诸葛亮的先祖原姓葛氏，居住在琅琊郡诸县，当时他们整族人不知在什么原因下，迁往阳都县。由于阳都县里也住有很多葛氏人家，为了有所区别，乃将诸县迁移过来的葛氏，称之为诸葛氏。

诸葛亮的祖父诸葛丰曾任东汉王朝的司隶校尉（京城警备总监），他是位尽职负责的官员，个性刚强正直，执起法来，对任何权势都毫不在意。

官位高居侍中的外戚许章，平常假借皇威为非作歹，诸葛丰下令逮捕，许章逃往禁宫，要求皇帝保护。诸葛丰也曾正式上文弹劾许章，并要求严厉处分，以免伤害皇权。虽然皇帝有意调节两人的争执，但诸葛丰义正词严，皇帝不得已，只得处分许章。然不久，诸葛丰便被免除司隶校尉之职务，并被废为庶人。诸葛丰这种高风亮节、执法严正的个性，显然也遗传在了诸葛亮的身上。

诸葛亮之父诸葛珪，其妻章氏，两人共育有四位子女，诸葛亮排行老三，长兄诸葛瑾，弟弟诸葛均，另有姐姐一人。诸葛亮九岁时母亲章氏去世，为了照顾年幼的子女，父亲另娶了后母，但三年后父亲也去世了。丧失双亲的诸葛兄弟，由于后母无力扶养他们，全靠叔父诸葛玄接济。长兄诸葛瑾大诸葛亮七岁，曾在洛阳太学府游学，专攻《毛诗》《尚书》《左传》《春秋》，成绩优异。母亲去世时，他为了服丧及照顾弟妹，毅然放弃学业，返回家乡。

琅琊郡属徐州，黄巾军起义初期，这里也备受干扰，但当朝廷派来武夫出身的陶谦为徐州刺史后，形势总算平息了下来。其后的董卓之乱，关东诸侯勤王起兵的战争，徐州在陶谦力保中立的政策下，总算未受波及。所以当洛阳一带陷入战乱时，不少人"流移东出，多依徐土"。但就在汉献帝初平四年（公元 193 年）起，雄踞兖州的曹操，其父曹嵩在徐州意外被害，曹操乃兴兵攻打徐州，陶谦虽奋勇抵抗，但整个徐州立刻陷入兵荒马乱中，位于徐州北部的琅琊郡也遭到波及。有些地方甚至"鸡犬亦尽，墟邑无复行人"。负责一家安危的诸葛玄，不得不设法离开家乡，暂避战乱。

隔年，诸葛亮十四岁的时候，诸葛玄被袁术任命为豫章郡太守（今江西南昌附近）。诸葛玄带着年幼的诸葛亮姊弟们前往赴任，并借以暂避祸乱。但年纪已二十一岁的诸葛瑾必须担负重建家庭的责任，因此他决定另找生路，以免寄人篱下，几经思索后，和继母远赴江东。一家人从此离散，各奔东西。

从徐州北部经由豫州南下到豫章的路途上，这几年的兵荒马乱最为严重，曹操及陶谦间数度恶战、不少农民叛变都发生在这地方。青少年期的诸葛亮亲眼目睹战争对社会所带来的恶果，土地荒废，人民妻离子散，善良百姓被迫拿起刀剑铤而走险。这种悲惨情境，对诸葛亮的人生观想必有着深远的影响。

更不幸的是，诸葛玄到任后不久，东汉朝廷又派朱皓为豫章太守，使豫章太守的位置闹了双胞。不过朱皓上任的时候，由扬州刺史刘镖处借得大批军队，直接向"非正牌"的诸葛玄施压。诸葛玄方面，袁术虽然声势浩大，但正和曹操准备交战中，自顾不暇，根本无法给诸葛玄任何实质的帮助。何况自己非朝廷命官，名不正言不顺，势单力薄，自然无力抵挡，为了顾全面子及家人安全，只得匆匆撤离。

家乡是不可能回去了，诸葛玄只好将诸葛亮一家带到荆州的襄阳城，去依靠老朋友荆州刺史刘表了。荆州刺史刘表早年也名列"八俊"之一，声望崇高，是清流派在官场中的主要领袖之一。他不赞成卷入不必要的争执中，所以一向闭关自守，既未参加董卓和反董卓联盟间的战争，对袁绍、袁术兄弟间的明争暗斗，也保持中立，所以荆州内部还算安稳，不太受汉末战乱的影响，而且文风鼎盛，是个相当不错的"避风港"。

由山东到江西，再由江西到湖北，辗转千里之远，光是逆着长江到荆州，就要有十几天的舟楫颠簸之苦，对年轻的诸葛亮而言，倒也增长了不少见识，流离之间，也更感受到家园及和平的重要性。

虽然刘表很高兴、也颇热诚地接待了诸葛玄，但丢掉了官职的他，只得委屈在刘表府里当幕僚，过着寄人篱下的生活。对于一个高傲又有原则的文人，这种打击几乎比生活上的困苦还要大，因此一年后，诸葛玄便忧郁成疾，一病不起了。幸好刘表仍顾念旧情，承担起诸葛亮一家的物质生活，诸葛玄在这一年内结交的一些文人名士，给了这个丧失大家长的家庭不少精神上的鼓励及支持。

由于刘表的关系，诸葛亮的姐姐嫁给了荆襄名门庞德公的侄儿庞山民，总算了却一桩心愿。十六岁的诸葛亮决定带着弟弟独立生活，不再接受荆州襄阳府的"人道援助"。他将叔父仅有的些微财产变卖，直接去晋见刘表，表明自力更生的意愿。刘表非常高兴，便帮助他们以极少的代价，在襄阳城西二十多里一个叫做隆中的地方，将这两个年轻的兄弟安顿下来，两个人自行耕种，这年正是汉献帝建安二年（公元197年），"流浪两兄弟"找到了他们的第二故乡，开始了半耕半读的隐居生涯。

第 02 章
枭雄曹操起　诸葛忙苦读

　　第二次党锢之祸和黄巾起义，把摇摇欲坠的东汉王朝政权逼迫到灭亡边缘。中平六年（公元189年），正值壮年的东汉灵帝突发急病，在永安宫去世。十四岁的少帝继位，清流派党人结合外戚领袖大将军何进（何太后之兄），企图铲除宦官，却在一连串的错误下，引发了两派人马在洛阳宫城内的火并事件，整个皇宫陷入一片火海及屠杀的惨剧中。由于皇甫嵩有效地压制了外围大军的涉入，使洛阳城内以司隶校尉袁绍及典军校尉曹操为首的清流派军人占有绝对优势，宦官几乎被一网打尽。但最终的结果却是鹬蚌相争，渔翁得利。外藩中势力最大的西凉大军领袖董卓趁机领军攻入洛阳，迅速霸占了东汉王朝的政权，废除少帝，拥立傀儡献帝，使四百多年的大汉王朝到了名存实亡的地步。

　　雍州刺史董卓是州牧中最强悍凶猛的军头，他所率领的西凉大军（包括雍州、凉州的军队），由于需防御西北异族，所以作战力强大，军容之庞大仅次于司隶州的大军。但司隶派系多，不若西凉大军的容易整合，因此，董卓早就天不怕地不怕，大有僭越的态势。虽然有人将董卓之野心密告皇甫嵩，但连声望崇高、可以喊得动司隶州大军的皇甫嵩，对他也是无可奈何。

禁宫之变，董卓以强大军力，趁乱入主政权，并且废少帝，拥立献帝，自然引起各地方拥有军权州牧的眼红。在袁绍、袁术及曹操的鼓舞及煽动下，函谷关以东的州刺史及郡县太守，共同组成了反董卓联盟，虽然他们打出了勤王旗帜，其实已和洛阳正式决裂。这些人中包括现任渤海太守袁绍、袁绍的异母弟后将军袁术、河北太守王匡、陈留太守张邈、东郡太守桥瑁、山阳太守袁遗、济北相鲍信，豫州刺史孔仙、兖州刺史刘岱等。前骁骑校尉曹操弃职逃脱后，也组成私人军队，自称奋武将军，也参与了此一军事联盟。

反董卓联盟声势虽然庞大，可是各地方军各怀鬼胎，彼此又无从属关系，作战力有待考验，因此他们虽已在北、东、南三方向将司隶大军围住，然而除了曹操的私人大军及袁术部属长沙太守孙坚的部队曾和亲董卓的大军有接触战外，关东联军几乎只是雷声大雨点小地摆摆姿势而已。

不过董卓一见各州牧公开反叛，加上司隶军内的皇甫嵩、朱俊等对他的行为也表示相当的不满，内外压力下的心虚，使他做了一个严重错误的决策——弃守洛阳，将京城迁往长安。换句话说，他已主动放弃半壁江山了。

但反董卓联盟的大军并没有乘胜追击，反而为了争夺领地，引发了一系列的内斗。在对抗董卓时功劳最大的孙坚，甚至因而死在和荆州刺史刘表的争战下，也种下了日后东吴和荆襄间的世仇宿敌关系。

避居长安，享受"土皇帝"生活的董卓，却祸起萧墙，被最信任的司徒王允和义子吕布联合谋刺。但西凉大军余党则趁势攻入长安，杀害王允，逼走吕布，使东汉王朝的末代皇帝——汉献帝也陷入了颠沛流离中。

合法性的公共权力正式消失，割据一方的军头们早忘了当年"勤王"的口号。反而公然大欺小、强凌弱地征伐起来，特别是两大势力的袁绍以及袁术兄弟，争得特别凶。

汉献帝改元建安（公元196年）以前，各州郡军相互兼并的结果，中华由北到南，分裂成十数个大小军区，其中较为重要的军事领袖如下：

公孙度，占据辽东（今辽宁西部）

刘虞、公孙瓒先后占据幽州（今河北省北部）

袁绍，占据冀州、青州、并州（今河北省中南部、山东东北部和山西省）

曹操，占据兖州（今山东西南部，河南东部）

袁术，占据扬州一部分（今淮河下游，长江下游以北地区）

张绣，占据南阳（河南省西南部）

陶谦、刘备、吕布，先后占据徐州（今江苏省北部和山东省东南部）

孙策，占据江东（今长江下游以南地区）

刘表，占据荆州（今湖北、湖南省）

刘焉，占据益州（今四川、贵州和云南地区）

张鲁，占据汉中（今陕西南部）

董卓、李健、郭汜先后占据司隶军区（今陕西省中东部、河南省西部）

马腾、韩遂占据凉州（今甘肃、宁夏、青海的北部地区）。

为了争夺土地、人民及财物，相互间的争战几乎是永无宁日。这些战争，逼得重土为农的人民，大量地死亡和流散，田园荒废，生产力更因而受到严重破坏。诚如建安七子之一的王粲在《七哀诗》中所描述"出门无所见，白骨蔽平原"的人间地狱般悲惨境界。

正是这个时候，一代枭雄曹操兴起了。曹操字孟德，沛国谯人（今安徽省亳县），他的祖父便是和帝以后的四代元老大宦官曹腾，因其在拥立桓帝的事件上建立了大功劳，在内宫中地位崇高。不过曹腾个性较温和谨慎，一向避免直接涉入争权行动，所以在汉末残酷的宫廷斗争中，曹腾的态度比较超然。

曹操的父亲曹嵩是曹腾的养子，原姓夏侯氏，出身贫苦家庭，虽个性善良、但嗜财如命，曾以一亿钱买到太尉的官职，因此在朝廷中地位虽高却不被尊重。

东汉王朝自从创办人光武帝以来，便非常重视"气节"和"士风"，加以"推举"又是主要的仕官管道，因此当代人注重"人物品鉴"，一个年轻人是否能引人注意，以得到发迹的机会，就在于他能否得到世所公认的名人赏识。

由于曹操个性上放荡不羁，《三国志》上记载："故世人未之奇也。"也就是说一般人根本不看好他。不过，在他十五岁的时候，却有两位重要的清流派"名士"，对曹操提出了令人惊异的赞赏。

南阳人何颙，是李膺和陈蕃的亲密战友，曾高居三公之一的司空位置，是当时清流派非常尊崇的人物。

何颙在第一次看到曹操时，便感慨地对其友人表示："汉皇室将濒临灭亡，能够安定天下的，就需像这个年轻人一样的人才啊！"

梁国人乔玄，曾平定羌人有功，官至太尉，他的子弟也有不少人高居朝廷要职。乔玄为人谦虚正直，为官清廉，几乎一辈子都是两袖清风，因此在当代拥有非常崇高的声望。

面对一个毫无知名度、又是自己政敌——宦官的后代、才十五岁的青少年，乔玄居然当面对曹操鼓励道："天下不久将陷入纷乱中，非命世之才不足以拨乱反正，此后能够帮助老百姓重过和平安乐生活的，必是像你这种人吧！"

汝南人许劭，是当时有名的专业人物鉴定家，他和堂兄许靖，每逢初一，都在乡里替前来拜访的人进行人物品评。由于许劭名气大，有不少人不远千里前去请求他品论，这便是当时非常有名的月旦评。

孙盛的《异同杂语》中，有如下的记载："曹操找到许劭，要求为自己作品鉴，许劭回答'你是治世之能臣，乱世之枭雄'，曹操听了大笑而去。"（《三国演义》作者罗贯中，便将此记载于其小说中。）

由这些记载，我们可以看出：年轻时期的曹操个性上已显示出很大的特色，他对时代的适应性极强，而且具有高度透视力，这可能跟他活泼好动，又勤于读书的个性有关。

许劭的品鉴主要便在预测曹操不但善于顺应体制，而且有能力应付和平时期的治理工作。在遭逢异常时局时，他也能抛弃传统规范的限制，以异常的手段去应付乱局。这样一个充满着前瞻能力、透视能力，而且又拥有无限热情及活力的年轻"政治人"，自然能受到有心人的青睐及期待了。

由于祖父及父亲的官方关系，曹操在二十岁时，便被选为孝廉，开始跨进仕宅的入门阶。他的第一个官职是北都尉，以一个初任官职者，这是个相当难得的职位。

初生之犊的曹操，凭着他个人的热情及勇气，根本不顾祖父的人情关系，新官上任三把火，强力推动他的革新计划。

首先，他处死了违法大宦官蹇硕的叔父，使特权阶级吓了一大跳，但限于曹操是站在彻底维护公共权力的合法立场上，特权们对他一时也无可奈何，只能把他东调西派的。一下中央，一下地方，最后调为不用执行公共权力的议郎。但曹操一点也不丧志，甚至以诗词写下他的政治理想——《对酒》及《度关山》两首诗歌，尤其后者更充分强调他一切为人民而非为官府的公共权力维护立场，他认为公共权力旨在造福人民，因此执政者应当厉行节俭，守法爱民。他强烈反对过分役使人民，为政目的在使民安乐，与民共享。为让读者对曹操有更真实的认识，特将重要部分节录如下：

> 天地间，人为贵。立君牧民，为之轨则。车辙马迹，经纬四极。黜陟幽明……黎庶繁息，嗟救后世，改制易律。劳民为君，役赋其力。舜漆食器，畔者十国，不及唐尧，采椽不斫，世叹伯夷，欲以厉俗，侈恶之大，俭为共德……

糟糕的是，时局日益恶化，引发宫廷事变，使得西凉军总指挥董卓趁机霸占朝廷，夺得东汉王室的政权。

由于曹操做事积极又清廉，声望极高，董卓有意借重他以提高新政府的威望，便任命曹操为骁骑校尉（京城骑兵司令官）。但曹操以董卓为人暴虐，有违自己政治理想，乃私自弃职潜逃，其间历尽艰难，险些被抓，幸得有心人相助，才能顺利返回故乡。

为了重振政治伦理，曹操散尽家财，并得到同乡之富商协助，募集了五千人，成为第一支高揭义旗、公开反对董卓的武装力量。

袁绍等关东联盟起义后，曹操加入了他们，但却成为唯一和董卓大军恶斗的两个部队之一（另一个是孙权的父亲孙坚的大军）。因此他对关东军非常失望，便将军队带回河内，重整旗鼓，等待机会。

就在这个时候，青州的黄巾军数十万攻入兖州征粮，镇守兖州的大军领袖刘岱、鲍信等先后战死，曹操获鲍信生前推荐，暂领兖州牧。由于曹操一向较同情民变，对黄巾军招抚多于围剿，恩威并行，反而很快地平息了这次事件。曹操反对盲目暴力，而以较开创性手法，将投降的三十万黄巾军有计划地编组，老弱妇孺遣返田间耕种，年壮的加以正规军事训练，组成"青州军"。从此曹操不但有了自己的地盘，更有了日后争霸的精锐部队。

兖州奠基后，曹操决定扩充自己的地盘，他的目标是东方的徐州，徐州刺史陶谦自然是全心备战。由于曹操的父亲曹嵩在徐州避难，陶谦根据传统武德，派部将张闿护送曹嵩出境。曹嵩搬家时带有庞大财物，张闿趁机劫夺，并杀害曹嵩及其幼子曹德。曹操闻讯大为悲痛，发誓血洗徐州为父亲报仇。陶谦虽拼命反抗，但显然不是对手，军事重地郯城被攻下时，曹操下令屠城，据说在泗水河边被杀的徐州军民，高达数万人，泗水为之不流。

幸而华北雄主公孙瓒，派遣平原县令刘备带军援助，加上曹操兖州本营内张邈勾结吕布造反，才逼使曹操不得不退军。但徐州经此战乱，人民流散，财物损失不可计数，陷入一片兵荒马乱中。诸葛亮一家人在叔父诸葛玄的带领下，远离家乡，先赴豫章，再转荆襄避难，便是因为此一事件。

从徐州退兵，重新稳定兖州后，曹操接受谋臣荀彧和程昱的建议，定下他一生最重要的决策：将被西凉大军逼得到处流浪的汉献帝迎接到许都安顿，这便是日后有名的"挟天子以令诸侯"的大政略。后世史学家大多认为这是曹操夺权争霸中最成功的一步棋，却很少提到其中不为人知的痛苦及风险。

奉戴天子，并将他引入境内，以独占此最高公共权力的象征。对一个军营领袖而言，是个非常冒险的策略，至少有可能演变成四面楚歌，成为众军营围剿的对象。一如当年的董卓。

在兵力数倍于曹操的袁绍阵营中，军师诅授便曾积极主张此一策略，以在声势上取得绝对优势。但元老重臣郭图及大将军淳于琼都强烈反对，他们认为奉戴天子，表面上固可取得绝对优势，但实际上也可能立刻成为众矢之的。况且天子在境内，任何行动，礼仪上都必须向他报告并取得认可，会破坏军事的机动性及保密性。当然，更为严重的是皇帝周遭的公卿大夫非常不好惹，待他们太客气，则奉戴天子根本毫无好处；态度太强硬，这些公卿心中必然不平衡，明争暗斗，势不可免，如同放一颗定时炸弹在身边一般。

事实上，曹操日后之所以被指为一代枭雄——他和公卿大夫长期的政治斗争，导致董国舅及伏皇后事件是主要的因素。

奉戴天子策略提出时，曹操阵营的参谋和将领们，几乎全部反对这个过分冒险的政策。但荀彧却坚决主张："如今天子正处于万般艰困中，将军既首倡义兵，理应奉戴天子，以从民愿，此大顺也……"

的确，若纯以割地自主的军阀立场，"奉戴天子"弊多于利；但如果以重建天下秩序，进而掌握国家大权的策略性角度观之，这是从政治伦理及政治利害上都不得不踏出的一步。因此，曹操力排众议，决定采用荀彧的建议，派遣将军曹洪将汉献帝由洛阳迎到许都。这或许便是曹操在政治思虑本质上，与袁绍等军阀最大不同的地方吧！

在军事上，曹操的才能一向最被肯定。

唐宋八大家之一的苏东坡曾表示："自古用兵者，莫如曹操，其破灭袁氏，最有巧思。"即使日后诸葛亮也公然称赞道："曹操用兵，仿佛孙吴（孙武和吴起）。"除了实际指挥作战外，曹操所著作的《魏武帝注孙子》一书，历经两千年，仍被军事学家公认是有史以来孙子兵学注释中最有创意的作品。

曹操一生几乎是马不停蹄地东征西讨，南战北伐。他不但勇于行动，更能以前瞻的眼光透视及规划整体战的策略。由于天生富于机智，因此很能够把兵学中的原理原则融入思虑中，应用自如，屡出奇兵。即使在最恶劣的条件和局势下，也常能反败为胜。终于使他成为汉末群雄中头号大赢家。

官渡之战是曹操一生事业的转折点。面对十倍兵力、战将如云的袁绍大军，曹操充分利用兵学上的天时及地利。在战略上，他先主动选择了自己领内的官渡地区作为决战地点，以彻底掌握地利之条件。接着他便进行各种引诱战术，逼使袁绍军队不得不向官渡地区进行集结，间接造成袁绍大军在粮秣补给上严重的不利。

布局完成后，曹操引诱袁绍大军中最庞大也最凶猛的颜良及文丑大军因抢功而渡过黄河，进入设计中的主战场。并在大规模决战前，以突击战术先行歼灭这两股可怕的大军，使袁绍阵营在一开始便陷入了不利的情势。

长达四个多月的持久战，不论袁绍如何挑衅，曹操均利用地形坚守。时值夏末秋初，华中地区粮食已收割完毕，曹军的仓储还算充足，但人数庞大的袁军，因必须依赖补给粮草，使得粮秣的补给反而成为严重弱点。曹操的持久战显然是针对此而设计的。

借由袁军降将许攸提供的消息，得知袁军粮秣储存于乌巢，曹操当机立断，亲自率领少数人马，闪电攻打乌巢，并以火攻完全烧毁袁军粮草。听到粮食被毁，庞大的袁绍大军大为惊乱，无心恋战，大军间发生内讧，导致大将领张郃等投奔曹操。袁绍不得不仓皇向北撤军，但在北渡黄河时，又被曹操以闪电战术追上，袁军准备不及，死伤高达七八万余，精锐部队丧失殆尽，袁绍在卫队的抵死保护下，仅以身免。

两年后，袁绍病逝，袁氏诸子内斗，曹操采取"等待战术"，让他们自相残杀，待实力完全削弱后，再轻而易举地分别攻灭了袁谭、袁熙及袁尚大军。从此，除了马腾、韩遂的西凉大军尚占领着关中外，曹操实际上已控制了黄河南北大半个中国了。

从官渡大战双方的布局时期开始，到袁氏势力被铲除的这段期间，诸葛亮正在荆襄城外二十里的隆中，过着晴耕雨读的生活。

隆中在沔水（汉水）南岸，由一个不很大的谷口进入，约在三四里的山路里，便是隆中村——一个山明水秀的山中小村。《三国志》记载，诸葛亮在此结草庐而居，并且亲自下田耕种（躬耕）。一个没有家产又缺乏关系的年轻人，一切都要靠自己，绝不像一般白面书生，过着养尊处优的生活。或许因这样的经历，诸葛亮善于动手制造工具，从小养成自力更生、富于创造力和想象力的个性。

正史的《三国志》，对年轻时候的诸葛亮，有如下的描述：

亮躬耕陇亩，好为梁父吟，身长八尺，每自比于管仲、乐毅，时人莫之许也，惟博陵崔州平，颍川徐庶元直，与亮友善，谓为信然。

古制八尺，即现在的一米七八到一米八零左右，换句话说，诸葛亮绝非坊间传言中"手无缚鸡之力"的文弱文人，相反地，早年的劳动生活，使诸葛亮长成雄壮威武的山东大汉。常自比管仲、乐毅这两位春秋战国名将，更可看出诸葛亮早年的志愿，是想做个立功于疆场上、富于谋略的武将。或许由于幼年历经战乱，使他对战争颇为关心，也因为这样，他年轻时便熟读兵书，对军事学有相当深入的研究。只是受环境的限制，使他从小没有"习武"的机会。从现有史料看来，诸葛亮似乎是位只能动脑，却无法亲手执武器作战的大将。在所有保存的记录中，也从未看到诸葛亮手执刀剑的画像。

少年的苦难生活，养成了诸葛亮早熟的个性，他严肃、谨慎而尊重礼节。思虑周密，对自己颇具自信，因而结交的人大都比自己年岁大很多。有资历的徐元直就比诸葛亮大上十五六岁，几乎已是上一辈的人了，崔州平、石广元、孟公威等据说比徐元直还年长。即使和当地名族庞德公家族的来往，诸葛亮也似乎比较常接触年龄至少比他大三十岁左右的庞德公，而对和他年龄相近、只大他三岁的庞统，交往上就少得多了。因此，同辈对诸葛亮了解不多，更少于来往，对诸葛亮自比于管仲、乐毅的说法，更是不服气的"莫之许也"。

不过，诸葛亮面对这些年长颇多的友人，却一点"自卑"感也没有，反而很自然又大方地和他们相处，经常共同讨论时事及未来的志向。裴松之注《三国志·诸葛亮传》，有这么一段记载：徐元直、崔州平、孟公威常和诸葛亮讨论学问，徐元直等三人做学问倾向"精熟"，亦即重在某些经典的专精研究，让自己有相当彻底的了解，再将其心得用于日常为人处世上。但年轻的诸葛亮却不同，他独观"大略"，也就是说他涉及较广，并着重在实务应用上，务求多方面的融会贯通，属于"通才"

式的学习。当然，这多少和诸葛亮过人的学习能力有关，他精通儒、法、道、杂等诸子经典，对天象、地理、土木工程、易经、兵法也有相当深入的研究，可以称得上是位相当"杂"的"杂家"。

不过，诸葛亮倒是相当具有"企图心"的，他绝非如《前出师表》上所言："苟全性命于乱世，不求闻达于诸侯"的"名士派"，相反，他对自己未来的仕途，期许颇高。

裴松之在注解中记载，有一天，诸葛亮对徐元直等表示："你们将来仕官，凭才干一定可以当上刺史或郡守的。"徐元直等反问道："那你呢?"诸葛亮则"笑而不言"。徐元直日后官至曹魏王朝的中郎将及御史中丞，孟公威则任梁州刺史，石广元也历任郡守，并累官至典农校尉。诸葛亮常自比管仲、乐毅，从其中也可看出诸葛亮的确胸怀大志，欲求做"一人之下，万人之上"的人臣极尊。裴松之称赞他是少有"逸群之才，真霸之器"，年纪轻轻已表现出他与众不同的一面。

东汉末年，颖川及汝南郡（均位于河南省）人才辈出，特别是清流派的大本营便在这一带，范滂、许汝出身汝南，李膺则是颖川的名流。曹操写给荀彧的书信中便提及"汝颖固多奇士"，请荀彧多加留意，以提拔人才。曹操重要的左右手荀彧及郭嘉便出身于颖川。

汉末，司隶州严重动乱，颖川人士纷纷往东或往南避难，特别是刘表统辖的荆州，由于一直采取闭关自守策略，避免卷入争战，更成了清流派党人的"最爱"。诸葛亮的忘年之交徐元直及石广元便都出身颖川，而孟公威则出身汝南。但影响诸葛亮一生最大的则是"水镜先生"司马徽。

司马徽字德操，是颖川地区非常有名的学者。战乱时，他本不愿远离家乡，但荆襄名士庞统，专程不远千里亲赴颖川拜访司马徽，力劝他避居荆州。最后在同乡后辈徐庶（元直）百折不挠的游说、特别是荆襄名士派领袖庞德公的正式邀请下，司马徽离开颖川，来到荆襄，并在庞德公家附近开设私塾，正式教授门徒。

司马徽特别喜欢诸葛亮，除了以相互切磋的方法尽传其所学外，还特别安排诸葛亮去拜见汝南宿老酆玖。据说酆玖深通韬略、诸子百家，尤其对兵法学有深入研究，颖汝名士皆以酆公尊称之。司马徽曾前往拜见深谈后，便以"如蠡测海"来形容酆玖深厚无比的才学。由于酆玖一直隐居汝南灵山，司马徽亲自带着诸葛亮，并透过其倾力推荐，才让年轻的诸葛亮能向酆玖学习。据说诸葛亮在酆玖处前后一年半，特别在"兵法学"和"道学"上，得到不少酆玖的真传。

司马徽一向以善于观人而闻名，因此有"水镜先生"之称，只要得到他欣赏的，必定可立刻成为荆襄地区文人的领袖。在年轻的后辈中，他最欣赏的便是诸葛亮和庞统。诸葛亮隐居隆中，受到荆襄宿老庞德公知遇，号曰"卧龙"，庞统是荆襄名族的后代，故号曰"凤雏"。日后，司马徽向刘备推荐这两位青年才俊时，便以他们是富于谋略、有前瞻性、能"识时务"（时局变化动向）之"俊杰"，不同于一般清流

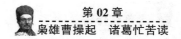
派的文人而举。

荆襄地区一向也是清流派的根据地，一共有六大豪族，分别为庞、黄、蒯、蔡、马、习。荆州刺史刘表在清流派中身份极高，名列"八俊"之一。因此当荆州陷入动乱，刘表以中央官员单身赴任时，便得到蒯、蔡两大家的支持，尤其是蒯越兄弟的谋略，使荆襄地区很快地安定下来。蒯越及蔡家的蔡瑁，都成了刘表"政权"的重要支柱，刘表还娶蔡瑁之妹为续弦，双方有密切的亲戚关系。

但蒯、蔡两家过度地支持刘表，加上刘表一向注重虚名，如同徐庶（元直）对他的批评——"善善不能用，恶恶不能去"（意即尊重善人却不能重用之，厌恶恶人却又不能去除之），因此，其他以"名士"自居的四家，一向对刘表敬而远之，常明显地不予合作，但刘表对他们也无可奈何。

六大名族中，以庞家力量最大，庞家的领袖便是替诸葛亮取"卧龙"外号的庞德公。庞德公慷慨重义气，交游甚广，学问又好。刘表几次请他出仕，都遭到婉拒。《后汉书·逸民列传》中便有这么一段记载：

有一天，刘表亲自去拜访庞德公，劝说道："先生不肯出来为官，日后将遗留些什么给子孙呢？"庞德公表示："我和别人不同，别人留给子孙危险（伴君如伴虎），我却留给他们安全（独善其身）。"

刚在隆中定居下来的年轻诸葛亮，对庞德公非常敬重。据说十七八岁时，诸葛亮便主动拜入庞德公门下为"小徒弟"，经常"独拜床下""跪履益恭"，颇为虔诚。庞德公原本只认为他是位早熟又懂礼貌的年轻人而已，只允许他借看府内藏书，并未给任何指导。但不久，善于观人的庞德公便看出年轻的诸葛亮有他不凡的一面，进而加以特别照顾，他对诸葛亮的才气寄予很大的希望，并以诸葛亮住在隆中，便称之为"卧龙"。一位尚未为人所认识的俊杰，如同一条蛰伏在大泽内的卧龙，只要气势造成，必可直上云霄，施展非凡的本事。这个雅号，又经由庞德公所赐，年轻的诸葛亮在一夕之间，成为荆襄地区的名人。

在庞德公的安排下，诸葛亮的姐姐嫁给了庞德公的儿子庞山民，荆襄首席豪主却和外地的孤儿家联婚，势必震撼了荆襄地区的士人，这也是庞德公器重诸葛亮的一种表示。

庞德公的侄儿庞统（字士元），长诸葛亮三岁，外表长得朴质，但才华奇高，除了荆襄士人因他为庞家人而给予尊重外，很少人真正了解庞统的能力。只有司马徽由于经常有机会和他交谈，深知庞统非凡的才华，称赞他为荆襄之冠，号其为"凤雏"。

诸葛亮和庞统虽也常相处，但诸葛亮的谨慎有礼和庞统的潇洒粗鲁，个性上正好相反，加上诸葛亮喜欢和"老人家"交往，同辈又大而化之的庞统，只得站在一

边"纯观赏"了。

庞统的弟弟庞林，则娶襄阳城南习祯的妹妹，习家被称为"宗族富盛，世为乡豪"。当地人对习祯颇为尊崇，裴松之注《三国志·杨戏传》中记载，习祯"有风流，善谈论，一名齐庞统，而在马良之右"。可见习祯在荆襄地区是相当受重视的。诸葛亮透过庞家的关系和习祯也有相当密切的来往。

马家住在离襄阳不远的宜城。马良是年轻一代的领袖人物，后来颇受诸葛亮器重的马谡，便是马良的亲兄弟，不过，马谡是幺弟，所以和马良在年龄上相差颇大。马良在写给诸葛亮的信中，称之为"尊兄"，显示两人间的密切关系，日后马家更是刘备在荆州建立政权时，最为重要的地方支持力量。庞统、庞林、马谡、习祯也分别成为蜀汉政权的重要干部，对蜀汉的政治发展，发挥了相当大的影响。

另外一个势力上仅次于庞家的，是位于沔南的黄家。黄家的领袖，是荆襄地区的宿老黄承彦，他也是蔡瑁的姐夫，因此与同属蔡瑁姐夫的刘表有亲戚关系。他和庞德公一样，婉拒刘表任何仕官的邀请，而一直保留在野豪族的地位。

不过，黄承彦却非常喜欢年轻的诸葛亮。有一天，他直接到诸葛亮的草庐中，向他提议道："我有一个女儿，她长得不漂亮，而且有点怪异，黄头发，黑皮肤，外貌虽不好，才华却相当高，而且品德也不错，我想将她许配于你，不知你愿不愿意接受她。"

想不到，诸葛亮欣然地接受了，连提议的黄承彦都感到意外。

由于诸葛亮长得高壮俊挺，才华又高，虽然个性高傲，交友不多，却得到不少前辈、宿老的器重，知名度也不差，不少荆襄名媛的父母，都认为他是位理想的女婿。只是诸葛亮对于成婚一点也不急，使大家都认为他一定眼光很高，更不敢随便与他做媒。但谁也想不到"身长八尺，容貌甚伟"的诸葛亮，居然会看上黄承彦家的丑女儿。

当时的人们对诸葛亮和黄承彦之女结婚这件事，也是无法理解的，裴松之注解《三国志·诸葛亮传》时，曾记载当时有一则俚谚："莫作孔明择妇，止得阿承（指黄承彦）丑女。"

意思是以诸葛亮这样好的条件，却只挑了一个丑媳妇，实在很不值得学习。

也有不少好事者，甚至认为诸葛亮是为讨好黄承彦，为了结交名士，对自己事业有帮助，才出此下策的。其实这批评很不公平。

因为诸葛亮早已获得庞德公和司马徽的器重，在名士派中建立了良好关系，根本不必刻意去讨好黄承彦。并且从诸葛亮日后对刘备政权"鞠躬尽瘁"的作风来看，诸葛亮绝不是位现实派的功利主义者。

其实，结婚后的诸葛亮和他的妻子始终相敬如宾，即使日后贵为宰相，他也未再纳妾。

而黄氏对诸葛亮更是体贴入微，家务事处理得有条有理，让诸葛亮可以完全无后顾之忧，专注在学问和事业上的发展，的确是位让先生"放得下心"的贤妻良母。

《诸葛亮集·故事》卷四《利作篇》引范成大的《桂海虞衡志》中，有这么一段轶事：

由于诸葛亮在荆襄地区的知名度大为提升，家中常有大量客人，为了款待这些来宾，黄氏创造了一部木制磨面机器，省时又省力，效率极高，连诸葛亮都大感惊异。特别拜其妻为师，学习木制机器的制造原理。

据说诸葛亮日后发明的木牛流马，便是得自黄氏的真传。黄氏过人的才气，或许才是诸葛亮看上她的最主要原因。

襄阳是荆州的政治经济中心，水陆交通都很发达，而且名流汇集，各种资讯获得非常方便。

诸葛亮在隆中期间，虽和弟弟诸葛均亲自下田耕种，但农闲期间，他经常四处拜访此间的宿老名流。除汲取学识外，也对天下大势发展的情报有完整的搜集和分析，尤其对《孙子兵法》上的先知功夫，他也必有深刻的感受，日后《隆中策》上详细又富前瞻性的分析，想必是这段时间努力的成果。

这位年轻的策略家，经过十年的磨炼，对时事的观察力、分析力及透视力上，的确已有相当了不起的心得了。

不过，在隆中期间的交往，使诸葛亮拥有相当深刻"清流派"的意识形态。

《后出师表》中"汉贼不两立"的词句，虽有可能是其侄诸葛恪（诸葛瑾之子）的伪作，但想必也是诸葛亮日常的言行，对其侄所产生的影响。

综观诸葛亮一生的大政方针，离不开联吴制曹的战略，尽管诸葛亮是个相当重视客观情势的务实派政治家，但他终生对曹魏政权的确有着强烈的敌意，最后更不惜鞠躬尽瘁地演成了"出师未捷身先死"的悲剧下场。那种力挽狂澜，想兴复汉室政权的不合时宜的"夙愿"，明显地受到清流派"政治理念"的影响。

献帝建安十二年（公元 207 年），二十七岁的诸葛亮，碰到了值得他奉献终生的刘备——一个和当今皇上血统关系已相当疏远的落魄皇族，进而展开了他波涛汹涌的事业生涯。

第03章
刘曹终反目　三顾请诸葛

　　诸葛亮二十七岁那年，充满企图心，又被荆襄宿老们看好，在仔细地观察和思考下，他选择了当时既无权也无钱、正落魄寄居在刘表政权下，出任佣兵兵马总指挥的刘备，作为他奉献心智的终生领袖。

　　刘备字玄德，幽州涿郡涿县（今河北省涿县）人。据说他是汉皇室的远房宗亲（西汉景帝之子中山靖王刘胜的后代）。日后他也不断利用这块招牌，建立自己在群雄争霸中的独特形象。

　　刘备的祖父刘雄曾举孝廉，官至东郡范令。刘备的父亲刘弘由于早死，只做到郡县小吏，此后家道中衰，变得十分贫穷。少年的刘备只好和寡母共织草席贩卖为生，几乎沦为贫民阶级了。

　　不过这位落魄少年贵族，性情上倒颇为豁达。据说在刘备住家东南角有棵桑树，高五丈余，其树冠的样子像个小车盖。有些善于看风水的，都认为这棵树长相非凡。附近必有贵人。也许这些传言被刘备听到了，少有大志的他便常在和童年玩伴在树下扮家家时表示："我有一天定会乘上像这样的羽葆盖车（皇帝御用车）。"其叔父听了大惊，立刻斥责道："不可讲这种妄语，会灭族的啊！"但叔父暗中却对刘备的表现颇为讶异，经常给予接济。

由于他们是贵族后代，因此仍有机会结交贵族级的朋友公孙瓒和刘德然等，并共同拜同郡名儒九江太守卢植为师。卢植文武全才，刘备等几乎尽得其所学。不过刘备的学费，几乎全由刘德然的父亲资助。刘德然的母亲颇不赞同，但其父亲却表示："吾宗中能有此儿，非常人也。"

不过，在平常人的眼中，刘备的表现一点也不突出。和少年曹操的好学不倦、见识广博正好相反，年轻时期的刘备，"不甚乐读书，喜狗马、音乐、美衣服"，一点也不以家贫为意，仍是一副浪荡子模样。

和袁绍、刘表、吕布等汉末豪杰比较，刘备的外表也不起眼，《三国志》记载他身长七尺五寸（大约165公分），只比曹操稍高些而已。不过，他的长相却颇怪异，耳朵特别大，双手特别长。据说他垂手站立时，手掌会超过膝盖，眼睛则可以斜看到自己的耳垂。这样的"异相"，对他长大以后的公众生活势必有很大的影响，或许使他变得比别人更有韧性些，也比较能接受打击。《三国演义》中记载，当时人常称呼刘备为"大耳儿"。

打从年轻时期开始，刘备个性上最大的特色，便是很能够压抑自己的情绪。他为人慷慨又没什么脾气，因此很能得到他人的信任和好感，也善于结交各阶层的朋友。特别是和河东解县人（山西临猗县西南）关羽，以及同郡人张飞间的异姓金兰，更是名传千古，脍炙人口。《三国志》便描述说：

少语言，善下人，喜怒不形于色，好交结豪侠，年少争附之。

汉末党锢之祸及黄巾起义，各地方治安急速恶化，刘备便结合乡邑中的青年，干起古代的保安工作来。中山郡大商人张世平和苏双深奇之，给予大量的资助，使刘备拥有了一支私人保镖部队。

黄巾起义扩大以后，汉皇室向各州郡招募军队，刘备也在涿郡响应，他将这支私人部队扩大组编，加入了校尉邹靖的自卫民军部队。刘备的终身战友——关羽和张飞，便是在此时加入他的阵营。罗贯中《三国演义》的第一章回"桃园三结义"也是在这里展开的，当时刘备正好二十四岁。

刘备的私人部队在对抗黄巾军上屡建奇功，因此在事件结束后，被任为安喜县尉，这是刘备的第一个正式官职。但没多久，朝廷派出的巡回监察官来到了这里，想向他收取贿赂，刘备不给，监察官便故意刁难。刘备一怒之下，将监察官绑了起来，怒抽两百鞭，然后弃官逃亡而去。从这个事件上，也显出刘备是个相当放得下的率性汉子。

不久，大将军何进遣都尉毋丘毅到丹阳募兵，刘备戴罪立功，在下邳城大破贼兵，不但被撤销通缉令，还被任命为下密县县丞，但刘备仍认为自己不适合官场，弃职离去。朝廷以其功，再任之为高唐县县尉，旋升为县令。后又因农民起义无法有力阻挡，被迫弃官，只好投奔儿时友伴中郎将公孙瓒，公孙瓒任之为别部司马，并派刘备偕同青州刺史田楷，共同对抗冀州牧袁绍，颇有战功。在公孙瓒和田楷的推荐下，刘备为平原郡临时防卫司令，不久便正式领平原相。任中，刘备和郡中大户豪族刘平不和，经常发生冲突。刘平派刺客前往暗杀刘备，刘备不知，对刺客非常礼遇，刺客深为感动，不忍暗杀，乃全盘告知刘备后离去，由此事件可以看出刘备之个人魅力。《魏书》上记载：

> 是时人民饥馑，屯聚钞暴，备（刘备）外御寇难，内丰财施，士之下者，必与同席而坐，同簋而食，无所简择，众多归焉。

袁绍攻打公孙瓒，刘备和田楷前往驰援，屯兵齐郡。也就在这个时候，刘备碰到了影响他一生事业最重要的贵人——陶谦。

陶谦是当时的徐州刺史，徐州包括现在山东南部和江苏省北部。在东汉末年，这里是属于财税较丰富的精华区，因此也成了群雄割据中的兵家必争之地。陶谦出身行伍，做事一板一眼，少心机，思想和作为上有点老粗的味道。不过，陶谦的叛逆性颇强，他曾公然支持自称天子的下邳人阙宣的叛变行动，他的部属更抢掠并杀害曹操的父亲曹嵩，引来曹操复仇军两度对徐州进行残酷的屠杀。陶谦虽奋力抵抗，但显然不是曹操的对手，丧失了大半的领地，不得不请好友北平太守公孙瓒及青州刺史田楷帮忙。

公孙瓒和田楷正忙着和袁绍争夺幽州南部的地盘，因此便派部将赵云，陪着刘备的私人部队，凑了数千人前往助陶谦。徐州战役中，虽有陶谦本部部队、袁术派的援军和刘备的数千名杂牌军参与，但仍被曹操打得溃败，其中刘备大军表现最佳，人数虽少但韧性最强，连曹操都对刘备印象深刻。这时适逢曹操兖州大本营遭到吕布攻击，匆忙中只好撤离徐州。陶谦感谢刘备仗义相助，乃上书朝廷，推荐刘备为豫州刺史，屯军在靠近豫州的徐州军事要地沛县。

不久，陶谦病重，临终前对所有徐州豪族、兵马领袖及重要幕僚嘱咐："非刘备不能安此州。"刘备自以为声望和实力都太过薄弱，极力辞让，但徐州重要豪族长老糜竺、陈登、孔融等人，一方面遵从故主遗命，一方面也颇喜欢刘备的率性及侠义心，共同支持刘备领徐州刺史之职。一夕之间，刘备便由"上尉连长"跃升为全国最重要军区之一的"上将军长"。

然而刘备毕竟实力不足，而且也没有统领大州郡的经验，使徐州数度落入吕布和陈宫手中。并长期受到淮南袁术大军的威胁，几乎一直处于颠沛流离中，最后不得不投奔兖州的宿敌曹操。

　　曹操不但热诚接纳了刘备，并特地引他晋见汉献帝，以确定刘备的官职——豫州刺史。但谁也没想到，委身曹营，随时受监视的刘备，居然大胆地参加了车骑将军董承刺杀曹操的阴谋。这时候，刘备正值四十岁的盛年。

　　建安三年（公元 198 年）年底，接受曹操奉戴于许都的汉献帝，突然召见国舅车骑将军董承，随后将一件锦袍赠与他，据说其中有汉献帝亲笔的血书密诏，要求董承联结朝中大臣，共除曹操。正史对这件事记载非常简单。《资治通鉴》上记有："初，车骑将军董承称受帝衣带密诏，与刘备谋诛曹操。"这件事是否真由汉献帝主谋，历史上未找到确实证据，但有密诏应属事实，否则单凭董承的身份，是很难说服刘备参与这项谋刺曹操的阴谋的。许都城内，曹营兵马拥有绝对优势，以董承的实力根本无从对抗，董承为此一定也伤透脑筋。

　　虽然董承是当时唯一拥有完整大军的公卿，但自己部队里的将领能否完全听从指挥，董承也没有把握。因此，董承首先拉拢自己大军中最具实力、人际关系也最好的将军王服。经由王服从中拉线，长水校尉种辑和议郎吴硕也参加到了这个极为秘密的谋刺中。但只凭自家人的力量，别说对抗，就算想接近曹操都不太容易，因此董承想到要拉拢身处曹营却不属于曹操嫡系大军将领的豫州刺史刘备。

　　董承如何说服刘备，我们不得而知，汉献帝的血书密诏，相信是刘备决定参加的最重要的关键。据说曹操曾带着刘备去晋见汉献帝，献帝在知道刘备是中山靖王刘胜的后代时非常高兴，当场表示若以辈份论，刘备尚属献帝的叔伯辈。对于出身贫穷，从未接近过权力中心的刘备，这位年轻皇帝热情又亲切的表现，也一定让他感动万分了。

　　不过，要拉拢刘备是相当冒险的，朝中大臣跟刘备大多认识不深，更不要谈有什么交情了。这样重大的事件，会找到这位几近陌生的人参加，刘备本人容易令人接近且信任的独特魅力应是最主要的原因。当然，董承私下一定也经过多次的接触及试探，深知刘备对汉献帝的感情和与曹操的关系后，才毅然拉拢这位外藩将领参加这次血书密诏的阴谋。

　　这个事件确定了刘备日后致力于"恢复汉室"的宏愿。也就是这个心存汉室的精神，使自认"清流派"后裔的诸葛亮，欣然选择了这个光有"大志"的没落领袖。

　　据说刘备在接受密诏后，为掩饰自己的阴谋，便在许都城宿舍的后院辟地种菜，亲自垦地灌溉，以韬光养晦。有一天，刘备正在后园工作，下人突报曹操派人邀请，他惊疑之余，也只好前往相府拜访了。

　　想不到曹操很热情地在后花园招待他，显然也有意拉拢刘备。这是曹操特有的个性，对于愈不容易收服的人才，常显得更为热心，并且特别的有耐性。

　　明知刘备非池中之物，但曹操仍想尽办法要拉拢刘备成为同阵线的伙伴，经常以带点人情味的私人宴会相邀，以表示对刘备特别的亲切。这一天的小宴，便是为此设计的。

《三国演义》中非常有名的"煮酒论英雄",便发生在这一天。据说曹操和刘备在两杯美酒下肚后,豪情大兴,相互论数天下英雄。刘备一一举出当代拥兵据地的群雄——袁术、袁绍、刘表、孙策、刘璋、张鲁等人,但却被曹操一一否决。正史《三国志·先主传》中记载:

是时曹公(曹操)从容谓先主(刘备)曰:"今天下英雄,惟使君(指刘备)与操耳,本初(袁绍)之徒不足数也。"

《华阳国志》中有补充记载:

刘备听了,心头一震,手中汤匙不觉松落地上。这时正值雷声大作,刘备在瞬间已恢复正常,乃从容低下身拾起汤匙,自我解嘲地笑道:"一震之威,乃至于此。"

曹操将刘备的失态看在眼里,笑着表示道:"丈夫也怕雷声吗?"

刘备答道:"圣人云'迅雷烈风必变',怎能不怕呢?"

尴尬的场面就这样轻轻带过,曹操眼见刘备反应过度,想到刘备因投奔自己,心中难免较有压力,也就不再予以追究。

以当时的情势来观察,这段"煮酒论英雄",可称得上"关上门穷吹牛"。曹操正面临十倍兵力的袁绍的威胁,随时有被击溃的可能。刘备更是破产了,走投无路,借居他人篱下,苟安图存而已。但如果以日后三分鼎立的局面看来,曹操倒真的颇有识人之明呢!

由于刘备在许都的知名度日高,危险性也随之加深,就算密谋未泄露,曹操惜才想拉拢他,但谁能保证曹操的属下不想暗中除之而后快呢?因此,刘备必日夜思索着脱困的机会和借口。

正在此时,淮南袁术由于得不到江东孙策大军的支持,深感势单力薄,而有意投靠河北袁绍。双袁在董卓之乱后虽因争夺地盘演成南北大对抗,但到底他们是异母兄弟,如今情势已有改变,双袁重归于好亦非完全不可能。因此,夹在中间的曹操对这个讯息的发展,也非常地关心。

刘备便趁机建议道:"袁术如果要投奔袁绍,势必要经过徐州,今徐州初定,防务体系较弱,应立刻加强。我对徐州了解较多,而且关系良好,不如我领一军,机动地拦截袁术,以防止两袁南北串联可能产生的威胁。"

曹操为了拉拢刘备,便满口答应,分派五万兵马给刘备,并派遣朱灵、路昭两员大将随行,即日准备出兵。刘备在接令后,昼夜编组军队和粮秣,立刻起军。董承赶到十里长亭相送,双方表明心意并略作商议后,刘备便急速奔往徐州部署。

当时曹操的重要谋臣程昱和郭嘉，正往豫州征收钱粮回来，听说刘备远征徐州，立刻前来阻止，曹操也派出许褚持军令追截。但刘备日夜急行军，根本不可能追上。曹操虽有点后悔，但徐州总算在自己辖内，因此并不放在心上。

袁术大军数度企图北上，都被刘备及时阻截，不得已只得往南走，不久便忧郁成疾，在建安四年（公元199年）六月间吐血去世。所属大军溃散，有的投奔江东孙策，部分直接向曹操投诚。

任务完成后，刘备便派遣朱灵、路昭回许都报功，自己率领主力部队镇守徐州，招募抚恤长年遭受战乱的徐州人民。

曹操看到刘备有意拥兵自立，乃暗中派人指使徐州刺史车胄，伺机杀害刘备。事为徐州宿老陈珪、陈登父子知悉，将消息传给刘备。刘备先下手为强，派遣关羽攻打下邳城，反杀了车胄，并由关羽在下邳城保护家眷粮秣，自己则和张飞驻屯在徐豫边界沛县，以防曹军入侵。至此，刘备和曹操的关系再告决裂。没多久，许都便发生了董承谋刺阴谋曝光、参与大臣全体遇害的事件。

为了不把自己和汉献帝间的罅隙扩大，曹操以高度的政治智慧，根本不追究董承密谋的幕后策动者，只把责任完全推给董承、种辑、王服、吴子兰等公卿大臣，夷其三族，并伺机夺取了董承大军的指挥权，纳入自己手中。外藩方面的责任则完全推给刘备，宣布立即加以声讨。

其实，外藩参与董承事件，或同情董承者应不在少数，传说西凉刺史马腾便有关联，但曹操一律不加追究，只对逃亡徐州的刘备宣布声讨。显然曹操不想在这个事件上树敌太多，以免落入当年被关东大军围剿的困境，使得"奉戴天子"的政策不见其利反得其弊了。

刘备由于发迹太快，在外藩军中没有地位，何况他是在接受曹操保护时参与谋刺计划，于情于理实在说不过去，所以即使加以公开声讨，其他州郡的大军也不敢有太多意见，因此，把刘备当作结束谋刺事件的最后一只待罪羔羊，再合适不过了。

当时袁绍大军已有南下迹象，决定天下大势的战争即将登场，因此不少谋士大臣反对征讨刘备。但曹操却表示："刘备乃人中豪杰，今不击之，日后必成大患，况且他如果北连袁绍，从东方夹击我们，那就更加危险了。"

虽然刘备的兵力非常微薄，但曹操仍不敢大意，编组了十万兵马，动用了夏侯惇、夏侯渊、张辽、于禁、徐晃等大将，分五路攻向徐州。

为了避免徐州陷入战乱，刘备要求陈登等徐州长老宣布中立，勿卷入战争。自己带着主力部队，连同张飞共同驻防于沛县，并令关羽在下邳城保护家属和粮秣。

这场侏儒对巨人的战争，自然很快便结束了。刘备主力军被击溃，张飞在乱阵中失踪，刘备只身逃亡青州，在袁绍长子袁谭引见下投奔袁绍。董承事件，使刘备声望大增，袁绍听说刘备到来，亲自引众出邺城三十里迎接，并将他暂时安顿在冀州。

刘备被击溃后，徐州立刻失陷，镇守下邳城的关羽，为保护刘备妻女，在和曹操谈判后全军投降，曹操爱惜关羽的人格和才华，勉强答应关羽日后若找到刘备，可归奔故主，总算完全结束董承谋叛事件。

建安四年夏天到隔年冬天，便发生了长达一年半的官渡大战。袁绍在刘备投奔后，获得了不少曹营的情报，信心大增，虽然很多人全力反对，袁绍仍编组大军，打算南下一举兼并曹操。

身处袁绍阵营内一年余，刘备眼见袁绍优柔寡断，许多元老和将领们勾心斗角，虽拥有十倍于曹操的军力，却无法有效地整合。加上和曹操相处这段期间，刘备也深知曹操的谋略和实力。因此判断在长期对抗下，袁绍恐非曹操对手，乃借口到豫州西南以牵制曹操，由袁绍派给少数军马，联合袁绍的黄巾将领、刘辟的兵众，往豫州部署于曹营西南方打游击，以牵制曹操的部分军力。

这段期间，徐州失散的张飞及其余重要幕僚，在知道刘备下落后，纷纷归队。身陷曹营的关羽，也在曹操的默许下，护送刘备的家人离开许都，回归刘备。经过一年余的挫败和分离，旧属却能再度归附，可见刘备惊人的领袖魅力。

官渡大战是中国史上运用谋略以少胜多的经典战役。袁绍的军力是曹操的十倍以上，因此曹操决定掌握地利，以自己属地的官渡作为决战区，再运用坚守战术、突击战术，终于非常巧妙又侥幸地击溃袁绍的庞大远征大军。

官渡大战以后，到建安十二年北征乌桓为止。连续八年间，曹操全力以赴地经营华北地区，以铲除袁绍庞大的势力。其间虽数度在豫州汝南一带用兵，但大多仍是策略性的小接触而已，算不上真正的两军对峙。

建安六年间发生的仓亭之役，袁绍再度遭到曹操击败，不久便忧愤而死，为举办丧礼，北方袁军暂时动弹不得。所以曹操便趁机计划彻底清除刘备在豫州后方的骚扰，他派大军进入汝南地区，刘备不敌，只好退入荆州，接受荆州刺史刘表的保护。刘表以刘备素有英雄之名，厚待之，并令其驻守新野，组训军队，作为防备曹军南侵的第一线。刘备数度要求刘表趁官渡大战期间，出兵袭击曹操的后方许都，但刘表不愿卷入袁曹之争，一再地婉拒。

曹操领军消灭袁氏余党后北征大军。由易水回到邺城，在兼并袁绍冀、幽、青、并四州后，加上自己原有的兖、豫、徐三州，曹操在全国十四个行政单位中，占领七州，俨然成为了军事强人。在荀攸的策划下，于邺城边建筑一个人工湖，名叫玄武湖，并在其中进行水战的演练，显示曹操已有意南下征服荆州的刘表和江南的孙权了。

孙权的父亲孙坚，是汉末群雄中非常出色的战争英雄，一度被袁术推荐为豫州刺史，却在和刘表的争战中，遇伏战死，部属大多为袁术所兼并。其长子孙策也承袭了父亲的战争天才，长大后率领原部众，脱离袁术，渡过长江，南下开拓新天地。孙策先后平灭了割据江东的刘繇、许贡、王朗等，控制了丹阳郡、吴郡、会稽、庐江、豫章等郡，统有扬州的绝大部分地盘。正待稳定内部，准备向外发展之际，却死于刺客的暗算中。其弟孙权，年仅十八岁，临危受命，承担统帅工作。

孙权在军事才华上虽不如其父兄，但行政干练上却有过之而无不及。他在张昭、张纮的协助下，很快地稳定了内部。"拓延俊秀，聘求名士"，经过短短的五六年，便出现"猛士如林"的新情势了。不久，江东首席大军将领周瑜推荐当代有名的政治分析家鲁肃。鲁肃向孙权提出巩固江东、夺取荆州、图取天下的三段式称霸计划，颇为孙权赏识，聘他为随身的大臣。诸葛亮之兄诸葛瑾也在这期间，经由鲁肃推介给孙权，成为青年才俊。

江东西方是荆州的南半部，再往西走，则是有"天府之国"美称的益州。益州地区广大，土地肥沃，物产丰富。但在刘焉、刘璋父子的连续统治下，政治、社会、经济都呈现一片混乱。刘焉是汉室宗亲，原为江夏竟陵人，在灵帝晚年的乱局中，受任为益州牧，拥有政治和军事大权。但刘焉并未认真安抚益州百姓，反而勾结当地豪族，建立特权，剥削百姓。为了防患叛乱，他特别编组外乡进入益州的流民为东州军，进行恐怖镇压。等到他儿子刘璋继位后，情况更为恶化。

益州北方为汉中盆地，由道教大军领袖张鲁实施军事统治。不过，张鲁为人讲道义，负责任，使汉中地区军民的团结力还算相当稳固。

汉中东北属司隶地区，汉献帝逃出洛阳后，司隶地区便陷入割据局面。汉中西北属凉州及雍州，由马腾和汉化胡人韩遂共同进行军事占领。但这些地区大多属异族部落，因此一向不受汉末群雄们的重视。

这时候的刘备倒成了唯一没有地盘的"英雄"，虽然得到刘表的礼遇，但也受到荆州权臣及将领们的猜忌，成了荆州政权下，只有责任没有权力的人。

刘备的确一直在反省自己坎坷的官宦生涯。个人方面，拥有一定的知名度，形象和声望俱佳；武装大军方面，拥有天下知名的勇将关羽、张飞和赵云；文职幕僚人员方面，也有孙乾、简雍、糜竺等忠诚策士；一度还曾拥有徐州和部分的豫州统治权，但最后仍无法守成，反而流离失所，寄人篱下。

刘备认识了"水镜先生"司马徽，他以几乎"死赖"的态度，缠着司马徽，请他对自己的事业生涯进行彻底的诊断。司马徽为其诚意感动，直接对他说明，孙乾待人固然努力尽责，但到底只是儒生俗士，如何能识时务。识时务者必须是真正了解天下大势，而且有真才实学的俊杰，也就是说刘备最缺乏的是能全盘发展的人才。司马徽便进而向刘备推荐荆州地区两位最有名的年轻策士——卧龙先生诸葛亮及凤雏先生庞统。

但让刘备下定决心，寻求"治国"良才的却是诸葛亮的好友徐庶（徐元直）。

徐庶原名单福，少年时好击剑，一心想做个侠客。成年后，仗义为乡人报仇，杀了里中恶霸，逃亡在外，乃改名徐庶。从此弃武从文，"听闻经业，义理精熟"。中年以后，避居荆襄地区，和诸葛亮结为忘年之交。

徐庶不喜欢刘表，常批评他优柔寡断，好慕虚名，善善不能用，恶恶不能去，因此宁可忍受贫穷，也不愿在刘表官府里任职。刘备到新野后，徐庶很想看看这位敢参与谋刺曹操的英雄，便主动前往晋见。刘备和他谈论后甚喜，便留他为幕宾，从事规划和顾问工作。

在了解刘备阵营的情况后，徐庶便向刘备表示："我有一位朋友，叫做诸葛亮，人称卧龙，才能之高远在我之上，将军是否愿意见见他。"

这是刘备第二次听到诸葛亮的大名，自然非常高兴，便道："那就麻烦先生帮我请来吧！"

徐庶却道："这个人生性淡泊，除非将军去邀请他，否则他是不会主动来求仕的，将军可愿意枉屈身份前往拜访？"

求才若渴的刘备，在详细询问徐庶后，深知诸葛亮就是他所需要的人才，因此特别纡尊降贵，亲率两员大将关羽和张飞，冒着寒冬风雪，前往隆中诸葛亮的草庐拜访。

为了试探刘备的诚意，诸葛亮借故一再回避，连续两次不在家中。据传刘备第二次拜访时，曾碰到诸葛亮的岳父黄承彦，想必黄老先生也想亲自来鉴定一下这位爱婿的未来主公，再作诸葛亮是否应允之意见参考。不过，刘备确实有耐心，他三度冒风雪，微服上隆中。诸葛亮感动之余，乃亲自在家中等待。这便是稗官野史中非常有名的千古佳话"三顾茅庐请孔明"。日后，诸葛亮在《出师表》中，便有"先帝不以臣卑鄙，猥自枉屈，三顾臣于草庐之中"的语句，相信这"三请孔明"的故事，应属史实。

面对比他年轻二十岁的后生小辈，刘备仍非常坦然而诚挚地提出了自己所面临的难题：

汉皇室倾危不振，奸臣窃据皇权，皇上蒙尘，情势非常危急。因此我不自量力，也不避讳自己不足的声望，拼着命努力，为的是想彰显天下大义。只是不幸自己智术短浅，到今天仍一事无成。虽然挫折连连，我还是想尽最大的努力来完成初愿，希望先生能够给我一点建议……

依照《三国志》上记载，诸葛亮胸有成竹地回答了刘备的口试：

自董卓之乱以来，天下豪杰并起，割据州郡自立者不计其数。曹操和袁绍相比，声望不如，兵力更是少得可怜，但最后曹操仍能击溃袁绍，以弱胜强者，不只要抓对时机，更重要的是需要长期的规划。

如今曹操已拥有百万雄师，而且又挟持天子以令诸侯。因此，绝不可以硬碰硬。东南方的孙权，据有江东已历三代，政权相当稳固，地势上更有长江天险可守，人民生活富足，军队粮秣充裕，属下贤明能干的人才颇多。像这样的势力，只可以结交为盟友，不要去惹起宿怨。

荆州北据汉江和沔水的地险，南方又拥有南海的财利。东连吴国，西通巴蜀，是兵家必争之地。从目前的情势看来，荆州现有的主人可能无力保卫这块地盘，这不正是上天有意安排给将军您的吗？但主要还是看将军自己的意愿了。

西方益州，地势险要，沃野千里，是天府之国。当年汉高祖便是在这里建立基业，进而统一天下的。现任的益州牧刘璋为人糊涂懦弱，经常受到北方张鲁的威胁。虽然人民勤劳殷实，物产富足，但领导者却不知爱惜这些有利条件，因此国内充满不安气氛，智能之士极希望能有明主前来统治。

将军既是汉室宗亲、帝王后裔，信义著于四海，深得各方英雄归心。如今又有虚心接受他人的雅量，求才若渴，充分表示您有着旺盛的企图心。因此，依我的建议，应先取得荆、益两州，守住其天险，西和戎人，南抚夷越。外交上要和孙权建立同盟关系，内政上更要励精图治，培养国力，忍耐以等待最佳时机。

一旦天下大势有变，便可以派遣一名上将率领荆州兵马北上，直接攻打洛阳，将军再亲领益州大军，由秦川进攻，还怕百姓不箪食壶浆迎接将军吗？如果真能依照此计划而行，那么将军之霸业可成；汉室也一定可以中兴的。

第 04 章
英雄同相惜　忠心为主谋

　　诸葛亮的"隆中策"让刘备对自己周围的环境，首次进行了全盘性的思考。有较完整的了解，并扩大了他的视野，也增强了他争霸天下的信心。因此，他非常诚恳地邀请诸葛亮为其军师，负责规划的工作。经过"三顾茅庐"的波折，诸葛亮对刘备也有了相当的信心，因此非常爽快地答应下来，结束了隆中的隐居生活，选择刘备当他终生不二的主公。

　　最让外人感到惊讶的，是诸葛亮这位很想有一番作为、常自比管仲和乐毅的年轻策士，却选上了一位自己温饱都还有问题的落魄领袖。其实，主要在刘备这个人拥有令人难以拒绝的魅力。

　　《三国志·先主传》中，陈寿作了如下评语："先主（刘备）之弘毅宽厚，知人待士，盖有高祖（刘邦）之风，英雄之器焉。"刘备在当代素有英雄之名，最主要便在他的待人诚恳、宽厚，他能完全信任别人，所以也很容易受到别人的信任。强烈的亲和力，不摆架子，知人善任，便是刘备最大的个人魅力了。

　　例如公孙瓒手下的猛将赵云，为人忠诚正直，好谏言，因此不得公孙瓒欢心，但他和刘备一见如故，诚心相交，使赵云成了刘备阵营当中，仅次于关羽和张飞的得力助手。像徐庶这种敢公开批评刘表的策士，和刘备却能一见如故，还帮他拉来了"择主严谨"的至交好友诸葛亮，刘备对徐庶也是坦诚相待，言听计从，对关羽和张飞这两位兄弟，更是经常地"同席而坐""同床而眠""同簋而食"，可以说是长期的同甘苦、共患难。

　　刘备在当平原相时，曾有人派刺客欲暗杀他，但由于他在接待刺客时，一副"待人甚厚"的模样，使该刺客不忍心，反而公开告之自己来意，立刻离去。在徐州时，陶谦会坚持以他为继承人，便是以刘备必能为"治饥之主"，"使百姓永有依归"。裴松之注释中指出，时人都认为"刘备宽仁有度，能得人死力"。曹操当面赞赏"天下英雄，惟使君与操耳"。天下首席霸主袁绍，在刘备最落魄的时候，热情地接待他，因为刘备"弘雅有信义"。连曹操最器重的年轻谋士，颍川才子郭嘉都称赞刘备："有雄才而甚得众心"。如此让敌人、友人、毫无关系之人倾心的人物，相信诸葛亮早有相当的了解，或许他认为，只有像刘备这样的人，才能得到足够的尊重和信任，也才能放手去施展自己的抱负吧！

　　诚如诸葛亮日后在《前出师表》中所写的："先帝不以臣卑鄙，猥自枉屈，三顾臣于草庐之中，咨臣以当世之事，由是感激，遂许先帝以驱驰。"士为知己者死。相信这也是诸葛亮日后鞠躬尽瘁，死而后已的最主要原因之一了。

　　诸葛亮挚友孟公威，想回中原故乡（孟公威汝南人，属豫州），诸葛亮便劝止他道："华夏饶士大夫，遨游何必故乡邪！"其所持的理由是中原之汉室，曹操当权，"权御已移，汉祚将倾"，而"兴微继绝"正是以"清流派"传人自居的诸葛亮相当执着的理念。放眼天下群雄，只有刘备最忠心于汉献帝，他不但是汉室宗亲的后裔，也是曾为汉献帝牺牲奉献、并敢于参加谋刺曹操行动的大军将领。共同理念，相互提携，这也是必然的道理吧！

　　不只是诸葛亮受到刘备个人魅力的吸引，即使在颠沛流离的时候，也有不少的策士、猛将，仍紧随其身旁，同甘苦、共患难，他们对刘备似乎有着永无止境的期待。其中最有名的便是坊间传说和刘备有异姓金兰之情、"不求同年同月同日生，但求同年同月同日死"的关羽和张飞。

　　关羽字云长，本字长生，河东解良人（今山西临晋县东南方），年轻时仗义杀死乡里恶人，只身逃亡在外，改名云长。刘备在涿郡起兵征讨黄巾军时，关羽和张飞同时前往应征，关羽身高九尺余，相貌堂堂，和张飞同得刘备信任。《三国志》上记载："先主为平原相时，以关羽、张飞为别部司马，分统部曲。先主与二人寝则同床，恩若兄弟，而稠人广坐，侍立终日，随先主周旋，不避艰险。"

　　建安四年，刘备为脱离曹操控制，令关羽袭杀徐州刺史车胄。更为了防卫曹军袭击，将家人和粮秣全储存于下邳城，令关羽防守，并任命之为太守，自己和张飞

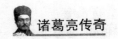

驻于沛县，以抵抗曹军入侵。

建安五年，曹操亲率大军东征，刘备在沛县附近遭曹军击溃，只身投奔袁绍处。下邳城也被曹大军围住，关羽本有心以身殉职，但一方面为护卫刘备家人，一方面又由于曹操以非常优厚的条件劝降，关羽乃以若有刘备消息，他必先为曹操建立功劳后立刻投奔故主刘备为条件，举军投降曹操。

虽然关羽的知名度不高，但其将才资质甚佳，加上高风亮节，深为曹操所敬重，不但答应他投降的条件，并拜之为偏将军。

不谈《三国演义》上的渲染，光从正史上的记载看曹操和关羽间的独特关系，仍可称得上空前绝后，古今中外再也找不到第二个案例。投降后又能自由离去，并且可以投奔到自己的敌方（袁绍），还有可能会回来和自己对抗。这样的宽容条件，大概也只有曹操能给出了。

偏偏关羽也顽固得可爱，尽管曹操对他仁至义尽，他仍坚守原先的承诺，积极寻找刘备下落，的确称得上是富贵不能淫、威武不能屈的大丈夫。

由于关羽和曹营猛将张辽意气相投，交往颇深，曹操乃派张辽去试探关羽是否有弃刘备留曹营的意愿。张辽便依曹操指示询问关羽，关羽知道曹操美意，感叹道："我知道曹公对我的礼遇，但刘将军和我相交甚久，誓以共生死，绝不可以因富贵而背约，我是不可能久留的，但我一定会为曹公建立功劳，然后离去。"

张辽也只好将关羽的回答报告曹操，曹操不但不生气，反而非常感动，公然称赞关羽忠义可嘉。不久，袁绍的先锋猛将率队攻打曹操黄河南岸的军事要津白马，守将刘延告急，曹操派张辽和关羽前往对抗。由于颜良恃自己军力强盛，疏于防卫，张辽和关羽的急行骑兵队，居然在距离白马城数十里的地方，碰到颜良自己率领的巡视部队。双方突然相遇，毫无心理准备。加上一向喜欢摆气派的颜良，坐着有军旗的麾盖兵车，应付紧急行动非常不方便。猛勇的关羽很快看出颜良的弱点，他一马当先，挥着大刀杀入颜良部队中，直冲到麾盖兵车边，颜良的卫兵都吓呆了，连颜良本人也措手不及，竟然被关羽当场刺死车下。在卫兵呆若木鸡的瞬间，关羽还下马取下颜良的首级，然后从容上马离去。

张辽也趁势率军挥杀，颜良的巡视部队在惊慌中溃散，关羽和张辽马不停蹄地攻向颜良部队，由于指挥突然丧命，袁军在群龙无首中，只好快速退回黄河以北，白马城之围也迅速地解除了。官渡大战的序幕刚揭开，袁绍阵营便遭到了严重的挫败。

由于这次的战胜，关羽功劳最大，曹操恐其离去，乃重加赏赐，封之为汉寿亭侯，三日一小宴，五日一大宴，有意强留之。但关羽在获知刘备在袁绍处后，乃向曹操辞行，曹操避不见面，关羽面辞不得其门，乃尽封曹操赏物及印授，拜书告辞，带领刘备家小，直奔河北的袁绍阵营。

曹营诸将以曹袁双方正交战中，关羽穿越前线投奔袁军于理于法不容为由，欲追擒之，但曹操阻止道："各为其主，勿追也。"

单骑保护刘备家小，渡过曹操和袁绍两军对峙的前线。在作战期间，这无疑是最忌讳的事了。因此《三国演义》里有"美髯公千里走单骑，汉寿侯五关斩六将"的精彩传奇故事，其中便有张辽奉曹操指令，赠关羽通行证，并免其过关斩将之罪的情节，戏剧渲染成分在所难免，但如果没有曹操特别关照，关羽要平安通过曹军防线，进入对抗中的袁军阵营，想必也没有那么容易。

由于关羽的特殊魅力，袁绍原谅他斩杀颜良之仇，并感其忠义，仍编之于刘备军中。虽然这个事件在当时决定天下大势的官渡大战前夕，只是段小插曲，但关羽义无反顾的忠心和胆量，曹操超乎常人的宽容和爱才的雅量，都成了千古流传的佳话。

张飞字翼德，和刘备同属涿郡人，年轻时便和关羽同时追随刘备，个性鲁直、粗中有细。身长八尺余，额头高而凸，眼睛圆而大，满脸络腮胡须，声音大如巨雷，行动快速而勇猛，貌似凶暴，心地却忠诚而善良。对有善行有学问的君子极为尊重，但疾恶如仇，对犯错或有恶意之小人绝不原谅，也因此容易得罪于人。加上个性急躁，又好喝酒，经常造成严重失误，刘备屡次告诫，但本性难移。不过张飞骁勇善战，视死如归，在战场上的杀伤力连关羽也自叹弗如。他对刘备非常忠诚，对关羽也相当尊重，是个非常难得的好伙伴。

除了关羽和张飞外，刘备的老班底中，最为重要的应属做事审慎、敢于直言、勇猛无比、深负责任心的赵云。

赵云字子龙，常山真定人（属冀州），身高八尺余，雄壮威武，擅使长枪，待人宽和，富领导能力。汉末大乱时，常山郡父老推赵云为义勇军领袖。袁绍和公孙瓒对抗于北方时，赵云率义勇军投奔公孙瓒。

由于袁绍当时任冀州牧，公孙瓒看到赵云来归，非常高兴，便表示："听说冀州人皆归附袁绍，将军却能回到我这里，可算是迷而知返的冀州人了。"想不到赵云义正词严地表示："天下汹汹大乱，谁是谁非，其实也分不清楚，只是人民受到战乱影响，处于水深火热中，因此敝郡人决议，去寻找能施仁政、解救生民于水火的领袖，倒不见得是特别亲附将军而疏远袁公啊！"公孙瓒听了满肚子不高兴，但见其军势强盛，勉强收留之，却不予以重用。

当时刘备追随公孙瓒征讨袁绍，对赵云为人处世特别欣赏，每表现"爱才"之意。赵云和刘备也意气相投，结为挚交。不久，赵云之长兄在故乡去世，赵云请假回去，刘备深知他将不再回公孙瓒处，辞别时紧握其手不放，赵云感其意，乃表明道："总有一天不会背弃将军盛意的。"后来，赵云得知刘备投奔袁绍处，特率故乡军勇前往会合，以完成承诺，刘备非常高兴，常同床卧眠，共商大事。刘备见袁绍不可靠，便暗中派赵云招募自己的兵马。没多久，便有百余人参加，刘备到汝南后，能拥有较完整班底，皆是赵云的功劳。由于赵云勇猛又有节制，擅长骑战。刘备特命之为骑兵督导，并常兼任先锋部队指挥。

在刘备的大军中，日后和诸葛亮配合最好的，也是赵云。

除了这三位万夫莫敌的武将外，刘备早年的班底中，还有三名重要的官，他们分别是糜竺、孙乾、简雍。糜竺字子仲，东海朐人，祖先从商，"僮客万人，资产巨亿"，陶谦任徐州牧时，以糜竺声望高，任为别驾从事。陶谦去世时，嘱咐糜竺等要迎刘备为州牧，其和陈登同为刘备任徐州牧时最主要的支持者。后来，吕布乘刘备和袁术对抗时，袭击徐州，刘备妻小失陷。不得已，刘备将部队带至广陵海西。糜竺以私人家财协助刘备军渡过难关，并将妹妹嫁给刘备为妻，是为糜夫人。

曹操攻占徐州时，以糜竺虽出身商家，但为人清廉忠贞，特任命为泰山郡太守，并以糜竺弟弟糜芳为彭城相。刘备和曹操闹翻后，糜竺兄弟皆弃官追随刘备。刘备投奔袁绍时，糜竺兄弟背井离乡，到邺郡和刘备会合。后来刘备在汝南地区，牵制曹军后方时，糜竺更是提供刘备很多钱财上的帮助。

孙乾字公佑，北海人，刘备初任徐州牧时，任之为从事。孙乾口才极佳，反应敏锐，但个性谦和，为人忠诚。刘备失意期间，孙乾一直紧随其旁，任劳任怨，给予协助。不论是投奔袁绍或刘表，事前的安排和交涉，都交由孙乾负责，他从未有辱使命，其外交之才干由此可见。特别是刘表对孙乾颇为器重。在与袁绍之子袁尚通信，论及袁氏兄弟之纷争时，刘表特别写道："每与刘左将军（刘备）和孙公佑（孙乾）共论此事，未尝不痛入骨，相为悲伤也。"虽然如此，孙乾对刘备的忠心不二，从未有任何的改变。

简雍字宪和，涿郡人，和刘备同乡，年轻时彼此便有交往，刘备自组兵马，镇压黄巾起义时，简雍便追随刘备左右，负责谈判交涉事宜。简雍个性诙谐，擅长讥讽，不重世俗礼节，常有狂士之作为，有时候连刘备和诸葛亮都深为头痛。但他个性正直，廉洁又不自私，在刘备阵营里，很得军士的敬重。

有一次天大旱，刘备下令禁止酿酒，否则给予严重惩罚，有一户人家被官员查获整套酿酒设备，论者以为应处以"预备犯"之刑，刘备犹疑不决。正好当天和简雍共同巡视郡中，见一男一女同行，简雍对刘备说："这两个人将行淫事，请速逮捕之。"刘备惊讶表示："先生何以知之？"简雍对答说："他们两人不是都拥有行淫用的器具吗？这和拥有酿具是同样道理啊！"刘备听了大笑，便下令只拥有酿具者无罪，这便是简雍幽默滑稽的地方。

赵云、糜竺、孙乾、简雍等，他们面对诸葛亮的到来，相处和谐毫无怨言，反而尽力协助诸葛亮，也充分显现在刘备个人特有的魅力和领导下，阵营中呈现出相当感人的融洽。

《三国演义》中记载诸葛亮下山后的第一件任务是策划火烧博望坡，击败曹营大将夏侯惇及于禁的联军。其实博望坡之役发生时，刘备根本未曾和诸葛亮或徐庶碰过面，更谈不上诸葛亮及徐庶曾参与谋策。

博望坡位于汝南地区，当时刘备和刘辟在汝南地区牵制曹军后方，使负责豫州防守的曹营老军头领夏侯惇非常头痛，因此在曹操打赢官渡战役后，夏侯惇便主张一举消灭刘备。虽然曹操认为时机尚未成熟，但夏侯惇相当心急，曹操只好调回在黄河南岸打游击的智将于禁，前往协助。曹军兵力较优，因此开始时，刘辟、刘备都受到很大压力，刘辟更因而战死。夏侯惇趁势追击，于禁苦劝无效，只好跟随行动，但追兵至博望坡时，便陷入刘备预先埋伏的火攻奇袭，曹军大败，夏侯惇、于禁仅以身免。但刘备也看出靠自己的微薄兵力，根本无法对抗曹军，于是在孙乾的安排下，退入荆州，接受刘表保护，刘表便令之镇守新野，负责东北方的前线防务。

诸葛亮虽有战略经营上的敏锐思考力，但从未上过前线，根本没有作战经验，想要靠他策划战术，其实是不太可能的。因此诸葛亮下山后，主要工作仍在战略和行政的规划上。

当时曹操北征乌桓的艰苦战役已获得胜利，并在冀州邺城旁的玄武湖，加紧演练水军，以为南进的准备。荆州东北方势必首当其冲，驻守新野的刘备兵马将是第一拨遭到攻击的对象。但是刘备的军力，只有数千人而已，连曹操的先锋军可能都抵挡不了。因此刘备深感不安，但又想不出有什么突破的方法，为此心中烦苦不堪。

有一天，诸葛亮到刘备的行帐中，见到刘备在结氂牛尾消遣，不禁正色地表示："我以为将军素有远志，想不到却自己在结氂牛尾。"刘备立刻起身道："我心里烦闷，所以拿这种玩意儿来忘忧罢了！"

诸葛亮笑着说："将军想必在想我们兵力这么少，如何能挡得住曹军的攻击吧？"

听到这句话，刘备显得轻松多了："想必先生有好方法教我吧！"

诸葛亮胸有成竹地表示："其实荆州地区的人口不少，只是有户籍登记的人不多。如果只依户籍征兵，势必在籍者不满，反而促成游户增加，不好管理。不如建议刘荆州（刘表）下令，所有游户都需登记，再依此征选军士，便可彻底解决兵源不足的问题。"

刘备觉得有道理，立刻向刘表提出"征兵计划"。刘表这时已卧病在床，并且对刘备多有猜忌。但他看到曹操平定北方后，返军邺城，积极展开水兵组训，确定曹操有攻打荆州的野心，便答应刘备的要求，远离亲曹派的蒯氏兄弟、蔡瑁、张允等，积极增加战备。

这时刘备的兵马便增加到数万人。刘备派关羽、张飞、赵云等严加训练，战斗力获得迅速的提升。

诸葛亮更建议刘备，在获得刘表的同意下，把指挥总部移入襄阳城洲州府治旁边的樊城（今湖北襄阳市），以能有效抵挡曹军的第一拨攻势，让刘表的主力军有更多准备的时间。

这段期间，诸葛亮和刘备食同桌，寝同床，紧密地在研究一切防备规划。由于他俩几乎成天在一起，使刘备也逐渐疏远了关羽和张飞，造成两人心理的不平衡。有一天，较直鲁的张飞便当面向刘备抗议："诸葛亮这么年轻，又缺乏经验，真的对您会有这么大帮助吗？"刘备听了，立刻正色表示："诸葛军师有卓越的见识，我有了他，犹如鱼之得水，请你们不要再说长道短了。"

关羽、张飞两人看到刘备那么的认真又诚挚，也只好拭目以待，不再多说什么了。

经过多年的努力，曹操终于彻底消灭袁氏政权，成为黄河两岸最具实力的统治者。接下来的目标，只剩下南方的荆州，东南的扬州、交州，以及西南方的汉中和益州了。

荆州和曹操大本营的豫州和司隶区接壤。所以即使在和袁氏对抗期间，曹操已在荆州努力经营好几年了。除了荆州刺史刘表以他个人声望，勉强维持住整个荆州的统治权外，在荆州北方靠近司隶区及豫州的各郡县，心理上都早已投向曹操阵营了。

就连刘表治府的襄阳城中亲曹派的力量也相当庞大，荆州大佬蒯越、蒯良兄弟，刘表的大舅子蔡瑁，以及名士张允、韩嵩等都是主张和曹操联盟的，可见曹操在荆州境内早已拥有相当大的力量了。除了江夏太守，也就是刘表的长期战友黄祖坚决反曹外，几乎襄阳府城中所有少壮当权派，都主张向曹操投诚。由于刘表和袁绍间的长期交情，亲曹派尚不敢十分明目张胆地宣扬他们的主张。

建安十三年春天，孙权为报复当年父亲孙坚被杀的仇恨，派出猛将甘宁、凌统、吕蒙等袭击黄祖。黄祖命令水军都督陈就前往对阵。吕蒙和偏将军董袭等各率敢死队百人，偷袭陈就的主舰，吕蒙只身跳上敌舰，格杀了陈就。黄祖大军在无充分准备下，陷入大乱，荆州军退入夏口。东吴军在城外围攻甚急，黄祖率队打算突围，在混战中为东吴军所杀。孙权见复仇目的达成，以夏口深入对方境内，防守不易，乃下令全军撤退。这场战役虽很快平息，但荆州境内最庞大的反曹力量却意外遭到消灭了。

刘表有两个儿子，长子刘琦为原配所生，次子刘琮为续弦蔡氏所生。少壮派权臣蔡瑁、张允等都明显支持刘琮，加上蔡氏的怂恿，刘表也"爱少子琮，不悦于琦"，使刘琦深感自危，整天提心吊胆地过日子。

刘琦个性温和，身体健康不佳，但在荆州长老军营及各郡守眼中人缘不错，特别是和刘备相交颇深，因此对年轻又富于谋略的诸葛亮更为尊敬。

刘琦多次请诸葛亮教他"自救之策"，但诸葛亮以客居身份不宜卷入荆州府城内部的权力斗争，更害怕因而危及刘备在荆州本来就不很稳固的地位，因此总一再回避，甚至不愿和刘琦独处。刘琦深知诸葛亮之能，仍不断寻求机会向诸葛亮求计。

有一天，刘琦趁诸葛亮陪同刘备到襄阳城讨论军情之便，引他入藏书的阁楼中，刘琦事前令人撤去楼梯，让任何人均不得上下，接着便对诸葛亮表示："今日上不至天，下不至地，言出子口，入于吾耳，可以言未?" 诸葛亮不得已乃轻声告诉刘琦：
"君不见申生在内而危，重耳在外而安乎?"

　　这是发生在春秋时期晋国的一个事件，晋献公受骊姬影响，有意废长立幼，但嫡长子申生，声望崇高，才能出众，骊姬便想尽办法陷害他，申生被迫自杀身死。但申生的庶兄，原为第二顺位的继承人重耳，由于镇守在晋国北方，因而逃过一劫。申生受害后，重耳仍有时间逃离晋国，一直到四十二年后，晋国发生大乱，重耳再回国掌握政权，是为晋文公。

　　这个故事无疑在暗示刘琦，请调为外藩，以免在府治城内，反而容易遇害。适逢黄祖阵亡，刘琦便趁机申请防守江夏。刘表也深怕继承事件造成荆州政局的混乱，在与刘备商量后，便以刘琦为江夏太守，驻防夏口。

第 05 章
临危挽败局　诸葛去江东

　　平定北方以后，曹操便想乘胜追击，尤其刘备正屯驻于荆州前线防务重镇的新野。这位曾被曹操称赞为"英雄"的对手，如果不尽快设法铲除，将来势必坐大，成为最难惹的敌人。

　　让曹操一直不敢动兵的最大原因，是兵力的严重不足。一则刚平定幽、冀、青、并四州，二则关中地区诸侯仍随时威胁着曹操的大本营兖州。平定袁绍以后，曹操虽号称百万雄师，其实绝大多数都是由新投降的袁军编组而成，心态上仍极不稳定，无法完全信任。

　　董承事件过后，曹操便有意回避朝见汉献帝，因此长期驻屯于邺城，将许都交给和汉室公卿较合得来的荀彧来负责治理。为了避免意外事故危及大本营，兖州及许都均由直属的子弟兵部队驻守。因此，曹操真正能自由调动的军队少之又少。尽管南征的意愿很强，但实际行动却非得小心审慎不可。他只能不断地派出能干的眼线，收买及分化荆州境内的各股势力，并严密注意襄阳城内，由于继承权所引发政

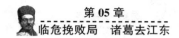

治斗争的情势发展。

建安十三年春末，刘表的健康因季节变化更加恶化。驻屯夏口的刘琦听到消息，赶回襄阳探病，但为蔡氏及蔡瑁、张允等阻拦。由于刘琦一向孝顺，深怕刘表看到了"父子相感，更有托后之意"。蔡瑁更当面斥责刘琦："主公命公子镇守江夏，防备孙权，任务至为重要，为何未得主公指示，听信谣言，擅离职守。若是主公看到公子，可能会因生气而使病情更加恶化，你还是赶快回江夏去吧！"刘琦无可奈何，只得向刘表病房跪拜，一路痛哭地回到江夏。

这时在樊城增强防务工程的刘备，突然接到刘表的通知，刘表病情严重，请刘备前往商议大事。《三国志》注引王沈《魏书》中记载：

> 表病笃，托国于刘备道："我儿不才，诸将意见分歧，不知合作，我死之后，卿可摄理荆州事。"刘备深为感动，只得安慰他说："诸子均颇有贤才，吾兄还是好好地养病吧！"伊籍劝刘备趁机宣布摄理州事，但刘备以时机未成熟，勉强从事，将引发州内权力斗争，反而不利。因而婉拒道："刘荆州待我甚厚，若依其言夺其州政，世人必笑我贪婪，我不忍也。"

刘表夫妻素爱刘琮，屡有废长之意，为何会在刘琮将成为继承人之际，反托国于一向颇受猜忌的刘备？

不过，当时曹操即将南侵的风声甚紧，病中的刘表或许已判断，刘琮在亲曹派权臣的包围下，根本不可能有抵抗曹操的力量，不如委托刘备，或许较能保护刘琮母子的安全吧！

建安十三年六月，曹操接到襄阳城内密报，刘表病情迅速恶化，随时有生命危险。襄阳城内的少壮派官僚决定拥护刘琮，因此完全封锁住刘表病危的消息，连镇守江夏的刘琦和驻守樊城的刘备都不知情。

曹操一方面在邺城召开紧急军事会议，听取荀攸对北方四州防务和管理上的通报，一方面派遣密使到许都向荀彧征询意见。荀彧表示这是千载难逢的良机，应急速编组军队南征，他更进一步建议曹操，可由宛城和叶城抄小路急行军，杀他个措手不及。

在荀攸和荀彧的鼓励下，曹操决定采取极大胆的军事行动。他派于禁、李典配合荀攸监守新征服的北方四州。夏侯渊大军配合荀彧镇守许都和兖州。徐州仍由友军的泰山豪杰臧霸管理，司隶军区则由司隶校尉钟繇负责，并封关中军营首席军营将领的凉州刺史马腾为卫尉，其子马超为偏将军，给予足够的安抚，以防关中大军趁机偷袭。

南征大军的编组如下：

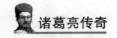

总帅：曹操

总参谋长：贾诩

参谋：田畴、娄圭

曹仁大军：率领两万曹营直属子弟兵，为主力部队

曹纯大军：指挥曹操直属的轻骑兵部队——"虎豹骑"

张辽大军、徐晃大军为先锋部队，各编组直属子弟兵五千名

袁氏降军中编组约十三万部队，组成厉锋将军曹洪大军、备武将军程昱大军、折冲将军乐进大军

汝南太守满宠负责粮管及补给事宜

夏侯渊总管后勤行政工作

　　七月底，曹操的军队由宛城和叶城分两路迅速前进，八月初便接到刘表病逝的密报。尽管不少荆襄大佬及大军将领（例如文聘、魏延）极力反对，但在蔡瑁和蒯越兄弟的支持下，刘琮仍勉强夺得政权，而曹操军队已出其不意地攻入荆州，并逼近到离北方军事重镇樊城不到二百里的位置。

　　刘琮本有意联合刘备力量，在襄阳城部署防御工事。但蔡瑁等极力反对，蒯越更表示曹操是以朝廷名义出师，抗拒者将成为叛徒，因此宜投诚不宜反抗。刘琮于是不与刘备及刘琦等商量，派遣使者直接和曹操谈判，并下令所有郡县将领，准备向曹操无条件投降。

　　曹操命令娄圭处理受降事宜，并任命刘琮为青州刺史，远离荆州原有势力。其余各郡县首长和兵马领袖，仍各自镇守原地，只有蔡瑁和张允率领的八万余荆州水军加入曹操的南征大军，随军行动。

　　荆州迅速和平征服，日后曹操抵达江陵，占有荆州北半部后，便将蒯越等十五名重臣全数封侯：韩嵩为大鸿胪，蒯越为光禄勋，刘先为尚书，邓义为侍中。从这两件事看来，曹操近两年间，以"用间"战术在荆州大肆收买人心的努力，确实已发挥了不战而屈人之兵的最大功效。

　　原先驻守在新野的刘备，在风闻曹军南下后，便下令全军进入樊城备战，并紧急向襄阳城的刘表报告军情，但一直未得到明确指示，使刘备大惑不解。诸葛亮判断刘表一定已出事，凭己方实力不可能守住樊城，便建议刘备派特使直接晋见刘表，一方面安排向南撤军的工作。刘琮眼看瞒不住，才命令部属宋忠通知刘表死讯，以及准备全军投降的决定。

　　由于曹操大军这时已逼近樊城，诸葛亮建议刘备紧急向南撤军，目标是七百里外长江北方的军事重镇江陵，以江陵拥有的军粮和防御工事，再联合江夏太守刘琦的主力军，或可有效地守住南半部的荆州。

　　八月中旬，雄踞江东的孙权，也获知刘表去世及曹操大军南征的紧急军情，立

刻派鲁肃前往江陵，探询刘琦和刘备的态度。

刘备在仓促中，率领直属部队渡过汉水，有不少北荆州地区的军民，自动跟随刘备军南下逃难。到达襄阳城时，刘备停马向城内呼叫刘琮答话。刘琮不敢出面，但襄阳城内不少官吏和军民主动投靠刘备，诸葛亮建议刘备趁机攻打襄阳，取得荆州主导权，再联合驻守各地的荆州各军，共同抵抗曹军，或许可以反败为胜。但刘备不忍心在大敌当前之际，内部自相残杀，乃决定依原计划南下江陵。

经过城外刘表的坟墓时，刘备特率众祭拜，涕泣不已，全军为之感动，更坚定了抗拒曹军之决心。

这时候，曹操的先锋部队张辽和徐晃已进入新野营区，距离襄阳大约只有四天的行程。

九月初，刘备大军继续往南撤退四百余里，到达当阳县，一路上荆州地区跟随而来的难民愈来愈多，至此已高达十万多人，大小行李车多达数千辆，道路拥塞，每天行军不到十里路，距离目的地江陵还有三百多里，估计以这种速度至少需要一个月才能到达，根本不可能躲过曹操的追军。

刘备不得已召开紧急会议，重新部署撤军计划，他下令关羽率领万余水军由汉水顺流而下，先到江陵布守防务，并派遣特使到夏口紧急会商刘琦，会师于江陵。张飞率领两千人马为断后部队，预防曹军袭击。赵云率预备队数百人保护家小。刘备自己和诸葛亮、徐庶等，率领主力军护卫难民，慢慢上路。

不少幕僚人员及将领劝刘备说："为今之计，应迅速确保江陵，现在我们虽拥有数万人，可是真正能拿武器作战者少，加上辎重又多，妨碍行动，万一被曹军追及，如何得了？"

刘备坚决表示："我不是不知道危险，但有心创大事业的人，最重要在得人心，现在大家都要跟着我走，我如何忍心弃他们于不顾呢？"

九月中旬，曹操大军抵达新野，立刻在营区召开军事会议。据探马的情报显示，刘备正全力撤向荆州中部的军事重镇江陵。江陵为粮秣储藏地，对远征的曹军甚有价值，为了不让刘备抢到这批辎重，而加强其防务力量，曹操决定选出精锐轻骑兵五千，亲自率领，并由曹纯配合虎豹骑统一指挥，日夜兼程，追赶刘备。

曹操的轻骑兵一天三百里，终于在当阳长坂坡附近追击刘备撤退中的大军。张飞率领断后部队极力抵抗，但仍无法阻挡曹军攻势，很快便被冲散了。刘备的部队虽比曹操多出许多，但事出突然，加上又要保护跟随的难民，根本无法作战。

在曹操的轻骑兵一阵冲杀下，刘备全军大溃，张飞只好命令断后部队保护刘备及诸葛亮、徐庶等先行撤向南方。

乱军中，赵云发现刘备家小的车队被冲散，乃下令剩余残军保护刘备等南下，自己单骑再冲杀入北方，寻找刘备家小。不久便和糜竺护送的甘夫人碰面，赵云指示糜竺刘备军行踪后，再往北寻找刘备的长子阿斗。这时刘备的另外两个女儿已被俘，简雍保护糜夫人带着阿斗四处逃避，但为曹军追及，简雍及糜夫人均受重伤，幸而赵云及时赶到，杀退曹军。由于糜夫人伤重，不愿离开，赵云只得要求一军士送简雍先行，自己留在那里苦劝糜夫人。但夫人以幼主要紧，赵云无力一人保护两者，乃趁赵云不注意，投井自杀而死。

无奈下，赵云身护幼主在铠甲内，单枪匹马往南奔驰，试图和刘备会合，其间遭到不少曹军攻击，赵云奋勇抵抗，杀出重重包围，整件白色战袍都染成红色。

刘备及诸葛亮一行人且战且走，他们选择在漳水及沮水汇合处的长坂桥后，进行重新整编工作。因此，刘备令张飞带二十骑断后，抵挡敌人，并接应败退下来的己方兵马。不久，便看到赵云单骑保护幼主奔来，张飞立刻前往接他过桥。赵云告诉张飞，追兵已近，宜速作准备。

张飞命令二十骑在桥后平原奔驰，制造沙尘，以为疑兵。自己则横矛骑马立于断桥前头，准备迎战曹操阵营的追兵。

这个地方水势湍急，非常不易渡过，加上长坂桥已被张飞破坏，除了冒险渡河没有其他通路，因此后面追来的曹兵也不知怎么办才好。曹纯亲自赶到现场。只见张飞在对岸横矛直立大声怒吼："我乃张翼德也，有胆的不妨放马过来决一生死！"

曹纯看他一副有恃无恐的样子，弄不清楚张飞有何诡计，因而不敢贸然渡河。

双方在断桥的两岸僵持良久，使刘备得以撤退到安全的地方。

为了避免曹军追赶，刘备决定放弃占据江陵的计划，向东南直接退守夏口，他们在汉津口碰到关羽的一万水军，声势复振，总算稳住了情势。不久，江夏太守刘琦北上支援的一万名水兵也会合了，双方便暂时退往夏口驻屯，重新部署防御工程。

当阳长坂坡之役，曹操不仅"大获其人众及辎重"，连刘备的两位女儿也为曹纯所俘。徐庶的母亲随军行动，也被俘虏。曹操风闻徐庶贤能，乃令徐母写信招降徐庶。

徐庶接信后，前来向刘备和诸葛亮辞行，他以手指心对刘备说："本欲和将军共图霸主之业，以此方寸之地也，今老母失陷，方寸乱矣，无益于事，请准许我离开吧！"

刘备和诸葛亮虽都有些不舍，但也提不出什么好建议，只好让徐庶前往曹营解救他的母亲。

当阳战役虽呈一面倒的结果，其实曹操动用的军队并不多，而且除虎豹骑外，大多是新编组的袁氏及荆州降军（文聘大军据传便在其中）。但由于他采用闪电战术，刘备根本无法估算其军力。因此，两个月不到便占据了江陵，统有一半以上的荆州领域，曹操的军事指挥天才，实在令人惊异。相信这一仗，实际参与的年轻诸葛亮一定印象深刻，对他日后的临场经验必有很大帮助。

曹操大军攻陷江陵后，也不禁矜然自得。他踌躇满志地派遣特使送给孙权一封信：

近者奉辞（圣旨）伐罪，旌麾南指，刘琮束手（投降），今治水军八十万众，方与将军会猎于吴。

这是封恐吓加招降的书信，孙权此时也到达长江前线的军事重镇柴桑，一方面观察荆州战役的情势，一方面积极准备各防御工事。接到曹操信件后，孙权立刻召开临时军事会议，并且"以书信示群臣，莫不响震而失色"。

年轻的孙权倒显得相当地从容而镇静。其实他早就关心曹操南征荆襄的行动，八月中旬便曾派遣鲁肃前往江陵，探听刘备及刘琦之态度。

鲁肃到达南郡时，听说襄阳已失陷，刘备大军正在南撤，立刻兼程赶往当阳，在长坂坡碰到败退下来的刘备，偕同到夏口和刘琦会面。

鲁肃代表孙权向刘备致慰问之意后，并问刘备有何打算，刘备表示江陵虽陷，但长江南岸的荆州尚未被曹军占领，因此他打算在夏口整编后，率众南下，准备卷土重来。鲁肃问他有何助力，刘备表示："苍梧太守吴巨，和我有旧交，打算去请他帮忙。"

鲁肃则不表赞同："苍梧地属偏远，吴巨更是庸才，绝不可靠。讨虏将军（指孙权）聪明仁惠，敬贤礼士，江东英豪无不归附。如今已拥有江东六郡兵马，粮秣充裕，足以立事。为今之计，应遣心腹，结交江东势力，共济大事。"

这个计划和诸葛亮在"隆中策"中所建议的联吴制曹战略，不谋而合，刘备自然是非常高兴，何况又有鲁肃作引介，事情要容易多了。

鲁肃更进一步向刘备建议，夏口在长江北岸，容易受到曹操陆上部队攻击，不如将驻防移往南岸的樊口（今湖北鄂城县西北）。这段期间，鲁肃才和诸葛亮谈起他和诸葛瑾之交情，两人因而倍感亲切，日后，在孙刘联盟这艰苦的任务中，诸葛亮和鲁肃的友情，也发挥了相当重要的影响力。

进驻樊口的工作完成后，诸葛亮便对刘备说："事急矣，请奉命求救于孙将军。"刘备也感到情势紧迫，曹操或许会很快地从江陵顺流而下，凭樊口的军力是不可能挡得住的，因此同意诸葛亮随同鲁肃去江东，商谈联合作战之事宜。二十年后，诸葛亮在《出师表》中写道："后值倾覆，受任于败军之际，奉命于危难之间"，指的便是这件事。

第06章
孙刘抗曹兵　周郎初授命

　　据守江东的孙氏政权，传闻是一代兵圣孙武的后代。

　　孙坚字文台，年轻时便表现得机灵而勇武。十七岁时，有次随父亲到钱塘，正好碰到海贼胡玉等，抢到不少财物，在岸上公然分赃，旅人及船只均不敢近。孙坚对他父亲说："此贼可击，请讨之。"随后不听其父劝阻，孙坚单刀跳上岸边，以手东西指挥，如众多人状。海贼见之，以为是官兵到了，放弃财物逃走，孙坚追上，杀了其中一人，尽得其财物，因此知名度大增，官府征召之为假卫。

　　熹平二年（公元 173 年），会稽郡许昌叛变，自称阳明皇帝，拥有数十万兵马，扬州刺史臧旻前往声讨，反为其所败。隔年，孙坚主动号召乡勇，得数千人，增援臧旻。由于孙坚作战勇猛无比，数度大破叛军，不久便荡平会稽之乱，朝廷遂以军功授予地方官职。

　　黄巾起义时，孙坚在下邳城招募义兵，得数千人，便加入了朱俊大军，以军功获得别部司马的官职。

　　中平三年（公元 186 年），长沙人区星自立为将军，以万余兵马起义，朝廷任命孙坚为长沙太守，率兵讨平区星，并受封为乌程侯，孙坚因而有了自己的兵马。

　　董卓之乱时，孙坚率领自己的大军，由长沙攻入襄阳，再进入豫州的南阳郡。他斩杀了不供应勤王军粮秣的南阳太守张咨，进而和袁术大军会于鲁阳。孙坚将夺得的南阳郡送给袁术，袁术乃向朝廷表封孙坚为破虏将军，并任豫州刺史。

　　在关东大军中，讨伐董卓军事行动最积极的，除曹操外，便是孙坚。在具体的军功上，孙坚更优于曹操。他不但击败董卓阵营的先锋大将军徐荣，更在西进的战役中，独力斩杀董卓大军中的无敌将军华雄，连首席战将吕布也遭到挫败，使董卓政权在防务上一度告急。

　　初平元年（公元 190 年）十二月，孙坚和属下各部队长，会饮于鲁阳城东的野营中，突然接获报告，董卓数万骑兵及步兵的混合部队即将攻打鲁阳。孙坚一点也不紧张，仍坐在原位上，指挥部队布防行动，一直到所有的部属都进入备战位置后，孙坚才离开座位，并率领重要幕僚入城，讨论作战事宜。

　　部属见他在如此危急中，仍谈笑自若地指挥着，无不佩服。

　　孙坚却笑着表示："我哪里不紧张，只是我如果离开座位，势必引起士兵们急于撤退，这样会造成彼此互相争挤，可能因而全盘崩溃，诸位可能就没有机会回到城内来了。"

　　这次事件以后，孙坚善战之名，传遍全国。

　　由于孙坚军势大振，引起袁术疑虑，遂暗中设法故意延迟粮秣之供应，以干扰其作战力。

　　孙坚查知后，大为生气，他单枪匹马趁夜色掩护脱离前线，快马急奔袁术营帐，义正词严地痛责袁术以私误公。袁术大感惭愧，当场下令紧急补送粮秣。孙坚又立即快马赶在黎明前回到前线，指挥作战，军心为之大振。董卓大军动用首席猛将吕布，也无法阻挡孙坚攻势，洛阳城因而失陷。

　　不久，反董卓联盟分裂，袁绍及袁术兄弟反目成仇。袁术在南阳驻屯，并和公孙瓒阴谋夹击冀州的袁绍。袁绍则拉拢荆州刺史刘表，由西方牵制袁术。由于孙坚的长沙大军，大部分成员来自荆州南方，因此袁术派孙坚前往荆州，分化并瓦解刘表力量。

　　孙坚的军队在邓县及樊城，分别大败刘表首席战将黄祖的部队，进而围攻襄阳。黄祖率敢死队趁夜色前来劫营，反为孙坚所败；黄祖军往砚山逃逸，孙坚亲自率军追赶，想不到在砚山山麓前中了刘表的埋伏，当场死于乱箭及飞石中，享年三十七岁。

　　孙坚去世后，他的后代也出现了中国史上难得一见的军事天才，那便是孙坚的长子孙策。弱冠之年，他很快统合了父亲遗留下来的残部，在东南建立了空前庞大的力量。较不幸的是他正要往外拓展时，便遇刺去世。而幸运的是他有位优异的弟

弟孙权，虽未能大展宏图，却为他守住了创建的江山。

孙坚遽逝，孙氏大军顿时群龙无首，幸赖程普、黄盖、韩当等团结一致面对困境，共同支持孙坚长兄之子孙贲暂领余军，寄托在袁术的旗下，并向刘表提出休战的要求。一向较信守和平共存主义的刘表也欣然同意，并派人前往敌营以厚礼吊祭孙坚。

孙坚有四个儿子，分别是孙策、孙权、孙翊、孙匡。

长子孙策，字伯符，当年才十六岁，却承袭了乃父惊人的军事天才和霸气，甚至更有过之。在军营诸部队领袖及长老大臣的保护下，追随孙贲暂时寄居于袁术旗下。三年后，也就是他十九岁时，孙策取得了军营领导权，毅然决然地率领孙坚旧部离开当时气势正盛的袁术，返回故乡吴郡，自力更生地打天下。

孙策先集中力量击败自称会稽太守的地方军营严白虎，彻底掌握住江东地区的统治权。他以自己的舅父吴景出任丹阳太守，堂兄孙贲为豫章太守，孙贲弟孙辅为庐陵太守，很快地，孙氏一族便成了江东的首席世家。此外，他除了继续重用父亲留下来的老干部程普、黄盖、韩当外，更拔擢了江东地区名士周瑜、张昭、张纮等，组成庞大且阵容齐全的幕僚群。

袁术称帝时，曾向孙策调遣援军，但为孙策严拒。且孙策公开向淮南地区的郡县首长发出通告，指责袁术僭称帝位之不当，造成淮南地区对袁术支持度大幅降低。袁术因而和孙策决裂。建安三年，孙策向许都的汉献帝政权表示忠诚，并呈献贡礼。曹操为了怀柔，特别向朝廷推荐，任孙策为讨逆将军，并封吴侯，还特别将自己的侄女嫁给孙策的弟弟孙匡，双方建立了进一层的婚姻关系。

袁术灭亡后，孙策仍和曹操维持相当程度的友好关系，曹操更以孙策作为监督并牵制荆州刘表的友军。不久，孙策为了彻底阻绝荆州军由夏口入侵扬州，一方面也应广陵太守陈登讨剿严白虎残党的要求，由淮南率军紧急返回江东。建安五年春天，孙策在丹徒编组兵马，只等粮秣汇集，便要同时展开西进和北上的双向大规模军事行动，眼看孙家的"大事业"即将登场，却在这个时候，发生了一件意外的悲剧。

前吴郡太守许贡，由于和孙策争夺地方统治权，反为孙策所杀，许贡生前的三个家臣矢志为主报仇。

孙策好狩猎，经常单骑在原野上急驰，护卫人员往往追赶不上。许贡家臣知道孙策有此习惯，乃埋伏于林中，以暗箭袭击孙策。在缺乏防备下，孙策脸部中箭，但仍奋勇格杀了三名刺客。等护卫人员赶到时，孙策已重伤不支倒地。回营后，伤势恶化，命其弟孙权接任江东领袖。

临终前，孙策对孙权鼓励道："举江东之家，决机于两阵之间，举天下争衡，卿不如我。举贤任能，各尽其心，以保江东，我不如卿。"

当晚，伤重不治去世，享年二十六岁。

孙策在世之日，积极经营江东地区，短短数年内，已拥有会稽、吴郡、丹阳、豫章、庐江、广陵六郡，包括今日江苏南部、浙江、安徽及江西一带。

比起父亲及兄长，孙权的政治才能远高于其军事才能。不过这位两代战神的后裔，在战场上仍有他独到的"祖传秘方"。日后，孙权和曹操对抗于合肥，曹操在看完孙权的阵式布局后，慨然感叹道："生子当如孙仲谋（孙权字）。"

孙策遽逝，孙权二十二岁接任江东。由于他一向没有独自领军的经验，江东各军领袖间议论纷纷，充满着不安的气氛。

在张昭建议下，孙权亲自骑马到各军巡视，并表明积极领导的意愿，果然迅速平服了各军的骚动。曹操在听说孙策噩耗及孙权继位后，也从情报中得知孙权的才干，立刻向朝廷上表推荐孙权为讨虏将军，领会稽太守，驻屯吴郡。由于朝廷公开表示积极支持，江东地区的政治情势立刻转危为安。

孙权当家后，更事张昭以师传之礼。张昭个性强悍好直言，但博学多闻，才干及忠诚度均高，是个非常好的私人指导。军事上，孙权以程普、周瑜、吕范为军区首领，驻屯于各军区中。他下令暂停一切扩张行动，以安定内部为主，并招延俊秀，广求名士，以鲁肃、诸葛瑾为宾客，显现出比孙策时期更积极致力于经营及扩展江东的政治和经济实力。

鲁肃字子敬，临淮东城人，生而失父，和祖母同居。家里非常有钱，但鲁肃素有大志，不治家事，性慷慨好施予。他见天下将乱，乃大散家财、标卖田地，帮助贫家的少年，给其衣食，加以组织，讲武习兵，俨然组有私人部队。周瑜为居巢长时，缺乏粮秣，透过关系向鲁肃借粮。当时鲁肃家中有两大仓库，各有三千斛米，鲁肃指着其中一个，要周瑜拿去用。这下子连一向风流倜傥的周瑜都为他的慷慨吓一大跳。"瑜益知其奇也，遂相结亲。"不久，便将鲁肃推荐给孙权。

和诸葛亮的"隆中策"一样，鲁肃初见孙权，也提出了"鼎足江东，以视天下之衅，剿除黄祖，进攻刘表，竟长江所极，据而有之，然后建号帝王以图天下"的大计划。孙权听了，非常高兴。表面虽一再声明无争霸天下之心，但私下则引鲁肃为知己。

鲁肃个性高傲，文武全才，富谋略，有大局眼光，是个非常优异的军人政治家。尽管张昭等江东老干部很受不了鲁肃喜欢力排众议的特立独行，经常讲坏话排斥他，但孙权深知鲁肃的规划奇才，真知灼见，常公开表示对鲁肃的特别器重及欣赏。

诸葛瑾字子瑜，是诸葛亮的同胞兄长，为人谨慎忠直，才华内敛。只有孙权姐夫弘咨深知其能，推荐于孙权。孙权以之为宾客。在江东各文武官员中，也只有诸葛瑾和鲁肃最要好，双方结为知己。

建安八年，孙权在其上任后，首度用兵，攻击夏口的黄祖军营，号称为父报仇，其实多少也是鲁肃战略中的第一波行动。虽然这一仗没有什么具体成果，但在这次军事行动中，孙权正式拔擢了太史慈、吕蒙、周泰等第二代江东名将，进一步加强

了孙氏政权的军事实力。

建安十二年，孙权再度向夏口用兵，这一次鲁肃运用谋略先行策动不少江夏地区驻守的部队和居民叛离黄祖，使镇守荆州和江东最前线的黄祖军营，遭到了极严重的打击。隔年，孙权再派吕蒙、凌统、董袭等江东少壮派将领，精锐尽出，攻打夏口。黄祖不敢抵挡，在撤退中为追及的敌军所杀，名震一时的江夏大军因而溃散。但孙权认为江东大军人数上，仍不足与实力强大的荆州大军作长期对抗。在夏口杀黄祖、为父亲报仇后，便将主力部队退回柴桑，暂时驻屯。

一向不喜欢战事，自己又正为健康问题及城内派系斗争头痛不已的刘表，对江夏战役似乎不想而且也无能追究。因此他只派任长子刘琦为江夏太守，前往夏口招抚被击溃的军民，并重新做好防务工作，设法和江东政权和平相处。个性宽厚而软弱的刘琦，颇适合处理这件工作，使江夏战线暂时恢复和平状态。

没过多久，孙权接到襄阳城密探紧急报告刘表急病去世的消息，立刻派遣鲁肃前往襄阳祭吊，并观察荆州政局的可能变化。

鲁肃才抵达南郡，曹操南下大军便已攻破樊城，襄阳城内新任荆州牧刘琮举城投降，刘备军被迫紧急往江陵南撤，试图会合夏口北上的刘琦军，重新巩固防线。鲁肃立刻抄近路北上，在当阳碰上为曹操特遣队击溃的刘备残军，鲁肃力劝刘备转向东南，联合江东孙权以共同对抗曹军。刘备在和诸葛亮商议后，也断然决定，派遣诸葛亮陪同鲁肃到柴桑晋见孙权，探求彼此合作的可能性。

这时候，孙权才二十七岁不到，执政未满五年。虽然年轻，资历又不深，但这位"超级战神"的后代，却相当的稳重而又有主见。

当阳之役后，曹操曾发出一份充满恐吓口气的招降书给孙权。孙权立刻召开紧急会议，丝毫不隐瞒地向江东文武官员透露这个坏消息。在大伙一片慌乱中，这位年轻领袖，颇有自信地冷眼旁观着。

不久，鲁肃带着诸葛亮来到了柴桑，并得到允许，单独先行拜见孙权。

在临时搭建的简单营帐内，孙权以微服接见诸葛亮。一向善于观人的诸葛亮，刚进门已看出孙权的个性。以自己的立场进行单方面的诉求是打动不了这位年轻的主帅的，因此诸葛亮决定让孙权自己去思考、选择及规划。他相信只要初步决策定了，孙权这种人一定会克服万难，坚持到底的。

初会面的寒暄结束后，诸葛亮很坦白又客观地分析曹军的实力和策略："自从海内大乱以来，将军起兵据有江东，刘豫州（指刘备）亦收众汉南，与曹操并争天下。如今曹操已解决了北方敌人，因此乘胜南下，攻陷荆州，威震天下，使英雄无用武之地，刘豫州被迫遁逃至此，情况相当危急。"

孙权冷静地倾听着。

诸葛亮直接地强调曹操闪电军事行动的威力，如今来势汹汹，时间非常紧迫，以江东的立场，是和是战必须立刻决定，以免延误军机。

"将军不妨量力而为，如果认为以吴越（江东）力量，可与中国（中原）相抗衡，不如早和他们断绝交往，以下定己方的决心，集中力量。如果觉得无力抵挡，则应迅速弃甲倒兵，臣服于中国。如今将军表面上和曹操关系友好，实际上却为是战是和犹疑不决，很可能会为国家带来大灾难的！"

孙权听了，仍冷静询问道："曹军既有如此惊人的实力，刘豫州为何不在荆州投降，却仍不自量力地抵抗到底呢？"

诸葛亮叹口气表示："当年田横不过是齐国一壮士耳，却能坚持义不受辱，反抗到底。何况刘豫州是堂堂汉皇室帝胄，声望崇高，早已成为全国反曹的精神领袖，义理上是绝不可以随便让人摆布的，即使失败，也只是天命罢了！"

孙权两眼直盯住诸葛亮，用低沉有力的声音表示，曹操挟天子以令诸侯，足以对抗者，唯刘表、刘备和他自己而已，现在刘表已去世，刘备又遭逢失败，只剩东吴了。因此他也绝不容许东吴数十万军民，任意遭人欺凌，他希望诸葛亮能够提出孙刘联合抵抗曹操大军的策略。

诸葛亮见孙权心动，便提出了进一步的分析，他表示以他在荆州战役现场搜集到的情报，曹操的大军虽多，却有四大弱点：

第一，曹军号称百万，其实真正南下的部队绝不会超过二十万，而且大部分并非曹营直属大军，而是由袁氏和荆州的降军编组而成的。这支杂牌部队向心力本来就不够，目前又要部署襄阳到江陵的广大新占领区，真正能集结在主战场的军队势必有限。因此，最佳的战术是由孙刘联军主动选择主战场，并争取到重点胜利，虚张声势却编组脆弱的庞大曹军，必将不战而溃。

第二，曹操为了追击刘备，一日夜急行军三百余里，使士气消耗殆尽，所谓"强弩之末，不穿鲁缟"，曹操军的士气及战斗力早已大不如前了。

第三，北方军队，特别是直属曹军及袁军，在长江流域一带长期作战，势必会发生水土不服的现象。

第四，北军不擅水战，攻击江东，势必以水战为主，而被曹营倚为水战主力的荆州水军，根本就不可靠。

反观刘备的主力部队虽遭击溃，但关羽所率领的万余水军和船舰均丝毫无损，刘琦在江夏也有数万名荆州精锐大军，如果能加上东吴的数万虎师，协力作战，一定可以击败曹操大而无当的杂牌军队。

孙权听完分析后，猛力点头，并表示明天一大早，立刻召开军事会议，以作最后决定。此时诸葛亮已看出，年轻孙权的内心深处，早已激起强烈斗志了。

不过，隔日的军事会议上，孙权却遭到了意外的挫折。

首先是张昭为首的文人官员，认为曹军势力庞大，根本无法对抗，不如早日向曹操投诚，也可促成中国的再统一。程普和黄盖等老军头，则主张消极的防守，避免过度激怒曹操，再谋求对等的和谈。只有鲁肃和少数的年轻将领甘宁、凌统、周泰、吕蒙等主张积极作战。由于意见分歧，彼此争吵不休，孙权当场被激怒，借口更衣，退入后营，并单独召见鲁肃秘密会谈。

鲁肃很坦然地表示："方才大家的议论，对将军您是没有好处的，以实际的利害言之，像鲁肃我这种角色，是可以迎接曹操并投降朝廷的，但以将军您的地位万万使不得。鲁肃投降曹操，混得一官半职一点也不困难，或许还会有更大的权势也说不定，但将军您呢？迎接曹操后，您会被调到哪里去呢？请速决定大策吧！不必顾虑大家的意见了。"

孙权叹息道："这些人真令我失望，只有鲁卿和我的看法相同，真感谢上天把你赐给了我！"

鲁肃随即建议孙权，立刻召回在鄱阳湖集训水军的水军都督周瑜。周瑜是孙策的长期战友，孙策娶江东美女大乔为妻，周瑜则娶大乔之妹小乔为妻，两人之间的关系非常密切。孙策临终前表示："内事不决问张昭，外事不决问周瑜。"如今既然是准备对抗外敌的入侵，周瑜自然是最好的咨询对象了。

周瑜字公瑾，庐江舒人，其祖父周景、伯父周忠都累官到汉朝太尉。父亲周异曾任洛阳令。

《三国志》上记载：

周瑜身材高大，英俊潇洒，个性爽朗豁达，相当得到友人的尊重……年轻时，便精通音律，即使酒后微醉，旁边的奏乐者只要音律不对，周瑜立刻会回头一望，是以时人常称"曲有误，周郎顾"。

在接获曹操进军荆州的消息后，身在后方的周瑜立刻派遣大量情报人员渗透到荆州各地区，以迅速搜集曹军各地区部署的情报和主力部队进攻的路线。因此在接到孙权的征召指令后，周瑜立刻下令结束集训，全军进入备战状态，只带少数人员，火速赶往柴桑。

当晚周瑜、鲁肃秘密会商，并前往晋见孙权，交换意见。

隔天早上，孙权再度召开军事会议。

主和派的领导人张昭，首先表示："曹公狡诈如狼，如今又以朝廷宰相名义，挟天子而征四方，如果公开和他对抗，在名义上已成国家叛贼，对我们是非常不利的。而且东吴最重要的天险是长江，现在荆州已失陷了，刘表一手经营的强大水军，全部纳入曹操的南征大军。曹军只要循着长江而下，水陆并进，便可与我们共有长江天险，敌我双方实力相差悬殊。因此，我们认为最好的计策，是迎接曹军，并和他们进行和谈。"

周瑜听了，立刻反驳道："你们都错了，曹操虽名为汉相，其实是个欺凌天子的汉贼，义理上是站不住的。而孙将军以神武雄才，又承父兄余荫，占据江东，拥有数千里的疆土，军队精良，粮秣充裕，英雄豪杰无不乐于在此创造一番天地，目前正应一显身手，为朝廷除去奸臣才对，为何表现出如此软弱的姿态？何况如今曹操前来送死，为何还要去迎接他呢？"

孙权听得猛力点头肯定之。

接着周瑜胸有成竹地公布他所搜集到的军事情报，并作初步的战略分析。他表示，虽然面对曹操强大的军事压力，但东吴方面仍有绝对的胜算，理由如下：

第一，曹军号称百万，其实大多是新投降的袁氏军加荆州军。北方袁氏政权刚灭不久，仍不稳定，因而曹操势必驻守大量军队。西北方的凉州刺史马腾和韩遂等大军，也随时威胁着曹营后方。许都朝廷中，自董承事件后，汉室公卿不断进行着台面下的反抗，使曹操不得不在兖、豫两州留守大量直属军，以维护大本营的安全。也就是说曹操真正能带下来的南征军，不会超过十五万人。而且根据情报，其中有不少是原属袁绍的军队，对曹操的向心力，仍有待考验。

第二，曹操这次征讨荆州的行动虽有意外的顺利，但突然间占领区扩大得太快，军队势必不能妥善调配，主力军分散，使作战力大幅滑落。加上刘琮新政权不战而降，荆州各地区大军来不及准备，虽听命行事，但中级军官及士兵心中必不平衡。这些新加入的兵军心上的不稳，只会徒增曹军直属主力部队的心理压力而已。

第三，北方军队长途跋涉高山深川，水土不服，军士生病的情况非常严重。而目前进入秋季，寒冬马上到了，天气愈来愈冷，曹军粮食的供应线过长，问题必益形艰困。曹操为求速战，已摆出要在长江决战的姿态。曹军一向擅长的是陆上野战，如今舍长用短，选择他们并不熟悉的作战方式，正表示他们心急了，这种心态参与大规模作战是相当不利的。

相反地，东吴在江东的经营已过三代，军精粮丰，水战一向又是我们的专长。因此，只要有五万左右的精锐部队，一定可以打赢这场战争。

从以上的议论中，我们可以看出周瑜对情报掌握的丰富和正确程度。别说东吴在柴桑的前线官员及将领比不上他，连身处战场、一向注重情报工作的诸葛亮也不及他的完整。周瑜在作战策划上的超人天才，由此可见。

孙权听了非常高兴，立刻大声宣布："老贼早就打算废除皇帝自立，怕的只是袁绍、袁术、吕布、刘表和我的反对罢了。如今几位英雄都死了，只剩下孤一人，孤与老贼势不两立。"

说完便拔出佩剑，一剑将身前桌案劈成两半，厉声说道："有再言投降曹操者，犹如此桌！"

在孙权"我说了就算"的决议下，所有官员、幕僚及将领共同宣誓遵守主将决策，上下同心，积极准备抗曹的战事。

接着，孙权指示张昭、鲁肃、周瑜共同和诸葛亮会商孙刘联军合作事宜。

会后，孙权单独召见周瑜，表示立刻调回周瑜的主力军，加上柴桑目前准备好的人马，约有三万余，战船、兵器、粮食也都已备妥，可以即刻出发。至于不足的人马，会在最短期限内编组完成，并由孙权自己率领，开往前线接应。

临别前，孙权意气风发地用手搭在周瑜肩上，表示："都督可以办得到的，请尽力去做吧！万一有所不顺，还有我在。我绝不会后悔，一定会和曹孟德拼个你死我活。"

第二天早晨，孙权便发表这一次抗曹作战部队的编组，名单如后：

总指挥：右都督周瑜
副总指挥：左都督程普
水军前锋：武锋校尉黄盖、中郎将韩当
水军主力部队：校尉甘宁、校尉周泰、中郎将吕范、中郎将董袭
陆上主力部队：中郎将太史慈、中郎将吕蒙、中郎将凌统
后勤支援：赞军校尉鲁肃，并负责联系刘备及刘琦的大军

东吴方面军队三万余，加上刘备和刘琦的两万余兵马。动员的兵力，大概只有曹操南征大军及将参与作战的荆州水军总和的四分之一而已。

张昭的计划虽遭否决，但他眼见年轻的诸葛亮老成持重，能说善道，有意为国家留住人才，便建议孙权令诸葛瑾前往说服诸葛亮。孙权问周瑜的意见，周瑜笑而不答。孙权便召见诸葛瑾表示："诸葛孔明是先生的亲兄弟，弟弟跟随兄长是理所当然之事，如果他肯留下共成大事，我会亲自写信向刘豫州说明的。"

诸葛瑾前去见诸葛亮，想不到诸葛亮居然先开口，劝诸葛瑾投奔刘备，更有发展的可能性。

诸葛瑾无奈，只好回报孙权："吾弟辅佐刘豫州，义无二心，亮之不留东吴，犹如瑾之不离江东。"

周瑜也劝孙权不要想太多，应以更坦然的诚心，和刘备与诸葛亮商议合作细节。

这年，周瑜三十四岁，鲁肃三十七岁，在政治舞台及实际战场上的经验，都比二十八岁的诸葛亮要多些。相信在这场战役中，诸葛亮也一定向这两位优秀的前辈学习了不少。

建安十三年（公元208年）九月底，刘备接受鲁肃建议，将部队由夏口顺流而下两百多里，改屯在长江南岸的樊口，以和东吴军就近会合，准备决战事宜。

根据情报，曹操的大军已在江陵做好出战准备，随时会顺流而下，但诸葛亮和鲁肃却全无消息。刘备忧心如焚，每天派前哨往长江下游探查东吴军队的调动情形。不久，哨兵传报东吴前锋船队正逆流而上，即将到达樊口。刘备立刻派孙乾前往劳军，想不到周瑜居然也在船队之中。

周瑜以军务在身，不能随便离开指挥，便邀请刘备到船上相见。刘备将陆上指

挥权交代关羽和张飞，单身坐小船前往。两人见面寒暄后，刘备便关心地询问东吴方面军队的数量。

周瑜坦然地告诉刘备，只有三万多人马。

刘备大失所望，不禁担忧地表示，人数会不会太少了些。

周瑜却信心十足地回答道："刘豫州，但看我来打败曹阿瞒吧！"

刘备接着询问诸葛亮及鲁肃的消息，周瑜表示他俩就在后面的船队上，约三天后可以到达。刘备回营后，愈想愈担心，便暗中拨出部分人马，交由关羽带领，北上渡过汉水预作部署，以防万一周瑜战败，可以留出一条撤退的后路。

曹操这时候正在江陵忙着进行编组工作，准备顺江而下攻击江东地区。他将张辽、徐晃、程昱的大军组成船队，加上蔡瑁和张允带领的七万水军，整个舰队首尾相连数百里，平行的船队每个横面有二十四艘，看起来如同一座水上长城，气势非常雄伟，并由数百艘小船在周围巡逻，以避免敌人偷袭。由于规模空前庞大，光是整编人马便耗费了一个多月，一直到十月底才放船东下，准备从事他生平第一次大规模水战。

十月底，周瑜将他的船队总指挥部设在三江口（汉口下游约五十公里处）。一方面派出大批探马随时掌握曹军动态，一方面则在曹操船队必经的通道上，选择赤壁附近的江面，作为预设的决战点。

这个地方的长江水位落差极大，河流宽度约有十里，水流时速则为八里，经常会出现旋涡状的大浪潮，在此处行驶船会摇晃得很厉害，对不擅水战的北军是非常不利的。

赤壁附近的江岸几乎全由红色岩石构成，水面波涛汹涌，不易临时登岸，北方对岸的二十里处有座叫做乌林的大森林。周瑜亲自在水面及岸边详细观察，然后胸有成竹地在此布下天罗地网，只等待曹军的到来。

其实，周瑜手上能动用的兵力确实不多，为了提高士气，他亲自打头阵。两名经验丰富、对长江流域的天气、地形非常熟悉的老将黄盖及韩当任先锋部队指挥，驻守在赤壁下游约半日行程的东南岸上，一方面监视着曹营船队的行动，一方面也准备在此设立攻击发起线，以对曹军进行直接的攻击。

紧接在两位老将军后面的，便是水军主力舰队的先锋部队——甘宁、周泰、董袭等船队。周瑜和程普两人坐镇中军指挥，吕范的船队担任预备部队，随时准备增援。

陆上方面，以吕蒙、凌统和太史慈的部队打头阵，部署在长江北岸的汉阳附近。友军刘备的兵马则在后方约百里的汉口附近，以双层的阵式，准备攻击或抵挡由陆上进攻的曹军。刘琦的夏口兵马则移师到长江南岸的武昌附近布防。万一江东大军在水战中失利，曹军渡河南下时，至少可以进行缓冲式的抵抗，让坐镇柴桑的孙权，有足够的时间集结江东军力，进行最后的生死决战。

面对生平最大规模的水战，曹操在布局上相当谨慎，他花了一个多月时间完成编组，准备誓师后全军顺流而下。这时候，曹操的前线大本营，却截获荆州水军总指挥蔡瑁和张允准备举军叛变的消息。

曹操南征军的贾诩，由于在南征战略上和曹操看法不同，被改派镇守江陵，处理后勤补给工作。前线由田畴和娄圭担任。田、娄两人是很好的行政人才，但对情报的搜集、求证、判断并不十分在行，所以这个情报其实大有问题。

蔡瑁及张允在荆襄地区声望极高，两人都是长期的亲曹派。刘琮无条件投降，此二人策动的功劳最大，因此很得曹操礼遇。说这两人会在关键时刻临阵倒戈、投向和他们有宿怨的刘备和孙权阵营，可能性实在不大。

不过，这次的大编组行动中，曹操的直属北方大军，由于不熟悉水战，在整编军队时错误百出，造成指挥人员和荆州水军间冲突屡起。加上曹操在作战计划中，有意以荆州水军打先锋，去和江东大军拼命，曹军则在第二线监督。这个消息自然很快传遍荆州水军间，甚而引起严重的骚动，使蔡瑁、张允两人备受压力。

虽然如此，但部署期间，蔡瑁、张允不向曹操力争，而直接付出行动进行反抗，其实是相当不可思议的。综合判断，荆州水军集体叛变，有可能出自周瑜所派出密探的煽动及兴波助澜，甚至是故意制造谣言，迫使双方产生猜忌。

不过，《三国演义》中蒋干卷入三江口的密探案，显然是罗贯中把时间搞混了。蒋干的确到过江东，但那是赤壁之战数年后的事情，蒋干的使命并非刺探军情，而是和谈，并且他是位相当优秀的外交家，任务也非常圆满地达成了。

以曹操一向的善用兵，更不会如此轻易中计。蔡瑁和张允的叛变行动，相信一定有相当的迹象。为了使情况不致恶化，曹操才不得不当机立断，派遣徐晃及程昱的部队，突击荆州水军。蔡瑁和张允死于乱军中，也使这个事件成了死无对证的无头公案。无论如何，曹操在赤壁之战还没有开始时，便损失了两位最优秀也最重要的水战指挥官了。

由于情况紧急，重新编组已不可能了，何况指挥将领的培养不是一两天的事。曹操只好解散大部分的荆州水军，将他们分散安排在程昱、徐晃及张辽的船舰中，并改以这三舰团为主战部队，直接安排在第一线上。此外，曹纯和乐进的步骑混合组，布防在夷陵附近，随时准备渡过长江，攻击东吴的本土。原先负责后勤的满宠，则配合贾诩布守江陵。由于前线大军中，曹操的直属部队在比例上所占太少，为了防止意外，曹操紧急下令，要驻屯在襄阳城的曹仁，亲率其部队改驻江陵，以为增援。

从整个布局看来，周瑜维持守势，但显得相当有自信，随时准备积极反攻。相反地，曹操军虽然声势浩大，却显得相当缺乏信心。由于直属部队太少，部署和调动上都已出现进退失据的危机了。

第 07 章
黄盖烧战船　诸葛谋荆州

东汉末年到三国时期，雄踞各方的军事强人，无不想尽办法拓展自己的势力范围，冷战热拼，勾心斗角，无所不用其极。由于长期战乱，实用军事学的兵法非常受到重视。特别是兵学始祖《孙子兵法》，更成为大家争相研究的典范。曹操本人所著的《集解注孙子》（又称《魏武帝注孙子》），便被公认是历代注解《孙子》中，最优秀的经典名著。

孙子在其兵法的第十二篇，以专题讨论注释"火攻"的技巧，认为这是最具毁灭性的奇袭战术，也是短期战最有效的手段，尤其是以寡击众时，采用火攻，正是上上之策。

细心观看三国时期的战例，我们可以发现不少重要战争都是以火攻反败为胜的。例如黄巾起义时，镇守司隶军区的皇甫嵩，便是以火攻击溃兵力十倍于他的"天公将军"张角大军的；官渡大战时，曹操以火攻烧毁袁军储存在乌巢的军粮，瓦解袁军士气，扭转了初期对峙中曹军在兵力上的弱势；刘备退入荆州投靠刘表前，在博望坡放火大败夏侯惇的征讨军；东吴陆逊在秭归之役，大败刘备为关羽复仇的东征蜀汉大军，也都是采用火攻奇袭战术奏效。

孙子在《火攻篇》中写道："发火有时，起火有日。时者，天之燥也；日者，月在箕、壁、翼、轸也。凡此回宿者，风起之日也。"

曹操大军乘胜追击，以其在兵力和战船上的绝对优势应是胜券在握，但深藏在周瑜肚子里的决胜王牌，便是火攻。

火攻最重要的是天时，特别是风向和风力。长江水面上经常风起云涌，风力倒不是问题。但是赤壁之战前夕，已接近农历十一月上旬，华中地区早进入寒冬，冷气团由西北南下，所以吹的都是强劲的西北风，曹操的巨大船队是由长江倾流而下，属上风方位，东吴的船舰则属下风位置，如果运用火攻，周瑜不是反烧到自己的部队了吗？这便是野史上最有名的"万事俱备，只欠东风"。

由于诸葛亮深通天文学和气象学，所以能预知东南风的到来，硬把"功劳"往他头上记，其实这种可能性亦极低。古代的军师，懂得天文以及气象学的应不在少数，曹操在远征大军中，也必然有这方面的专家。凭这种气象学上的常态因素，要欺骗军事天才曹操，绝对是不可能的。

但如果这只是偶然因素，周瑜为何会大胆地采用火攻战术，而且又如此有自信地调动军马，选择此特定的时空，与庞大的曹操南征军决一生死，其中必有其道理。

赤壁之战发生在建安十三年（公元208年），农历十一月二十二日夜间到二十三日破晓时刻前。在这以前的数十日间，《史记》记载双方的小股部队在雾夜中发生接触战。曹军由于不习水战，遭到严重挫折，这是曹操下令用铁链组成连环船的主要原因。

在那几天前的凌晨时刻，赤壁附近长江水面上显然有浓雾。这种凌晨的浓雾，常会带来大晴天。随后曹操又于大战前夕（大约是农历十一月十五日前后），在船上兴办宴会以鼓舞士气，在酒会中，曹操即兴创作《短歌行》助兴，其中便有"月明星稀，乌鹊南飞"的诗句，表示当时必是万里无云的晴天。

从这些片段的天时资料中，我们可以判断，在赤壁大战的前数天，可能出现过连续的大晴天，气温也势必升高了不少，加上这一带正是长江的急转弯处，其位置又是鄱阳湖的正西北方，这些因素凑在一起，的确最容易发生临时性的地形风。

原本由中国大陆西北高压带来的西北季风，因气温突然提升，使赤壁东南方鄱阳湖附近地带的温度提高不少。鄱阳湖湖面相当宽广，水有调温功能，所以湖面上的气温必远低于西北的陆地。依气象学原理，气温到某种差距时，湖面上的冷空气会向气温较高的陆地移动，这或许便是东南风形成的真正原因吧！

赤壁战役后，长江北岸开始下大雨，想必也是来自湖面多湿的空气，碰到乌林的森林时，冷却而形成的地形雨了。

周瑜一向有"顾曲周郎"的雅号，表示他的直觉记忆力极好，观察力敏锐，联想力又特别的丰富，加上素有搜集情报的习惯，相信他早就知道，赤壁一带在十一月中旬，每年都会出现数日温度较高的大晴天，并且必会产生临时性的东南风。尤其以长江水面，发生的概率最大，风力也最强。周瑜所有的布局策略，似乎是据此而设计的。这种临时性的地形风，每次出现时，或许都只有短暂的一两天，甚至数小时而已，所以一般人不会去注意，气象资料上也不会有记载，想要欺骗军事天才曹操，这可是唯一的秘术了。

日后，黄盖向曹操献诈降书时，并未指定倒戈起义的日期。而且周瑜的军队，在曹操于赤壁附近完成连环船的部署时，反而立即改采坚守战术，不再有积极作战的行动，似乎便是在等待东南风的出现。

由于长江风浪很大，不习水战的北军容易晕船，几次初步的小型接触下来，吃了东吴水军不少暗亏，因此在幕僚人员的建议下，乃将所有的主力战舰用铁索连在一起，再由小型船在旁边组成护卫队，这便是所谓的"连环船"。

果然，在连环船上的北军，稳固得有如在陆地上，士气因而大振。当时程昱、张辽等先锋将领，也表示应严防对方火攻。但曹操表示西北风正强，周瑜若发动火攻，不但无损于西北方的曹营战舰团，反而可能烧到东吴在东南方的船舰。

连环船组成后，水上的强弱形势瞬间逆转，曹军作战力量大增，东吴的小型船队根本靠近不了。

当周瑜由后方训练总指挥，调任为东吴军前线统帅时，原东吴水军最资深的老统帅程普强烈不满，进而引发少壮派将领甘宁、周泰和元老级将领黄盖、韩当等意见和情绪上的严重冲突。聪明的周瑜对这种事总是故意装作不知道，一切秉公行事，绝无偏颇，使尚识大局的程普感到不好意思，亲自到周瑜营中表示歉意，周瑜自然好言相慰，不作计较。

这件事情本来已告结束，但东吴军中老壮不和的情报，却已传入曹操耳中。

为了应对即将发生的生死大对决，周瑜调动最熟悉长江特别是赤壁一带天候、地形、水势的元老级将军黄盖和韩当镇守第一线，并在赤壁东南岸边布营。黄盖一向细心又有丰富经验，可能也看出周瑜有意利用临时性的东南风发动火攻，因此当他看到曹操采用连环船战术时，立刻秘密晋见周瑜，提出一个超级大胆的攻击方案。

黄盖建议由他自己率领几十艘小型快艇，携带干柴、硝黄、膏油冲入曹操的连环舰队中，周瑜当场批准。接下来是如何让曹操相信黄盖的投降，也就是说，要用什么方法，可以使在东吴营中活动的曹军间谍，把这项情报传入曹操的耳中。

正史对此活动的进行无任何记载，但罗贯中在《三国演义》中描写"周瑜打黄盖"的苦肉计，的确脍炙人口。接下来，黄盖派遣善辩又有胆识的食客阚泽，秘密送投降书给曹操。信中表示江东文武官员均主张和曹操和谈，只有周瑜、鲁肃和少数少壮派将领积极主战，双方芥蒂已深，因此他准备在东吴水师出阵之日，以先锋舰队及时倒戈，引导曹营兵马，直接攻入周瑜大本营，控制住少壮派军营，以减少

不必要的死伤。

曹操对黄盖的投降虽深表疑虑，但对自己所制造出的声势和震撼人心的效果，倒是信心十足。另一方面，情报人员又提供了不少东吴元老重臣张昭强烈主和的消息。东吴军中元老及少壮派严重不和的现象，早成半公开的秘密。更何况只要不发生火攻，就是让黄盖的战船接近，也不会有太大的伤害。

在权衡各种情况后，曹操只询问黄盖信中为何没有起义的日期？阚泽表示，黄盖并非统帅，而且素与周瑜不和，如何能确知东吴水军出师的日期？提供错误情报，不如没有情报，比较不会导错方向。因此双方约定，以画有"龙"的战旗当信号，当黄盖亲率插有此战旗的快速船队开向曹营时，便是东吴水军发动攻击和黄盖倒戈行动的开始。

尽管《三国演义》把诸葛亮在赤壁之战的表现，描写得活灵活现，好像他主导了所有的战局，曹操和周瑜都在他的摆布中。但历史中实际的诸葛亮，在这段期间，除了孙刘联盟外交工作的协商及谈判外，其实没有什么是他可以主动去负责推动的。在这场存亡关键的生死战中，作战缺乏经验的诸葛亮，大多时候只能冷眼旁观而已。还好这场"战争舞台"的主角，不论周瑜、鲁肃、曹操或刘备都是当代第一流人才，他们倾尽所能地演出，使诸葛亮上了一堂相当不错的"在职训练课"。

自从由柴桑返回樊口，诸葛亮全力协助刘备做好陆上作战的准备工作。依周瑜全盘战略所做的任务分配，水上作战完全由东吴军负责，陆上的第一阵线攻击也是由东吴陆上部队负责，刘备军只作第二阶段攻击任务，截断退却的曹军而已。因此，一旦赤壁大战的水战序幕开锣，刘备军便立刻向西北方向移动，渡过汉水后，由赵云、关羽、张飞分三路人马，设法由夷陵及华容道截断退却中的曹操主力部队。

刘备自然只得听从周瑜的任务分派，全心全力做好配合事宜。但诸葛亮在冷静观察全盘情势后，却提出了不同的建议。他认为刘备只分配到二流任务，即使打胜了，只能获得二流的战功和战利品，这样下来一定会白忙一场的。何况凭刘备和东吴在北岸的少数陆上部队，想击溃退却中的曹军根本不可能。因此，他认为刘备应趁乱浑水摸鱼，去争取一些战利品。至于周瑜的指令，只要虚晃一招即可，不可太损耗自己的兵士，以保持后续工作上所需要的实力。

诸葛亮认为江陵是最重要的目标，但也是曹操和周瑜关心的焦点，因此不妨鼓励周瑜全力夺回江陵，至于刘备的真正目标，则应趁机平抚长江以南的荆州郡县，先让自己有一个立足的地盘，荆州的光复或许指日可待。

建安十三年，农历接近十一月二十二日黄昏，风向逆转，晚上戌时时刻（九时左右）东南风渐强，黄盖的数十艘快艇出发，展开了决定三国鼎立局势的"赤壁之战"。

曹操的连环船着火后，立刻退入北岸营区，但风势太大，不久连陆上营区也着火了。陆上的部队，又遭到东吴陆上部队及刘备军夹击，逐渐有抵挡不住的现象。严重的是，若陆上的乐进大军被迫后撤，曹操在乌林的军队和江陵的通路，随时有被切断的可能。

　　为了避免不必要的伤害，曹操决定不入江陵，而改由华容道直接退回襄阳。他下令程昱军重新编组，作为撤退的先锋部队，张辽和徐晃军损失不大，重新编组后，在乌林一带布防断后，以争取曹操和大批幕僚人员有足够时间安全地撤回北方。

　　曹纯的虎豹骑则迅速支援乐进，以巩固华容道上的安全。接着他以书信指示布守在江陵城的贾诩和满宠，直接撤回豫州，军队交由曹仁指挥，尽量坚守江陵城，但若孙刘联军压力过大，仍随时准备撤回襄阳。

　　赤壁大战中，曹操方面真正遭到击溃的是荆州水军和程昱的先锋军。张辽及徐晃的主力军，由于曹操见大势已去，便下令提早撤离，所以损伤还算不大。陆上方面，曹纯的虎豹骑为了固守大本营后方，损伤惨重。护卫乌林和夷陵的乐进大军，在吕蒙、凌统及刘备的轮番攻击下，几乎全军覆灭。但骁勇的乐进毫无惧色，即使只剩下少数亲卫，他仍勇敢地坚守岗位，奋战到底。至于江陵的守卫部队曹仁大军及镇守襄阳的曹洪部队，几乎毫无损伤。

　　究竟是什么原因，使曹操进行这种几乎是落荒而逃的五百里长程大撤退呢？

　　其实，更令曹操担心的是北方防务，如果战败消息传出，北方原属袁氏的州郡和西凉大军，势必趁机蠢动，甚至可能会联合许都的汉室公卿朝臣反叛。到时候，十年来的辛苦经营会化为泡影。因此，曹操必须在情况尚未恶化前，赶回北方坐镇。

　　不过，由华容道转荆州襄阳的撤退行动并不轻松。十一月二十三日午时，下了一场大雨，华中地区气温骤降，空气潮湿而寒冷，道路更是泥泞不堪，车马难行。

　　曹操下令由生病无法作战的军士每人抱一堆草，走在前面铺路，才使程昱临时组成的骑兵队，得以护送曹操勉强通过，据说跟随曹操第一批抵达襄阳的先锋部队，三百骑都不到。张辽和徐晃两个军营，在撤退中损失不少兵士，乐进和曹纯两个人更几乎是拼着命才勉强逃回来的。

　　撤退的耻辱，比战场上的惨败更令人觉得丧气，虽然撤退途中并未被敌军追击，但风声鹤唳的心情，使将士损失大半，损失几乎比战场上还要严重。对曹操本人而言，这是空前未有的打击。

　　《三国演义》中描写，诸葛亮曾派赵云、张飞、关羽，在预伏的地点袭击曹操的退兵，让曹操落荒而逃，其中尤以关羽在华容道义释曹操一段，更为无稽和荒唐。其实刘备的兵马自知实力有限，抱着"归师勿遏"的心理，根本未曾认真想过追击曹军。特别是诸葛亮以"旁观者清"的立场，在进行一场比《三国演义》杜撰故事更为精彩的"阴谋巧计"——夺取荆南四郡。

　　也许是第六感，诸葛亮从江东回来后，便相当确信周瑜必可以击败曹操。因此，当刘备和关羽在安排万一赤壁水战失败，能安全脱身的退路时，诸葛亮倒相当积极

地思考战胜的善后工作。

由于所承担的战争任务太少，诸葛亮相信即使打赢了，刘备阵容也分不到什么战利品，甚至有可能沦为寄人篱下的可怜虫。因此他认为与其等待别人的恩赏，不如靠自己去夺取的好。

赤壁之战结束后，首先光复的荆州郡县，便是长江北岸的南郡。诸葛亮建议刘备，向孙权争取让刘琦继任荆州牧。由于刘琦乃刘表长子，基于义理，孙权只好答应。当然，刘琦既是州牧，南郡顺其自然，便暂时纳入刘备军营的管辖了。

紧接着，诸葛亮希望周瑜能将注意力放在江陵以北的荆州区，特别是由曹仁据守的军事重镇——江陵。

在赤壁战后的第一次孙刘联合军事会议中，刘备建议道："曹仁镇守的江陵，粮食及武器贮存甚多，必须利用曹军未稳定前尽快攻陷之，否则曹仁一旦在江陵安定下来，整个荆州便不易光复了。"

周瑜："刘豫州，您对荆州较熟悉，依您的看法呢？"

刘备："曹操在荆州地区的信誉已失，不如立刻加大压力，逼他们撤退。我派张飞的一千名部队前往协助您，也希望您分我两千人马，表现我们双方仍联手作战，来制造声势。您由正面进击江陵，我沿着夏水进入其背后，相信在内外压力下，曹仁一定会很快撤退的。"

周瑜很干脆地答应了刘备的计划，并且立刻付诸行动。

建安十三年，十二月寒冬。周瑜率领赤壁之战的原班人马，向江陵发动攻势。

不过，曹仁不但没有很快撤退，反而顽强抵抗了好几个月。东吴军这一次打得非常辛苦，周瑜亲自指挥正面攻城战，丝毫占不到一点便宜，反而在曹仁发动的几次突击战中，损失不少将士。

猛将甘宁建议另辟夷陵战场，用以牵制曹仁军队，瓦解其抵抗意志。但这一支军，却又遭到曹仁声东击西战术打击，几乎全军覆没，甘宁仅以身免。双方对峙一年余，让周瑜头痛不已。

在最后激烈的攻城战中，周瑜右肋中箭，伤势严重，但为鼓舞士气，乃令人以木棒支撑其身体，使能坐镇大本营指挥作战。曹仁慑于周瑜的气势，又担心刘备的游击军切断其后路，乃依照曹操事先指示，弃守江陵，撤退到襄阳，以重新整顿防线。

周瑜的箭伤一直未能治愈，加上公事繁重，无法静养，一年余后，伤势恶化，病逝行营中。

江陵会战期间，刘备和张飞在北方协助东吴军作战。诸葛亮则带领关羽和赵云的部队，配合刘琦的江夏大军，以南郡为根据地，向南征讨荆南四郡——武陵郡、长沙郡、桂阳郡及零陵郡。

荆襄陷落时，荆南四郡虽未遭到曹军占领，但原则上，他们都接受刘琮当时的指令，向曹操表示投降。

武陵郡由于郡守弃职逃亡，曹操命令该郡重臣金旋接任太守之职。

在诸葛亮的规划下，关羽袭击武陵及长沙，赵云攻打桂阳和零陵。

在赵云的软硬兼施下，零陵太守刘度首先投降。

关羽则在长沙郡陷入苦战。长沙太守韩玄，据险坚守。幸赖原荆襄城投奔将领魏延，说服长沙军将领黄忠反正，才逼得韩玄不得不投降。

黄忠字汉升，南阳人，擅长骑射，深为刘表器重，任为中郎将，辅助刘表侄子刘磐驻守长沙攸县，监军荆南诸郡。曹操接掌荆襄时，留其任，驻屯于长沙，协助太守韩玄。关羽军到时，黄忠亲自抗御，关羽不能胜。后在魏延劝告下，了解刘表本有意让刘备接掌荆州，乃全军向关羽投降。

魏延字文长，义阳人，善养士卒，勇猛过人，深得部属敬重，同僚人缘却不佳。荆襄城破前，曾追随刘备，但失散，乃南下长沙，投奔黄忠。

这两人日后都成了刘备阵营的大将。

长沙郡归并刘备统辖后，武陵太守金旋陷入孤立，只得向关羽投降。

赵云的军队到达桂阳郡时，桂阳太守赵范见赵云姿颜雄伟，做事应对严谨有分寸，乃有意结好之。他除了自动迎接赵云入城，并有意将他"素有国色"的寡嫂樊氏许配给赵云。

但赵云却正色表示："你我同为赵姓，你的兄长便是我的兄长，你的嫂子也是我的嫂子，此事万难从命。"

不少幕僚人员，以为这是件美事，何况樊氏美艳又贤淑，都劝赵云纳之，甚至诸葛亮也有此意。赵云只好坦然告之："樊氏之美固然难得，但赵范是被迫投降的，桂阳并未真正安定下来，赵云怎可因一美人而耽误正事。"果然赵范不久后就逃亡了，赵云只好对此事一笑置之。

以当年关羽随刘备攻陷吕布之下邳城时，一再向曹操要求，城破之日，请将吕布吏秦宜禄之妻杜氏送他为妻一事，和桂阳郡事件比较起来，赵云要贤于关羽其多。

荆南四郡被刘备阵营并吞的消息，相信必传入孙权和周瑜的耳中，但江陵战事正炽热，何况刘备本人也正在夷陵附近协助东吴军，孙权和周瑜只好暂时睁一只眼闭一只眼了。

不过，从日后江陵战事一结束，孙权立刻任周瑜为南郡太守，程普为江夏太守，公开表明要刘备归还南郡，显示孙权和周瑜对刘备囊括荆南四郡一事，心里相当的不平衡。

严格来讲，赤壁之战中，曹操和孙权大军双方的胜负并不大，曹操的南征大军虽被彻底击败，但真正的损失却不多，只是丧失不少新占领的荆州领地而已。

反观东吴方面，虽在赤壁获得大胜，但在随后发生的江陵战役中损失不少，特别是天才军事家周瑜身受重伤，导致日后的遽逝，而却只在战后获得荆州东部三个郡县，其实是得不偿失。

　　收获最大的应算是刘备，虽然在后来被逼归还了一部分南郡，但在诸葛亮规划下，趁机囊括荆南四郡，不但使自己的事业起死回生，而且也得到日后打天下的最重要根基。

第08章
孙刘暗较量 龙凤齐聚头

　　赤壁之战，曹操的势力被逐出长江流域，华夏的统一在短期内是无望了。但打了胜仗的刘、孙两国，却也开始因彼此立场的矛盾而产生争执。

　　江陵之役结束后，孙权的江东政权更为巩固，对刘备趁机袭占荆南四郡非常不满，但为了不让曹操趁孙刘双方的矛盾，再度南侵，孙权并未有任何具体干涉，只立刻任命周瑜为南郡太守，统兵镇守江陵，程普为江夏太守，表示对荆州的积极企图心。

　　刘备方面也不示弱，由于刘琦是荆州牧，刘备乃理直气壮地坚持统辖南郡大部分地区，并在诸葛亮建议下，刘备上书朝廷，推荐孙权为车骑将军，领徐州牧，明白表示希望孙权往东北方发展。

　　不过孙权更不示弱，在周瑜和鲁肃的建议下，转而向岭南发展，并很快占领了交州和广州的一部分。对刘备的荆南四郡，由东与南两方向，展开包围。

　　彼此你一来，我一往，表面上虽然还维持君子风度，礼尚往来，但暗中较劲却

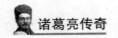

愈演愈甚。

这时候，在庐江郡叛变的曹营大将雷绪，为夏侯渊所迫，只好带领其数万大军，南下投奔刘备，使刘备的军容更为强盛，孙权即使想动武，也没有那么简单了。

最辛苦的应算是鲁肃。周瑜在赤壁战役中，看到刘备急速扩张，心存戒心，反成了抗拒刘备势力扩张的领袖。因此维持孙刘关系，只剩下鲁肃一个人孤军奋战。但鲁肃个性强悍，坚持原则，他不为情势的逆转而泄气，反而更努力地沟通彼此间的意见。这时候，唯一能协助他、给他一点安慰的，便是诸葛亮了。

诸葛亮虽然关心刘备阵营为基本生存而奋斗的扩张，但"联吴制曹"是他心中最重要的"基本国策"，所以他也不愿见到孙刘双方反目成仇，只得尽量地协调、说服，寻求两方都可接受的共识。

就在这紧要关头，一向体弱多病的刘琦去世。在诸葛亮的策动下，荆州南半部郡县首长和将领，共同宣誓支持刘备继任荆州牧。刘备也趁势立营于油江口（今湖北省公安县东方），改名公安，暂时作为荆州之府治。这下子，孙权更不安了，在江陵的周瑜也摆出一副军事干涉的姿态。鲁肃紧张了，只好找诸葛亮沟通，希望双方进行协商，给孙权和周瑜一点面子，以免产生不必要的冲突。

诸葛亮自然不愿双方撕破脸，因此他说服了刘备，采行低姿态实利益，承认南郡属孙权管辖，但先将江陵以南租借给刘备。换句话说，周瑜成了法定意义上的南郡太守，但孙权也承认了刘备在公安的法律地位。

这段期间，北荆州刘表旧部，在黄忠和魏延的号召下，纷纷叛离襄阳城的曹仁，越过江陵的周瑜，南下投奔刘备，使刘备的军势增强不少。

为了强化孙刘间的关系，鲁肃主张双方共结婚姻之好。由于刘备原配甘夫人在这年去世，孙权在得到其母吴太夫人的允许下，将不到二十岁的妹妹，嫁给了四十九岁的刘备，以稳定双方的政治关系。

据说孙权的这位妹妹也遗传了父兄的尚武精神，虽然长得相当美丽，但个性倔强，年近二十仍嫁不出去（在中国古代社会已算晚婚），碰到这位"半老英雄"刘备，倒算得上是绝配。

不过，这场政治婚姻并不幸福。日后，刘备入蜀期间，孙权引孙夫人归吴，并准备带回刘备长子阿斗，幸赵云、张飞拦江截夺，救回阿斗。但孙、刘的联盟关系至此几近决裂。

为了稳住南荆州的经营，刘备任诸葛亮为中郎将，督理零陵、桂阳、长沙三郡。诸葛亮将其指挥中心，设于临蒸（今湖南省衡阳市），临蒸在三郡中心点，便于往来变通。诸葛亮这时候的角色，如同在汉中及关中期间的萧何一样，主要在做物资上的经营，以提供刘备军政上的需要。

荆南四郡的南部，居住了一些少数民族，一般官府记录皆以鹰派称之。秦汉以来，朝廷在此设置郡县进行统治，只是这些地方长官"天高皇帝远"，经常对少数民族进行残酷的剥削，甚至常因对方的反抗而集体屠杀。恐惧加上仇恨，这些少数民族经常会站起来进行武装斗争，造成地方动荡。

过去的行政长官总强调"法治"，严厉处理这些动乱，但总是乱乱平平，平平乱乱，镇压一时，却无法有效根治。诸葛亮接掌荆南三郡后，一反过去的作风，他以宽容的态度，对"蛮人"采用"抚绥"政策，混乱的局势反而很快平稳下来。这也是他"隆中策"里，"南抚夷越"政策第一步的具体实施。

建安十五年（公元 210 年），刘备虽已在公安稳住政局，但周瑜在北方紧邻的江陵驻屯，对刘备无疑是巨大的压力，往北发展是不可能了，往南、往西则要受到周瑜的严密监督，根本动弹不得，因此决定亲自到江东会商孙权，希望连江陵一并划入刘备管辖，这便是历史上有名的"借荆州"事件。

诸葛亮对刘备心里的不安，自然很清楚，何况"隆中策"的规划，接下来便是西进益州。但只要周瑜镇守江陵，一切计划根本不可能付诸实行。刘备亲赴东吴谈判，似乎又太危险了些。不过，他也提不出具体解决方法，刘备和孙权至少已是姻亲，交涉上的成功比率，绝对比诸葛亮自己去要大得多，所以他只能以"劝告"方式，希望刘备审慎评估。

刘备的态度倒是相当坚决，他认为孙权真正头痛的仍在北方，为了对抗曹操威胁，孙权仍需要自己的援助，所以不认为东吴会做出"不利"于他的行为。诸葛亮心里虽不安，也无法阻挠他，只得向随从人员交代，有事找鲁肃帮忙，对周瑜方面的反应，要随时保持警戒状态。

刘备一行人在京口（江苏省镇江市）会见了孙权，虽然已成亲戚，但这两位当代豪杰倒是初次见面，不免互道仰慕之意，孙权亦以州郡之礼，款待刘备。

不出诸葛亮所料，当刘备提出"借荆州"一事，孙权立刻僵住，他不好当面拒绝，只好往周瑜身上推。到底江陵是周瑜拼命打下来的，要他交出江陵，至少要让他心甘情愿地同意。因此，孙权只答应会将这件事尽速和周瑜商量。

周瑜在接到孙权告知此事时，自然坚决反对，他还立刻向孙权建议道：

刘备以枭雄之姿，而有关羽、张飞等熊虎之将，必非能够长久处在比别人低弱的位置。因此，我认为最好把刘备扣留在东吴，替他盖最好的宫室，多给美女玩好，以娱其耳目。将刘备和关羽、张飞长期分开，使他们发生离间，周瑜我或可趁此机会收回荆南四郡。如果把江陵也给刘备，让这三个人聚合在疆场上，恐将有如蛟龙之得云雨，终非池中之物也。

《三国演义》记载周瑜拟用孙权的妹妹以软禁刘备，其实大概是由这封信引申而捏造的。孙夫人嫁往公安时，周瑜根本未表明任何意见，《三国志》上记载孙权"进妹固好"，和周瑜这个"美人计"的建议，其实是两回事，更何况这个建议，仅是说气话而已，周瑜心里也深知，颇识大局的孙权是不会采用这可能会破坏"团结"的策略的。

不过孙权做的比周瑜所料想的更高明，他召来了大将彭泽太守吕范及主将鲁肃，共同商议。吕范主张软禁刘备，如同周瑜的建议。鲁肃则以"共拒曹公"的大局为出发点，认为可将江陵借给刘备，以共同力量强化北方防务。

鲁肃更向孙权表示："将军虽英武盖世，但我们东吴的实力根本无法和曹操相比。何况荆州才刚刚新附，我们对荆州百姓也还未有什么恩德，不如让刘备去安抚他们，稳定荆州情势，共同抵抗曹操，这不是更有利吗？"

不久，刘备便急着表示要回公安，孙权不便强留，便准备重礼欢送。"借荆州"之事，只好不了了之地暂时搁置下来。

周瑜见刘备势力迅速膨胀，孙权又缺乏有效牵制的策略，心中相当不安，荆州南半部想要回来，已不太可能了；因此他向孙权建议，由江陵攻西方的益州，再由东西两方，夹击荆南，刘备势力便可在襄中。

他向孙权表示："曹操自赤壁战败，威信扫地，只好在北方致力于内部的安定，短期内不可能用兵于南境，因此这是我们整合长江以南地区最好的机会。西方益州领主刘璋懦弱，不能自守，请由我和奋威将军孙瑜共同进军取蜀，得蜀后再北上取汉中，并吞张鲁，若能结好关中马超，必可反过来，向北和曹操共争天下。"

孙权自然很清楚，周瑜此种策略的目标，是为牵制刘备，但他深为周瑜远大的志向和气魄所折服，很快批准了这个计划，并请周瑜积极进行准备工作。由于周瑜箭伤未愈，便令孙瑜先率水军进驻夏口。

但鲁肃仍坚决认为不妥，进攻益州，若得不到刘备支持，万一造成冲突，东吴远征军势必腹背受敌，是很危险的。何况一旦和刘备闹翻，最高兴的自然是北方的曹操。如果曹仁趁机由襄阳南下，江陵可能都会保不住。

孙权一想也对，便写封信，约同刘备，共同征伐益州，信上表示：

米贼张鲁（张天师道教军营后裔，又称五斗米教）居王巴、汉，为曹操耳目，现图益州。益州领主刘璋，缺乏武备，恐怕难以自守。万一益州落入曹操手中，荆州必危矣。因此，我想先下手为强，攻讨刘璋，再取张鲁，如果能将江东、荆州、蜀汉相连，虽有十个曹操，也不用忧心了。

夺取益州，是"隆中策"里最重要的第二阶段目标，自然不可以让给东吴。刘备和诸葛亮接到此信，的确相当头痛。何况孙权虽客气地邀请，其实口气上明显有强夺的意思。

诸葛亮建议刘备，这种情况下，态度更需要强硬，只有这样才能彻底阻止孙权和周瑜的野心。

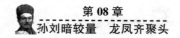

因此，刘备立刻回了孙权一封信：

益州人民富强，土地险阻，刘璋虽弱，足以自守。张鲁虚伪，未必会真正对曹
操尽忠。如今仓促以强力攻击蜀汉，光是粮秣的运输，万里遥远，必然困难重重。
欲想顺利地打赢这场战争，而不牺牲太多代价，可能连孙武和吴起这种军事天才都
做不到。

目前，曹操虽然心存野望，欺凌皇室，但至少他仍奉戴天子，拥有政府的名义。
虽有不少人以为曹操在赤壁失利后，已经力屈，不再有统一天下的远志，其实这种
判断是错的，曹操已经三分天下有其二，相信不久，他一定会将势力扩张到沧海，
并再对吴地用兵，怎么可能坐在北方等老呢？如今若我们这些同盟自相攻杀，势必
会被曹操利用，使敌人反而找到我们的弱点，因此我认为攻蜀的计划万万使不得。

孙权自然不会这么容易被说服，他派遣驻军夏口的孙瑜开始编组人马，打算来
个硬闯。

刘备也不示弱，他派遣关羽屯军在江陵附近，张飞驻守秭归，诸葛亮进驻南郡，
他自己也到达屃陵，并且派人带口信给孙权表示：

备和刘璋同属汉皇宗室，理应共同匡正朝廷，今刘璋得罪于左右，刘备我也有
责任，因此希望能看我面子，暂时原谅他，否则，将军若坚持攻打益州，刘备我只
好被发入山，从此退休，以示不失信于天下人。

这显然是封软硬兼施的"最后通牒"，一方面向孙权求情，放过刘璋；一方面则
充分表示，如果孙权要硬来，便不惜扯破脸，跟他硬拼到底。

刘备的这种强硬态度，的确让孙权吓了一跳，在未了解真正情况下，只好先命
令孙瑜停止行动。

当东吴和刘备大军紧张情势升高时，关羽逼近江陵。为了立刻加强江陵防务，
养病中的周瑜只好强行起身，由京城赶往江陵。想不到半路上，金疮并发，死于巴
陵（今湖南省岳阳县），一代军事天才，饮恨以终。

不管是斗智或斗力，周瑜都未曾和诸葛亮正面交过手，严格来讲，诸葛亮在这
段期间，是没有资格和周瑜这种人过招的。甚至可以说，不是鲁肃及周瑜的特殊礼
遇，诸葛亮进行孙刘联合阵线的外交工作可能也不会那么顺利。

原先周瑜是相当支持刘备的，但在江陵会战后，他的态度大幅度改变。或许在
江陵战役中，东吴损失惨重，刘备却渔翁得利，趁机占据了荆南四郡和南郡的大部
分领区，让他心理相当不平衡。何况自己又身受重伤，一直无法好转，使他身心都
蒙受太大压力，思考方面倾向僵化。加上身负国防重任的他，对刘备势力由零迅速

膨胀，也不能不有所警戒。因此，赤壁之战后，周瑜的态度转变为积极抵制刘备力量的发展。

不过，临死之际，周瑜仍理智地压抑自己的情绪，他深知东吴最大的威胁仍是曹操，没有刘备的帮助，东吴想独力对抗曹操是不可能的，并且势必造成严重代价。因此，他写了一封遗书给孙权，推荐他的至友——也是他在对付刘备立场上最大的政敌鲁肃——来接任他的工作。他写道：

当今天下大势，充满了冲突和紧张，也是我周瑜日夜最为忧心的事，原本应尽心力，为国家的安全做最好的事先规划。今我方正与曹操为敌，刘备又近在公安，江陵地区新近占领，百姓未附，情势未定，宜以良将镇抚之。鲁肃智略足以胜任此项工作，乞求能以他代理臣之职务。周瑜生命已有限，无法侍奉，只有尽此心意了。

这封信充分显示周瑜忧国忘身的情怀，他志气远大，不受自己意识形态限制，努力为国家找到一个最适合的人选。从这一点就可看出周瑜的确是位气度恢弘的英雄人物。

孙权接到周瑜的死讯，放声大哭，他向大臣们表示，"公瑾有王佐之资，今忽短命，孤以后有谁可以依赖呢？"他依照周瑜的推荐，任命鲁肃为都督，镇守江陵。

周瑜去世时，年仅三十六岁。孙权刚继领江东兵马时，由于年纪轻，又是文职出身，一些大佬级的将领，难免露出轻浮之意，晋见的态度常显得简约，只有已高居都督之位的周瑜，以最隆重的军礼，向这位年轻领袖表示忠诚之节，使孙权的合法性和权威性在短期内获得大幅提升。

初时，东吴资历最老的军头程普，对年纪轻轻、地位却不断蹿升的周瑜相当不满，经常故意表露傲慢的态度，但周瑜从不计较，反而在程普面前表现得更谦虚，使顽固的程普最后也不得不折服，并且公然对人表示："和周公瑾交往，如同在饮上等美酒，初饮时不觉得，但却愈醉愈甜美。"

曹操在冀州时，便常听到周瑜才华过人，为人又谦虚有礼，乃派能言善辩的九江才子蒋干，以私人身份前往游说周瑜，归服朝廷。

周瑜和蒋干是青梅竹马的好友，听说蒋干到，立刻亲自出迎，并微笑表示："子翼（蒋干字）您何苦跑这么远，来当曹氏的说客呢？"

蒋干道："长大后，我们各奔前程，相离甚远，虽常闻公瑾盛名，却不得一见，难得机会，特来相叙，怎么一定就是要来当说客的呢？"

周瑜笑道："我虽不懂弦外之音，但对欣赏雅曲倒还算内行呢！"

于是引蒋干入营帐，款待以酒食。餐后，周瑜却对蒋干说："我正好有重要事要开秘密会议，不能再陪您，事情办完，再回来招待，您可以自己随便走走看看。"

说完，便留下蒋干，做自己的事去了！

三天后，周瑜又派人来邀请蒋干，带他参观营中布局，甚至储存的军器粮食。回营后，再以盛宴款待，宴罢，周瑜向蒋干展现他所珍藏的服饰宝物，并坦然表示，"丈夫处世，遇知己之主，外托君臣之义，内又有骨肉之恩，言行计从，祸福共之，就算苏秦、张仪复生，郦叟又现，我也要抚其背而折其辞，让他们知难而退，何况你我这种幼年时期的同伴，相知颇深，又有什么好辩论的？"

蒋干只得微笑，无言以对，回去向曹操表示："周瑜气节甚高，不是言辞说服得了的。"

刘备自京口返回荆州时，孙权和张昭、鲁肃等前往送之。欢宴后，鲁肃等先出，孙权和刘备两位大舅、妹夫闲话家常，孙权便对刘备叹气道："周瑜文韬武略，万人之中难得一见的精英，我看他器量颇大，绝非普通之人臣，如今重伤久而不愈，吾恐天妒英才呀！"

日后，曹操忆及赤壁之战时，常对人言："被周瑜所败，是没有什么可耻的。"

十数年后，孙权称帝，在即位大典上，这位吴大帝对公卿们叹道："孤如果不是有周公瑾，绝不可能当上皇帝！"

周瑜的去世，对刘备和诸葛亮而言，倒是松了一口气。不但来自江陵的压力减小，孙权也闭口不再说益州之事了。

继任的鲁肃，丝毫不买周瑜推荐自己的账，一直坚持"孙刘联合"的抗曹原则，更积极主张将江陵借给刘备，由刘备来负责西线防卫任务。

用人便得信任人，孙权也很干脆地批准此一提议，鲁肃便将原周瑜统辖的江陵大军，东移至陆口。刘备则将荆州的治所由公安移至江陵，并任关羽为荡寇将军，以襄阳太守之职，驻屯江北。张飞为征虏将军，兼领南郡太守。"隆中策"的第一阶段任务，领有荆州，到此完全达成。

东汉末年的荆州一共有七个郡：南阳、南郡、江夏、武陵、长沙、桂阳、零陵。曹操由荆州撤退时，其实仍拥有包括治所襄阳城在内——荆州最大也最重要的南阳郡，以及南郡的北部地区。孙权则占有整个江夏郡和南郡的东区。另外刘备早已借赤壁之战的乱局，趁机占有南郡南区和荆南四郡。因此，鲁肃所主导的"借荆州"，其实只是把南郡中部的军事重镇江陵，转交由刘备镇守而已。

原东吴南郡太守程普，调任江夏太守。鲁肃本人则以西线防卫都督，在陆口负责指挥。

将江陵交由刘备管辖，的确有"养虎为恶"之嫌，但面对曹操的强大威胁，东方的合肥防线经常告急。如果江陵防务也由东吴主导，压力实在太大了。何况镇守襄阳的曹仁、曹洪大军的确相当不好惹！不如让刘备直接和他们对抗，对东吴反而是有利得多。

"借荆州"之事传到北方时，曹操正在写字，不禁将毛笔掉在地上。孙刘的再度联合，也让曹操不得不死了在他有生之年统一华夏的雄心。

对诸葛亮而言，占有荆州，只是他替刘备所计划的第一步，接下来更重要的工作，是"隆中策"的第二阶段目标，占领益州及汉中。奠定三分鼎立的局势，掌握住出入关中的门户，作为北伐中原、争霸天下的最佳基地。

统治益州的刘璋，鲁钝昏庸，国内政治黑暗，特权横行，有心之士早对这位无能的统治者极端不满。例如《资治通鉴》上记载，军议校尉法正，才干非凡，深具名望，却不为刘璋所用，抑郁不得志。别驾张松，能言善道，机智反应，可数当代一流，亦以为刘璋不足与之有所作为，常暗中叹息不满。正如诸葛亮在"隆中策"所说，整个益州早已处于"智能之士，思得明君"的不稳局势，刘璋政权的稳定性面临严重的挑战。

这么好的一块肥肉，自然不只是诸葛亮在觊觎而已，孙权早已兴趣多多，而曹操又何尝无心。赤壁大战失败后，曹操仍以最精锐的曹仁、曹洪大军镇守襄阳及樊城，并且亲自进军关中，驱逐了马超及韩遂，目的便在能打开进入汉中和益州的关口。诚如孙权信中所说："曹操得蜀，则荆州危矣！"

情势的确令人不放心，因此不少荆州大佬，劝刘备接受孙权请托，共同入蜀，以断曹操之念。荆州主簿殷观强烈反对，他认为这样做太危险了："若为吴之先驱，进未能克蜀，退必为吴所乘，则大势去矣！"

对诸葛亮而言，心中必也矛盾不已，联合孙权抗拒曹操，称得上是最重要的。但益州是不可以和人分享的。因此当孙权建议合取益州时，诸葛亮劝刘备，以严厉的态度婉拒之，但什么时候才能独力取蜀，又不得罪孙权，相信诸葛亮必是相当头痛。

这时候，刘备眼前出现了一位人物，让诸葛亮和刘备得以放心地积极准备入蜀的规划，他便是在南阳一带和"卧龙"诸葛亮齐名的"凤雏"庞统。

庞统字士元，襄阳人，他是荆州在野派首席大佬庞德公的侄儿。在"水镜先生"司马徽的眼中，庞统的才华直追诸葛亮。只是在长相和个性上，却属完全不同风格的两个极端。

诸葛亮高大英俊，为人谨慎，个性虽高傲，但外表仍谦恭有礼，颇知分寸。庞统却生得短小粗俗，个性又豪迈，接近放浪不羁，经常不按常理出牌，让人无从捉摸。

年轻时，庞统便有些大智若愚，从外表行为看来，实在没有什么值得称道的，只有颍川名士司马徽深知其才，行止几乎狂妄的庞统对司马徽也特别敬重。当汉末战乱伸延至颍川时，以庞德公为主的荆襄名士纷纷邀请司马徽避居南阳，但司马徽却有点舍不得离开，仍在犹疑中。年轻的庞统却不远千里，数度前往颍川拜见司马徽。司马徽也不见外，常自顾自地在桑树上采桑，庞统则坐在树下与他谈天说地，常由白昼谈到深夜，似乎永远有说不完的话题。对这位二十岁的年轻人，学问之渊博及健谈，司马徽甚感惊奇，称赞庞统为南州名士之冠冕，借此，庞统的声望大幅提高，被称为"凤雏"。

庞统个性懒散，长于思考，对世俗很少计较，长大后，在南郡做个负责法令文书的小官，每天混着过日子。不过，他相当好讲大话，每有论述，常超乎其职位上所应思虑者甚多，因此常受到别人的讥讽。

不过，庞统一点也不在意，自我辩解道："当今天下大乱，好的道理都受忽略了，善人少，恶人多。我想倡导风俗，让大家重视道业，自然要讲得特别动听，否则能重视的人一定比较少。我把事情常说满到十，其中有五却常被疏忽，但总算还能有一半，足以崇高社会教化，使自励者自励，不是也很好吗？"

周瑜为南郡太守任内，对庞统相当器重。因此，周瑜去世时，由庞统护送其灵枢回江东。

江东名士陆绩、顾劭、全琮早闻庞统盛名，特别到庞统住宿的会昌公馆和其聚谈。

庞统在和他们交谈后表示："陆先生可谓驽马也，个性飘逸，志在千里。顾先生可谓驽牛，可负重而致远也。"对全琮说："先生个性好施，尊重有声望的人，有如汝南樊子昭，惟智力不多。但也算一时之选矣！"

话虽讲得稍嫌直了些，但庞统却表现得很真诚，因此让人听起来一点也不觉得生气。陆绩和顾劭更进而表示："先生的论点真有趣，若使天下太平，吾等将和先生共同论述四海名士。"

也有人私下对庞统说："依先生看来，陆绩要稍强些了。"庞统却笑着说："驽马虽精，但他的志向，仅能一人享有，驽牛一日行三百里，能得到他帮助，将不只是他自己而已了！"

顾劭在当晚便到庞统住宿之处，请教庞统道："先生相当懂得观人，请问我们两人谁将较有成就呢？"庞统很坦然地回答道："陶冶世俗，甄选人才，考核绩效，我不如先生，但论帝王之秘策，为整体政治长期规划，我将比先生强些呢！"

顾劭听了，相当服气，从此更亲近庞统。

鲁肃虽有意重用庞统，把他推荐给孙权，但年轻的孙权却不很欣赏庞统的粗俗和好大话，庞统也表示，希望回到家乡。正好诸葛亮前来吊祭周瑜之丧，鲁肃便将庞统之事和他商量，诸葛亮见到昔年友伴，当然非常高兴，但以尚有公务在身，需和鲁肃再讨论孙刘合作事宜，乃写了封推荐信，请庞统先往江陵晋见刘备。

庞统见到刘备，并未出示诸葛亮之信，只言及鲁肃的推荐。刘备看庞统举止粗鲁，心中不甚喜欢，但碍于鲁肃面子，便任之为从事，掌耒阳县令。但庞统到县府却好吃懒做，终日不办公，很快又被刘备免除官职。

鲁肃听到这个消息，立刻派遣信使，紧急向刘备报告道："庞士元非百里之才，应该派遣在您的身边，出任治中或别驾之职，才能发挥其长才。"

这时候，诸葛亮回到江陵，听到庞统的事，立刻郑重地向刘备重新推荐。刘备早先有司马徽的卧龙、凤雏之说，现在又有鲁肃和诸葛亮的推崇备至，只好相信了。他和庞统进行了相当详细的意见交换，才知道庞统的确拥有千里之才，感到非常歉疚，便聘任庞统为治中从事，地位仅次于诸葛亮，不久更在诸葛亮的安排下，和诸葛亮并为军师中郎将。

庞统对刘备建议道："荆州经过了这几年的战事，民生荒残，人才流散各地，东有孙权，北有曹操，想要靠这块土地和孙曹鼎足而立是不太可能的。如今益州国富民强，户口有百万之众，兵精粮足，可速争夺之，以定大计。"

刘备仍疑虑地表示："对我们的立场而言，水火不容的敌人应该是曹操。曹操重功利，讲急效，因此我特别表现得宽和；曹操重视强权，我则偏重仁爱；曹操讲谲变，我则讲忠实。我刻意塑造和曹操不同的形象，来建立自己的功业。若在征伐益州这件事上，违背了我当时对孙权和刘璋的承诺，将失信于天下，这是我不愿意的事啊！"

庞统却笑着说："军国大事讲求权变，不可限制于自己的意念，兼并弱小，侵占不道之国，此春秋五霸之功业也。只要夺得其国后，对人民施以仁政，并给刘璋一个他可以胜任的封国，这就不算是失信天下了，今日不趁此最佳时机夺取之，若曹操和孙权也共同来争夺，就悔之晚矣！"

刘备一方面也担心，自己前往益州时，荆州北有曹操，东有孙权，难以进行有效的防备，如今既然多出了一个优秀的参谋，或许便可以双头并进，去作兼并荆、益双州的规划了。

第 09 章
密谋取益州　刘备背盟约

　　蜀地文化正式登上华夏历史，是战国秦惠王时期。经过商鞅变法大力整顿，秦国国势大振，客卿张仪力主以连横策略向东发展，但本土派名将司马错却力主"征蜀"。当时蜀国陷入内乱，蜀王和其弟苴侯争权，苴侯据有秦境附近的葭萌关，乃向秦国请求援助。秦惠王也有意趁机介入，占领蜀国。

　　张仪却力持反对意见，他表示："蜀地乃属西方边鄙之国，击溃此野蛮之邦，对我们的声势没什么帮助。加以蜀道艰难，徒增军队之疲惫及困难，就算打赢了，也未能有所得，如今是秦国扬名中原的最重要时刻，却加军事力量于野蛮之国，只有折损秦国的国际声望而已。"

　　司马错则表示完全不同的意见："秦国要能富国强兵，首先必须有广阔的领地和富足的国民生计。蜀国位于我国的西侧，今又正值内乱，以秦国武力攻之，有如狼入羊群，轻而易举便可打赢这场战争。蜀地物资丰富，潜力无穷，对秦国军备的强壮有着很大的帮助。况且蜀乃野蛮之邦，攻灭之，中原诸侯绝不会讲话，更不会给予秦国非难。获得实力又不影响国际名声,这不是很好的事吗?"

秦惠王依照司马错的意见,进军蜀地。公元前 316 年 10 月,攻灭蜀国,击杀了蜀王,并将蜀国分成蜀郡和巴郡两个行政区,蜀郡的治所为成都,巴郡的治所为江州,也就是现在的重庆。

并吞蜀国后,秦惠王命令当初反对攻蜀的张仪负责蜀境的规划。张仪为了让中原文化尽速介入蜀地,乃建议将秦民一万户移居于此,并委托有名的工程师张若设计成都城的建筑工程。

成都城周围二十里,城墙高七丈,城内宫室及市场的配置完全仿照当年的秦国首都咸阳城。主要的宫城分为太城和少城,太城在东,少城在西,城墙完全采用土版建筑。由于蜀地土质甚佳,据说这些城墙一直保留到宋朝期间才完全毁坏。

不过,大约在唐王朝时期,曾经大规模改造成都城,形成现代成都的基础规划。因此早年张仪完成的建筑物保存下来的并不多,其中以少城西南的宣明门最为有名,不少文人曾在此吟诗作赋,怀古思今。唐代有名的边塞诗人岑参,便作有《张仪楼》,诗词如下:

传是秦时楼,巍巍至今在。
楼南两江水,千古长不改。
曾闻昔时人,岁月不相待。

宣明门西向雪山,门前有岷江支流,山水宜人,是酒宴赏景的绝佳场所。

建安十六年(公元 211 年),曹操击败了关中马超及韩遂大军,并下令司隶校尉钟繇积极进行攻取汉中的计划。曹操自己在洛阳编组军马,指挥镇守关中的夏侯渊大军会师长安,显然有大举南下之势。

这下子,蜀地的刘璋也感到"山雨欲来风满楼"的威胁了。

张松趁机对刘璋说:"曹公军队之强,天下无敌,一旦平服汉中,必南下征讨蜀地。到时候将军可有什么对策?"

刘璋说:"这件事,我也想了好久,但一直找不到比较好的策略。"

张松表示:"目前镇守荆州的刘豫州将军,是您的同宗,和曹公更是天生宿敌。他身经百战,韬略之高,曹操都得退避三舍。这几年,我们和他素有交往,何不联合他先下手为强,征讨张鲁,只要张鲁一破,巴蜀、汉中可结为'防御联合体'。曹操军队再强,想要攻破此联合防线,也是不太容易的,这样子,益州便可保万年的太平了。"

刘璋对引外军入境,颇有疑虑,迟疑不决。

张松便又进一步表示:"这几年,国内东洲大军和本土派大军对峙现象日益严重。本土派庞羲、李异等恃功而骄,根本不听指挥。目前他们又固守北方防线,一且倒戈，巴蜀防线必立刻陷入危机，因此借用刘豫州之力，可阻挡曹操野心，也可防止庞羲等对成都有不轨的行动。"

事情讲得严重些，刘璋便却步了，再度任法正为特使，前往江陵，邀请刘备入蜀，共商军事联盟事宜。

法正到荆州后，立刻秘密晋见刘备，表示道："以将军之英才，趁刘璋之懦弱，加上益州智士张松等有意为内应，必可顺利取得益州，愿将军掌握机会，全力以赴。"

刘备仍以刘璋同宗之谊，婉拒之。

法正乃义正词严表示道："曹操征伐关中凯旋后，如今赞拜不名（晋见天子不用事先登记），入朝不趋（进入宫殿不用低头小步走以示礼貌），剑履上殿（可以带着剑上朝），显然有僭越之势。将军为延续汉室香火，更需尽快夺取巴蜀，以巴蜀地势之险，物产之丰，退可以守，进可以争霸天下，否则曹操一旦平灭汉中，再据巴蜀，天下必归于他了。"

刘备表示兹事体大，必须和诸葛亮、庞统等商量，乃请法正到宾馆等待消息。

在军事会议上，诸葛亮、关羽等均赞同入蜀的策略。庞统更积极表示："历经这几年战乱，荆州人才荒废，民生疲弊。光靠荆州，已不足和曹操及孙权鼎足而立了，益州土地广大，物产丰富，户口有百万之多，只要有效地加以整顿，根本不需靠外来资源，是复兴汉室大业最好的根据地，这个机会绝不可以放弃。"

刘备道："我们的敌人是曹操并非刘璋，何况我一向以仁义自许，和曹操有明显不同的形象，这样占取益州，长期而言，对我们不见得有利啊！"

庞统道："如今天下大乱，道义标准也应有所不同，昔日春秋五霸吞并弱者，以战止战，免生民于水火中，不但建立功业，并且合乎'大义'之原则。所谓'逆而取之，顺而守之'。将军如能完成复兴汉室之大义，夺取刘璋的益州又算得什么呢？为了天下万民，即使背信也是不得已的啊！愿将军深思之，今日不取巴蜀，而为他人所得，势将后悔莫及。"

在和诸葛亮等深入探讨后，刘备决定接受刘璋邀请，率领军队入蜀，并伺机夺取益州。

为了表示无心逗留益州，以松懈刘璋的防备和猜疑，诸葛亮建议刘备，这次入蜀的大军，全以新加入的将领为主。老干部一律留守，一方面固然为严防东吴和曹操趁机袭击，一方面也向刘璋表示此次军事行动是"有限目的"的。

入蜀大军编组如下：

主帅：刘备
总参谋长：庞统
前军：黄忠大军

中军：刘备自己指挥，以刘封、关平为领队
后军：魏延大军

荆州地区的防备阵容编组如下：

江陵总指挥：诸葛亮
北军前哨：由关羽布局在青泥隘口，以防襄阳曹仁大军突击
长江巡守：张飞大军
公安总指挥：赵云大军，协助诸葛亮统辖荆州及荆南三郡的安全

由此可见，刘备这次军事行动相当大胆，为了不让刘璋起疑，入蜀的军队非常少，万一刘璋反悔，刘备的安全是岌岌可危的。

庞统胆大心细，富于想象力，在这个行动上，比诸葛亮适合。而镇守江陵更是生死攸关的重要任务，谨慎而多谋的诸葛亮的确是最佳人选。

入蜀大军的编组，显示出刘备胆识过人，黄忠、魏延均是荆州旧将，却能获得刘备的完全信任，甚至将生命安危都委之于他们。这两人在日后的入蜀战争中，几乎拼上全力，以达成功，刘备对他们的坦然相待，应是最主要的原因。

益州内部，对这次刘备入蜀的事件，也大感疑虑。

黄权强烈反对。他向刘璋表示："刘备以勇武闻名，安能长久居于将军之下，仅为客卿。若以客礼待之，又是一国不容两主。今听臣言，则西蜀有泰山之安。不听臣言，主公必有累卵之危矣！"

帐前从事王累，更将自己倒吊于城门前，苦谏刘璋："张鲁犯境，乃癣疥之疾，虽麻烦但不至于危险。刘备入川，乃心腹大患，恐危及益州存亡！"

但刘璋是个没有主见的老实人。既已派遣使节邀请刘备，自然不便反悔，何况他也想不出有什么方法，可以撤回自己原先的命令。又由早先情报中，见到刘备入蜀的军队不多，便放心地拒绝黄权等建议，反而下令刘备所过之处，"迎奉供养"，让刘备有"入境如归"的亲切感。

刘备的军队抵达巴郡时，巴郡太守严颜，是益州最老牌的将领，有谋略、重义气。对这次刘璋迎刘备入川，严颜非常不解，他对属下将领表示："这个战略就有如独坐在深山里，却放虎来求自卫也。"

益州将领和重臣，对这件事议论纷纷，使张松和法正倍感压力，幸孟达从中调解，说服了不少人，逐渐站在支持张松和法正的立场。

为避免发生意外，刘备的中军从江州北面的垫江取水路而西。孟达亲自在涪城迎接，代替刘璋向刘备致欢迎之意。孟达请刘备暂驻于涪城，等待刘璋亲自到来。

不久，便见到刘璋亲率步骑混合大军三万多人，"车乘帐幔，精光曜日"前来迎接刘备。涪城距离成都三百六十多里，刘璋的诚意由此可见。两人自然相见甚欢，互道仰慕之情。

但负责接待的孟达，却私下拜会庞统，传达张松之意，希望刘备趁机击杀刘璋，以免夜长梦多。庞统暗中将此意转告刘备，刘备以"此大事也，不可仓促"拒绝之。

庞统又向刘备献策，不如趁此机会，逮捕刘璋，不正可以不战而屈人之兵吗？

刘备正色表示："我们刚入益州，对百姓尚无恩德，匆忙做此不德之事，必得不到支持，此事宜从长计议。"

其实，以刘备少数兵马，向刘璋的三万部队发动袭击，虽说有孟达为内应，但鹿死谁手，犹未可知！因此，庞统便不再多言了。

刘璋和刘备在涪城每日宴乐，一住三个多月。刘璋向朝廷推举刘备为大司马，兼领司隶校尉，刘备也向汉献帝推举刘璋为镇西将军，兼领益州牧。当然这仅是名义上的文字游戏而已，朝廷大权正由曹操独掌，花费不少金钱和人力完成的推举文，自然很快进入曹操的垃圾桶了。

不过，刘璋并不请刘备进入成都，相反地，他在涪城增补刘备的军力，邀请刘备由涪关出发，直接北上征讨张鲁。从这件事看来，刘璋背后仍有高手指导，使刘备不得不改变原有的计划，只有假戏真做地前往和张鲁征战去了。

但刘璋倒还算真诚，甚至把白水关驻军也交给刘备指挥，又将二十万斛米、一千余匹马、一千余乘兵车及大量衣物、武器送给刘备。等一切安排完善后，刘璋才带着原来的部队回成都去。

但刘备也是只老狐狸，将军队缓缓北上，驻屯在葭明关（今四川广元西南），先行合并白水关原首将杨怀和高沛的指挥权。接着，便是《三国志·先主传》上所讲的"未即讨鲁，厚树恩德，以收众心"。

就在这时候，荆州发生了一件意外，使刘备有借口暂缓对张鲁的征讨。

原先孙权曾约同刘备共夺益州，刘备以大义之名坚决拒绝，并立刻布军防卫东线，让孙权不得西向，孙权不得不知难而退。如今刘备自己却率军入蜀，表面上和刘璋联盟，其实是想伺机夺取之。孙权认为受到刘备欺骗，因此派遣使者接回嫁给刘备的妹妹，并以母亲名义，带回刘备年幼的长子阿斗作为人质，再与刘备强硬交涉。

由于诸葛亮到前线和关羽商议北方防务，留守江陵的幕僚地位太低，无法和孙夫人抗争，只好干瞪着眼让孙夫人带着阿斗乘船返回江东。

孙乾眼见事急，立刻派人紧急通知镇守公安的赵云和巡视长江的张飞。由于张飞行踪不定，比较不容易联络上。

赵云接到报告后，因为情况紧急，来不及和任何人商量，便带着少数近从，乘

小船快速追赶。

防备江边的将领见是孙夫人，自然不敢阻拦，何况又有东吴派来的特使周善以数百人护卫着。赵云在后面急赶，总算在边境沙头镇，追上了孙夫人的舟船。

不顾周善等威胁，赵云只身强行上船，力图说服孙夫人等刘备消息，再行离开荆州。但刚强的孙夫人拒绝其建议，赵云便退而求其次，要求留下阿斗。孙夫人不准，赵云便持剑强夺之。周善意图杀害赵云，赵云只身奋战，东吴军不得近。危急中，突见上游大批船舰抵达，原来张飞也接获急报，知道赵云已赶往抢救，恐东吴出动战舰，因此率领主力船队，前来接应。

由于双方力量悬殊，孙夫人只好留下阿斗和周善先行返回东吴，这是赵云第二度救护少主出险。

为顾及东战线防务，刘备向刘璋报告，必须等待诸葛亮处理好和东吴的谈判，确定自己的根据地没问题后，才能放心北上。

只是这么一来，又耽搁了好几个月。

到了第二年，白水关守将，也是益州有名的将领杨怀及高沛，眼见刘备无意北上进讨张鲁，便暗地派人向刘璋报告，表示情况不对，刘备可能心怀不轨，建议立刻设法将刘备遣回荆州。刘璋对这件事也不知如何是好，只好派遣特使以密书指示杨怀等仔细监督刘备行动。

这份密书却被正在刘备军中的法正截获，他立刻前往和庞统商量。庞统亦感到事情紧急，在和法正研究全盘局势后，向刘备提出了三种计划：

第一条策略，是不管杨怀及高沛，直接暗中精选敢死队，袭成都，夺取益州主导权，是为上计。

第二条策略，是先行逮捕杨怀及高沛，取得白水关控制权，再汇集更多兵力，向成都进击，是为中计。

第三条策略，则是先退还白帝城，巩固防线后，再联合荆州军队，逐步攻入益州，是为下计。

庞统表示，切勿犹疑，否则征蜀大军将陷入危境，后悔莫及。

刘备也深知自己兵力有限，任何撕破脸的行动都必须承担重大风险。他认为上计太冒险，下计又缓不济急，决定采用中计。

幸好杨怀未获得刘璋回信之指示，尚不敢采取激烈行动。首先刘备邀请杨怀、高沛过来讨论军情，杨怀不疑有诈，到达刘备的主帅营帐，立刻遭到逮捕，并被软禁，刘备便以刘璋原先的指令，控制住白水关的军事指挥权。

这时，刘备又接到孙权紧急传书，曹操为报赤壁战败之仇，正准备大军南下，希望刘备速回荆州，共商联合防守之大计。

为了孙夫人强行返回娘家的事件，刘孙联盟已呈现阴影。何况这次曹军南下规模不大，而且西线关羽的布防，已成功阻止了曹仁的蠢动，所以孙权这次的紧急军情用意何在不得而知，但却给了刘备一个有力的借口。刘备立刻派急使，向刘璋报告：以唇亡齿寒，不得背弃同盟之谊，反过来要求刘璋增派援兵，让刘备有足够实力对抗曹操。不过张鲁的问题又怎么交代呢？刘备在书函中表示，白水关防务已加强，张鲁不过是"自守"之贼，短期内不用担心，等曹操问题解决后，再回来征讨还来得及。

对刘璋而言，这样的说法是很难接受的，几乎有偷鸡不着蚀把米的感觉，如何能心甘情愿给刘备援助呢？但又怕刘备反目，只好给刘备四千余军队，粮食车辆都依要求减半。

从这件事情显示出刘璋的优柔寡断，怕得罪人又放不开，反而给了本来就想背弃盟约的刘备一个"正当"的反叛理由。

刘备自然懂得利用机会，立刻勃然大怒表示："我为益州对抗强敌，不远千里而来援助，如今我碰到困难，要点人马和军资都不肯，怎能叫我们心甘情愿去卖命呢？"

军援事件，显然使刘备和刘璋间的关系降到了冰点。

在这个时候，又发生了张松被刘璋逮捕斩杀的悲剧。

张松原是刘备入川计划的主要策动人，眼见刘备已掌握北方军权，成功在望，却传出他要回去荆州。张松不明就里，急忙派人带信给刘备和法正，询问内应夺权的事如何进行。这封信落在其兄张肃手中，张肃见信大惊，害怕连累自己家属，乃向刘璋告发张松和刘备的阴谋。刘璋大惊，立刻逮捕张松，满门抄斩，并下令各处关口严加防范，也宣布和刘备断绝往来。

刘备听到张松被杀，也以眼还眼，斩杀杨怀和高沛，和刘璋正式摊牌，拉开了争夺益州战争的序幕。

刘备军队虽不多，但准备周全，加上法正和孟达的协助，志在必得，而刘璋的益州大军显然毫无斗志。收编白水关的守军后，刘备以黄忠大军为先锋，挥师南下，直取涪城。从这个军事行动看来，刘备急着回荆州的军情，根本就是假的。

刘璋派出本土大军的领袖张任做总指挥，配合宗亲派刘璝的军队。东洲派吴懿、邓贤、冷苞的大军北上布置防守线。依刘璋的想法，这显示了益州两大派团结对抗刘备的决心。其实在孟达的暗中整合下，益州大军各怀鬼胎。

黄忠在绵竹布阵，展开会战，吴懿兵马首先倒戈，张任缺乏准备，被打得大败，涪城陷落，张任只好在涪城南端重新布防，并向刘璋要求援军。

想不到刘璋又犯了一个严重错误，这次他派出东洲大军大佬级将领李严，带军驰援。李严是南阳人，和法正、孟达一向友好，其所率属军队，大多来自荆州，因此对刘备有特别的亲切感。在法正和庞统等旧友和老乡的策动下，李严到达涪城后，不战而降，使益州的士气遭到致命的打击。

幸好，张任经验老到，又善于智略，他立刻整编忠诚度较没问题的刘聩及自己的直属军，退守刘璋儿子刘循固守的军队重镇雒城。

合并吴懿及李严大军后，刘备军声势大振。但张任据险而守，相当有效地阻止了刘备兵力的南下，因此刘备立刻依照原先计划，紧急调动荆州的诸葛亮，率领张飞及赵云的大军，由益州东边攻向成都，诸葛亮进而卷入了入川的战争。

不过在孙权遭到曹操攻击、荆州有唇亡齿寒之危机时，却反而抽调大军入蜀。刘备原先的告急情报，的确相当令人怀疑。

第 10 章
张飞收严颜　庞统中箭亡

　　从新野治军到当阳长坂坡之役，诸葛亮只能当刘备的辅佐而已。

　　赤壁之战前夕，在危急中，这位年轻的策士，在短期内，自我修炼成为相当成功的外交家。这段期间，诸葛亮的潜能在强烈的挑战下，有了相当完整的激发。

　　赤壁大战，诸葛亮是个旁观者，但他也是位不放弃任何机会的智者。除了大量吸取周瑜、鲁肃、曹操的智慧外，更以"旁观者清"的优势，趁乱策划夺取了荆南三郡和南郡的大部分领地，也替刘备扎下了创业最重要的根基。在半年不到的期间，这位年轻智者在实务经验上有了惊人的成长，诸葛亮独当一面的能力，获得刘备的肯定。

　　"借荆州"的策略，显示了诸葛亮成熟的外交手段，刘备在这方面一向较弱，是以这些精彩的"演出"应属诸葛亮的手段。这段期间，诸葛亮在刘备阵营中的文事方面，似乎已完全掌有主导地位了。

　　进军益州虽是"隆中策"中拟定的"基本国策"，但在入川的策划上，诸葛亮却让给了新来的"凤雏"庞统,这多少表示诸葛亮对庞统才干的信任及本身治理内政工作上的繁忙,也充分显示诸葛亮"不争功"的气度。史料上,这段期间记载的大多是刘备和庞统间的讨论,诸葛亮好像不发一言。但我们相信如此重大的国策,刘备势必也经常向诸葛亮详细咨询,只是既然不负责主要规划工作,诸葛亮似乎刻意避免表示太强的意见,以抢庞统的光彩。由这件事看来,诸葛亮的确是位心思周密、善解人意的大策略家,对权责分明的制度应当身体力行。

从刘备入川时所带去的少数兵力来看,显然在荆州还有第二批的预备部队正伺机而动。入川前,刘备把诸葛亮安排在江陵指挥大局,可看出在刘备的心目中,年轻的诸葛亮,地位已超过老干部关羽和张飞而跃升为第一位了。

刘备和刘璋闹翻后,又连续策动吴懿和李严大军归降,声势大增,眼见益州大军已近乎崩溃。这虽然大多是法正、孟达等在幕后操纵的功劳,但对于西征军庞统而言,这段期间是最得意、光彩非凡的了。

而益州本土派首席将领——成都名将张任,却巧妙地将崩溃中的军队,退守在益州北方第一军事重镇雒城。雒城地势险要,防御工事坚固,刘备的闪电攻势因而受挫,庞统虽绞尽脑汁,仍一点办法也没有。

不久,便接到葭明关守将霍峻的紧急军情报告,刘璋已由阆中(四川省阆中市),派兵围攻葭明,显然想截断刘备的后援,前后夹击属于"客军"的刘备征西军。更让刘备担心的是,刘璋如果再由益州东边切断他和荆州的联系,便可能使征西军完全陷于孤立。基于此,刘备不得不当机立断,也顾不得孙权和曹操可能对荆州的威胁,派人由水路送密函到江陵,下令诸葛亮发动第二波攻击,由益州东部攻入蜀境,以会师成都。

诸葛亮在接获紧急军情后,立刻依照刘备指示,命在北方前线的关羽,返回江陵坐镇,并由刘备阵营的文职长老糜竺、马良等协助,糜芳、廖化、士仁和汇报军情的关平等军,在荆州东部及北部前线布防。自己和张飞、赵云等重要军领袖共同入川,以尽速解决益州的军事行动。

第二批攻势动用的兵力显然不少于第一批刘备自己所带的大军,而且动员之快,令人吃惊,充分显示出这些军事规划,在刘备入川以前,早就准备好了。

第二波征蜀大军及荆州留守大军的编组如下:

征蜀军总指挥:诸葛亮
总参谋长:诸葛亮兼任
参谋:蒋琬、简雍
前锋大军:张飞,由巴东取陆路入蜀,将士约一万五千名
后路大军:赵云,由水路直取江州,将士约五千名

荆州留守总指挥：关羽

总参谋长：马良

文事总管：糜竺

驻守大军：糜芳、士仁、廖化、关平

张飞的前锋军由巴东入川，便碰到益州大军强烈的抵抗，指挥这个防御战的是蜀中老将巴郡太守严颜。

严颜是益州年纪最老的将领，经验丰富，他虽强烈反对让刘备入川，但在心态上对刘璋政权并不服气。因此除了冷嘲热讽外，倒也未曾向刘璋提出具体的谏言。不过，听说张飞率领大军东向，严颜立刻集结五千多名士兵据险而守。张飞在军力上虽拥有绝对优势，但一时也占不到任何便宜。

由于张飞一向性急暴躁，因此严颜判断他一定缺乏耐心，只要坚守一阵子，张飞的指挥体系必会出现漏洞，到时候以少数守军反击，必可击败张飞。

但想不到张飞粗中有细，他看到严颜据险而守，也猜得其七八分心理，乃将计就计，在数度攻城不利后，于营中发脾气，怒打兵士，并严刑附近农民，探询越关的小路。

不久，附近居民不得不告诉张飞越山而过的捷径。张飞下令即日放弃围城，全军趁黑夜掩护，越过山路入川。

由于张飞军队阵容庞大，这种军事行动根本无法瞒过严颜的情报人员。严颜判断张飞已无耐心，故打算寻小路越关过而，因此也下令趁夜出关，袭击张飞移动中的军队。

想不到张飞这个军事行动根本就是假的，在黑夜中带着部队穿越山路的大将，只是一个"替身"而已，真正的张飞正率领着最精锐的部队，准备袭击严颜打算出城袭击他的部队。

果然，严颜很快地率领突击队，去追击张飞正在越山的主力部队。真的张飞仍忍耐着不动声色，暗中追随严颜的突击部队直到走了相当距离后，才鸣鼓从后面发动攻击。前面越山的主力部队听到鼓声，也立刻回头夹击严颜军。严颜知道中计，仍拼命死战，意图突围返回巴郡城，但张飞亲自率军阻挡，一时之间也杀不出条血路来。

另外，张飞更令一队人马，乔装成严颜部队，以回师名义向守城的益州军叫关。黑夜间，城上的守军不察，打开城门，张飞的兵马趁机侵入巴郡城，完全控制住留守的益州军。

苦战到天亮，严颜好不容易才率数百名残军突出重围，往巴郡城奔逃回来，张飞亲自率队在后面追击。

严颜奔回城门口，大喊开门，但守城军队早已变成荆州军了。严颜再往回路奔走，正逢张飞追来的大军，敌众我寡，悬殊太大，严颜年纪又大，彻夜苦战，力气早已耗尽，终于所有的残军全遭擒拿。

入城后，张飞立刻升堂要求严颜投降，严颜反而怒声斥责张飞无故犯境，大声表示："益州只有断头将军，没有投降将军。"

张飞听了大怒，破口大骂，并令左右推出去斩首。

严颜看到张飞生气，反而冷冷笑道："要杀就杀，何必发那么大的脾气！"张飞打从心里敬佩严颜的勇气，不禁走下堂来，亲自解开严颜的捆索，坦然地表示："将军真是老英雄，张飞得罪了，还望见谅！"

这下子，反而把严颜怔住了，张飞礼貌地请严颜入座，并说明刘备入川主要是为了建立复兴汉室的基地，因此深获益州名士张松、法正、孟达等的认同，特意给予协助，还望严颜也能共襄盛举。

严颜本来就不是刘璋的死忠派，又见到享有威望的张飞如此诚恳地相劝，便诚心归服了。

由于巴郡附近守军均是严颜的旧属，因此在严颜的"政治喊话"下，几乎未曾再发生任何争战，张飞便顺利地比诸葛亮早一步到达江州。

进入江州后，诸葛亮的第二波西征军，已占领巴东地区。由于刘备正在雒城陷入苦战，诸葛亮不敢怠慢，除了派急使向刘备报告军情外，更和张飞、赵云等兵分三路，向成都进逼。

第一路：张飞大军，由垫江向北，收服巴西（阆中），防止益州军队截断刘备军后路的威胁，并直逼成都北方。

第二路：赵云由长江逆水西进，攻取江阳，绕道南下平定犍为，反包围成都之西。

第三路：诸葛亮继续由西向德阳攻击，直攻成都东面境界。

张飞大军在严颜的帮助下，几乎兵不血刃，很快地平定了巴西，再度和诸葛亮会师德阳。刘璋派出本土派耆老张裔率兵前来堵截，却又被张飞打得大败，张裔残军退守成都，重新部署防线。

赵云的军队也顺利攻下江阳，占领了资中（犍为郡治），由西边向成都进逼。

刘备和庞统的首批远征军，声势虽大，但大多属益州降军，因此在张任有效的阻挡下，整整一年间，攻打雒城不下。但听说诸葛亮等已克巴东，而且占有益州大部领域，特别是赵云已有效截断了刘璋军队对其后方的反包围，也就放心多了。

不久，又听说关中大军领袖马超，被曹操击败后，投靠汉中张鲁大军，不甚得志，因此派出益州相当具有名望的名士李恢，暗中到汉中去结交马超。

一直到建安十九年夏天，刘备获得通知，诸葛亮和张飞已到达成都的东面和东北面，赵云军则已攻破资中，成功地由西北方夹击成都。只等待刘备进一步指示，便可向成都发动总攻击。

刘备和庞统再度向雒城发动猛攻，庞统亲为诱饵引张任出城，果然张任恃勇轻敌，带兵出城，屯兵于雒城南方的雁桥，刘备趁机截断张任和雒城间的通路，庞统也率军回头猛攻张任驻守雁桥的阵营。张任以箭雨反击，庞统亲身在前督战，竟然不幸中箭，当场阵亡，享年三十六岁。

《三国演义》中描述刘备和庞统分兵进击雒城，庞统在落凤坡中张任埋伏殉职，诸葛亮在荆州闻讯，痛哭庞统，遂率军入川，在雒城设计擒捉张任，这显然和史实有很大的距离。诸葛亮入川在庞统阵亡前约半年左右，而且张飞及赵云军从未进攻到雒城，雒城之役完全是由刘备和庞统单独对付的。

庞统不但未中计，反而是用计擒伏张任的主要策划者，只是在这场激战中，这位不懂武艺的军师责任心所致，亲赴前线，终于中箭身亡。但在荆州军两面夹攻下，张任的主力军也在雁桥被击溃，张任为庞统部属擒获。

刘备久闻张任忠勇，有意令其归降，但张任年事已大，不想再换所侍奉的主人，拒绝投降。加上庞统殉难，荆州军气愤难忍，对张任非常不谅解，刘备也只得处死张任，以平息众怨。

雒城战役顺利取胜，殉职的庞统功劳最大。

刘备虽然痛惜庞统战死，但他仍非常冷静地想用政治手段劝服刘璋投降，以免造成双方更深的仇恨，对未来统辖益州，也是相当不利的。

因此在法正的建议下，首先由法正自己写了一封长信给刘璋，除了向刘璋陈明情势之外，并且诚恳地劝导刘璋自动投降。他表示：

法正虽然缺乏能力，但既已受任和左将军刘备交往结盟，当力求设法不辱使命，达成任务。但恐将军左右不明本末，把这件事情失败的原因归咎于法正，使我蒙受不白的耻辱，并且损及任务的达成。如今事情已陷入混乱，只得暂留于左将军营中，继续交涉，未能返回成都向您报告事情的经过。

也因为这样，必有不少的谗言，攻击于臣的身上，造成将军对法正的极端不谅解，让微臣深觉遗憾。今国事已危，祸害更迫在眉睫，是以虽身在外，不足以获得将军信任，但仍愿意言无不尽，以尽余忠。

将军引入左将军之本意，是法正所深知的，也是法正继续留在左将军身旁、努力想达成任务的主因。但如今却演变成如此尴尬的场面，主要是将军左右有太多不理会英雄从事之道的臣属意气相争，造成双方的误会，以致兵戎相见，终致不可收拾。

今益州的主力部队已遭击溃，雒下虽尚有万余部队，其实战斗意志均已丧失。相反地，左将军主力部队攻下雒城，获得大部分粮食辎重，已拥有绝对的优势，而将军土地日削，百姓日困，谓必先竭，即使想再坚守，将不复持久也。

张翼德将军（张飞）拥兵数万，已定巴东，赵云更由犍为攻入，分平资中、德阳，三道并进，将军将何以察之？

益州有三分之二领域已遭占领，虽仍守住蜀郡和成都，其实吏民疲困，思为乱者十户而八，即使没有敌人进逼，这些百姓也早已不堪役使，只要左将军军队稍加进逼，则必一日俱归附之，是以存亡之势，昭然可见。

以法正之下愚者，犹知此事不复成，况且将军左右尚有众多明智之士，竟而不见于此？

想必将军身旁重臣，平常只会争取幸宠，求容取媚，而不知替将军作长远规划，更未曾尽心献策。若事穷势迫，这些幸臣将各自索生，保护自家安全，相信也不会为将军效死。

法正虽获不忠之毁谤，然扪心自问，绝不辜负将军圣德之义。造成如此结果，其实法正也相当痛心。左将军目前已获绝对优势，但其对将军之本意仍和旧日一样，绝不会对将军有任何不利。因此愚以为将军应懂得应变之道，以保住一族之性命和尊严。

法正这封政治喊话的信函，写得相当有力量，显示他虽一直未得刘璋重用，但对刘璋的个性却了解得相当透彻，以其才干应不是不能够去讨好刘璋，想必是坚持自己的原则而有所不为也。

刘备从涪关南下攻打雒城时，益州参谋郑度曾向刘璋建议："左将军（刘备）率军袭击我们，其兵尚不满万名，士卒之心未定，军无辎重。因此防守之道，不如将我方巴西、梓潼一带居民，全部遣入涪水以西，并将这地带的仓库野谷，一律烧除。再高筑城墙，挖深防御城沟，以静制动。敌军到，勿与之战，日子一久，他们缺乏粮食，不到百日必得撤退，到时候再追击之，定可获得大胜。"

这种坚壁清野的战术，对于刘备这种"客军"，的确是相当严重的伤害，因此截获此情报时，刘备和庞统都非常忧心。法正却轻松表示："不用担心，刘璋是不可能采用此计策的。"

果然没多久，刘璋便否决了郑度的计划。他表示："吾只听说过拒敌以安民，从未听说有劳动人民以避敌的战术。"

从这点可看出法正对刘璋的个性及政风有相当的认识，由他来写这封招降信件，想必能对刘璋产生相当大的心理效果。况且，成都城内的臣属，的确有不少人早已抱持"投机主义"的心理，绝不肯为刘璋尽忠效死。

当刘备军突破雒城防线由北方进逼成都时，蜀郡太守许靖便打算开城投降，被刘璋的防城卫队发现，阻止此一叛变行动。刘璋眼见大势已去，正处危急关头，加以许靖的声望颇高，便未曾对许靖有任何的处分。

刘璋接到法正的劝降信后，犹疑不决，这时候又发生了一件军事叛变。

虽然刘璋和张鲁一向交恶，当荆州大军围困成都时，刘璋仍以其父刘焉对张鲁素有旧恩，而向张鲁请求协助。张鲁便派出投奔其不久的关中大军领袖马超，带一支援军前来帮忙。

料不到，刘备仍然快了一步，在雒城战陷入胶着状态时，曾先派出李恢到汉中和马超联系，希望马超和他采取联盟。由于刘备和马超之父马腾颇具交情，加上马超进入汉中后，张鲁对他一直很冷淡，使马超心里相当不满。因此当李恢前来说服他时，陷于低潮的马超很快便同意刘备的邀请，送密函表示将投靠刘备。

想不到张鲁又派他前来支援刘璋，诸葛亮便建议刘备暂时隐瞒这个消息，反而暗中派出一支军队给马超指挥，并请他出其不意地用新军反控制住汉中派来的援军，再和刘备会师于成都。

果然，当马超威风凛凛地引着大军到达成都西北时，刘璋还以为是援军到了，非常高兴，立刻派特使冒险突围，到马超军中联系。想不到马超非但不是救兵，还是刘备的同盟军，这果然产生了强烈的心理震撼效果，对刘璋有不小的打击。城中军民听说西凉第一猛将马超投归了刘备，心中大为恐慌，几乎丧失了所有的斗志。

刘备在这时候，再派出能言善辩的老部将简雍前往拜见刘璋。刘璋见大势已去，打算开城投降。

大臣董和劝止道："成都城中尚有精兵三万，粮食、马匹可供应一年，何必急着投降。"长老黄权、刘巴也认为民心士气仍可用，应尽力而为。

刘璋却感叹地表示："我们父子两人在益州二十年来，一直并无恩德加于百姓，现在又让益州军民连续打了三年战争，相信对他们已经是够苦的了，要再这样坚持下去。我于心何忍呢？"

益州众大臣听了，也不禁落泪。刘璋便和简雍一起开城门，同坐一辆车子，前往会见刘备。

刘备在见到刘璋后，反而觉得不好意思，想起庞统生前的劝告："逆取顺守，报之以义。"便也只好亲切地趋前表示："并不是我不顾及道义，事出无奈，实在是不得已的啊！"

诸葛亮劝刘备，将刘璋迁离益州，以彻底断绝死硬派大臣反抗之意图，刘备虽有些不忍，但理性的考虑仍是经营者最重要的责任。因此刘备便封赐刘璋为振威将军，并带着他自己全部的财产和新官衔的印绶，前往荆州的公安定居。

刘备进入成都后，立刻大摆庆功宴，犒赏荆州的西蜀远征军，摆出了一副胜利者的姿态。

刘备以荆州牧兼领益州牧，又以左将军、大司马的名义开府治事。拜诸葛亮为军师将军，并以原任益州郡太守的董和为掌军中郎将，和诸葛亮并署于左将军、大司马府事。

打开益州府库，大行论功行赏，诸葛亮、关羽、张飞、法正每人赐黄金五百斤、白银千斤、钱五千万、锦千匹。其余赵云、黄忠、魏延、孟达也依功劳大小，各有丰厚的赏赐。

接着刘备更打算将成都城内的官邸屋舍，以及城外的桑园、农地分赐给荆州来的将领及文官。所有的胜利者，都乐不可支地交头接耳，想要好好分享这份得之不易的战利品。

老将赵云独排众议，劝谏刘备说："昔年霍去病（汉武帝时抗匈奴的名将）曾表示'匈奴未灭，何以家为'。今曹操对汉皇室的伤害力之大，绝非昔日匈奴可比，虽然我们已赢得益州，但还不可求安居宁。须待天下都定，才能解甲归田各返故乡，这才是享受太平的时候啊！更何况益州居民刚遭到战争灾害，再夺其田产，必影响其生计，造成社会的不安，是很不公平的。不如归还他们的田宅，使之安居乐业，建立其欢心，然后再来筹集兵粮劳役，才能得到他们真正的支持和拥护啊！"

赵云这番话的确讲得义正词严，他完全站在新政权的稳定性及合法性立场，充分显示其关心民间疾苦、先公后私的高贵人格情操。因此刘备非常感动，立刻宣布停止原先的分赃政策，一切以安抚益州百姓为主。而那些原本急着分一杯羹的有功人员，因为赵云这种大公无私不怕得罪"朋友"的气魄，心里即使不高兴，也不便明着去争取了。

在新建立的统治阶级方面，刘备为平衡荆州派和原益州派的势力，除了在表面上抬出董和与诸葛亮共掌大军行政大权外，在实际的权力分配上，是以诸葛亮和法正共同执掌幕僚长的重责。

在两人的建议下，刘备大量起用原来刘璋政权下的智能之士，不论亲疏，量才适用。

董和原为荆州南郡人，年轻时期便随刘焉入益州，是个非常有能力的行政官员，凡由他治理过的地方，皆能做到"移风变善，畏而不犯"。刘璋时期，董和出任益州最南端的益州郡太守，他和当地的少数民族相处得非常好，的确收到了"南土爱而信之"的治绩。在刘璋昏庸的政权体制下，像董和有这种治绩的地方大员少之又少。诸葛亮深知董和是位难得的人才，因此要求刘备刻意地破格拔擢，成为诸葛亮治理益州的主要副手。

蜀郡太守许靖，是汝南名士许邵之兄，在江南地区享有盛名，刘璋特别派人敦请他出任蜀郡太守，也是成都治守的最高行政长官，应该说是刘璋相当信任和尊重的大臣。但当成都危急时刻，许靖认为百姓的生命财产最重要，因此主张和平解决成都问题。由于刘璋迟疑不决，许靖甚至打算暗中开城门迎接荆州军队，幸刘璋警觉，阴谋未能得逞。但以许靖声望高，深得民心，刘璋对这个"叛变"事件也未继续加以追究。

刘备掌权后，对许靖临危"卖主"的行为，相当不认同，因此打算不再给予重用。

法正却不以为然，他表示：“天下间的确有不少只有虚名而无其实的人，许靖便是其中一个。但是主公现在于此开创新事业，尚无法使益州百姓认识许靖的真面目，许靖在海内又名声远扬，若不重用他，天下人恐还错以为主公您是故意轻慢贤士呢！依我的建议，还是应继续重用他，才能够延揽远近的人才，这便是燕昭王当时重用郭槐的真意吧！”

郭槐是战国初期燕昭王的大臣，燕昭王承燕王哙末年政治乱局，上台后，便积极寻找人才，发愤图强。由于燕国偏属北方，不易引来中原优秀人才，燕昭王便向郭槐询问“求才策略”。

郭槐笑着对他说：“请先重用我郭槐吧！如果连我这种庸才都受到君王的重用，真正有才能的智士，自然也会不远千里而来了。”燕昭王便拜郭槐为太傅，给予破格尊重，果然不少才智之士，纷纷由中原进入燕国寻找机会。一代名将乐毅也是在这时候投奔燕昭王受到重用的，进而协助燕昭王称霸天下。

法正的意思，是继续利用许靖在海内的声望，对刘备新政权在益州吸取人才，将有很大的帮助。

刘备也接受法正的建议，以许靖为左将军长史，刘备自任汉中王，更拔擢许靖为太傅，日后建立蜀汉帝制，又拜之为司徒。诸葛亮掌权后，对许靖仍保持相当高度的尊重。

零陵刘巴，在早年便是曹操政权的积极支持者，刘备联合孙权对抗曹操时，刘巴带领荆州亲曹人士，力主“中国统一”的重要性，并接受曹操要求，招安荆州南部的长沙、零陵、桂阳三郡。

赤壁之战，曹操势力被迫从荆州退出，荆南三郡落入了刘备的势力范围。诸葛亮鉴于刘巴的才华及人格，特写信招抚之。但刘巴竟然弃官而走，并留书表示不想辅佐非正统政权的刘备，使刘备对刘巴“深以为恨”。

后来刘巴辗转由交趾郡投奔了刘璋，刘璋以之为高级幕僚。当张松、法正计划迎请刘备入川共同对抗张鲁时，刘巴强烈地表示反对，他认为刘备野心很大，入川必为其所害。等到刘备入川，并准备北上征讨张鲁时，刘巴再度进谏表示：“若要刘备去讨伐张鲁，那无疑是放虎归山了。”

两次的谏言，都不被刘璋接受，刘巴只好闭门称疾，不再参与益州政事。

刘备围攻成都时，大家都认为这次刘巴死定了，但刘备却接受了诸葛亮的建议，下了一道军令：“谁要是害了刘巴，就要诛灭三族。”刘巴听到了，深为感动。刘备进入成都后，刘巴便前来谢罪，刘备自然不好责备他，更在诸葛亮的推荐下，以刘巴为左将军西曹掾。

其余如黄权等当年反对刘备入川的益州大臣，或像李严、吴懿等在战场上归附刘备的益州长老，彭羕等有才华、但一直未受到刘璋青睐的客卿，诸葛亮皆衡量其才干及意愿，给予相当的职位，让他们在新政府的管辖下，发挥其才能。

在五六年间，一下子跨有荆益两大州，刘备的阵容迅速扩大，各方面的立场、意见、利害也出现严重的分歧。因此诸葛亮必须特别注意调和新旧文武官员间的矛盾，让他们能够和衷共济，为新政权的稳定及发展尽最大的努力。

例如关中名将马超，原为雄踞一方的领袖，如今落难前来投靠，应给予特别的礼遇，因此在进入成都后，刘备特别晋封马超为平西将军。这个地位超越了老干部赵云，甚至和张飞平起平坐。

赵云一向不重视权位，张飞对有才华的名士，也懂得特别尊重。但远镇荆州的关羽，反而有意见了。关羽一向自视极高，他看到马超一下子便当了平西将军，心中愤愤不平，特别写信给诸葛亮表示，马超到底有何才能，军略上可与谁相比？

诸葛亮深知关羽为人，只好作书回答他道："孟起（马超字）兼资文武，雄略过人，一世之杰，黥、彭之徒，当与翼德并驱争先，犹未及髯（关羽有一副美髯，时人常以美髯公称之）之绝伦逸群也。"

诸葛亮特别在书信中，将马超比作西汉初期的名将彭越及英布等有勇略但较缺智谋的猛将，在当代也只能像是张飞般而已，绝不如关羽之文武全才、超群绝伦。

关羽看到书函非常高兴，特别将书信拿给左右宾客共赏之，可见关羽当时傲慢自得的神态，这也是造成日后荆州失守的最主要原因。不过诸葛亮总算让关羽不平衡的心理稍微获得平服。

当然，诸葛亮自己也以身作则，带头和新附的荆益人士建立良好关系。他和董和"献可替否，共为欢交"，互相取长补短，同心共事，成为最好的朋友。

像刘巴便是个相当不好惹的人物，他才华过人，的确相当有见识。当初，刘备围攻成都时，曾和围城的大军将领有约，打下成都后，府库财物全可充为战利品，由大家分享。因此，城破后，将士们将府库财宝抢掠一空，反而造成刘备入城后军用不足，常为财政问题束手无策，相当"伤脑筋"。

刘巴对刘备建议道："其实这并不困难，只要多铸一些直百钱（值一百文），平诸物价，由官府制定价格，把市场管理好就可以了。"这可以称得上是一种计划经济，加上配合货币制度的政策，以主动地调整和控制市场，只是在当时有这种头脑的人尚不多。刘备依照刘巴的方法去做，果然数月以后，府库便很快地充实了起来。

但刘巴非常高傲，他看不起武将，居然连张飞都不加以理睬。很多场合，张飞客气地请教他时，他连话都懒得讲，使张飞心中愤恨不平。

诸葛亮便劝刘巴说："张翼德将军虽然是武人，但他很敬慕足下。主公方收合文武，以定大事。足下禀性高雅，理应懂得一点随和才是啊！"

想不到刘巴骄傲地反驳道："大丈夫处世，当广交四海之英雄，和粗鲁的武夫有什么好谈的。"

诸葛亮见此，也不便再表示意见。但刘备一听，倒是火冒三丈地表示："我欲统合大家的才智和武略，以共定天下，刘子初（刘巴字）却专门和我作对，他大概仍想到曹操那儿去为官啊！只想把我们当作跳板，好像并无诚意帮助我们吧！"

刘巴见刘备生气，才收敛了不少。

益州初定，诸葛亮急于稳定中央的人事和法制，刘备则常到州中各郡巡视，以彻底有效地控制益州。但最让刘备和诸葛亮担心的，是东方的孙权和北方的曹操，对刘备一下子拥有荆、益两州，颇为眼红，经常出现"挑战"性的动作，让尚未稳定下来的刘备及诸葛亮不禁胆战心惊，小心谨慎地应付着。

建安十五年，也就是刘备平定益州的第二年，曹操对汉中的张鲁发动军事行动。刘备立刻派出大量的情报人员严密地注意北方军事情势，并将张飞及马超两位经验丰富的大将，调往益州北区，加强防备工事。

不久，孙权的特使诸葛瑾到益州晋见刘备，要求归还荆州。

刘备对孙权在他陷入益州军事僵局时召回其妹孙夫人，而且差点带走阿斗，愤恨不已。但由于使者是诸葛亮的哥哥诸葛瑾，一向属于较同情刘备的东吴人士，只好敷衍一下表示："等我们攻下凉州以后，自然会把荆州还给你们。"

诸葛瑾虽深知这是推脱之辞，但也不好再强迫之，只好将刘备的意思回报孙权。

想不到，孙权听了大怒，立刻令大将吕蒙率军袭击荆南的长沙、零陵、桂阳三郡。

刘备获知军情，立刻将益州交给诸葛亮及法正，亲自率五万主力部队返回荆州，进驻公安指挥大局，并命令关羽率荆州大军由江陵南下，直入长沙郡军事重镇益阳，表示强硬态度。

孙权的态度也不退缩，他下令鲁肃由夏口亲自南下益阳，准备和关羽硬碰硬，自己则进驻陆口，掌握军情变化，眼见双方联盟即将破裂，大战有一触即发的态势。

就在这紧急关口，传来北方陷于胶着状态的汉中战局，曹操已取得决定性胜利的消息。刘备大惊，害怕曹操趁势南下，益州可能有变，乃主动派使者和孙权谈判，双方议定平分荆州。以湘水为界，湘水以东江夏、长沙、桂阳三郡属于孙权；湘水以西，南郡、零陵、武陵归属刘备。这场争战暂时缓和了下来，孙刘联盟也得以再苟延残喘一阵子。

其实，以当时的情势而言，不仅刘备受到威胁，如果汉中由曹操完全控制，紧接着东方的合肥战线，也势必告急，孙权同样受到严重压力。所以孙刘联盟战线，对他们两人同样是相当重要的。

刘备的主力军不敢回荆州，而直接到达益州北方的江州巡视。这时张鲁已逃亡巴中，原益州参谋黄权向刘备表示，汉中已失，巴东、巴西、巴中三郡便难以有效防守，三巴陷落，有如去掉益州的胳臂，情况将更转严重，因此不如和张鲁联合，紧守巴中，以对抗曹操势力之南下。刘备立刻令黄权为护军，率军队北上迎接张鲁。

想不到黄权刚到巴中（今嘉陵江上游），张鲁已回到南郑，并正式向曹操投降了。

黄权立刻向三巴发动攻势，逼走曹操所任命的巴东太守朴胡、巴西太守杜沪及巴郡太守任约，将巴中完全置于刘备阵营的控制下。

这时候曹操也派大将张郃，出兵经营三巴，并进驻岩渠。刘备令巴西太守张飞率军迎战，双方相峙五十余日，张飞用计击溃了张郃，张郃兵还南郑。表面上三巴暂时稳定下来，其实更大的一场战争正在紧急的酝酿中。刚获得休息的刘备和他的大军，又不可避免地卷入一场和北方之雄曹操展开的汉中争霸战。

第 11 章
曹操让汉中　刘备始称王

　　汉中是关中司隶军区及蜀中益州间的缓冲地带，在刘焉有计划地策动和安排下，成了道教军领袖张鲁盘踞之地。当曹操平定关中，刘备统治益州之后，汉中地区的重要性暴增。

　　对刘备来讲，汉中是必争之地。"隆中策"里，诸葛亮便曾做过"刘璋暗弱，张鲁在北"的分析，也就是说，汉中对益州的安全具有决定性的威胁。何况日后，若欲北征统一中原，汉中更是必经之地。

　　不幸的是，当刘备和诸葛亮还忙着整顿益州的时候，曹操已在建安二十年击败张鲁，取得全部的汉中地区。

　　曹操的汉中战役，赢得相当辛苦，从建安十九年冬天，编组远征军，一直打到建安二十年冬天，整整一年才获得关键性胜利。之所以如此，主要是汉中地区形势险要，易守难攻，对外来的军队而言，无法掌握地理优势，易陷于相当程度的苦战。

　　建安二十年十二月，曹操在恢复汉中地区的政治秩序后，打算班师返回邺城。

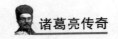

西征军刘晔和司马懿向曹操建议，应乘胜追击，攻入益州，消灭刘备的势力。

司马懿表示："刘备以阴谋夺取刘璋基业，不少蜀中大族颇不服气。而且目前刘备的防线远及江陵，军力分散，是攻打的最好机会。我方大军已克汉中，益州必大为震动，大军压境下，民心士气很容易瓦解。自古圣人成大事在于不悖时机，请丞相立刻下令采取行动吧！"

曹操见到这些第二代精英，都有积极争雄的意图，相当高兴。不过他深知汉中之役，已是赢得侥幸，攻打拥有天险的益州可能要艰苦千百倍以上，何况刘备更非等闲之辈。

因此，曹操笑着表示："人生的痛苦，皆来于不知足，何必既得陇，又望蜀呢？"

刘晔也向曹操建议道："刘备人中豪杰，有理想，有毅力，只是早年的运气较差，如今已渐成气候，不得不防。他目前刚获得蜀中，人心未附，北方的屏障汉中又被我们夺得，相信蜀地现必受到极大的震撼，其势必衰。以明公之英武，趁其衰而征之，无不克也。若迟缓之，以诸葛亮之善于治国，关羽、张飞勇冠三军，蜀中民心不久便可趋于稳定，加上蜀地险要难攻，想要再进犯他们就难上加难了。今日不除，必为后患。"

曹操笑而不语，只要求刘晔详查蜀中之情报。

七天后，蜀中降者向曹操报告："蜀中传来消息，全益州军民已因汉中有变而颇受震撼。一日之中，甚至有数十回事变，虽然当局一再对叛乱者采取严厉镇压手段，但似乎仍无法安定下来。"

曹操沉思了一会儿后，表示："蜀中已定，不可击也。"

战场上的情报虚实难测，必须凭经验作直觉的判断。对方有弱点，不见得我方完全占优势。特别乐观的情报，常有其背后隐藏的因素。曹操能在短期间内，对彼此实力的消长有完整的评估，不被蒙骗，诚所谓"知己知彼，百战不殆也"。

以地理条件而言，汉中属于益州东北的一个边郡，周围环山，中间是汉中盆地，土地肥沃，物产丰富，不论在军事、经济、政治上都占有非常重要的地位。《郡国县道记》中，南宋名将张浚曾说：

汉沔为形势之地，前控六路之师，后据西蜀之粟，左通荆襄之财，右出秦陇之马，兵家必争沔久矣！

因此，在攻防上，汉中对曹操和刘备都相当的重要。

为了强化汉中的防务，曹操派出他刻意培养的同宗主帅夏侯渊为都护将军（曹操原姓夏侯氏），率领作战经验丰富的张郃和徐晃镇守，并以丞相府长史袭绥为汉中大军行政官，留督汉中事。

袭绥主持汉中居民的民事平抚工作，他以半自愿半强迫的方式，将有影响力的汉中世族八万余人，迁往洛阳和邺城一带，将汉中很快地纳入稳定的管辖之下。

刘备和诸葛亮心里都非常清楚，要从曹操手中夺取汉中，比从张鲁手中夺要困难上千百倍，因此一点也放松不得，只要稍有机会便全力掌握。

因此当黄权前往巴中迎接张鲁失败时，刘备便指示他趁机攻下朴胡等部落，夺下整个巴山地区。

夏侯渊自然不甘示弱，他下令张郃紧急率军进驻巴山地区。张郃积极鼓励其居民移入汉中，显示此区将成为大战的场所。张郃的行动意外地顺利，连益州的宕渠、荡石等军事重地均纳入其统辖中。

刘备也立刻出牌，他派出巴西太守张飞前来和张郃抗衡。张飞外表粗犷，脾气暴躁，其实心思相当细密，当阳长坂坡之役，如果不是他大胆地采用疑兵断后，刘备能否有今天，恐仍在未定之中。

面对张郃较为优势的兵力，张飞恃险而守，再运用熟悉巴中地形的部队，采用游击战术骚扰对方。

张郃也是小心翼翼地应付，彼此缠斗五十余日，不分胜负。由于张郃的补给线较长，粮食很快地消耗殆尽，心急之下，自然希望能速战速决。他派出不少细作，精密地监视着张飞的军事行动。

在得知张郃心情后，张飞再度采用当年对付严颜的策略，故意率领万余人马，假装由狭路前往偷袭张郃。

在探马告知此一机密情报后，张郃判断张飞是想趁自己粮少、军心不稳之际发动袭击，立刻率主力部队追随，由小路反追踪在张飞军之后，准备趁机发动反击。

想不到追击的军队在进入瓦隘口小路时，便失去了张飞军队的踪影。张郃知道中计，但山路狭小，前后军不得相救，张飞的埋伏军由两旁悬崖以巨石和箭雨攻击敌军，不长时间，张郃的精锐部队几乎死伤殆尽。

经验老到的张郃，弃马攀登险崖，甩脱了张飞军的追击。数万兵马只余数十人逃离战场，死伤非常惨重，是曹操汉中大军第一次严重的受挫记录。

建安二十二年，东吴西战线都督鲁肃病逝，消息传来，益州新政府立刻蒙上一层阴影。诸葛亮一方面为这位昔日志同道合的战友深为哀悼，一方面也因这位有远见、顾全大局的政治家之死，为孙刘联盟的前途感到担忧。

荆州守将关羽，空有武略，欠缺政治眼光，如果不是鲁肃刻意安排，孙刘关系早已闹翻。接任的吕蒙虽以智略见长，但政治头脑却又是另一回事。荆州情势会如何发展，诸葛亮相当地忧虑。

因此鲁肃去世后，唯恐日后东区战线有变，诸葛亮和刘备断定，必须尽快夺取汉中，巩固巴蜀的防务，才能拨出时间，重新处理孙刘之间的关系。

法正也向刘备建议："前年曹操打败张鲁，平定汉中，却不乘势进取巴蜀，只留下夏侯渊及张郃等屯守，自己立刻领兵北还，并非其智略，实为力有所不及啊！当然也由于最近许都（汉献帝）和邺城（曹操）间的关系日益恶化，才会匆匆忙忙地赶回去。夏侯渊和张郃在战略上不如主公，若举师西征讨之，必能成功。拥有汉中之后，才能广种粮食，积极储蓄军需，时机一到，上可以荡灭敌寇，复兴汉室；中可兼并雍、凉二州，开拓疆土；下可以固守险要，与敌人持久相抗衡。这是上天赐予我们的良机，万万不可失去啊！"

到了建安二十三年春天，刘备接受法正建议。经过一年多的积极部署，已完全做好进攻汉中的准备。

另一方面，夏侯渊也全力在阳平关一带加强防御工事。一时之间，汉中盆地战云密布，一触即发。

刘备留诸葛亮看守成都，自己亲率益州大军倾巢而出，颇有势在必得的决心。

刘备汉中北征大军的编组如下：

统帅：刘备
总参谋长：法正
第一军：黄忠大军
第二军：张飞大军
第三军：马超大军
第四军：吴兰大军
预备师：赵云大军

刘备派遣张飞、马超、吴兰向北攻打武都郡，驻屯在下辨，有意截断曹操汉中军和关中地区的联系；自己则率黄忠大军先行，直接攻击汉中关键军事重镇；赵云则暂时留在益州，随时待命。

曹操在接获情报后，立刻下令在长安驻守的都护将军曹洪率同曹休大军一同前往阻挡张飞等的攻势。

三月中旬，曹洪军已进驻于武都郡，打算攻打在下辨驻守的吴兰大军，但张飞大军和马超大军在固山一带和吴兰军互成犄角，显然曹洪如果往前移动，他们随时有切断曹洪军补给线的意图。曹洪对此威胁非常头痛，因此召开紧急军事会议讨论对策。参与会议的将领都表示应停止前进，以免陷入张飞及吴兰军的夹击，尤其是马超西凉军，一向以勇猛闻名，与曹军更有宿怨，绝对轻敌不得。曹休独排众议，他表示："敌军若真有意切断我们的后方粮路，理应秘密行动才能奏效。如今先张声势，正表示他们兵力不足，无此能力。因此，我认为应在他们集结以前，直接突击吴兰军，只要吴兰军溃败，张飞和马超势必无法守住固山。"

曹洪采纳曹休意见，亲率主力队袭击吴兰军，吴兰军不敌，副统帅任夔当场殉职，吴兰逃到阴平附近，也为氐族人所杀。张飞及马超本想前往驰援，但曹休亲自指挥大军固守武都郡，令张飞等无机可乘。刘备的兵马在未进入汉中之前，便被击溃了。

三月底，张飞、马超大军，果然无法承受曹洪优势军力的压迫，加上粮食补给困难重重，便往南退入汉中地区。

四月间，刘备主力大军已扎营于阳平关附近。夏侯渊、张郃、徐晃等人也不示弱，纷纷出关对抗。刘备派遣大将陈式抢攻马鸣阁道，以居高临下掌握优势。徐晃率军突击陈式，陈式由于缺乏准备，立刻遭到击溃，使刘备军在一开始的战争中，地利和声势都落于下风。

张郃更趁机进屯广石，和刘备主力军正面对抗，刘备屡次下令黄忠发动攻势，都被击退，第一军反而蒙受不少损失，刘备只得向益州征调赵云，前来助阵。

七月，曹操审视汉中战局情势，认为刘备有势在必得的决心，除非自己亲自出马，否则不易阻挡其攻势。乃重新考虑全盘规划，首先调回徐晃大军，令其协助张辽守卫对付孙权的东战线。自己则征调镇守豫、兖本营的夏侯惇大军、第二代精英主力曹真大军，以及刚由武都战场上回来的曹休大军，即刻西征。

九月，曹操的大军抵达长安，立刻派遣使者召回在武都的曹洪，以进一步了解汉中军情。

汉中军总指挥夏侯渊，一向以勇猛、负责、精干而闻名，因此获得曹操刻意提拔，在曹营中，威名更甚于其兄大将军夏侯惇，尤其在出任汉中军统帅后，和有人间豪杰之誉的刘备面对面独立对抗，并曾数度击败刘备军而声名大振，经常流露出不可一世的骄傲神气。

夏侯渊的口气愈大，曹操愈是替他担心。阳平关对峙期间，曹操特别写信告诫夏侯渊："为大将者要懂得临事而惧，了解自我的怯弱，不可过分恃勇。不错，将领最重要的本质是'勇敢'，但行动上则要有'智慧'，完全凭勇猛者，只能敌一匹夫。"

夏侯渊接信后，却认为曹操高估了刘备，如今汉中军气候已成，刘备再多的增援军也奈何不了他。

建安二十四年正月，刘备在阳平关缠斗夏侯渊已近一年。诸葛亮由成都赶赴前线，和法正等共商对策，在两人的建议下，刘备准备采取诱敌战术。

刘备也看出夏侯渊轻敌而骄，不把益州军放在眼里，因此决定助长他的气势。

首先刘备把前线指挥交给第一军统帅、经验丰富又勇敢负责的老将黄忠，自己带着主力部队和法正等幕僚人员往南略撤退，表示有放弃汉中战场之意图，使夏侯渊更加的轻忽。

接着，刘备下令黄忠军攻击张郃所驻守的东城，并采取猛烈的火攻。夏侯渊闻讯，立刻令夏侯尚和韩浩率军驰援。黄忠军撤退，夏侯尚等乘胜追击，张郃苦劝不听，只好随后驰援。

黄忠军每日撤退一营，很快到达天荡山下。韩浩及夏侯尚追来，黄忠猛回头反击，左右伏军尽出。韩浩、夏侯尚遭此突击，全军大乱，两位主将当场战死。张郃见黄忠勇冠三军，不敢恋战，退回东城，采取守势。

黄忠乘胜攻击夏侯渊大本营的南城，夏侯渊大怒，倾巢而出，想歼灭黄忠军，以替夏侯尚等人复仇。

刘备派急使通知黄忠不可硬战，火速向沔水方向撤退，并和刘备主力军会师，驻扎于定军山上，居高临下，恃险而守。

由于连续快速调动，黄忠大军显得次序大乱，夏侯渊见状，以为敌军即将崩溃，乃带领少数亲卫部队猛追，想一举击杀黄忠。张郃闻讯，深怕有诈，立刻出兵前往支援。

但夏侯渊为了抢功，行动火急，孤军到达定军山下。法正在山上督阵，见夏侯军旗帜紊乱，军队调动忙成一团，部署上漏洞百出，认为时机成熟，便向刘备表示："可击也。"

刘备下令黄忠率军由上往下攻击上山的夏侯大军。夏侯军毫无准备，想不到敌军会突然反击，在益州军的全力冲杀下，陷入混乱，呼天抢地各自逃奔。主帅夏侯渊及副将赵颙当场被杀，五千亲卫部队几乎全军覆没。

张郃的支援军赶到现场，闻此巨变，立刻火速退回阳平关坚守。由于统帅突然战死，群龙无首，人心惶惶，不知如何是好。

郭淮出面协调，他力荐张郃代理元帅，并获得诸将领的同意。张郃临危受命，先行稳定阳平关防务，并派急使向驻屯在长安的曹操报告。

夏侯渊战死当晚，刘备的主力大军再度来到阳平关前，隔汉水和张郃的本营对峙。

黑夜中，阳平关的守军只见对岸敌军灯火通明，显然准备明晨渡河前来攻击。在哀凄又紧张的气氛中，张郃召开军事会议，不少将领主张暂时恃险而守，以阻止刘备的强攻。

但郭淮却极力反对，他认为这是示弱的战术，如今曹军士气低落，如刘备倾力攻击，阳平关守军不见得便能坚守。不如隔汉水在距离较远地方布阵，显示我军不惧会战之心态，并表明敌军若渡河前来，必将在半渡时出击之。以刘备一向审慎的作战性格，反而会有所顾忌，不敢直接攻击。张郃大胆地采纳其意见，亲率主力军在汉水旁布阵。

天明时，刘备亲赴前线，观察张郃的布阵，判断对方有决战之勇气，怕有伏兵，不敢强行渡河，因此撤军离去。

张郃此时才松了一口气，并在郭淮的规划下，强化防御工事，显示死守到底的决心。

曹操在接获郭淮报告后，非常嘉许他的应变措施，并立刻正式任命张郃出任汉中大军的统帅。

　　三月，曹操亲自率军，自长安出斜谷，率大军抵达阳平关，守军欢声雷动，士气大振。

　　隔岸观察的刘备，却满怀自信地表示："曹公虽来，无能为也，我必能拥有汉川两地。"下令居高恃险而守，不与曹操进行大规模会战。

　　由于原天荡山的储粮重地已失，曹军在粮食补给上倍加困难，即使如曹操之军事天才，也深为伤脑筋。

　　曹操不得不重新建立粮食输运管道，但缺乏天险掩护，常需要动用大批军队护送。

　　偏偏刘备抓到了曹军这一缺陷，专门动劫粮的脑筋，让曹操头痛不已，努力思考应对的对策。

　　有一次，曹操的军粮由北山下经过，黄忠立刻亲率第一军主力前往夺取，却陷入曹操近卫部队的埋伏，苦战不得脱身。预备的翊军将军赵云，见黄忠逾时未归，又恐轻易出阵会造成防务上的漏洞，乃下令副帅张裔镇守营区，亲率数十骑前往查看。

　　正好碰到曹操近卫军追击黄忠而至，将兵们见状无不心慌意乱，纷纷欲往后逃逸。赵云却下令一阵排开，自己一马当先，冲向前去迎击曹军，并接应黄忠溃散中的部队。由于曹军拥有压倒性优势，赵云且战且走，奔回自己设置于汉水北岸的营寨。

　　曹兵大军压境，张裔原本想紧闭营寨拒敌，想不到奔逃而回的赵云却下令大开营门，然后全营偃旗息鼓，保持完全的安静，自己率领数十骑立于营门前，准备迎接曹军的冲击。

　　眼见赵云背水而立，冲到营门外的曹军，皆以为必有伏兵，不敢轻易向前。赵云见曹军气势已失，下令金鼓齐鸣，亲自率军冲杀，并令张裔率弓弩队，以箭雨攻击撤退中的曹军。一时之间曹军反而失了主意，惊骇中自相踩踏，跌入汉水淹死者不计其数。

　　隔日，刘备亲临赵云营寨，视察战果，在得知当时情形后，不禁感叹道："子龙（赵云字）真浑身是胆也。"

　　曹军丧失了这一次击溃益州军的绝好良机，反而遭到惨败，全军士气为之低落，加上粮秣不足的情况日益严重，虽想尽办法，仍很难彻底解决运粮问题，甚至不少军队都开始出现逃兵的现象，曹操深感进退两难。

　　五月夏，汉中雨季来临，庞大的曹军粮食补给更为困难，连负责向导的王平都离队投奔刘备。曹操不得已，在军事会议上，将汉中比喻为"鸡肋"："鸡肋、鸡肋，食之无味，弃之可惜。"

　　情感上虽有些不甘心，但在理性思考下，曹操仍下令拔营撤军，将汉中地区拱手让给了刘备。

曹操在撤离汉中地区时，仍留下张郃及曹洪两军，分屯于陈仓和武都郡，以防止刘备由武都进逼关中；另外又下令雍州刺史张既，加强部署雍州边界之防务，并由曹氏子弟第二代精英曹真兵队，掩护曹洪军队逐渐撤离武都，结束了长达年余的汉中之役。

不过和《三国演义》中的描述不同，这次汉中战役自始至终都只有刘备和法正在指挥作战，诸葛亮后来虽也到过前线，商量军情，但大部分的时间仍在成都。绝对没有《三国演义》中诸葛亮智激黄忠、斩杀夏侯渊，再遣赵云战汉水，最后又用疑兵退曹操之事。

史实记载，曹操后来得知取汉中之谋略皆出于法正之手，还自我解嘲地表示："我就知道，刘备不可能有此能力的。"其实，身为大将者，谋略何必都出于己手。吴起便曾有"群臣莫及则忧"的感叹！刘备能用诸葛亮之策取荆州，用庞统之计收西川，再用法正之谋夺汉中，正表明他是一个懂得选拔人才、运用人才的俊杰呢！

赤壁之战以后，曹操再度败于刘备，这是两位宿敌有生之年最后一次直接面对面作战。从这次战争中，我们可看出，刘备在长年奔波后，气候已成，"天下英雄，惟使君与操耳"的预言，果然应验。

从和孙权的合肥之战，到汉中之役，曹操似乎丧失了早年作战硬拼到底的锐气，或许他的心中已看出"统一无望"，天下三分鼎立已是不可避免之势了。

取得汉中的同时，刘备命令宜都太守孟达，由秭归北攻房陵。孟达在房陵攻陷后，斩杀太守蒯祺，并且再北上，进兵上庸。

刘备担心孟达有失，派出义子中郎将刘封，自汉中乘船从沔水顺流而下，会同孟达进攻上庸。曹操任命的上庸太守申耽弃郡投降，并遣送妻子及宗族至成都为人质。刘备加封申耽为征北将军，仍领上庸太守，并以申耽之弟申仪为建信将军，领西城太守。刘封则以副军将军留守上庸，以为汉中东南之屏障。

秋七月，刘备自立为汉中王，正式统辖荆州的绝大部分和益州之全部（包括汉中）。

第 12 章
蜀汉初创建　诸葛行法治

建安二十一年，曹操晋封魏王，汉献帝虽勉强保住帝位，其实已经名存实亡了。

刘备并有荆、益两州后，为表明复兴汉室的强烈企图心，在诸葛亮的策划下，也自立汉中王，承继汉王朝之体制，以和曹操的魏王相抗衡。

建安二十四年七月，刘备属下的文臣武将一百二十名联名上表汉献帝，尊刘备为汉中王。

不过从这篇表文，可以看出刘备政权的"暴发户"形态。

表文是由益州才子、号称"李氏三龙"之一的广汉人李朝执笔，由于是正式公文，列表的臣属必须以公认地位的尊卑作排列。刘备政权的核心分子，虽是真正的"赢家"，但排名上显然仍无法列在前面。

排名次序，可以看出本人正式地位上的尊卑，表文上名列的排行为：平西将军都亭侯马超、左将军领长史镇军将军许靖、营司马庞羲、议曹从事中郎军议中郎将射援（太尉皇甫嵩女婿）、军师将军诸葛亮、荡寇将军汉寿亭侯关羽、征虏将军新亭侯张飞、征西将军黄忠、镇远将军赖恭、扬武将军法正、兴业将军李严等一百二十名。

除马超原为关中大军领袖，承续其父马腾官爵，地位特殊外，刘备的核心分子中，诸葛亮已正式超越老将关羽和张飞之上，成为臣属中的真正领导者。

表文中谈及唐尧到汉昭帝间，天下安危变化，刻意把曹操和董卓平列并论，因为他们"剥乱天下，残毁民物"。然后追述刘备早年和董承"同谋诛操"，却未能成功之憾。更担心如赵高使阎乐杀害秦二世皇帝胡亥，以及王莽废孺子婴为定安公的政变发生。继而说明刘备以汉室宗亲"心存国家，念在弭乱"，自从大破曹操于汉中，海内英雄望风披靡，但如今爵号不显，九锡未加，不足以镇卫社稷，光昭万世。曹操对外吞占天下，对内欺压大臣，致使朝廷有内部崩溃的危机，却没有一股牵制曹操势力扩大的力量，真令人寒心。

是以，不得不名列群臣，辄依旧典，封刘备为汉中王，拜大司马，董齐六军，纠合同盟，以扫灭曹操等凶逆，故合并汉中、巴、蜀、犍为、广汉为一个国家，承续汉之典章制度，以为光复汉室之基地也。

当然这只是官样文章，根本不用汉献帝批准。表文一上，便在汉中地区的沔阳（今陕西省勉县东南）设坛场，文武众官并列，举行隆重的典礼。因此念完以上表文，执礼官向刘备奉上王冠、王玺，刘备就成了汉中王。

为什么不在益州成都举行，而跑到接近前线的汉中沔阳呢？相信这多少是为了承续汉王朝香火之象征吧！当年，汉高祖刘邦的基业便起于此。因此在对抗曹操的政治意义上，汉中比成都重要多了。

当然，刘备自己也上了一个表文给汉献帝，表明自己是"群僚见逼，迫臣以义"。他首先重复和董承共谋诛曹操时的心态，"虽纠合同盟，念在旧力，懦弱不武，历年未效"，因此想到"寇贼不枭，国难未已，宗朝倾危，社稷将坠"，自己只好"宁靖圣朝，虽赴水火，所不得辞……辄顺众议，拜受印玺，以崇国威"，并且即将"尽力输诚，奖励六师，率齐群义，应天顾时，扑讨凶逆，以宁社稷，以报万分"。也就是正式向汉献帝表示，将尽最大的力量，以寻求恢复汉室为其职志。

虽然曹操的阵营有不少清流派党人后裔，如荀彧、崔琰、毛玠、荀攸等，但由于曹操和汉献帝间政治斗争日益严重，这些清流派的立场非常尴尬，最后甚至和曹操闹翻。倒不如刘备，因远在天边，和汉献帝扯不上任何纠纷，因此可以公开举起复兴汉室之大旗，使阵营里的清流派党人，在元老派许靖及少壮派诸葛亮的率领之下，在意识形态上反成了清流派的主流。

既然当了汉中王，刘备便向汉献帝缴还原先官职左将军、宜诚亭侯的印绶，并立长子刘禅（即阿斗）为太子，返回益州，以成都为治城。

蜀汉的政权正式成立了！

重要的敌人仍在北方，因此从成都到白水关间，起馆舍，建驿亭，共四百余处，使汉中和成都间的联系工作完美无缺。

汉中称王后,刘备仍率领文武官员,回到成都,开府治事。但汉中地区属重要战略国防前线,必须派出重量级大将镇守汉川。群臣大多认为刘备必会派张飞当此重任,张飞私下亦"以心自许",当仁不让,觉得非他莫属。

但刘备和法正、诸葛亮等详细商讨之后,却选中了不被大家看好的牙门将军魏延,并提升之为镇远将军,领汉中太守。

这项人事命令让众人大吃一惊。

魏延是在荆南攻略战时,主动投奔的荆州将领,他对刘备相当倾心,当年说服老将黄忠放弃长沙防御战、阵前倒戈的便是他,因此相当得到刘备重用。

魏延个性强悍,做事积极,企图心强,因此人际关系一向不佳。但他待步卒颇为体贴,同甘共苦,很得军心,作战力甚强。汉中战役中,虽附属于黄忠,但魏延建功甚多,即使不满他为人的同僚,也对他不得不服气。

刘备大会群臣,郑重宣布这项人事命令。他当着众大臣的面,问魏延说:"今天委予你重任,你打算如何承担这个任务?"

魏延豪气勃发地表示:"曹公若举天下之兵而来,我将为大王拒之;曹公如果令偏将领十万之众到来,我将为大王吞之。"

刘备点头赞许,众大臣也为魏延敢口出大言,以示其决心,感动不已。

其实,刘备这个人事选择是相当审慎的。鲁肃去世后,荆州地区的情势绷紧,益州也才平定不久,内部各地区的稳定仍有待努力。张飞大军是刘备的主力,不可被置于汉中这个守势的战场;马超社会地位太高,让他独立汉中,非常不安全;黄忠虽经验丰富,忠诚度可靠,但年纪太大,对新领域的治理并不适合;赵云应是最合适人才,但他和张飞一样,属核心的嫡传派系,放在汉中有点可惜。因此提拔较没有地位,但忠诚度可靠,独当一面能力也够的魏延,应属一项合理的安排。

刘备登基汉中王,拜许靖为太傅、法正为尚书令,以军师将军诸葛亮总领军国大事。

新建立的四大军统帅,关羽为前将军,在军营中地位最高,其次张飞为右将军,马超为左将军,黄忠为后将军。

诸葛亮对这些任命有点担忧,便对刘备说:"黄忠将军虽然在荆州地区属有名的老将,但以往国际知名度不高,和张飞、马超、关羽等无法相比。如今黄忠和他们平起平坐,马超、张飞在近,都看到黄忠在益州及汉中战役上的表现,可能比较没有异议,但关羽远在荆州,可能会很不服气。"

刘备笑着说:"这我有办法!"

于是刘备派益州前部司马费诗到荆州,给关羽送去前将军的印绶,临行前,特别作了一些交代。

果然不出诸葛亮所料,费诗到荆州,关羽一听黄忠为后将军,不禁大怒表示:

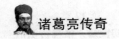

"大丈夫誓不与老兵同列!"坚决不接受印绶。

费诗笑着表示:"自古以来,开创王业的,要善于使用各方面的人才。当年萧何、曹参等和汉高祖从小便是好朋友,而韩信、陈平都是后来才归附的。汉高祖称帝后,论名位,韩信最高,但从未听说萧何、曹参有何异议。

"今汉中王,依战功将黄汉升(黄忠字)与君侯同列,然而汉中王的心中,真的将黄将军和君侯同等轻重吗?汉中王和君侯好比一体,同休戚、共生死。照我看来,君侯不宜计较官位之高低,爵禄之多少。我只是个使者,奉命而来,君侯不受命,我也就这样回去复命而已。但我却深为君侯的行为感到惋惜,恐怕君侯会后悔的。"

关羽听了,当场大为感悟,立刻拜受了印绶。

其实在这一连串人事令中,最不公平的,应属汉中战役中功劳最大的赵云。赵云个性正直、谨慎,也算得上刘备早年的创业伙伴之一,尤其两次抢救继承人阿斗,厥功至伟,相信在刘备心目中,赵云的地位绝不亚于关羽、张飞。

尤其是赵云为人深富正义感,能识大体,在刘备阵营诸将领中,人格和气节最为崇高,只是好为直言,常会"挡人财路",让同僚们心里不太舒服。

不过赵云除了义正词严外,颇为以身作则,责任感极重,从不害怕任何危险,因此能博得大家尊敬。

由于诸葛亮较年轻,在这些老辈将领中运作策划及指挥,的确相当不容易。而赵云和诸葛亮配合最好,对参谋本部交代的工作,几乎是百分之百不打折扣地完全执行,有人甚至以"葛派"称呼他。

但赵云在这次人事调升中,仍维持翊军将军的职衔,不仅低于关羽、张飞,而且也落后于马超和黄忠。

这主要是顾虑到新附旧属间力量的平衡。赤壁之战前的战友,属刘备嫡系;荆南战役后的属新附,特别是益州的大佬们,必须有较重的安排,这都是基于政治考量层面不得不做的牺牲。

像诸葛亮这位首席核心幕僚,在官位上远落于刘备最讨厌的许靖之下,甚至在法正之后。

益州派重臣中,功劳最大的法正,自然最受刘备尊重。刘备在世时,去世的文武重臣,包括关羽、张飞在内,只有法正死后有谥号,其余都是在后主刘禅时期才追谥的,可见刘备对益州人士总是较为礼遇。

赵云一向有政治头脑,而且能公而忘私,对刘备为平衡政治力量的苦心,较容易谅解,所以在这次新的人事安排中,他吃亏最大,却毫无怨言,仍为刘备政权中最重要的支柱之一。

诸葛亮的职衔虽未获提升,仍为军师将军,但在史料记载中,他仍是最主要的行政策划和执行者。

虽然挂名仍是军师将军，但在刘备自立汉中王后，诸葛亮实际上已负起了辅宰的责任。

一板一眼的诸葛亮，面对法令废弛、特权横行的益州，新官上任便厉行法治，以彻底整顿。

他特别强调治实不治名，从实际情况的应对出发，讲求实效。

益州最严重的问题是官僚及地方豪强勾结，鱼肉百姓，农民和官府间的矛盾愈演愈烈。虽然号称天府之国，其实创造的财富，都让官僚及豪强剥削了，农民生活非常艰困。

刘焉所以会被任为益州牧，导火线便是益州刺史却俭的专横自恣，造成马相及赵祗发动农民起义。起事者自称黄巾党人后裔，曾攻破雒县，杀死县令李升及益州刺史却俭，并占领了蜀郡和犍为郡。

刘焉靠外籍大军及地方豪强的力量，平息这次叛乱，但根本的问题并未解决，反而为了获得豪强支持，造成剥削的现象变本加厉。《三国志》中批评刘焉、刘璋父子治蜀，"德政不举，威刑不肃"，"士大夫多挟其财势，欺凌小民。使蜀中之民思为乱者，十户而八"。

为彻底扭转此乱局，诸葛亮厉行"先理强，后理弱"的策略。理强方面是厉行法治，限制和打击专权自恣的官僚及豪强，理弱则是努力扶植农民，发展生产。

由于诸葛亮不顾颜面地打击特权，使益州地区的官僚大感吃不消，他们开始指责诸葛亮"刑法峻急"而不"广德量力"，纷纷要求他"缓刑弛禁"。被派作代表和诸葛亮交涉的，便是深为刘备敬重的益州大佬法正。

法正当时已是蜀郡太守，也是成都地方豪强之首，他对诸葛亮说："以前高祖进入关中时，除秦国之苛法，约法三章，宽禁省刑。关中之老百姓，无不感念他的恩德。而今我们刚用武力占据益州，还没有垂恩德于地方，便先滥用权威，强加压制，这是否得当呢？希望日后的执政，能够刑少禁缓，以争取地方人士对我们的支持和信心。"

诸葛亮却笑着回答道："先生只知其一，不知其二。秦以暴政虐民，逼得人民不得不造反。汉高祖针对此一弊病，采取宽刑弛禁的策略，这是对的。

"但益州的情况则大不相同，刘璋暗弱，没有能力控制官僚及豪强，以致从刘焉以来便德政不举，威刑不肃，从地方豪强到政府官僚均专横跋扈，为所欲为，君臣之道，也逐渐被破坏。

"对这些强悍的特权，过去刘璋总是宠爱他们，给予他们高位。官位高了，他们反而不觉得可贵；顺从他们，施以恩惠，恩惠到顶了，他们反而轻慢无礼。这才是益州目前最大的弊病。

"现在我们威之以法，让法令行于此后，人们才能知道什么是恩德；限制爵位，爵加之后，人们才能感受到爵位的尊荣；刑法和恩赐相辅而行，上下程序正常，政

治才能清明。"

秦国是以军事恐怖主义完成统一的，却也和各诸侯国产生不少仇恨，为压制反抗，故以严刑峻法控制之。诸葛亮认为秦国在于公权力不被认同，却又强加压制，以致大乱。治理这种国家，最重要的是争取共识，让公权力得到更多的承认，所以汉高祖会以宽厚的态度做更多的包容。

但益州的情况则大不相同，刘璋政权荒废政事，蜀国法令不彰，因而公权力不被尊重。执法的官僚怠惰成习，造成特权横行，公权力不张，老百姓反而遭到剥削。因此，必须用严刑峻法来整顿官僚的行为，以重建公权力的威信。

严格来讲，汉高祖入关时的天下局势，才能称之为乱世，诸葛亮入蜀时的益州政局，应称为弛世。"弛世"是公权力不被尊重，官僚荒怠，民众玩法，必须以重典来整顿之。"乱世"是公权力不被认同，彼此各持不同立场，争执不休，这时最重要的是以宽容的策略来争取共识。

但严格执法时必须有明确的标准，否则会激起人怨。因此，诸葛亮迅速地为新政权制定并颁布不少的法令及条例，以为严格执行时的客观标准。

《三国志》作者陈寿所编的《诸葛亮集》目录中，有"法检""科令"各两卷，"军令"三卷，都属于此类。

最为完善的是蜀科，它是诸葛亮偕同伊籍、法正、刘巴、李严等五人共同制定。可惜这些条例均已失传，无法得知它们详细的内容。

诸葛亮非常讨厌用赦免的制度，他认为法令宽严有准，不应随便赦免，所以当时很多人批评他缺乏人情。诸葛亮则回答道："治世应以大德，不以小惠，像刘景升（刘表）、刘季玉（刘璋）那样，常常赦宥，对国家的治理绝对没有好处的。前汉宰相名儒匡衡，后汉大功臣吴汉，也都反对实施大赦，便在于培养大家对法令有完整的尊重。"

诸葛亮依法行事，从不避权贵、不徇私情。像刘备的养子刘封，日后因轻忽军令被处死；李严在刘备死后担任辅佐地位，地位仅次于诸葛亮，但仍以贻误军机，免官为民，并流放至梓潼郡。

廖立深得刘备敬重，但恃才傲物，自命不凡，认为是诸葛亮当然的继承人，他指责诸葛亮任用的官吏都是俗吏，将领们也都只是小子，经常挑拨群臣的不和，诸葛亮察明其情后，罢其官职，流徙汶山郡。

马谡是诸葛亮的爱将，为刻意培养的继承人，但日后在街亭战役中，疏忽职守，造成第一次北伐的严重受挫，也被诸葛亮判处死刑。

不过严刑后面，诸葛亮却相当的公平，李严被罢免官职，但其子李丰仍获得重任。他特别反对滥刑，治狱工作的主管一向是他最小心选任的官职，非有忠直廉平的个性不可。他反对凭个人喜怒，以专生杀之威，"喜不可纵有罪，怒不可戮无辜"，要求官员在决狱行刑时，一定要特别审慎，固然不可以放过坏人，但也绝不能冤枉好人。对诸葛亮执刑严明的要求，晋朝人习凿齿曾评论道：

> 法行于不可用，刑加乎自犯之罪，爵之而非私，诛之而不怒，天下有不服者乎！诸葛亮可谓真能用刑者矣，自秦汉以来，未之有也。

诸葛亮的法治哲学主要来自先秦的法家韩非和商鞅，以及前汉的新儒家董仲舒。主张治国是"法""礼"并用，"威""德"并行，他强调"训章明法""劝善黜恶"，亦即以法为体，着重公平客观，以德为用，着重教化为本。

诸葛亮虽用商鞅之法，却不迷于其权威主义。他批评商鞅长于理法，却不能从教化，是严重的不足。因此应该取长补短，把行法和教化结合。

由于仍属于"战争状态"中，因此军国的法律条令，他总不厌其烦地三申五诫，要大家彻底明白，加以警惕，以免违犯禁令。

为劝诫及训励蜀国官员将士，他制定有"八务""七戒""六恐""五惧"等执行条章，具体地指出什么是善，什么是恶，什么是该做的，什么是不该做的。如同现在的管理手册，随时提醒大家能知才能行。

裴松之注《三国志》引用晋人李兴对诸葛亮的评论，认为他"刑中于郑""教美于鲁"，也就是说诸葛亮的法治政风，兼有春秋时郑国名相子产治理郑国严明而公平的作风，也有孔子教于鲁国"诲人不倦"的精神。由于能做到这点，陈寿在《三国志·诸葛亮传》的评论中指出："终于邦域之内，咸畏而爱之，刑政虽峻而无怨者，以其用心平而劝诫明也。"

本心存仁，用法公平，是以制法明确，劝善不累，执法严格，绝不徇私苟且。诸葛亮的法治精神，在中国历史上算是一个成功的大试验。

诸葛亮以身作则地厉行法治，的确获得了相当程度的成功，第二代的蜀国文武官员，大都能严明于执法。《三国志》中记载，扬武将军邓芝"赏罚明断，善恤卒伍"，康降都督张翼"执法严谨"，督军从事杨戏"职典刑狱，论法决疑，号为平当"，蚌牁太守马忠"甚有威惠"，等等。

经过这样的法治革新运动，蜀汉政权的工作效率明显提高，吏治也逐渐清明，特权消除了，人民的生活获得了不少改善。益州刘备派的张裔，日后公然称赞道："诸葛丞相公正严明，赏罚不分亲疏远近，无功者不得赏，贵势者也不能免罚，这便是人人奋勉的最主要原因。"

《三国志》作者陈寿，对诸葛亮这方面的成就最为肯定："科教严明，赏罚必信，无恶不惩，无善不显，至于吏不容奸，人怀自励，道不拾遗，强不侵弱，风化肃然。"

后世不少史学家，受到《三国演义》的影响，肯定诸葛亮个人的神奇能力，却认为他用人不当，才会造成日后"出师未捷身先死"的千古憾事。实际上，蜀汉日后的成败，自有其主客观的条件使然，容在后面逐步探讨，但以此批评诸葛亮不懂得用人及养才，则是相当不公平的。

史料记载，诸葛亮非常重视人才之选拔，《诸葛亮文集》中还特别强调"治国之道，务在举贤"，也就是说举用贤能是治理国家的关键，也是关系国家兴亡的大事。

诸葛亮举贤的标准有二：

一是要有才识，能为军国大事贡献心力的人。

二是要能忠于刘氏政权，又认真工作的人。

或许由于自己在工作上相当认真，诸葛亮十分要求人才善尽职守，他对恃才轻事、吊儿郎当的人非常不欣赏，常致以严重指责。李严和廖立这些"党国大佬"，都是因犯有这些毛病而被免官为民的。

但诸葛亮用人，也惟贤是举，从不计较资历的高低。巴郡人张嶷，出身低微，却做事认真，敢于谏言，因此常被益州大佬们批评为"放荡少礼"，在刘璋政权下，被刻意地排挤。诸葛亮却认为他"识断果明"，并有"忠诚之节"，因而提拔他为越嶲太守，去处理那儿复杂的少数民族关系。张嶷到达该地后，"诱以恩信，蛮夷皆服，颇来降附"，在贯彻诸葛亮的和夷政策方面，贡献不少。

巴西郡人王平，出身士卒，手不能书，所识之字不超过十个，却是个非常杰出的向导，而且个性谨慎，忠于执行命令。原为汉中地区小官，但诸葛亮以其颇知地势而重用他，后来更在街亭战役立了功劳，进而被升为讨寇将军，在北征的战役中有不少的贡献。

蒋琬为荆州襄阳刘表政府的一名文书小吏，当阳战役前夕，追随刘备逃亡南下，入蜀后被任为广都县长。刘备到广都视察时，发现他不理政事，饮酒沉醉，想加以治罪。诸葛亮听到消息，立刻阻止道："蒋琬是社稷之器，不是百里之才，他为政以安民为本，不以修饰为先。"

刘备因此只免除蒋琬官职，未加处罚。

诸葛亮当丞相后，提拔蒋琬为参军，北伐时更以之为长史，兼抚军将军，负责留守成都。蒋琬在支援前线工作上，的确做到了"常足食足兵，以相供给"，诸葛亮在日后也称赞他："公琰（蒋琬字）托志忠雅，当与吾共赞王业者也。"

诸葛亮重病时，密表上后主刘禅，推荐蒋琬为自己的继任人。诸葛亮死后，蒋琬继续掌握蜀政，贯彻诸葛亮的政策，处理颇为得当，使蜀国政权有一段相当长的安定期。

由此可见，诸葛亮是知人善任的。

此外，诸葛亮非常重视学有专长的人，也许自己是位发明家，因而对工艺技术人才常给予特别的尊重。如蒲元"性多巧思"，诸葛亮以他任西曹掾，在制作及改进兵器和运输工具上贡献不少。李撰"博好技艺"，诸葛亮以他为州书佐，后又提拔为尚书令史。

　　张裔有政治才能，又懂得生产技术，诸葛亮任他为司金中郎将，负责典作农战之器，日后更提拔他为射声校尉，领留府长史，留守成都，代理丞相之职，地位相当崇高。

　　经过诸葛亮刻意的经营，新的蜀汉政权很快地稳定下来。

　　刘备任汉中王的第二年，后将军黄忠因年老病故。前些时候，未以黄忠为汉中太守是正确的，否则马上又要新人新政，重新适应，必会增添不少麻烦。黄忠在后主刘禅继位后，谥号刚侯。

　　同年，四十五岁的尚书令法正也因病去世，谥为翼侯。对这两位平定汉中地区的大功臣，刘备深表哀悼，"为之流涕者累日"。法正死后，由刘巴接任尚书令。

　　但不久，又发生了让刘备更为伤心、撼动蜀汉新政权的"大意失荆州"事件。

第 13 章
关羽失荆州　吴蜀联盟危

建安二十四年底，发生了小说和戏剧上非常有名的"失荆州"的故事。在襄阳城、樊城和江陵这三个荆州最重要的军事重镇间，曹操、刘备、孙权三大势力，经过一场敌我难分、变化莫测的追逐战，使孙刘合作关系破裂，两国都遭到严重打击。

特别是荆州完全沦陷，由魏、吴两国瓜分，对诸葛亮三分鼎立、再伺机北伐中原、恢复汉室的大战略，造成了致命性的打击。

这场战争的详细过程，在拙作《曹操争霸经营史·人之卷》"三城追逐战"中，有详细描写，不再赘述。

在此，仅将荆州的战略位置、这场战争三方面的战术运用以及日后的影响，略作分析，让读者能有较多的认识和了解这场战争对诸葛亮一生事业所造成的影响。

若以魏、蜀、吴三分鼎立的地理配置图来看，荆州正好位于三国的中央交界地带，因此战略位置极为重要。诸葛亮在"隆中策"中，便分析道：

荆州北据汉江和沔水的地险，南方又拥有南海的财利。东连吴国，西通巴蜀，是兵家必争之地。

若以汉王朝各州来讲，荆州领域最大，组织上也最复杂。这个地方，过去为楚国的领地，在中华文化上，楚国自成体系，和中原地区有很大差异。由于幅员宽广，地形多变化，境内交通不甚方便，形成楚国传统上联盟性的松散政治体系，各部落独立性甚高，文化自成系统。

灭秦建汉的战争中，楚军扮演非常重要的角色，连汉高祖刘邦也是出身楚军系统中。楚汉相争，说穿了其实是楚军庶系的刘邦结合其余诸侯力量，和楚军嫡系的项羽争天下。

汉王朝成立后，对楚国一直颇为头疼，便尽量保持其原态，在行政上设立荆州，只进行松散的管理。

荆州范围大致包括当今的河南西南部、湖北、湖南、江西省西部、贵州和广西的一部分，南北纵贯数千里，管理非常不方便，行政体系上分成南、北两大体系。

刘表成为荆州刺史时，表面上是荆州最高军政首长，其实他的管辖权只是襄阳城附近而已。

建安十三年，曹操趁刘表病重，展开突击，长江以北的荆州三郡——南阳、江夏、南郡沦陷。

赤壁战后，曹操往北撤退，以南阳郡的襄阳城为新设防线；江陵战役后，南郡全由东吴收复，周瑜更在江陵城建立军事前线堡垒；江夏郡虽大多由曹魏军控制，东南区则有部分陷入东吴军的掌握中。

为了加强控制，曹操除南阳郡外，增设襄阳郡及魏兴郡，加上原有的江夏郡和南阳郡，曹魏所掌握的北荆州共有四个郡（日后曹魏又增设南乡、义阳、新城、上庸成为八个郡的州治）。

赤壁大战期间，东吴虽然夺回控制长江流域上游的南郡，掌握荆州中部战略重镇，但刘备却趁机占领南荆州的长沙、桂阳、零陵、武陵四郡，及江夏郡的一部分，不但使自己的事业起死回生，而且也得到日后打天下最重要的大本营。

对出力最少却收获最大的刘备，孙权和周瑜内心充满着嫉妒和不满，但刘备的幸运却不止于此。

由于赤壁大战后的两年间，曹操仍不断南下给予孙权军事压力，东战线的合肥和西战线的江陵同时吃紧，尤其在西战线大都督周瑜去世以后，孙权更为江陵的防务忧心忡忡。

周瑜临终前，推荐和自己私交甚笃、在战略意见上却常相反的鲁肃为继承人。

鲁肃称得上是汉末三分期间，最具完整战略思想的军事外交家。

他建议孙权，干脆将长江以北的南郡，包括江陵在内，全部借给刘备，由刘备来负责西战线防卫的主要任务，孙刘间的友好关系，也达到了最高点。

孙权并以程普为江夏太守，鲁肃为汉昌太守，屯驻于陆口，在第二防线上，随时支援并监视刘备的行动。

虽然《三国演义》常把鲁肃描写为处处受人欺侮的老实人，其实鲁肃心细而胆大，他抱负高、眼光远，对形势的演变具有透视力。

这个"借荆州"的战略相当高明，不但使孙刘联盟基础更为稳固，也使曹操的统一政略完全绝望，如果双方真正能长期维持住此一合作关系，日后东吴和蜀汉的生命可能会长得多了。

可惜孙权和刘备在国际事务的战略眼光上，均不如鲁肃，诸葛亮在当时的影响力尚有限，关羽、吕蒙等虽都是军事天才，对外交却是完全外行，意气用事或贪图一时功劳，使孙刘关系严重恶化，甚至发生了动摇彼此国本的悲剧。

建安十九年四月，刘备和刘璋在益州陷入恶战。五月，原本留守荆州的诸葛亮，偕同张飞和赵云，率军由巴东进攻益州，以分散刘璋的防守力量，减轻刘备和庞统的压力。

为了有效对抗驻守襄阳的曹营第一将曹仁，诸葛亮特别留下以勇武闻名、声望极高的关羽镇守江陵，以维护大本营的安全。

关羽为人素守信义，在三国著名的将领中，声望极高，一向是刘备最为倚重的左右手。

他个人魅力极强，深得部属的崇拜，因此领导能力极佳。只是他恃才傲物、特立独行，即使本军营中的将领，对他也是害怕多于尊敬。

以这样的将领来负责纯军事任务，自然是绰绰有余，但以之负责政治关系敏感的荆州防务，其实并不是很合适的。

那为什么刘备和诸葛亮还是选择关羽来镇守荆州防务呢？最主要原因在于刘备阵营中，人才严重欠缺，能够独当一面的大将，更是少得可怜。

张飞个性急躁，能攻不能守。赵云虽属较适合之将才，但他和诸葛亮合作较佳，默契也够，诸葛亮入蜀，非他协助不可，因此不可能留之于荆州。

关羽勇猛而刚强，具有很高声望，用他来对付曹仁，气势上比张飞、赵云合适得多。

史书记载，关羽曾为流矢所伤，贯穿其左臂，后来虽然好了，但每至阴雨天，整条手臂从骨头内酸痛起来，以致影响武器的操作。

医生诊断认为："矢镞有毒，毒入于骨，只有割开手臂肌肉至骨头位置，再用刀刮去骨头上的毒素，才能够彻底治疗此一酸痛。"

关羽听了，立刻伸出手臂，让医生割开治疗。当时关羽正在宴请诸将喝酒，他也不下令暂停，一边照常酒宴，一边做割臂手术。

血流如注，几乎盛满了整个容器，但关羽一方面割肉疗伤，一方面向诸将敬酒，言笑自若，面不改色，其忍受痛苦之神勇，令在座将领们敬佩不已。

周瑜便称关羽是"熊虎之将"，陆逊也称赞他为"当世雄杰"，曹操阵营的首席智将程昱则称赞关羽"万人之敌"。

可见关羽在当时是拥有相当知名度的。

再者，关羽对刘备忠心耿耿，古今难得一见。

即使在最困难的环境下，他出生入死，毫无怨言。当年曹操以绝佳条件，想留住关羽都没能成功。

关羽的确是个在政治立场上，相当忠诚可靠又非常顽固的一员大将。

赤壁战后不久，孙权接受周瑜、鲁肃、甘宁等建议，计划进军益州，夺取日益不稳定的刘璋政权，并和曹魏以长江为界，平分天下。

他以此战略征询同盟友军的刘备，想不到刘备大力反对，他以刘璋和自己同为汉室宗亲，不可背弃为由，甚至表示为保护刘璋，不惜和孙权闹翻。

当孙权派孙瑜到夏口编组西征大军时，刘备也立刻下令关羽将北方前线兵力全部调回江陵，张飞进驻秭归，诸葛亮屯南郡，自己则亲自驻守屠陵，摆出一副硬拼到底的姿态。

孙权在鲁肃力劝下，为顾全大局，不得已召回孙瑜，取消西征行动。

但不久，刘备自己又西进益州，夺占刘璋政权。

孙权为此自然大为愤怒，甚至趁机召回了嫁给刘备的妹妹孙夫人，如果不是赵云拼命截江阻止孙夫人带回少主，可能连刘备的长子阿斗都要成为东吴的人质。

孙刘间的关系，也在此事件后，陷入了高度的紧张状态。

鲁肃建议给刘备出难题，要求归还借驻的荆州。原本由东吴借给刘备的只有南郡而已，但这次鲁肃要求的，却包括零陵、桂阳、长沙三郡。

因为打赢赤壁之战的是东吴，刘备趁机获得的领地，也只是东吴默许下暂借的而已，连本带利而且不付管理费，鲁肃"借荆州"的战略，其实是相当有心机的。

不过，刘备倒不为自己先占的荆南三郡辩护，只打高空地回答道，等到攻占凉州后，自然会将荆州全部还给孙权。

孙权自然不会受骗，他派遣吕蒙以武力攻占了零陵、桂阳和长沙三郡。

关羽顾及北方防务不敢随意南援，只派遣急使向益州的刘备报告。刘备立刻亲率援军，进驻公安，并指示关羽强行夺回荆南三郡。

孙权命令鹰派将领吕蒙，打算全力和刘备硬拼，并指示鲁肃，和关羽进行军事对抗。

以大局为重的鲁肃，拒绝孙权的命令，反而与关羽举行"单刀赴会"的和谈。单刀赴会并不是《三国演义》里的关公舞大刀，而是一场"非武装"或可称之"轻武装"的阵前谈判。

依鲁肃建议，双方军士布阵于百步之外，以避免冲突，参与会谈的将领们，每

个人只带一把钢刀，没有护卫人员，史称"单刀赴会"。《三国志·鲁肃传》记载：

会议中，鲁肃直接询问关羽，为何不归还荆州江北三郡。

关羽力辩道："乌林之役（指赤壁之战的陆上战争），左将军（刘备）亲临战场，戮力击败敌人，怎能徒劳无功，而不拥有一块土地，难道这一点小地，你们也想夺回去。"

鲁肃则正色回答道："话可不能这样讲，当年刘豫州（刘备）在长坂坡之役，剩余的武力连一个中队都不到，势穷力竭，准备逃往远方。我主公怜惜他，才找块地方让他安顿，以共同对付曹操。后来又把江北三郡借给你们，也是在大公无私的立场下的约定。如今你们已获得益州，依约定应归还全部荆州才对，而刘豫州反以私欲要赖，想将我方暂借的土地收归己有。相信就是连一般凡夫俗子也不愿这样做的，何况是一位州郡的领主呢？"

关羽一时语塞，无言以对……

从这段对话中，我们可看出，当时的"国际法"似乎不承认刘备偷袭荆南三郡的行为，打赢赤壁之战的是东吴，荆州理应归属孙权。

但荆州的战略地位太重要了，刘备日后想北征中原，荆州无疑是最好的基地，所以说什么也不可能退还给孙权，"夺得凉州，再还荆州"的承诺，只是拖延的借口而已。

由于原占有的荆南三郡已被东吴攻陷，正好此时又传闻曹操将亲率大军参与汉中战役，刘备恐新占领的益州会遭到重大压力，为了加强内部防务，避免兵力分散，乃主动遣使求和于孙权。孙权在鲁肃强烈主和的意志下，以大局为重，下令诸葛亮之兄诸葛瑾负责和谈，重订盟约。双方同意共分荆州，以湘水为界，长沙、江夏（部分）、桂阳以东，归属孙权，南郡（包括江陵）、零陵、武陵以西，归属刘备，勉强维持双方和平关系。

但关羽实在不是位善于处理政治问题的大将，他对诸葛亮联合东吴，又谨守荆州的苦心，完全无法了解。他傲慢轻敌，固执又自大，不但常在边境上和鲁肃"数生狐疑"，制造摩擦，而且当孙权遣使为儿子求娶他的女儿时，关羽不但不许婚，还当场辱骂孙权使者，使双方的紧张关系更为恶化。

虽然孙权这一招带有"求取人质"的意味，但至少可以强化双方关系，即使不答应，也应推言和刘备商量，再派使者婉拒之。关羽这种过度反应，不但使荆州情势更为恶化，也使双方进入了情绪化的斗气，其实是相当不明智的。

倒是鲁肃一直以同盟大局为重，"常以欢好抚之"。因此终鲁肃之世，还未曾有太大的问题发生。

建安二十四年七月，刘备晋位汉中王，关羽受封为前将军，积极准备北伐。

　　关羽是"复兴汉室"的死忠派，虽然由于早年的缘分，他和曹操的私人关系不错，但关羽绝对"公""私"分明，只要一谈到"反攻中原"的统一大政，关羽一向是当仁不让，责无旁贷的。

　　早在曹操和孙权大战于合肥时，关羽便很想挥军北上，夺回襄阳。但由于夏侯渊大军仍在汉中，一直威胁益州的安全，为了随时支援刘备，关羽不敢轻易发动北方战事。

　　等到曹操由斜谷退兵，刘备稳住汉中地区以后，关羽再也按捺不住了。他自然不是"有勇无谋"的莽撞者，出兵北伐，有其战略思考上的必要。东吴一再要求归还荆州，但如果关羽能光复襄阳，基于战线布置上的需要，同盟的东吴便不好再坚持取回荆州了。并且刘备阵营如能掌握大半荆州领域，或许江北三郡有可能再归入关羽的掌握中，因此发动襄阳战役对关羽是相当重要的。

　　依"隆中策"的规划，北方有变故时，荆州的军事司令才可趁机挥军北上。但这时候，曹操刚由长安退至洛阳，准备返回邺郡。虽然汉中战役打了败仗，但曹魏的军力相当集中，南战线的防守力应该毫无问题。何况镇守襄阳的曹仁，情况相当稳定，似乎并无"隆中策"中可以北伐的条件发生。

　　虽说"将在外，君命有所不受"，但如此重要的战略调度，动用的兵力、财力甚多，如果没有刘备的批准，关羽应不敢随便发动这种大规模战争才对。

　　或许由于鲁肃新逝，刘备、诸葛亮、关羽等判断，东吴军队正值大幅度调防之际，应不会有什么动作。其后吕蒙特别采用"笑脸攻势"，来松弛关羽的警戒心，大概也是以此作为心理战吧！

　　总之，关羽发动这场战争，显得相当急切，他下令南郡太守糜芳改驻屯江陵，保护后方这个最重要的军资宝库，并派士仁镇守公安，以防止东吴军有任何蠢动，关羽则亲率荆州大军主力，以"恢复汉室"为政治旗号，攻打自从赤壁之战以来，长期驻屯于襄阳和樊城的曹仁大军。

　　襄阳位于荆州南阳郡和南郡的交界，秦朝以来便以汉水为界，以北为南阳郡，以南为南郡。襄阳城位于汉水南岸，隶属南郡，但对岸另一重镇樊城则属于南阳郡。目前的行政上，两者合并为襄阳市，属湖北省。

　　荆州原府治在武陵郡的汉寿，刘表任荆州刺史时，对南荆州根本缺乏控制力，因此将府城迁移到荆州北部的襄阳。加上自己是朝廷的空降部队，离司隶近些，万一有变故，往南可掌握长江以北的北荆州，汉水又流经襄阳城北，以纵走向南注入长江，襄阳正位于此水路及陆路的枢纽。以地理位置而言，襄阳固然相当重要，但由于位于汉水南岸的平原上，几乎全无天险可守，所以军事功能有赖北岸的樊城做辅助。

　　接获关羽大军北上的情报，曹仁立刻下令全军渡江进驻樊城，仅留将军吕常，以维持城内治安为名义，率领少数警卫队封锁对外交通，使襄阳成为非军事重区，将关羽的注意力转到樊城来。

果然，关羽只派一支特遣队去包围襄阳，自己带着主力渡河攻打樊城。只要樊城陷落，襄阳自然纳入掌握中，这时候，关羽便控制住曹操、刘备、孙权三大势力的枢纽地带了。这或许即是关羽冒险北上、发动襄樊战役的主要目的。

关羽初期的战事非常顺利，紧紧包围住曹仁的守军，让这位曹营首席大将束手无策。曹操不敢轻敌，派出智将于禁，率领七路大军前来驰援，并以西凉猛将庞德为先锋。

关羽利用七月中旬雨季，决断河堤，引汉江洪水，淹没于禁驻屯于樊城外的大军，生擒于禁，斩杀庞德。城内曹仁眼睁睁看着友军溃灭，无力救援。关羽声威大震。曹操曾有意将汉献帝迁离许都以避之，因丞相府军事参谋司马懿极力反对才作罢。但为了提升前线军民士气，曹操亲率大军进驻洛阳，观察战情，并随时准备紧急支援。

樊城四周为洪水淹没，城墙浸水日久，逐渐崩塌，曹仁准备弃城，退入豫州。参谋长满宠表示，襄樊失守，洛阳、长安直接受到威胁，将严重影响朝廷安全，宜拼死坚守，以尽保国卫民之责。

曹仁接受建议，将自己最爱的名贵白马沉入水中，以誓不退的决心。他和城内军民共同盟誓："我等受曹公重任，保卫此城，宜全力以赴，至死不渝，有言弃城者处斩。"

全城老幼居民，担土石塞城墙，坚守十数日后，洪水逐渐退去，樊城的紧急情况才稍舒缓。曹仁立刻下令重新部署防务，以作长期抗战之准备。

曹操再度派出审慎又富独立作战能力的徐晃，率军前来驰援曹仁。徐晃斗智不斗力，他将军队部署于城外，和关羽大军对峙，反由城外包围关羽大军，用心理战施以压力，果然关羽军求战不得，声势大挫。

曹操接受司马懿建议，决定引诱孙权，由荆州后方夹击关羽。

新任东吴西军都督吕蒙，是东吴阵营的智谋名将。《三国志》作者陈寿称赞他"有国士之量"，孙权则称赞他"筹略奇至，次于公瑾（周瑜）"。

吕蒙字子明，汝南富坡人，自幼聪明无比，好行侠仗义，而少于读书。为将时治军严谨，猛勇尽职，深得孙权和周瑜的信任。

为了能进一步重用并加以提升，孙权当面劝告吕蒙宜多读书，才能彻底掌握军政和地方行政工作。吕蒙则答以军中杂务太多，无暇读书。

孙权却表示："我劝你读书，并不是要你去当经学博士，只是要你多看些史书，得到前人治事的经验，以能应用在日常的工作上。你说杂务太多，我不见得比你少呀！我再忙仍经常读书，并自以为大有助益呢！"

正好吕蒙宿疾发作，请假在家，他接受孙权建议，闭门苦读史书。不久，鲁肃正好到浔阳，抽空去探望吕蒙，并和他讨论当前国内外大事。相谈之下，不禁大为吃惊地表示："将军，你现在的才略，已非昔日吴下阿蒙了。"

吕蒙笑着表示："士别三日，即更刮目相待，大兄何见事之晚乎？"

鲁肃和吕蒙对事情的立场虽常相左，但鲁肃非常欣赏吕蒙的才干，不但常向孙权推举，更正式拜吕蒙之母为义母，和吕蒙结为兄弟。

吕蒙出身贫苦，鲁肃则为有名望的世家，从两人的交情中，可以看出鲁肃对吕蒙的重视。

但吕蒙在接任鲁肃之遗缺后，立刻大幅度调整东吴西战线防务战略。

吕蒙私下晋见孙权表示："关羽为人骁勇，深富野心，迟早必有兼并东荆州之意，因此应该先下手为强，进行反制之部署。"

他非常有自信地表示："只要征虏将军孙皎守住南郡，潘璋驻屯白帝城，阻挡刘备西方来的威胁，吕蒙我负责北荆州的经营，就不用害怕曹操南下的威胁了，何必依赖关羽在江陵的军队呢？何况，刘备、关羽等皆反复无常之徒，绝不可以之为心腹同盟。靠别人不如靠自己，扩展他人实力，作为自己的倚靠，一旦对方的实力超过自己，势必危及本身的根基……"

吕蒙的想法是比较现实的，短期内可以挡住曹操和刘备就可以了，能够掌握更多的领土和权力的便是赢家。其实，这也是大竞争时期高级干部的基本心态，刘备阵营和孙权阵营的高级将领和高级幕僚，绝大多数都抱着这种英雄主义的本位看法。关羽不顾一切冒险北伐，未主动征求友军（孙权阵营）的意见，主要原因也在于此。

能从全盘性战略、以较长期的观点来看三分鼎立情势，的确只有鲁肃、诸葛亮和赵云而已，他们三人都坚持只要曹魏存在，孙权和刘备是没有条件冲突的，长期抗战需要大量的人力和物力，孙权和刘备在条件上均远不如曹操。

当然曹操不是没有弱点，庞大的统辖区内，相互利害必有冲突，各种势力集结，其实各怀鬼胎，绝对不如"小而精悍"的团体容易整合。拥有强力的领导者（如曹操），自然可以压得住问题，万一领导者出事，危机必然愈大。

在"隆中策"里诸葛亮一直主张"联吴制曹"，并表示，若北方有事，荆州可派一上将攻击襄阳，刘备、孙权分从左右两路进攻，汉室之光复可期。所谓北方有事，指的应该是曹操一旦亡故，曹魏政权的整合力量必危机重重，那时候便是北征的最好机会了。

可惜的是关羽、刘备都缺乏耐性，孙权和吕蒙也急着掌握自己国家的"利益"，而缺乏天下局势的彻底透视力。就差这么一年而已，曹操于建安二十五年元月去世。如果鲁肃晚死个两年，关羽能不急着发动北伐，或孙权和吕蒙能把眼光放远些，天下大势，鹿死谁手，犹未可知。

有关吕蒙发动奇袭，使关羽的大本营江陵落入东吴手中，关羽不得不由襄樊战场紧急撤退，途中又遭吕蒙派遣潘璋大军沿途袭击，造成北征大军溃败，以致关羽败走麦城，突围时兵败被杀的整个过程，也就是所谓"大意失荆州"的事迹，在拙

作《曹操争霸经营史》中，有详细记载，在此不重复。

有趣的是吕蒙也在这次战役后不久去世，孙权将关羽的首级（头颅）送给曹操，曹操令人补齐身体及全副衣冠，并以诸侯之礼葬之（关羽曾因曹操推荐，由汉献帝封之为汉寿亭侯）。孙权闻知，亦以重礼厚葬关羽之尸骸，这时大概已是建安二十四年底。正巧，曹操在建安二十五年元月初，因宿疾复发而病逝。《三国演义》作者罗贯中便凭想象力，编出关羽显灵向吕蒙追魂，并吓死曹操的故事。其实，如果关羽真的有灵，最应该报仇的是孙权，而不是曹操。《三国演义》一不做二不休，将当年率军袭击关羽的潘璋，也描写成战死于刘备东征的复仇战中。真实的历史中，潘璋不但没有死于该战役中，更因军功获得升迁和重用，可见《三国演义》的描述，有很多是一厢情愿的想法。

荆州事件随着几位重要主角的死亡告一段落。但死者已矣，却留给活下来的人一大堆问题。有关此事件，最值得检讨的，是它对日后三分鼎立局势的影响，其中受害最大的是由刘备和诸葛亮苦心创建的"蜀汉"。

"隆中策"的三分鼎立策划中，荆州的拥有是非常重要的条件，日后北上中原的战事，主力部队以此为出发点，占有襄樊便可直接威胁司隶和豫州，进而争取和曹操处于对立地位的汉室公卿支持，解除曹操"挟天子以令诸侯"的咒令，反劣势为优势。

一旦司隶和豫州反正，曹操新得到的冀、幽、并、雍以及凉州都会产生动摇，使曹操大本营兖州陷于孤立。要击败曹魏政权，荆州的确是非常重要的关键。

荆州丧失后，直接攻击襄樊的基地没有了，日后诸葛亮虽有意策动荆北新城郡和孟达反正，但仍为司马懿所阻，功败垂成。

从此，诸葛亮无法再直接攻击襄樊了，最近的北伐路线，是越秦岭攻击长安。这条战线，崎岖难行，补给困难，很容易被曹魏军抓到动向，是相当危险的。

北伐战役初期，猛将魏延曾建议由子午线直攻长安，诸葛亮不表赞成，便在于这条战线，曹魏防守容易，远征军风险太大，对处于弱势的蜀汉大军是非常不利的。

后来，诸葛亮不得不采取安全方式，绕道凉州作为北征的主要路线。

旷废时日，效果又差，这是丧失荆州后所造成的严重后遗症。

更直接的影响是，为了荆州失守，关羽被害，刘备几乎出动蜀汉大军的精英东征孙权，却被陆逊在猇亭附近以火攻击溃。

蜀汉军在人力、物力上损伤颇大。这次的战败，使日后诸葛亮北伐时，造成人力和粮秣的补充上一直困难重重，最后积劳成疾，病逝五丈原，"出师未捷身先死，长使英雄泪满襟"。

关羽大意失荆州，也是诸葛亮无法突破三分鼎立僵局的主要原因。

荆州战役后，吴、蜀虽然和谈，重建同盟，但彼此心态上的裂痕已大，根本无法像过去一样地合作了。

　　东吴西战线司令官陆逊，是文臣出身，他虽不像吕蒙富于"企图心"，但也不像鲁肃之顾全大局。

　　在他任期中，吴蜀间未有过冲突，但共同配合行动的意愿相当冷淡。

　　不过，东吴未曾如吕蒙所说，可以独立经营北荆州。陆逊虽发动过北伐，但规模都不大，襄樊在晋王朝统一中国之前，一直纳入北方政权的管辖下。

　　曹操在襄樊之战后，在襄阳附近另设襄阳郡，曹丕继位后，又增设南乡郡、义阳郡及魏兴郡。

　　到曹丕之子曹睿时，又再将原荆州西北接近汉中地区的边界，增设新城、上庸二郡。短短期间，原来的荆北南阳及江夏两郡变成八郡，可见曹魏政权对荆北防卫上的重视和用心。

　　南郡以南的荆州，从此全部纳入东吴政权的管辖下，也由原先的八郡，增设到十八郡，江夏郡被分割两半，北部属曹魏，南部则属东吴。

　　行政管理上的加强，显示东吴政权对西方防务（蜀汉方面）始终不敢掉以轻心，荆州在军事、政治上的重要性由此可知。

第 14 章
刘备亲出征　吴蜀大对抗

在关羽和吕蒙相继去世后，孙权便派陆逊为镇西将军，屯兵夷陵，守住三峡之口，让刘备的力量不能再往东发展。从此，三国的势力范围也固定了下来。

建安二十四年末，曹操上表孙权为骠骑将军，领益州牧，封南昌侯。孙权也派遣校尉梁寓入贡，上书称臣于曹操。

书中，孙权居然暗示曹操，天命所归，应篡汉自立。曹操反而很大方地将密书呈现于亲近大臣前，并表示："这个小家伙居然鼓动我坐在炉火上呢！"

侍中陈群趁机建议道："汉祚已终，本就不是今天才发生的啊！殿下功德巍巍，是万民瞩目的对象，故孙权在远地都向我们称臣，此为天人相应的吉瑞之兆！殿下宜正大位，不要再有什么疑虑了。"

曹操笑着表示："如果真有天命，而且在我的话，吾愿意为周文王矣！"（意思是和周文王一样，由其儿子周武王击溃殷纣，成为天下共主）其实，这些年来，曹操忧劳过度，健康早已大不如前，加上偏头痛的宿疾日益严重，自知不久于人世，因此对建立新国家的兴趣显然不高。果然，第二年，也就是建安二十五年一月，曹操宿疾复发，来不及回到邺城，便在洛阳的行营中去世了，享年六十六岁。其子曹丕，继任为魏王。

成都的刘备，起初接到关羽节节获胜的消息，自然非常兴奋。

诸葛亮提醒刘备要注意关羽后方，刘备便派特使向驻屯上庸的孟达和刘封传令，要他们随时注意荆州军情，并给予必要的支援。

但在吕蒙偷袭江陵时，陆逊同时占领秭归，封锁住三峡之口，使刘备方面的荆州军情中断。

由于上庸方面尚有军情回报，刘备虽积极筹备东征，但总以为如有紧急情况，孟达和刘封必会先行驰援，而且会有军情呈报成都，因而没有特别在意。

等到江陵陷落，关羽、关平和都督赵累同时遇害的消息传到成都后，一切都已来不及了。

刘备气愤又伤心，当场晕倒，在诸葛亮苦劝下，情绪才稍平稳。当他获知关羽曾向孟达等求救被拒，恨得咬牙切齿，立刻下令召回刘封和孟达，诸葛亮劝他勿逼得太急以防前线生变。

果然不久便接到孟达的辞职书，表示他常受刘封依势欺凌，根本无法有效指挥军队，加上畏惧未曾驰援关羽，遭到刘备怪罪，乃径向魏国投降。

曹丕欣然地接受孟达，并封他为新城太守，以作为进攻益州的先锋部队。

接着更命令右将军徐晃，联同孟达反攻刘封，这回连上庸太守申耽都投降了。刘封虽奋力反击，到底势单力孤，加上作战经验远不如徐晃，被打得大败，只好弃守上庸，退回成都请罪。

刘备虽然气愤刘封未能驰援关羽，但到底是义子之情，不忍处以极刑。

诸葛亮却认为太子刘禅个性和顺，刘封性情刚猛，骄奢强悍，名义上又是刘禅之兄，恐怕日后在继承事件上造成危机，因此力劝刘备趁此机会除之，刘备便下令刘封自裁。

这段期间，孙权和曹丕关系甚密，使得刘备反而在北、东两方面的战线上，都遭到威胁。

刘备虽急于替关羽报仇，但为顾全大局，担心北方或有剧变，不敢轻易尝试。

果然在建安二十五年十月，传来不幸的消息，在曹丕的逼迫下，汉献帝禅位于魏，改奉山阳公。曹丕正式废汉朝，即帝位，是为魏文帝，并追尊曹操为魏武帝。

曹丕字子桓，为曹操之次子，由于长子曹昂死于征张绣的战役中，便以曹丕为继承人。

建安十六年，为五官中郎将、副丞相。建安二十二年，曹操自立为魏王，并以曹丕为太子。

曹操去世后曹丕继位为汉丞相、魏王，并改建安二十五年为延康元年。

曹丕个性深沉，外表温文恭厚，属于早熟的孩子，成长期间，曹操便常带在身边，因而得到文武全才的教育。《魏书》记载他："年八岁，能属文，有逸才，遂博贯古今经传诸子百家之书，善骑射，好击剑"，俨然是位天才儿童。

不过，曹丕曾在一篇自序文章里，说到他是苦学而成的，也就是说曹操对曹丕要求相当多，五岁练习弓箭，六岁练习骑马，并接受相当严格的剑术训练。

文事、武学上都受到严格的磨炼，也养成了曹丕相当高的自信心。

掌权后的曹丕，仍关心当代文人，对文人的礼遇，显然超过以武功见长的父亲曹操。

他所写的《典论》，在文学批评史上的价值颇高，尤其是《给吴质书信》中，对"建安七子"的文风，有相当恳切的评语。

其中的"文章为经国之大业，不朽之盛事"，更充分显示，身为政治最高领导人的曹丕，对当代文学的重视。

延康元年（公元220年）二月，曹丕以魏王身份，令大中大夫贾诩为太尉，御史大夫华歆为相国，大理王朗为御史大夫，建立了自己的班底。

四月，大将军夏侯惇去世，曹丕的军事指挥权更为增加。

七月，孙权遣使奉献，蜀将孟达也率众来降，曹丕的声望大幅度提升，新政权很快地稳定下来。

十月，汉献帝见大势已去，在魏国群臣极力压迫下，终于祭告汉高祖庙，并使兼御史大夫张音持节奉玺绶禅位于曹丕。

咨尔魏王，昔日帝尧禅位于虞舜，舜亦以命禹，天命不于常，惟归有德。汉道陵迟，世失其序，降及朕躬，大乱兹昏，群凶肆逆，宇内颠覆。……君其祗顺大礼，飨兹万国，以肃承天命。

并于繁阳设坛，举行禅让之礼，改延康元年为黄初元年。

据《魏氏·春秋》记载，曹丕升坛礼毕，回头对亲近大臣小声表示："到今天，我终于知道舜、禹受禅让的故事了。"

曹操于年初去世时，由于事出突然，魏国曾陷入严重危机，甚至有人建议实施军管，但被曹丕拒绝。前后半年左右，曹丕不但稳定了大权，并正式篡汉自立，可见曹丕的能力，丝毫不亚于其父曹操。

曹丕篡汉自立，加上谣传汉献帝遇害，这个消息对刘备和诸葛亮的震撼性不亚于关羽遇害、荆州丧失，因此报仇之事只好暂搁一旁。

刘备以汉室后裔身份，并号称汉中王，自然对这件重大国事必须立即表明立场。

首先刘备通告天下，命令蜀中文武官员尽皆挂孝，为汉献帝发丧，并追谥为"孝愍皇帝"。

　　益州群臣劝刘备承续汉之大统，继位为皇帝。

　　刘备犹豫未决，又听说孙权向曹丕遣使称臣，曹丕进封孙权为吴王，不禁大怒，想举兵征吴。

　　诸葛亮引汉光武帝的故事，对刘备说："当年吴汉、耿弇等劝世祖（光武帝庙号）即帝位，世祖前后谦让了四次。

　　"耿弇进而表示：'天下之英雄，跟着您出生入死，都是抱有希望，如不从议，他们将各自散去，就不再为您效命了。'世祖感其所言至诚，便答应了。

　　"如今曹丕篡位，天下无主，大王乃汉室苗裔，更应继世而起，现在即帝位，正是时候。诸士大夫随大王征战历年，亦望得尺寸之功。如同耿弇向世祖所言啊！"

　　刘备无言以对，也就不再推辞。

　　在曹丕称帝的第二年，刘备即帝位于成都武当山之南，仍以"汉"为国号，"袭先帝（汉高祖）轨迹，亦兴于汉中"，史称"蜀汉"。并改元章武，以诸葛亮为丞相录尚书事；许靖为司徒；张飞为车骑将军，领司隶校尉；马超为骠骑将军，领凉州牧；立王后吴氏（吴懿之妹）为皇后；刘禅为皇太子，并娶张飞女为皇太子妃，并立其子刘永为鲁王，刘理为梁王。

　　这时，一直把关羽当作兄长般的张飞，再也忍不住了。他由蜀北的阆中，急书刘备，表示关羽之仇不报，富贵毫无意义，并表示愿意亲自东征孙权。

　　刘备便下令，张飞自阆中率兵万人先至江州，等待他由蜀中御驾亲征，一同讨伐东吴。

　　诸葛亮心中虽百般不愿意，但他深知刘备个性，苦劝必无用，而为此头痛不已。

　　倒是翊军将军赵云仗义执言。

　　在诸大臣都不敢进谏之际，和刘备、关羽、张飞等同样有数十年交情，而且一直为公牺牲自己声名地位的老将赵云只好站出来进行最后的苦谏了，他表示："国贼是曹操，不是孙权，如果能先灭了曹魏，孙权自然会屈服。

　　"目前曹操虽死，其子曹丕篡位，天下人心不服，若我们能趁此机会，进攻关中，占据黄河及渭水上游，进而讨伐凶逆，则关东地区怀有汉室忠诚之士必会趁机背叛曹氏，裹粮策马以迎王师。

　　"把伐魏这件事放置一旁，先和原是盟友的东吴作战，是很不利的，何况战争一发不可收拾，绝对不是智士应有的策划啊！"

　　刘备认为赵云不了解其心，甚为不快，但赵云是老友，又有卓越战功，刘备虽气愤，仍不便当面责备，何况赵云之言是相当有道理的。

　　益州学士秦宓也乘势进谏，用天象来劝告刘备勿伐东吴。

　　刘备闻言大怒，以秦宓扰乱军心，便将之下狱治罪。幸诸葛亮在事后力劝，并为秦宓说情，才获得赦免。从此再也没有人愿意表示反对了。刘备乃命令诸葛亮辅佐太子镇守成都，自己择日起兵御驾亲征。

就在临行前，忽接到阆中车骑将军张飞营中都督紧急军情报告，刘备大惊失色，当场大叫："糟了，翼德（张飞）出事了！"

果然是张飞遇害的噩耗，在阆中出兵前夕，张飞遭到部将张达、范疆暗杀，首级甚至被叛将带往东吴邀功。

张飞和关羽虽然情如手足，且有三十多年交情，但个性上迥然不同。

陈寿在《三国志》评论说："关羽善待士卒，而骄于士大夫。"因此和同事及他国将领间关系大多不佳，常无意中得罪人而不自知。

张飞则"爱敬君子而不恤小人"，常对部属要求太多。刘备曾一再劝诫张飞："卿刑杀既过度，常生气鞭打士卒，处罚过后，仍放之在左右，此取祸之道也。"

换句话说，张飞脾气暴躁，面恶心软，生过气便马上原谅他人，别人或许记恨在心，他自己却毫不提防，因而刘备非常担心他的安全。

关羽战死后一年多来，刘备忙于国事，日子还好过些，但镇守在关中的张飞心里就相当不平衡了。

他的个性变得更暴躁，常用暴力行为来泄恨。

刘备称帝后，张飞派急使送了一个表章。以强硬态度，半指责半要求地希望刘备速为关羽报仇，切勿忘掉早年共同创业之誓约。

刘备激动之余，便下令张飞由阆中编组万余人马，到江州会合，共同征吴。

编组兵马本是烦杂工作，但张飞心急如火，对工作的要求超乎常情。张达及范疆被迫走投无路，于是暗杀张飞，投靠孙权去了。张飞享年五十五岁。陈寿表示：

关羽和张飞，雄壮威猛，均可称为万人之敌，为世间难得一见之虎将。关羽当年报效曹操后，才离开曹营，不辞辛苦及危险，回到刘备身边。张飞义释严颜，以最少的战争代价攻取巴东，两人之作为和功业，均有国士之风。

可惜关羽刚而自矜，张飞果而无思，均以其个别之短处，遭到杀身之祸，此理数之常也。

张飞遇害的这笔账，刘备伤心哀痛之余，便将之记在孙权头上。因此不顾张飞遽逝后军队编组的困难，毅然决然地在仓皇中勉强编组四万余兵马，集结江州，准备尽速出兵。

蜀汉东征军的编组如下：

统帅：刘备
总参谋长：刘备自兼
参谋：马良、黄权、程畿
第一军：吴班大军

第二军：冯习大军

第三军：张南大军

预备师：赵云大军

到达江州后，刘备命赵云大军留守，令吴班第一军为先锋，先出兵三峡，攻入荆州境内，自己率领第二军及第三军随后而至。

这次编组，刘备几乎是单打独斗。他将蜀汉作战力最强的马超大军及魏延大军，留守汉中和蜀北，以防魏军趁机南侵。

大本营中，作战经验最丰富、立功最多的赵云大军却编为预备师，留守江州，一方面表示刘备对赵云反对这场战争的不满，一方面也预防万一东吴军由他道攻击益州时，赵云至少可以站在第一线，确保蜀中安全。

由于关羽、张飞、黄忠先后去世，刘备阵营中，能独力作战的统帅级将领不多。刘备以皇帝之尊，亲自指挥东征事宜，的确抱有相当的悲剧精神，或许刘备也早已把自己豁出去了。

鉴于刘备军声势浩大，加上鲁肃去世后，和鲁肃抱有相同亲蜀观念的东吴重臣仍然不少，孙权便派南郡太守、也是主和派重要人物诸葛瑾向刘备进行调停，以降低彼此的危机。

诸葛瑾知道刘备对孙权正在气头上，便以自己的名义派遣使者，造一份和解建议书给刘备，书中表示：

我听说大军已来到白帝城，相信是由于不少臣属认为吴王（孙权）曾侵取荆州，杀害关羽，以致彼此怨深祸大，绝对不可能议和了。

其实这种想法的人，是用心于小，而未留意于大者的人，因此我特为陛下（刘备已称帝）讨论此间事情的轻重及其大小。

陛下请暂息心中怨愤，冷静听我诸葛瑾的分析，相信立刻可以获得结论，不必再咨询一些缺乏眼光的臣属。

陛下认为关羽和先帝（指汉献帝）谁比较重要？荆州和整个天下哪个比较重要？这些国仇家恨的先后，应如何安排？相信您只要略为计算，孰重孰轻，易于反掌。

诸葛瑾这番劝言，是要刘备以国仇为重，私恨为小，仍和东吴合作，以对抗曹魏。其重点和范围，均不超过早先赵云的劝谏，对于急于报仇雪恨的刘备，自然是听不下去。

鲁肃去世后，东吴和刘备较有关系者，只剩下诸葛瑾。因此这是蜀汉和东吴最后调停的机会，赤壁之战的盟友，终将反目成仇，进行火并了。

在两国关系绷紧时刻，诸葛瑾以私人名义写信给刘备的行为，马上遭到别人误解，有人便将此事暗中密告孙权，表示诸葛瑾恐有异心，以他镇守南郡，将危及前线安全，主张立刻加以调动。

孙权却笑着表示："我和子瑜（诸葛瑾字）有死生不易之誓，子瑜不会背叛我，就如我不会背弃他一样啊！"

但是东吴臣属认为诸葛亮已为蜀汉宰相，主掌大权，和过去不同，诸葛瑾难免有不同的想法，因此议论纷纷，表明对前线的严重关切。

夷陵守将陆逊，担心后方流言会影响前线士气，乃公然上表为诸葛瑾作保，并要求孙权对此事作公开澄清。孙权乃向臣属表示：

子瑜和我共事好几十年了，恩如骨肉，彼此的了解更不用讲。子瑜之为人，小心审慎，非道不行，非义不言。刘玄德当年遣诸葛孔明至吴，我也曾对子瑜说："卿与孔明是同胞兄弟，弟弟跟随哥哥，义理而言，也是当然，何以不趁此机会留住孔明，如果孔明愿意留在此，我可以亲自写信给刘玄德，希望他依孔明自己意愿放人。"但子瑜却对我说："我弟弟诸葛亮既已委身于刘备，主从关系已定，我相信他一定是义无二心。诸葛亮之不会留在东吴，就好像我诸葛瑾不可能投向刘备一样的确定。"我相信他是非常真诚的，神明共知，如今怎么反而会有投向刘备的想法呢？

前些日子的无聊密告书，我便曾拿给子瑜看，并将之毁掉，孤和子瑜，可谓神交，不是任何流言谤语影响得动的。陆逊将军既有些提议，孤自应将此内幕公开，使前线将士放心，孤与子瑜绝无任何异心。

此书表公开后，东吴前线军民之心稳定不少。

和谈不成，战争已不可免。

刘备先发制人，他知道吕蒙去世后，东吴西战线实力薄弱，立刻下令第一军的吴班及第二军的冯习，发动突击。南郡军事重镇巫县的守将李异及刘阿等被击溃，刘备军声势大振，进军到秭归城时，已集结有四万余兵力。武陵一带的少数民族酋长纷纷响应，加入刘备阵营。

其实这场战争两方均不敢全力以赴，曹丕虽刚接位，但曹魏政权稳如泰山，如今又已建国，声势正盛，随时有南下可能。

刘备以帝王之尊，打私人战争，虽势在必得，仍不敢动用可独当一面的大将。因原来东征的主将人选张飞不幸暴毙，刘备已找不到可代替的人选了。

诸葛亮必须驻守大本营，以免发生异变，一向和诸葛亮搭配良好的赵云，虽是东征理想人选，但由于他公然反对这次战争，使刘备不愿派他为主战部队，仅以预备师镇守江州。实质上仍在为诸葛亮把守东方门户而已。

汉中地区随时可能有状况，因此魏延大军也动用不得。地位崇高的马超大军则镇守蜀北，以防止凉州大军的可能入侵。因此，这次东征孙权，虽动用四万多人，但刘备的角色，其实是"校长兼敲钟的"。

不过，孙权方面也好不了多少，老将程普已去世，少壮将领周瑜、鲁肃、吕蒙又不假天年，均壮年病逝。黄盖、韩当等虽猛勇，却难当大帅职责。

东战线周泰、甘宁等，共守合肥战线，曹魏军时常南下，调动不得，并且曹魏军力远大于蜀汉，因此孙权比刘备更凄惨。自己根本离不开东战线。唯一有资格守西线的徐盛，策划和统领的独立性又不足，让孙权头痛不已。

吕蒙临死时，曾推荐镇西将军陆逊代替自己的职位。

陆逊是孙权兄孙策的女婿，年纪甚轻，属于东吴第三代子弟，本身又是儒生，不懂武艺，如何能统帅东吴西战线第一代和第二代的老将？就算孙权强力支持，陆逊能否敌得过身经百战的刘备呢？

陆逊字伯言，吴都吴县人，本名议，为江东大族之后。陆逊年轻时父母双亡，乃跟随叔公庐江太守陆康任官。陆康和袁术有隙，袁术将攻庐江，陆康乃将亲族家人送回吴县，陆逊辈分虽较低，但年纪却比陆康长子陆绩大数岁，乃成为家族中的领导者。

孙权任将军时，陆逊出任其军师。后任海昌县长时，逢大旱，地方盗贼蠢动，陆逊开仓谷以赈济贫民，勤督农事，安抚百姓，并亲自带兵，平服盗贼。虽是儒生，但深通兵法，尤富韬略，鄱阳湖一带水贼均为其平服，孙权于是封陆逊为定威校尉，并以其兄孙策遗女嫁之。

陆逊眼光远，长于规划，孙权常用其策，并以之为帐下右部督。

赤壁之战前，丹阳贼师费栈响应曹操，扰乱孙权后方。由于周瑜、程普等大将均忙于备战，孙权只好派陆逊前往平乱。陆逊兵力虽少，却断然乘夜色发动奇袭，大破费栈人马，并以招抚策略，得精兵数万人，平服后方所有盗贼，还屯芜湖，扫除了东吴后方的危机。

会稽太守淳于式对陆逊擅自编组民兵，违反法令，甚为不满，乃向孙权检举陆逊骚扰人民之罪行，但陆逊反而向孙权称许淳于式是位爱民的好官。

孙权感到不解，便问陆逊道："淳于式检举你，你反而称赞他，这是怎么回事呢？"

陆逊答道："淳于式是为了善养人民才检举我的，如果我以个人意见不同而说淳于式坏话，是乱了将军您的判断，这是不对的。"

孙权不禁叹道："此乃长者之行为啊！陆逊这么年轻，就能有此修养，是一般人绝对做不到的。"

吕蒙托病返回建业时，便向孙权推荐陆逊，认为是日后代理自己的最佳人选，他指出："陆逊才思敏捷，城府深远，才堪负重，观其规划上之周到，终可大任。"

荆州争夺战期间，陆逊由陆口率军，夺取南郡和公安，击溃刘备原本建立的防线。战争结束后，吕蒙因病退职，陆逊驻守夷陵，统筹指挥西战线防卫部队。

陆逊向孙权建议，采刘邦入关中之宽容策略，重用荆州当地人士以重建荆州，孙权从其言，荆州的混乱军情很快稳定了下来。

刘备东征大军高达四万余人，孙权若要与之抗衡，势必动用多数大军，由于大军将领都属第一代和第二代精英，辈分为第三代的陆逊，虽有才干，能否服人，让孙权心中犹豫不决。

但南郡太守诸葛瑾，却认为陆逊是唯一人选，乃向孙权极力推荐。孙权只好直接召见陆逊，询问其个人意愿及主张。

想不到陆逊慨然应允，并即刻提出大军编组及作战计划，显示他早已准备和思考多时了。

陆逊所提出编组的大军，多达五万余人，超过赤壁之战周瑜所统领的军队。阵容包含东吴第一代及第二代的著名将领，其气魄之远大，令人惊服。孙权很高兴地批准了他所有的计划。

总指挥：陆逊（自兼参谋长）
第一军：朱然（第二代名将）
第二军：潘璋
第三军：宋谦
第四军：韩当（第一代名将）
第五军：徐盛（第二代名将）
预备师：鲜于丹（少数民族领袖）
预备师：孙桓（孙权亲族名将）

光从这个编组来看，不论在军力和作战力上，陆逊的东吴防卫军显然优于刘备的东征大军。

不过，最让孙权担心的，仍是北方的曹魏，如果趁吴蜀大战期间，曹丕遣大将挥军南下，问题可就严重了。因此，诸葛瑾的和议失败后，孙权便在当年八月间，遣使向曹丕称臣投降，并以低姿态奉上章奏，送还被关羽监禁在江陵的于禁。魏国群臣均向曹丕道贺，曹操时期一直未能达成之功业，总算由曹丕完成。名义上曹魏已收服江南了。

但侍中刘晔暗中晋见曹丕，表示道："孙权无故投降，必是内部有紧急的危机啊！孙权前年袭杀关羽，刘备迟早会兴大军报仇的。外面遭到压力，内部必定不守，加上又担心我们趁机南下，才会暂时假装投降，一来可以挡住我们的袭击，二来可以向刘备表示他跟我们是联合的，以使刘备产生疑虑。如今天下三分，中国十有七八，吴、蜀各保一州，靠着山水天险，相互救急，此小国之利啊！现在他们却相互攻击，此天亡之也。

"我们可以趁此大兴兵马，渡江袭之，刘备攻其外，我们袭其内，东吴不出十日必亡。东吴亡了，蜀汉孤立，就算他们获得吴地的一半也不能久存，何况我们能获得的反而是东吴的精华区呢！"

曹丕表示："别人既称臣于我们，却又偷袭之，则其他想来投靠我们的必会有所疑虑；不如先接受东吴的投降，并趁机偷袭刘备，反而较有利些。"

刘晔说："蜀国远而吴国近，何况诸葛亮仍镇守成都，定有所准备，听到我们将攻击之，定会马上回师。如今刘备在气头上，如果听到我们攻击东吴，必然更为高兴而加紧攻击之，以求和我们共分吴地。因此以我们的立场，攻吴利，攻蜀反而不利。"

但曹丕认为东吴绝不会这么容易被击败，万一不成功，不但名义上的臣服无法达成，并且可能会成为天下人的笑柄，因此拒绝了刘晔的建议。

邢贞使吴，东吴大臣听说只封吴王，非常不高兴，均向孙权建议，应向曹丕争取上将军、九州伯，否则不接受曹魏封赐。

其实孙权根本不在乎封王，他为的只是权宜之计，只要曹丕不趁机动兵，就算达成目的了。因此反而规劝群臣暂时忍耐，自己为表示谦卑，还特地出京城等候邢贞。

邢贞看了大为高兴，竟然入城门也不下车。旁边的张昭看了，大声向邢贞说："夫礼无不敬，法无不行，君却敢自尊大，岂以为江南寡弱，便无方寸之刃乎？"邢贞大惊，立刻下车。

中郎将徐盛看到邢贞的行为，甚为生气，乃对同列将领表示："徐盛和诸位不能奋力献出生命，为东吴并有许都、洛阳、巴中、益州，反使主公被迫和邢贞订立盟约，真是耻辱啊！"当场痛哭流涕。

邢贞闻之，也谓其属下道："江吴之将相如此忠诚刚烈，东吴绝非能久居人下。"

忍下这口气，曹丕已暂时放弃用武力征服东吴，孙权总算放了一半的心，但心里仍是很不平衡。因此特地在武昌钓台举行酒宴，宴中饮酒大醉，使人用水洒群臣，臣属知道孙权心中郁闷，也不讲话，只有张昭表情严厉，离席而去，坐在自己车中。孙权立刻派人去请他回来，并不好意思地说道："只是酒后共乐而已，公何必真的动怒呢？"

张昭正色对曰："以前殷纣王经常为糟丘酒池，共戏群臣，长夜地作乐，当时大家也都很高兴，不以为是罪恶啊！"

孙权默然，遂停止酒宴，重新振作起精神来。

陆逊虽拥有优势兵力，又占地利之便，但他认为众大军虽在其下，却不见得心服，因此仍谨守住夷陵，不愿主动出击。

由于时处冬天，刘备在秭归等了半年，一直到隔年二月，华中地区进入春暖花开之际，刘备打算率军攻打东吴军事重镇夷陵。

身任军事参谋的治中从事黄权，鼓起勇气做最后的劝阻："吴人强悍又长于水战，若我军也靠船队顺流而下，恐将进易退难啊！还是由我黄权为先锋，去面对东吴的敌寇吧！陛下宜在后方坐镇指挥，统筹大局！"

刘备早把自己豁出去了，急着想和孙权对阵，因此不听劝阻，反令黄权为镇北将军督导江北诸大军，率军顺长江而下，直逼夷陵。

陆逊见刘备奋力而来，兵锋甚锐，不想和他硬碰硬造成不必要的伤亡，乃下令前军放弃夷陵，撤退到猇亭地方重布防线，自己则将指挥总部设置在长江南岸的夷道，暂时采取据险固守的策略。

刘备见陆逊撤军，乃趁机攻占夷陵，设置前线指挥部，并军分两路，左翼由冯习率领，超过吴军坚守的猇亭，布阵于夷道北岸。陆逊见刘备主力部队在江北，便也亲自设营于北岸，和刘备前锋主力相对峙。

刘备右翼由猇亭渡江，攻击吴军主营夷道。陆逊派预备师孙桓驻守夷道，由于兵力较少，被刘备右翼的主力吴班大军，团团包围住。这时候，刘备的后备部队有些仍在秭归，行动后勤人员也有不少在更西边的巫县。前锋主力则已到达猇亭及夷道附近，军队布营长达六七百里。运输及通信完全依靠长江水运。

由于蜀军分散，东吴诸将领均主张即刻反击，陆逊却表示："刘备举军东下，锐气正盛，而且西方地势较高，仰攻不易，即使击败他们，恐怕也要付出很大的代价，万一有所闪失，那可能会使我们的气势受到严重打击。因此目前宜谨守阵地，奖励将士，以逸待劳，观其变化。再者，如果这些地方都是平原，我们或可乘着人多的优势展开决战。但从夷陵到夷道，皆属高山深水，行军不易，优势兵力也施展不开。以战术而言，更当先行稳住守势，以待敌军之弊，较为适宜。"

徐盛、潘璋、韩当等诸老将，均认为陆逊畏战，心中非常不痛快，但陆逊却故意睁只眼、闭只眼，装作不知。

双方由二月相拒到六月，连小型的接触战也未曾发生。对陆逊的"零战事"，刘备反而显得束手无策，只得命令冯习为大都督，张南为前部都督，掌握夷道附近军情，自己则来往于秭归及猇亭间，指挥全局。

被吴班团团围住的安东中郎将孙桓，由夷道派人向陆逊告急。陆逊却令其坚守，断然拒绝前往营救。

徐盛当场抗议道："孙安东将军是我们的公族，绝不可以被擒，如今已陷入危机，为何不去救他呢？"

陆逊表示："孙安东一向颇得士众之心，夷道城原为我们的大本营，城牢而粮足，没有什么可以担忧的。等我的计划发动，就算不去拯救他，包围也自然可解。"

徐盛虽然不服，但身在前线，军令如山，也不便再作什么表示。

东吴阵营诸将，认为人数上已占优势，急于速战速决，但陆逊却坚持避锐锋的持久战术。这些将领有的是孙策时的第一代老将，如韩当；不少则都是第二代的名将，如徐盛、潘璋；也有孙氏的皇亲国戚，如朱然、孙桓等。面对年轻的统帅，虽表面服从，其实"各自矜持，不相听从"，特别是不时的冷嘲热讽，影响军心甚大。

谋士建议陆逊向孙权反映，陆逊却不表赞同。为了维持军中纪律，陆逊在阵前召开大军领袖会议，当场按剑表示："刘备乃天下知名的英雄，连曹操都让他三分，今天他率大军而来，是不可轻视的劲敌。诸位深受国家大恩，理当同心同德，共灭此敌，上报国家才是啊！而今却不和顺相处，减弱自己的力量，是何道理呢？"

徐盛、潘璋等仍一副不在意的模样。

陆逊语气转而严厉道："我虽是一介书生，但奉主上指令，以国家名义要求诸君受我的节制、调遣，总以我有尺寸之可取，能忍辱负重故也。诸位将军各有任务在身，必须和我配合，岂能推辞？军令如山，不可违犯！"

陆逊这番话，软中带硬，言之有理，诸将自然不便再有所轻浮，否则这位手握军令的年轻统帅，万一来个翻脸不认人，以诸将的年纪及社会地位，实在划不来。只好暂时隐下心中不服，依照军令，全力以赴。

长期下来，倒是刘备有点受不了了。长途远征，粮食运送困难，虽然顺着长江而下，减少不少人力物力，但再如此耗下去，蜀汉的经营势必产生问题，因此他不能再等下去了。

为了早日结束对峙，刘备下令包围夷道的吴班，率领少数兵力，渡河北上，由南北向攻击陆逊大本营的后方。东吴诸将见吴班人少，明明是挑衅行为，均主张出营加以狙击。但陆逊表示："此必有诈，诸君不信，再等几天就知道了。"

果然，刘备见此计不行，便下令吴班退回南岸，埋伏在山谷中的八千兵士也终于现身，跟着南渡。陆逊在城堡上指着道："所以不令诸君击杀吴班者，就是为了这些伏兵啊！"

刘备见陆逊坚持对峙，乃下令水军撤退到岸上，"舍船就步，处处结营"。

到了六月底，陆逊看到刘备的东征大军，逐渐疲劳，复仇雪恨的热情已失，乃暗中向在武昌镇守的孙权，上了一道秘密书信。信中表示：

夷陵虽是国家军事重镇，但正好在三峡之口，易攻而难守，是以为保持军力的完整，策略性地弃守夷陵，绝非真的害怕刘备的压力啊！

如今刘备违反常理，不据险坚守，反急着求战，是他自己前来送死。臣虽不才，奉主公威灵，以顺讨逆，将在近日击败刘备大军，请勿担心。

臣当初最担忧的是，刘备以报仇雪恨之热情，水陆并进，将给我们相当的压力，如今却舍船就步，处处结营，反而使自己陷入"定形"，刘备败象已现，吾王始可高枕无忧，等待捷报吧！

相持半年的蜀吴大对抗，终在陆逊的主动出击下，很快展开最初、也是最后的决战了。

第 15 章
猇亭蜀军败　托孤白帝城

　　一个是身经百战、经验丰富，但很少真正大胜的沙场老将；一个是初出茅庐、长于规划，但却少年老成、尚未失败过的书生型统帅。

　　一个是心存愤怨、情绪不稳的复仇者；一个是头脑冷静、理性思考的谋略家。

　　两股力量从黄初二年七月，一直到黄初三年六月，从准备、调度到对峙，前后整整一年，光是阵前相抗衡，也有六七个月之久。

　　闰六月，一直采取坚壁清野的陆逊，判定时机成熟，决定主动反击。

　　徐盛等将领反而傻住了，表示："要攻打刘备应在他们刚到达猇亭，阵脚未稳的时候才对啊，如今他们已在六七百里间建立坚固阵营，并已运作了七八个月，其各个要害兵力部署早已完善，攻之必无利也。"

　　陆逊笑着表示："刘备作战经验丰富，而且这次是有备而来。其军队刚集结完成时，思考必相当周到，去攻击他们反而是非常不利的。如今驻屯已久，却占不到任何便宜，师老无功，兵疲意阻，已经谈不上任何规划了，想击败他们正是时候。"

　　于是由朱然大军分出一支队，前往攻击刘备最前面的营阵，但仍立刻遭到击退。

　　徐盛讽刺地说："这不是又白白损失不少兵士了吗？"

　　陆逊却充满自信地表示："我已经知道怎么击败刘备的大军了。"

　　时闻六月，华中地区东南季风大盛，陆逊下令第一军朱然大军由水路逆流而上，直接攻击驻屯猇亭的刘备大本营，船上载有大量茅草及火器，打算发动火攻。韩当及潘璋大军由右翼绕道，进入两百里后的涿乡，打算切断刘备先锋部队的退路。徐盛及宋谦，先攻向夷道，解除孙桓之围，并会同孙桓军，由南岸直袭夷陵之驻军。若一切顺利，便可渡江在涿乡会合韩当军队，联合西向直接追击刘备军至秭归。

　　所有军队都带火器及茅草，攻入蜀营，便顺风起火，蜀军从猇亭到秭归约有四十个营，只烧其二十营区，间隔着烧，节省人力物力，只要造成蜀汉大军之混乱即可。各军营预带干粮，不准休息或暂退，昼夜追击，必须将蜀军赶至三峡口，当然如果能生擒刘备，更是大功一件。

　　对于东吴军的迅速出动，刘备的前哨警戒部队自然有所觉察。但由于前些日子，曾在最前面的驻营发生接触战，蜀军认为东吴军战力不强，因此除了很快向刘备大本营报告，听候指示外，并未作任何紧急应变。

　　果然被陆逊料中，刘备的确在猇亭营区，接获报告后，立刻下令冯习、张南的前线部队迎击，并通知吴班第一军准备北渡，由南方打击陆逊主力部队。

　　刘备实在想不到陆逊居然无视前线的冯习及张南，而由水陆绕道直接袭击猇亭的大本营。因此当一切派遣就位，刘备仍留在指挥部，想继续等待更多的情报，以安排自己的行动。

　　大约午夜接近凌晨时刻，岸边哨兵发现大量东吴兵船逆流而上，直攻猇亭大本营。刘备大惊，立刻下令全营备战。时东南风急，朱然在船上发动火攻，刘备营帐立刻起火。尤其因值夏季，刘备营帐大多结扎在树林旁，以求凉爽。火克木，猇亭所有营帐立刻陷入火海。蜀军动乱中自相践踏，死者不计其数。

　　祭酒程畿见大势已去，立刻保护刘备向西撤退，并通知各营区前来护驾。

　　前哨的冯习及张南，听说大本营有变，立刻舍弃陆逊的主力部队，往西撤退，前往救援刘备。

　　刚渡过长江的吴班，准备袭击陆逊北岸营区，却扑了个空，深知大势不妙，立刻下令向西撤退。不久，便见到岸边蜀军营区起火，吴班顾不得仍包围着夷道的蜀军，只得紧急向猇亭驰援。

　　夷道包围战的蜀汉第一军部队，在毫无准备下，受到徐盛、宋谦由背后袭击，孙桓又趁机夹攻，几乎全军覆没，投降者不计其数。

　　朱然军并未登岸，直接由水路攻向涿乡，准备配合韩当、潘璋切断刘备退路。

　　由于凌晨风势甚大，助长火势，猇亭到夷陵间所有驻营全部着火，刘备军只好越过夷陵，准备退往防御工事较强的秭归城。

但这时韩当、潘璋军已由北绕道攻占了涿乡，完全切断了蜀军退路。由夷道折回的徐盛、宋谦、孙桓军，配合陆逊主力部队由东攻击。朱然军由水路夹击，前面韩当大军又摆出铜墙铁壁般的阻挡阵势。冯习、张南、吴班大军虽已会合，但在慌乱中，大部分军力丧失。

吴班自愿率敢死队直冲韩当军，企图杀出一条血路。冯习军断后，张南则保护刘备，退往涿乡东北的马鞍山区。

吴班奋勇一马当先，突破了韩当的防御阵线，但潘璋军立刻补足空隙，让其他蜀军仍无法通过。吴班想再回头杀人，保护刘备，但军力已明显不足，根本无力再战，只得率领残军越过秭归城，直奔江州，向赵云军营求援。

冯习的断后大军往复冲杀，为刘备争取撤退时间。没多久，身边只剩数十骑，又逢徐盛大军，冯习大喊一声，单骑冲入，立刻被斩为肉酱。

张南及副将傅肜，保护刘备及程畿等文职人员退向马鞍山区，徐盛、宋谦、朱然大军在后紧迫，傅肜、程畿等被冲散。张南见大势已去，嘱咐御林军保护刘备先退，自己率残余第三军，回头迎击吴军。徐盛等虽全力攻击，但张南力挡不退，一直支持到刘备已安然撤入山区，张南的残军也全军覆没，张南本身亦死于乱军中。

傅肜保护程畿等退至江边，听说刘备退往马鞍山，程畿便敦促傅肜立刻杀出重围，前往驰援。自己和参谋人员率残部在江岸牵制东吴军，没多久便死伤殆尽，程畿不愿被擒自杀而死。

胡王沙摩珂原率领预备师驻守在秭归附近，闻知前线败阵，立刻率军驰援，正逢韩当、潘璋军攻来，沙摩珂不敌，死于乱军中。

江北督军黄权闻变，也率军南下，奋力反击陆逊之主力部队，但军力太少，被打得溃败，黄权只好再向后撤退，眼见南向已被吴军完全阻断，无法退回蜀中，黄权只得遥望刘备营区跪拜后，引军北向投奔曹魏去了。

刘备的残军退入马鞍山后，立刻环山部署防御工事，不久便见到傅肜军向前会合，才稍安心。

陆逊率众军营围攻马鞍山，蜀军拼死抵抗，激战一日余，蜀军死伤惨重，傅肜劝刘备杀出重围。刘备也担心蜀军全军覆没，乃趁黑夜突围。由于秭归城已失陷，刘备只好继续往西，越过巫县，直奔白帝城。

傅肜殿后，沿路将辎重车辆烧毁塞道，阻挡追兵，且战且走，在秭归附近被徐盛、朱然军追及，傅肜被团团包围不得脱。徐盛惜其忠勇，喊话劝降，傅肜咬紧牙关，上马再战，终因力竭，死于乱军中。

刘备退入白帝城后，不禁慨然叹道："想不到我竟败在年轻的陆逊手中，岂非天意！"大有长江后浪推前浪之感慨。

这一次刘备军死伤万余，所带出的舟船、器械、水陆军资，几乎完全损失殆尽。只有牙门将向宠的部队，在慌乱中仍能维持军纪，无人逃散，全军撤至白帝城，成为刘备的临时侍卫军，强化了白帝城的防御工事，让刘备得以稍事休憩。这便是日后诸葛亮《前出师表》上所称"将军向宠，性行淑均，晓畅军事，试用于昔日，先帝称之曰能"的故事。

赵云在江州得到吴班紧急军情，立刻下令全军备战，并派遣急使通知成都的诸葛亮。自己率领少数军营，到前线视察军情。听到刘备撤入白帝城后，赵云立刻下令部队在巫县附近恃险部署，以抵挡东吴的追军。

有了赵云大军护卫，刘备可以完全放心了，于是他改鱼腹为永安，并进驻静养，暂时不回成都，将东战线的防护重任，交由赵云负责。

在整个战役中，赵云军队从未越过巫县，陆逊的军队也没有越过这条防线。《三国演义》描写赵云马鞍山救驾，单骑杀退陆逊大军，以及陆逊追军困于"八阵图"的故事，显然均属小说家的虚构夸张情节。

刘备退入白帝城后，以徐盛、潘璋为主的少壮派大军将领，纷纷上表孙权，主张趁机攻入白帝城，必可生擒刘备、击溃赵云大军。

孙权以此询问陆逊意见，陆逊乃联合朱然等上言道："依照北方情报显示，曹丕正在大量编组军队，表面上是要帮助我们征讨刘备，其实是想找机会攻击我们的东战线，因此我认为以大局为重，应立刻结束西战线战事，重新部署国防事宜。"

孙权看到陆逊的态度坚决，而且情报搜集完整，考虑又周全，乃下令全面撤军。

《三国演义》引用杜甫在看到诸葛亮"八阵图"遗迹后的感慨诗句"功盖三分国，名成八阵图，江流石不转，遗恨失吞吴"描写陆逊追击刘备入巫县，结果被诸葛亮预先埋伏的石阵"八阵图"神秘地困住，幸赖诸葛亮岳丈黄承彦救助，才能脱险。黄承彦更形容八阵图"变化无穷，不能学也"，将之渲染得神奇如仙，让后人惊叹不已。

其实"八阵图"只是诸葛亮驻军时的沙盘推演而已，并无特别神秘，后面将有专章讨论。

但是生在唐朝的诗圣杜甫为何会有如此感叹的诗句呢？或许在唐朝时，民间便有如此传闻。罗贯中日后写小说，也是根据传闻而编撰的。

不过，宋朝苏东坡论及此诗时，却指出杜甫此诗是在感慨诸葛亮未能阻止刘备东下吞吴的战争，造成日后大败，为其生平遗恨（见《东坡志林》）。

虽然苏东坡以史学家的观点为杜甫的诗句作诠释，但从这事件上可以看出，在唐宋时期，对"八阵图"的遗迹，已有各种神秘的传说了。

其实，陆逊根本未追击刘备过巫县，更不可能被"八阵图"所困。陆逊回国后，被封为辅国将军，领荆州牧，并改封江陵侯。

《资治通鉴》记载了诸葛亮对这一事的自我反省：

起初，诸葛亮和尚书令法正，在政治上的意见常有不同，但法正的奇谋智术，却颇为诸葛亮所景仰。法正在刘备称汉中王的第二年便病逝了，但当刘备兵败消息传入成都后，诸葛亮仍感叹道："孝直（法正字）若在，必能阻止主上东征，就算主上坚持东征，有他陪伴策划，也不会导致今天的惨败。"

法正曾策划刘备入蜀，并亲自为内应，刘备据有四川，他和死去的张松功劳最大。日后法正更身任总参谋长，协助刘备攻取汉中。在刘备阵营中，一向有"谋主"之称，其奇划策算深得刘备信任。因此如果他尚健在，或许能想出好办法，阻止刘备出兵。

严格来讲，刘备东征事宜，身为丞相的诸葛亮虽不赞成，但也未极力反对。赵云和秦宓皆曾强烈反对，群臣之首的诸葛亮反而未曾开腔。除了表示他对刘备有充分了解，知道再劝也没有用外，从他对法正的感慨看来，显然在这件事上，有其判断上的偏差。

在"隆中策"里，诸葛亮早已确定了"联吴抗曹"的基本国策，但其更重要的规划，却是掌握荆益两个大州，以作为日后北征中原的基础。

赤壁之战中，诸葛亮以巧妙的策略夺取了荆南三郡，再以杰出外交手段，借得大部分荆州，为刘备取得"争天下"的本钱。

诸葛亮对刘备的弱点，应有相当的了解，但他为何未尽力阻止刘备发动如此不智的战争呢？从他日后的行为看来，倒不是像他叹惜法正般的缺乏奇谋或刘备对他信任不足，而应该是他太忙了。占有益州和汉中后，一定有不少的内政、经济及财政重建工作要立刻处理、规划和推动。荆州丧失后，整个国际局势剧变，更增加了不少国防和外交的困难。刘备在关羽和张飞先后去世后，方寸已乱，经营的重任完全落在诸葛亮肩上，相信他一定忙得没有时间去思考刘备东征的事情。因此这段时间，他实在提不出较完整或较有建设性的意见。心中干着急，却一点办法也没有，对诸葛亮而言，应是相当痛苦又无奈的。

不过，诸葛亮对刘备东征没有拼命劝阻，相信他对刘备征伐东吴也有相当信心。他认为蜀国力量已成，刘备有数度大胜利的经验，尤其曹操对阵汉中而能逼退曹操，显示他在指挥大战役上已完全成熟了。加上东吴方面，周瑜、鲁肃、程普、吕蒙等超级大将又先后病逝，对刘备而言，应无太大危机才对。想不到东吴却出现了像陆逊这种军事天才，是诸葛亮始料未及的。

这次东征的参谋总部，几乎全军覆没，主任参谋的荆州元老马良，战死于五溪的阵营；程畿在江边自杀而死；诸葛亮原先最倚重的黄权，在和刘备意见不同后，调任江北督军，败战后，归路被断绝，不得已投降了曹魏。

刘备在永安养病期间，诸葛亮先后派尚书令刘巴及军议中郎将射援前去请安，但刘备似乎已将军国大事完全委托给诸葛亮，未作任何指示。有几次诸葛亮想亲赴永安和刘备当面商议国事，但终因成都军政事务繁重根本离不开，而且刘备也书信指示，国家大事为重，勿以他为念，而婉拒了诸葛亮亲往慰问之意。

不久，传来黄权降魏的消息。在永安服侍的大臣，均主张立刻逮捕黄权的家属治罪。刘备却叹息表示："是我辜负了黄权，而不是黄权辜负我啊！"反而下令特别照顾黄权在成都的家属。

另一方面，曹丕也在洛阳召见了率众来降的黄权。

曹丕对黄权说："将军舍弃刘备，投降于朕，是舍逆效顺，欲追循陈平、韩信弃楚降汉的历史故事吧！"

黄权却坦然地表示："臣过去受刘主的特殊礼遇，因此绝对不可以降吴，归蜀又无路，为免部属无谓的牺牲，才前来投降。而且，败军之将，免于一死就已是很幸运的事了，哪里还敢模仿古人之行志呢？"

曹丕非常欣赏黄权的人格和才华，拜他为镇南将军，封育阳侯，又加侍中职务，随时陪侍左右，以为政治作战的"样板"。

这时候，传来黄权家属被害的消息，曹丕还特地准备为他们发丧。但黄权却反对，他认为："臣和刘备、诸葛亮等推诚相见，他们一定了解我的苦衷，绝不可能杀害我的家属，我相信这个消息不可靠，请再详加追查吧！"

后来再加查证，果然只是谣言。

曹丕对刘备和诸葛亮能得部属如此信任，为之感叹不已。

不只和刘备，黄权对诸葛亮也一直维持高度的相互谅解。《三国志·黄权传》中特别记载，日后司马懿曾在写给诸葛亮的信中表示："黄公衡（黄权字）为人爽直，常毫不忌讳地表现出他对你的景仰。"

黄权的儿子黄崇，在蜀国灭亡的前夕，追随诸葛亮之子诸葛瞻战死于绵竹。

刘备在静养中，前线有赵云守护，后方又有诸葛亮经营，自然放心多了。但损失关羽和张飞两位创业伙伴，东征又败给了陆逊，对他打击甚大，身心衰竭，健康情形日益衰退。恰好巴西太守阎芝派汉昌人马忠率领五千人马前来护驾，刘备和马忠交谈后，非常高兴，对来访的尚书令刘巴表示："虽失黄权，复得马忠，可见世上仍不乏贤能的人才啊！"

马忠日后也深得诸葛亮重用。

当刘备率军东征，和陆逊对峙于夷道、猇亭期间，曹丕为正式使孙权臣服，曾要求孙权将其长子孙登送往洛阳为人质。由于前线军情甚紧，孙权不敢明言拒绝，只好以孙登尚年幼拖延之。

等到陆逊击败了刘备，曹丕怕孙权乘胜扩充势力，不再屈从，乃加紧索要人质的要求。但孙权仍故意忽视之，拒绝将人质送到洛阳。虽然，曹丕派出侍中辛毗及尚书桓阶前往交涉，但孙权仍置之不理。

曹丕大怒，便想以武力迫使孙权就范，参谋大臣刘晔不表赞同，他认为孙权刚获得大胜，君臣信心正值高潮，又有江河之险可守，仓促间绝不可能打败他们。

曹丕不听，反而发动了空前大军，准备分三路讨伐孙权：

东路：征东大将军曹休、前将军张辽、镇东将军臧霸，由洞口攻击孙权右翼

中路：大将军曹仁，亲领直属大军，攻击濡须口

西路：上将军曹真、征南大将军夏侯尚、左将军张郃、右将军徐晃，由南郡攻击军事重镇江陵

一时之间，东吴承受的压力，丝毫不亚于赤壁之战前夕。

幸好陆逊有先见之明，主动结束了西战线之冲突，使孙权有足够的兵力，驰援北线国防。

陆逊向孙权表示，曹营精锐大军虽倾巢而出，但缺乏整合性，势必雷大雨小，张声恫吓而已。因此主张分大军以抗之，只要形成对峙局面，没多久，曹丕一定会下令撤军的。

于是以建威将军吕范，督领五支船舰大军，在陆口据长江之险抗拒曹休大军。左将军诸葛瑾、平北将军潘璋、将军杨粲，率军防卫南郡。

中路的濡须口，是吕蒙时期建立的军事重镇，加上曹仁声势浩大，孙权乃亲自督军，由裨将军朱桓在濡须口镇守，对抗曹仁。

曹休到了洞口，急于渡江，张辽、臧霸等老将，由于在水战中屡次吃了暗亏，因此不赞成。曹休决定亲自单独渡江，正好碰到暴风袭击吕范舟船，损失不少部队，东吴大军陷入危急状态。臧霸渡江追击吴军，却为救援军所败，前锋将军尹卢战死。

镇守濡须口的朱桓，以猛勇忠诚闻名。曹仁以步骑数万攻之，朱桓据险抗拒。曹仁年老，真正指挥作战由其子曹泰负责。曹泰经验不足，在袭击战中，为朱桓所乘，损失了大将王双及常雕，中战线也陷入胶着状态。不久，曹仁病逝，中路的威胁不战而解。

反而西战线的争斗较为激烈。当年吕蒙病重时，孙权曾亲自询问，谁能胜任镇守江陵。吕蒙表示："朱然胆子大，临危不惧，可以胜任。"

吕蒙死后，孙权便以朱然镇守江陵。朱然是九真太守朱治之养子，时为昭武将军。

西战区的最前线，由东吴猛将孙盛据守。曹真派张郃大军为前锋，孙盛欺张郃军少，竟在城外进行野战，反为经验丰富的张郃所败，前线失陷，曹军包围江陵。诸葛瑾由南郡驰援，又为夏侯尚所阻，江陵城中外断绝，危机重重。江陵令姚泰欲举兵投降，为朱然所觉，怒而杀之。

朱然下令全城军民死守，曹真围攻六个月，想尽办法攻城，均为朱然拼命阻挡住，适逢大疫，魏军乃无功而返。

诚如陆逊的猜测，曹丕并无并吞的决心，只是虚张声势而已。只要抵挡得住最

初的一击，再恃险而守，曹魏大军缺乏绝对的斗志，作战力势必无法贯彻。

刘备在永安听说曹丕大军南下，就写信给陆逊表示："今曹贼又进攻江汉，我若复带兵东来，将军你看我能不能这么做。"

陆逊仔细思考刘备信中含义，回了一封信表示："你的军队刚受重创，应该静养，不宜再兴师。如果我们进行和谈，当可弥补彼此过错，切勿再谈用兵，以免创伤更形严重，恐怕再也回不去了。"

陆逊态度虽仍强硬，其实他也立刻向孙权报告，刘备长期居住永安，未回成都，显然心有未甘，若逼紧了趁机联合曹魏行动，可能会对东吴形成严重威胁。他建议孙权主动向刘备谋求和平，孙权认为有道理，乃派太中大夫郑泉向刘备请和。

经过这次严重的挫折，刘备反而把命运看开了。他冷静下来思考，万一东吴真的灭亡了，对蜀汉也将造成严重威胁，因而接受郑泉要求，派了太宗大夫宗玮前往东吴向孙权复命。这是猇亭战役后，孙刘双方首次觅寻和好的尝试。可惜不久，刘备病情恶化，这项外交努力又告中断。

猇亭战役，对这位有"英雄"盛名的刘备，几乎是致命的打击，新建立的蜀汉元气大损，北征曹魏、光复汉室的宏愿大志，已不可能在自己手中完成了，悲痛之余，健康情形急速恶化。

成都方面又传来了几则噩耗，首先是司徒许靖年老病逝，接着年方四十七岁的西凉名族、骠骑将军马超也病逝了。汉中王时期新建的四大军营将领先后去世，蜀汉王朝能够独当一面、又具有足够声望的大将，大概只剩下赵云和魏延了。

到永安来探病的尚书令刘巴，回到成都不久也病殁，刘备万分伤心，便任命犍为太守李严接替刘巴职务。

或许他也感到生命已到尽头，夺回荆州已不可能，就下令将甘夫人坟墓迁至蜀地。就在第二年春天（黄初四年），刘备病势急速转坏，便派人到成都请诸葛亮急速赶到永安。

猇亭战败消息传来，蜀中的确引起不少震撼。越隽郡少数民族领袖高定进犯新道县，为李严所击退。汉嘉太守黄元一向和诸葛亮不善，有伺机作乱的不轨意图，这也是诸葛亮一直不敢离开成都的最主要原因。

但既然刘备有事急召，是不得不去了，他以一向有胆识的益州从事杨洪辅佐太子刘禅守成都，自己带着两个皇子鲁王刘永、梁王刘理赶往永安。

从黄初四年二月到四月，诸葛亮待在永安，和刘备共同规划蜀汉未来大计，新任尚书令李严，在受命后，便因刘备病重，也一直在永安随侍。由于他是蜀中老臣，因此成为刘备和诸葛亮最好的咨询对象。

猇亭战役后，整个形势有了很大的变化，魏吴联而又分，刘孙之间反而有和好的迹象，天下三分鼎立之势，似乎已完全成形了。

不过蜀汉的情形却颇为不妙。国防上，威镇华夏的四大将领——关羽、张飞、马超、黄忠先后去世，加上猇亭丧失的大军，蜀汉王朝的作战力已几近崩溃，今后和曹魏、孙吴间的对抗，将日渐困难。

益州和汉中的统治未完全稳定，又先后发生荆州失守和东征大军溃败的两大悲剧，对蜀国财政、经济上必造成沉重负担。若是刘备在这关键时刻有个三长两短，内政的稳定上可能会立刻产生危机。

诚如诸葛亮日后在《前出师表》中所言："先帝创业未半而中道崩殂，今天下三分，益州疲敝，此诚危急存亡之秋也……"

刘备当然也深知危机重重，他紧急召见诸葛亮，便是想利用生命的最后时日，和这位实质上的继承人彻底交换意见，共同拟定自己身后的应对计划。

果然，诸葛亮一离开成都，黄元便在汉嘉郡发动军事政变，他烧毁临邛城，毫无忌惮地据地抢掠。杨洪立刻派遣将军陈备、郑绰前往征讨。

在军事会议上，不少将领和谋士认为，黄元如果军力不足以进攻成都，必会由越巂退往南中，据地称王，进行长期战。

但杨洪却有不同看法，他表示："黄元一向凶暴，对人民无恩信，不可能有如此的力量。他一定想乘江流东下，到永安向皇上请命，或面缚请死。如果做不到，便会趁机投靠东吴，以求活命。"

因此他命令陈智及郑绰，在南安峡口埋伏，等待黄元自投罗网。

果然黄元不敢逗留越巂，欲顺江东下，终被陈留等生擒，送到成都斩首。

杨洪很快派人向成都报告黄元事件，对诸葛亮而言，总算放下了一件心事。

由于蜀汉人才的迅速凋零，诸葛亮也刻意去发掘青年才俊。他对马良的幼弟马谡非常欣赏，以之为参谋，经常带在身边，这次永安行，由于可能需要探讨的事情很多，因此特别将马谡由成都带来，作意见的整理和讨论。

马谡字幼常，是荆州大佬马良之幼弟，头脑机灵，能言善辩远在其兄之上，尤其博学多才，好于议论兵书和谋略，常能观察细微之事，分析精辟，头头是道，颇得诸葛亮欣赏。

刘备在荆州时期，便和马良关系良好，对马谡自然知之颇深，但他却不喜欢马谡的光说不练，话虽讲得漂亮，但总嫌不实在。对历经风霜的刘备，马良、黄权、马忠等重经验论的谋士，绝对比好说理论、缺乏经验的马谡可靠得多。

因此，刘备对诸葛亮刻意提拔马谡颇不以为意，他明白地向诸葛亮提醒："马谡言过其实，不可大用，丞相应由多方面详细观察他才是啊！"

但诸葛亮总认为这或许是年龄上的关系，也就是我们所说的"代沟"，所以才不以为意。

四月中旬，刘备病情恶化，立刻下遗诏给成都的太子刘禅，并将之先给诸葛亮和李严过目。其全文如下：

朕初疾但下痢，后转染他病，看情形是不会痊愈了。人生五十岁便不称夭折，今吾已六十有余，当无复恨，因此倒不为自己担心，只以你们兄弟（指刘禅）的将来为念。

听诸葛丞相说，你等器量甚大，进步很快，超过他的期望，如果真能如此，我又有何忧，希望你能更努力些，切勿以恶小而为之，也勿以善小而不为。

一切以求贤求德为目标，使臣民能对你完全信服。

你的父亲一向德薄，不值得仿效。

希望你能多读书，特别是《汉书》及《礼记》一定要详读，闲暇时也要多研究《六韬》和《商君书》（商鞅），可以增强智慧和意志力。

听说诸葛丞相整理有《申子》（申不害）、《韩子》（韩非）、《管子》（管仲）、《六韬》等书籍，宜多向他请益。

诸葛亮看完，红着眼睛表示："请陛下放心，辅佐太子本是臣等职责，愿陛下静心养病，早日康复，以符天下人之期望。"

刘备注视诸葛亮良久，叹了一口气，坚定地嘱咐道："君才十倍曹丕，必能安国，终定大事。若嗣子（刘禅）可辅，辅之；如其不才，君可自取。"

诸葛亮一听，脸色剧变，惊慌和感动交集，泪水滚滚而下，立刻跪在床边，说道："臣怎敢不竭心尽力，效忠贞之节，至死为止呢!"

刘备令内侍扶起诸葛亮，叫李严到前面，嘱咐他协助丞相共辅太子。并叫来刘永、刘理两位皇子，嘱咐他们并转告太子刘禅："你们兄弟今后要把丞相当作父亲一样，同心共事，不可违背。"言罢，泪下如雨。

当日，刘备向永安宫服侍群臣下令，宣布托孤于诸葛亮，并以尚书令李严为副，共同辅政。

魏文帝黄初四年（公元 223 年），蜀汉先主章武三年四月二十四日，刘备病逝永安宫，享年六十三岁，谥为昭烈皇帝。

虽然早是意料中事，但刘备的去世还是引发了新建立的蜀汉王朝相当大的震撼，诸葛亮不敢回成都，暂时留在永安，就近安排东方和北方的国防事宜。由赵云镇守的白帝城，短期内暂时不会有问题。北方防线由于张飞和马超的先后去世，新任的将领国际声望不足，关中方面的曹魏大军蠢蠢欲动，单靠魏延守在汉中盆地，的确承受着不小的压力。

刘备新逝，蜀中各郡难免有不稳现象。曹魏和东吴都可能趁机骚扰，因此稳定边防成了最紧要的工作。

直到过了两个月，诸葛亮才发丧，返回成都，并令李严为中都护，镇守永安。

五月，太子刘禅即位，尊皇后吴氏为皇太后，大赦，改元建兴。

历史上称刘备为蜀汉先主，而以刘禅为后主。

刘禅母亲甘夫人的灵柩，也由南郡转至成都，八月，与刘备合葬于成都之南的

惠陵。

当时，刘禅才十七岁，个性温和又有点害羞，实在不是一名合适的政治领袖，唯一的长处是和他父亲一样，颇富于人缘，一般臣属还算蛮喜欢他的。

由于缺乏经验，只得依照父亲遗命，封诸葛亮为武乡侯，领益州牧，军国政事不问巨细全委之于诸葛亮。

既然受到刘备托孤，诸葛亮也毫不犹豫地承担起完全的责任。蜀汉建国以来，不断发生战争，所以无法妥善整顿制度。虽然刘备去世，但总算这段时间还可维持和平。诸葛亮便全力地整顿冗员，修订法制，重做行政编制及政治规范的建立。

诸葛亮首先向蜀汉众大臣公布他今后治国的政治理念："作政治决策时，应该努力集合众人智慧，广为接受忠诚的建言。若处处害怕得罪他人，或因小意见而疏远别人，便无法获得各种不同的意见，久而久之，会有很多的损失。能从各种不同的观点来看事情，这样的决策才是最为恰当。

"只是一般人都很难尽心提供不同的看法，只有过去的徐元直（徐庶，新野时期的军师），再多的纷扰，他都能由各方面详加研究。董幼宰（董和，荆州时参谋）任参谋工作七年，在事情得不到结论时，即使有十种不同的看法，也会不厌其烦地提出。如果大家都能有他们两人的精神，忠于国家，不断提出各种不同意见，这样便可以帮助我在决策时，犯最少的错误。"

接着，他又说到隐居隆中时和朋友相交的一些故事："早年我和崔州平交往，由于他年纪较大，见识又广，因此从他身上学到很多。后来和徐元直认识，提供我不少具有启发性的智慧。前参事董幼宰，每次建议都说得清清楚楚，言无不尽。后来又得到胡伟度（诸葛亮的谋士，义阳人胡济）的协助，经常给我不少直接的谏言。

"虽然我天性鄙暗，无法完了了解这四位先生的意思，有时候也不尽采纳。但我和这四个人却永远友好，绝不因他们对我有所批评而心里不痛快，对他们的诚意也绝不怀疑。请大家今后不用客气，尽量表达你们的看法吧！"

《资治通鉴》上记载：

诸葛亮初任丞相时，经常自己校对所有的文书及备忘录。丞相谋士杨顺看到后，直接谏言道："政事的推动，最重要的是要靠制度，上下各有权责，不宜相侵。我现在以一般农家工作，来为丞相作比喻吧！

"如今有位大农户，他派遣农奴为他耕种，婢女为他处理炊事，公鸡负责司晨，狗负责吠盗，牛负责载重物，马负责跑远路。

"这样子，他的产业一定处理得很好，所有的工作都有人负责，他大可轻轻松松、高枕无忧地做他的主人。

"如果，有一天他突然想不通，什么事情都要自己做，不肯交付他人，那么一定会累得半死，为了这些杂事，形疲神困，到最后仍将一事无成。

"这倒不是说主人的智慧不如奴婢鸡狗，而是因为他丧失了身为主人应有指挥大局的职责啊！

"古人记载有'坐而论道，谓之王公，作而行之，谓之士大夫'的箴言。汉宣帝时，宰相丙吉不过问道路相斗而死的人，反而担忧耕牛在初春尚未有农事时，却气喘不止的现象。汉文帝的宰相陈平，不肯探知国库的钱财，而表示'自有主事者'，便在于他们深懂体制上应'分层负责'的道理。

"今明公亲自检视文书及备忘录，为此行政上小事，流汗终日，是不是太劳苦了些?"

诸葛亮立刻起而向他致谢，接受他的建议。后来杨顺去世，诸葛亮还为他哭泣哀吊三天之久。

由这段记录，可以看出诸葛亮政风上的真诚及工作上的负责努力，并且也是位能接纳不同意见、言行一致的政治家。

像刘备这种"君可取而代之"的托孤态度，的确在历史上空前绝后。大多数的托孤先主，都会想尽办法来保护自己的后代，设计各种牵制方法，来防止辅政夺权的可能。即使像周公旦、霍光这种政风高节的辅政者，最后也差点步上悲剧之路。像刘备对诸葛亮的这种信任程度，几乎是绝无仅有。

不少读史者认为，刘备在永安托孤时讲的那段话，多少是政治上的"激将法"。三国时期，政治道德沦丧，一切以谲诈相向，因此刘备先把事情讲白了，反而使诸葛亮不敢公然夺权，而承诺忠心地辅佐刘禅。

表面上看来，这种说法似乎颇有道理，但只要深入了解蜀国当时情势，并对刘备和诸葛亮的为人个性作详细分析，便可以看出上面的猜测，多少是以小人之心度君子之腹的偏见。

刘备临终前，和诸葛亮已有十六年交情，诸葛亮是怎样的一个人，刘备心里一定颇为清楚。何况，在刘备军中，诸葛亮虽为首席辅佐，但各方所信服的仍是刘备。如果没有刘备明白的授权，诸葛亮想趁继承，危急时期夺权，不一定能争取到足够的支持，刘备对此并不必太担心。反而这种"君可代之"的遗言，更容易帮助诸葛亮拥有夺权的合法性基础。刘备在这方面应该是相当的清楚才对。

同样的，刘备对自己的儿子刘禅一定也知之甚深，刘禅是怎么样一块料，刘备心里有数。他给诸葛亮的那段"夺权"指示，多少是在为自己所创的"基业"前途着想，让诸葛亮有足够的"法理"根据，在必要时，使出非常的手段以应变。陈寿在《三国志·先主传》总评中表示：

先主之弘毅宽厚，知人待士，盖有高祖之风，英雄之器焉，及其举国托孤于诸葛亮而心神无二，诚君臣之至公，古今之盛轨也。

依离当时最近的陈寿依据传闻所作的判断，刘备真正担心的倒不是诸葛亮是否夺权，而是刘禅治理这个充满危机的国家能否胜任的问题。

日后，诸葛亮在《前出师表》中亦写道："先帝知臣谨慎，故临崩寄臣以大事也，受命以来，夙夜忧叹，恐托付不效，以伤先帝之明……"诚然是肺腑之言。

这对相差将近二十岁的君臣，的确是中国历史上难得一见的最佳拍档。刘备当年"如鱼得水"的感慨，相信绝对不是表面上的客套话，陈寿"诚君臣之至公，古今之盛轨"的称赞也绝非虚言。两者能如此坦诚相待，中外古今仅此一例。

而诸葛亮真正独当一面、承负整个"蜀国"内外军政经营事宜、拥有"皇帝"实权，正是在刘备这位强势"皇帝"去世以后的事。

第 16 章
邓芝担大任　联吴以制曹

蜀汉建兴元年（公元 223 年），也就是魏文帝黄初四年，刘备去世，四十三岁的诸葛亮，独自承担起治理蜀国、恢复汉室的重大使命。身为清流派的后裔，这个难以达成的政治理想，却是他义不容辞的责任。

刘禅继位不久，益州的最南方郡县便不断传出少数民族领袖起兵反叛的消息。

东方的孙权，虽在刘备死后立刻派信都尉冯熙前来吊丧，与其是说想复归和好，不如视之为前来探询蜀中的情势。

南方叛乱的豪族也有不少和孙权互通声息，孙权一概接纳，还封给官号。显然在精神上给予不少支持，使成都新政权备受压力。

孙权袭取荆州后，将原驻于公安的前益州牧刘璋迁移到秭归，仍任益州牧，以随时准备代替现有的成都政权。虽然刘璋在刘备东征时病死于东吴，但在刘备兵败后，孙权又以刘璋之子刘阐为益州刺史，并进驻交州和益州交界处，以作为孙权和益州叛变少数民族领导人的联系桥梁，显示孙权对蜀汉仍抱有相当不友好的态度。

北方的曹魏政权，在刘备去世的讯息传来，便强烈显出敌对国的态度，举国欢腾庆祝，只有黄权一人闷闷不乐，面露哀戚。不过曹丕倒颇为体谅，未作任何的责问。但曹丕听说孙权又和蜀汉来往，非常不高兴。前往蜀汉吊丧的使者冯熙，再奉命到洛阳解释时，便受到曹丕当面责难，并将他扣留下来，冯熙日后死于魏国。

曹丕便下令魏国的几位名士级大臣，向诸葛亮发动政治喊话，包括司徒华歆、司空王朗、尚书令陈群、太史令许芝、谒者仆射诸葛璋等，分别写信给诸葛亮，要诸葛亮审时度势，顺从天命人心，纳土归降，作为魏国的藩属。

诸葛亮对这些信函，一律不买账，只写了一篇公开的回信，陈述自己对当时政治情势的观点和立场。这篇名为"正议"的文章，相当坚定地保持抗拒曹魏、光复汉室的态度。其文大意如下：

以前项羽，就是违反政治伦理，拥有政权，因此虽占大部分华夏土地，取得了皇帝的声势，但最后仍身败名裂，可作为后世人之戒。

曹魏政权，却未审此历史事实，仍步项羽后尘，非法夺取政权，即使侥幸不报应在这一代，也必会祸及子孙的。

各位先生（指来信的魏国名士级大臣）以社会耆老，却为伪政权写信给我，有如西汉末年陈崇、张竦称颂王莽的功德，帮助王莽篡位一样，是破坏政治伦理的罪魁祸首啊！当年汉光武帝，承续汉室旧基，强化合法性政权，因此能够以数千少数军力，大破王莽四十万大军于昆阳之郊。坚持正理，讨伐邪道者不在军力之众寡。是曹操虽以擅用谋略闻名，亲率大军救张郃于阳平，仍难免丧失汉中于先帝之手。相信曹操的遽逝乃天命之惩罚也。

但子桓（指曹丕）淫逸，不知反省，继以篡位之恶行，而你们却为他讲话，替他宣扬。使唐尧、虞舜、夏禹、后稷等圣王传下来的政治伦理，均遭污蔑，安大人君子之所不该为也。

这篇政论仍完整保持诸葛亮原有的政治立场，并不因政治情势而有所动摇和改变。其实诸葛亮充分表现其强硬立场，甚至不惜对那些在学术上、社会上颇享盛名的元老重臣怒言相向，最主要是稳定蜀汉臣民的政治信心，在内外多难的情势下，能先坚定自己阵营的政治立场。

《三国演义》中有一场诸葛亮阵前骂死王朗的情节，其中的对话，显然是根据这篇文章加工的，史实上自然没有发生阵前相骂这件事，只是小说家的渲染罢了。

对于南中地区的叛乱，因为牵涉较多内政问题，不是光靠军力可以解决的。何况刘备伐吴失败，兵力元气大伤，势必要有一段时间来休养生息，所以未即刻加以征讨。他下令李严透过各种关系去安抚这些少数民族领袖，并派兵驻守险要，严加守备，防止叛乱向蜀中蔓延，等待较有利的时机再来加以解决。

　　最紧急的工作，仍是在三分鼎立的国际情势下如何对自己定位。以基本立场而言，和实力最大的曹魏是不可能和解的。以统治领域而言，蜀汉最小，如果想硬碰硬同时去对抗两个比自己强大的敌人，绝对是不智的策略。"隆中策"联吴制曹的基本国策，在客观上属绝对必要。因此，当前局势，吴蜀间的急速和解，是最紧要的任务。

　　但事情不是那么简单地说和解就和解，自关羽失荆州、刘备东征败于猇亭以来，吴蜀间水火般的紧张关系，要解除谈何容易。

　　其实，刘备去世后，诸葛亮担心的便是孙权的态度。刘备驻守白帝城期间，孙权虽曾派使节通聘，寻求和解，但主要是为了缓解来自北方的曹丕压力使然。等到东吴获得小胜，却仍公开表示向魏臣服后，孙权态度的变数就更大了。诸葛亮把李严留在公安，主要在防备孙权的异动。因此当刘禅即位，朝中大事安排就绪后，诸葛亮等不到过年，便在同年十一月，以尚书邓芝为中郎将，积极主动地展开重建吴蜀联盟的外交工作。

　　邓芝字伯苗，义阳新野人，光武帝时功臣邓禹的后裔。在刘焉时期，邓芝由荆州进入益州，寻求机会，但未蒙重用，只在郫县当了个守护粮仓的小官。

　　但邓芝一点也不气馁，他自己设计了一套相当合理的粮食管理办法，尽量给予当地人民便利，虽然不受到上司重视，邓芝仍自得其乐地推动着。

　　刘备定益州后，巡视各郡县。有次来到了郫县，看到邓芝的管理办法，相当好奇，与之深谈，"大奇之"，乃擢升为郫县县令，不久又迁升为广汉太守。每到一个地方，邓芝都能以独特风格，为政"清严而有治绩"。因此刘备称帝后，诸葛亮以丞相录尚书事，特别将邓芝由地方调往中央，入为尚书。

　　要说服主见颇强的孙权，必要靠一位有胆识又有创意的使节。诸葛亮正为找适当人选而深思，一时仍下不了决心。

　　正在这时候，邓芝主动谨见诸葛亮，并表示道："今主上幼弱，初在位，应立刻派大使去东吴重申盟好。"

　　诸葛亮听了，点头笑道："我也考虑很久了，但一直找不到适当人选，如今却让我找到了。"

　　邓芝问哪一位最适当。

　　诸葛亮道："就是使君您啊！"（邓芝曾为太守，故称使君。）

　　显然诸葛亮已看出，邓芝对和东吴重修旧好这件事，一定早有相当深入的思考。用他来处理这个需要随机应变的复杂外交谈判，是再适当不过了。

　　邓芝到东吴后，孙权果然心存疑虑，并未立刻接见他。邓芝等待了很久，没有结果，乃主动上奏表向孙权表示："臣今天来到东吴，也是为吴国而来，不单只是为蜀国的啊！"

　　做事一向干脆的孙权，在见到邓芝后，便立刻表达了他对这件事的看法。

孙权说："我很愿和蜀国重归旧好，只是担心蜀主幼弱，国小势低，恐怕马上会被曹魏吞并，到时候连我自己都自身难保了，所以对联蜀或联魏这个重大政策，一直都犹豫不决。"

邓芝听了，胸有成竹地回答道："吴、蜀西国共有四州之地（荆、扬、梁、益），大王是当世之英雄，而诸葛亮也是一时之俊杰。蜀国有重关之天险，易守难攻。吴国更有三江（吴淞、钱塘、长江）之天然屏障，攻打不是那么容易的。如此两个有利条件，唇齿相依，进可以兼并天下，退也可和曹魏鼎足三分，这不是很自然的道理吗？

"大王如果想臣服于曹魏，曹丕迟早会强迫您到洛阳，到时候安全必成顾虑。即使大王坚持不去，曹丕也会向大王要求送太子为人质，若不依从，曹丕立刻会以讨伐叛逆为由，对东吴出兵。此时，蜀国如果也趁机顺流而下，则江南之地恐不再为大王所有了。"

孙权听了，默然不语。

的确曹丕要求太子孙登到洛阳为人质已不止一次了，这个条件不但孙权不可能答应，且东吴的群臣亦认为是奇耻大辱，即使拼了命也不可能赞同的。

思及此，孙权不禁感叹道："君言是也。"

于是，立刻下令和曹魏断绝关系，并和蜀汉重修旧好，邓芝立刻献出良马两百匹、锦千匹，以及不少蜀中名产，总算顺利地完成使命。

第二年夏天，孙权派辅义中郎将张温入蜀答礼，临行前，孙权对张温嘱咐道："本来是不劳你远行的，但唯恐诸葛丞相无法谅解我先前和曹丕来往的原因，所以劳烦你走这一趟，希望能顺利完成任务。"

张温答道："诸葛亮见解深远，一定能了解大王能屈能伸的道理，臣断定他不会有什么疑虑的。"

于是张温到蜀国，大多能按照孙权旨意，"称美蜀政""通致情好"。诸葛亮也对张温的博学善辩颇为赞许。

张温在东吴是有名学者，曾做过孙权的太子太傅，一向看不起一般武将和官僚，又见蜀汉地属偏远，大概也没有什么文化。因此除了对诸葛亮尚知尊重外，对其他成都官员们，则常显得自以为是，而有傲慢之意。

据《三国志》中记载：

秦宓字子敕，广汉郡绵竹人，少有才学，却生性淡泊，经常拒绝出任高官。刘备定益州后，敦请秦宓从事祭酒。刘备兴兵伐吴时，除了赵云外，只有秦宓敢当面劝谏，并被以扰乱军心，下狱治罪。幸诸葛亮力保，才无罪开释，诸葛亮以丞相领益州牧，因秦宓博学又正直，特选任他为益州别驾，接着又拜为左中郎将、长水校尉。

张温使蜀，应对答辩，使后主和诸葛丞相皆甚贤其才，张温乃颇有得意神色。

临别之前，诸葛亮特率成都文武百官，在长亭设宴饯行。众人都到齐了，只有被诸葛亮选拔为益州别驾的学士秦宓未到，诸葛亮立刻派人去催请，使张温感到非常奇怪。

他不禁向诸葛亮问道："这位益州别驾是何许人呢？"

诸葛亮说："此乃益州大学士秦宓也。"

张温对诸葛亮如此重视秦宓，颇不以为意。

张温道："先生号称大学士，可真有实学？"

秦宓故意正色道："蜀中五尺孩童皆有学问，何必小看我呢？"

张温便问道："天有头乎？"

秦宓："有之。"

张温："在何方？"

秦宓："在西方。诗云'乃眷西顾'，以此推之，天之头在西方。"（暗喻西蜀）

张温："天有耳乎？"

秦宓："有，天处高有听卑。诗云'鹤鸣于九皋，声闻于天'，若其无耳，何以听之？"

张温："天有足乎？"

秦宓："'天步艰难，之子不犹'，若其无足，何以步之？"

张温："天有姓乎？"

秦宓："有！"

张温："何姓？"

秦宓："姓刘。"

张温："何以知之？"

秦宓："天子姓刘，故以此知之。"

张温："太阳不是升起于东边吗？"（暗喻东吴）

秦宓："虽升起于东，却落降于西。"（暗喻西蜀）

张温见秦宓"答问如响，应声而出"，乃大敬服之。

这年邓芝第二度被派使吴，由于张温努力促成，蜀吴两国的正式关系重新确定，从此东吴和蜀汉讯息来往频繁。

但陆逊仍驻守江陵，稳定两国间之边防，孙权还特别刻了一个"转国将军"印绶，凡孙权给蜀汉后主刘禅或诸葛亮之函件，若有不妥之处，皆由陆逊斟酌修改，以印对之，然后才送出去。

不过，吴蜀联盟，只是维持三分鼎立国际均势的一种手段策略，双方并非真诚合作。因此邓芝第二次使吴时，孙权当面给他一个难题。

孙权："如果有一天曹魏灭亡了，天下太平，吴蜀两国分治中国，你赞成吗？"

想不到邓芝坦诚地回答道："能和平固然是好，只是自古以来，天下没有两个太阳，一国之中恐怕也难有两个君王。如果有一天真能吞并曹魏，大王未能深识天命之所归，那只有两国主各自施其德政，两国臣下各自尽忠诚。但这样下来，恐怕又有一场新的战争要开始了。"

孙权听了，却抚掌大笑表示："对，对，说得好，你真诚实，竟能把话讲到这种地步。"

这期间，诸葛亮也曾派丁宏、阴化为使节，到建业晋见孙权，率直的孙权将这三人作比较，并认真地写信告诉诸葛亮说："丁宏言多浮艳，修饰过多；阴化言而不尽，多有保留；和合二国之使节，唯有邓芝。"

身为使节，而能让对方君王折服，邓芝的确是位优秀的外交官。邓芝日后更成为赵云大军的副帅，在赵云去世后，由他统领这支精锐的蜀汉预备师团。

除了邓芝，在吴蜀的交往上，江夏人费祎，和南阳人陈震也有相当优异的表现。

费祎字文伟，江夏鄳人。《三国志》记载，诸葛亮以费祎为昭信校尉出使吴国，孙权见费祎年轻，常以恶作剧方式，嘲讽蜀汉，加上东吴大臣诸葛恪（诸葛瑾子）、羊衟等，学问博而善辩，常出题目想困扰费祎。想不到年轻的费祎，辞顺义笃，据理以答，终不能屈。

有一次孙权故意用上等好酒灌醉费祎，再质问以国际大事，每个问题均相当敏感。费祎趁醉表示辞退，欲他日再回答，想不到明日提出时，居然每个问题均回答得清清楚楚，一点儿也没有遗漏。

孙权颇为器重他，当面赞赏道："先生乃为天下贤德之人，他日必为蜀汉之股肱大臣，恐怕日后不会再常到我东吴来了。"

北征中原期间，费祎为参军，仍经常奉使称旨，来往于蜀吴之间。

孙权非常欣赏费祎，特别将自己常佩戴的一把宝刀，欲赠送给费祎。

费祎称谢表示："以臣之不才，何能受此嘉赏？宝刀原本是用来讨伐反叛、禁绝逆乱的，但愿大王能努力建立功业，和我们一起复兴汉室。臣虽暗弱，绝不会辜负大王同盟相待之意。"

裴松之注《三国志》，引《襄阳记》中记载，有次费祎出使东吴，在饯别宴席上，孙权喝得颇有醉意，席间主动向费祎说及魏延和杨仪。

魏延是蜀中的首席猛将，杨仪则是诸葛亮的主要谋士，这两个人在能力上皆没话说，但由于自负，人际关系都非常不好，而且两人形同水火，不能合作。

孙权便认为这两人是"牧竖小人"，"若一朝无诸葛亮，必为祸乱矣"！可见，孙权对蜀国的人物和情势，一直都是非常关心的。诚如《三国志》上所记载："诸葛亮深为爱惜杨仪的才干及魏延的骁勇，常恨两人之不平，也不忍有所偏废。"

因此费祎颇了解诸葛亮的苦心，也深认识魏、杨两人的不和对国家所造成的伤害，经常在魏延及杨仪之间居中调停。"终诸葛亮之世，最努力去沟通杨仪和魏延间争执，让他们能发挥工作效能的，便是费祎的功劳了。"

费祎在诸葛亮死后，与蒋琬同心辅政，后来又继蒋琬出任执政，成为蜀汉的股肱大臣。

蜀汉和东吴间的友好关系，维持到建兴七年（公元 229 年）时，又出现了危机。这年孙权在武昌称帝，以正统汉朝自居的蜀汉朝廷内部，立刻产生极大的争辩。

有人认为孙权僭越称帝，是对蜀汉正统帝位的挑战，这些老法统自然主张"交之无益，绝其盟好"了。

但实务派则主张以国家现实利益为重，失掉东吴的友谊，很可能为曹魏所乘，进而两败俱伤。

这时候，正值诸葛亮第三次北伐，已攻占了武都、阴平等军事重镇。由于必须补足粮秣，除了前锋大军外，诸葛亮将主力暂退回汉中，重行编组，等待再出发。

从蜀中送来的紧急函件，后主刘禅特别要人直接附上东吴群臣送来要求"并尊二帝"的文书，以及朝廷两派间的议论，请诸葛亮决断。

诸葛亮虽深为认同蜀汉继承大统的立场，但他也深知国际政治是最现实的，些微的实力增加，比任何漂亮的口号要有用得多，所以诸葛亮写了一封分析大局的函件，告诉后主刘禅，要巧妙地维持和东吴之间的关系，又不有违国家基本立场，他表示：

孙权有僭逆之心由来已久，但我国一直不太追究他这种叛逆心理，最主要是需要以他为犄角之援也。如今若公然和他们绝交，必会造成仇恨，我们便不得不移师和他们争战，并吞其土地，才能够再度征伐中原了。

然而，东吴贤才甚多，文武官皆能和睦为国，不是可以轻易去败的，长期抗争，必师老兵疲，反而让曹魏有机可乘，对我们有害无利。

从前孝文皇帝，以谦卑辞语，和匈奴保持和平，先帝在世时，亦尽量保持和东吴的联盟，此皆为权变的政策也。

能够考虑周到，把眼光放远，绝不是动辄喜欢义正词严滥发脾气之辈所能领悟的。

有不少臣属认为孙权利在鼎足三分之势，其实力不够，不会有什么野心，此乃似是而非之论。

孙权头脑非常清楚，他所以将自己限于江东之地，只求自保，是有其原因的。孙权之不能越长江，有如曹魏不能渡汉水，是无能也，非不为也。

如果能暂时让他们维持不动，对我们才是最有利的。

那样，我们北伐时，就没有后顾之忧，也可以牵制曹魏的大军，减轻我方的压力。因此，孙权僭越之罪，暂时不必给予追究。

现实政策绝不是可以喊口号的，也不可以凭一己之好恶行事。任何策略一定各有利弊，因此决策的原则是对未来最有利、对现实伤害最少的。

只要碰到挫折，立刻反击，一味只想击败对方，绝非好的政治家。政治家必须懂得维持均势，让一切正常发展，时机未到前，一定要忍耐。因此，不管孙权是否称帝，只要曹魏未灭，联吴制曹政策绝对有其必要。

诚如诸葛亮所说，就算孙权端坐不动，都能够牵制住曹魏一半的军力，对蜀汉的北伐有极大助益。

双方联盟期间，孙权也不敢轻易出兵攻打蜀国东方边境，可以少掉后顾之忧，对蜀汉长期的发展是大有助益的。

所以诸葛亮明白向蜀汉大臣表示，联吴政策是有助国家发展的一种手段，其本身并非目的。

孙权值得去联盟，但绝不可误认孙权完全是善意的，这样便很容易落入其陷阱。所以孙权僭越之罪，不是不罚，而是时机未到，不宜公开宣露。

政策决定了，但总得要有人来负责推动，这个使节的任务不见得比邓芝和费祎轻松。诸葛亮选上了卫尉陈震，前往祝贺孙权称帝。

陈震字孝起，南阳人，刘备任荆州牧时，以陈震为人忠诚、认真又负责任，乃任命之为从事，督导各郡和工作推行。刘备入蜀期间，陈震出任参谋，诸郡县的行政协调工作，都由他负责规划。

由于其独立作业能力甚强，减轻了刘备不少烦恼。蜀中既定，便以陈震任蜀郡北部都尉，为汶山太守，后转任犍为。建兴三年，入拜尚书，不久又出任尚书令，曾奉命使吴数次，因此和孙权及东吴群臣均有交情。

但这次的任务较严肃艰巨，因此陈震出发时，诸葛亮还特别写信给他的哥哥——东吴王朝的首席元老诸葛瑾，信中表示："陈孝起忠纯之个性，老而益笃，由他来负责东西两国和好事宜，相信他的真诚，是可让两国欢乐和合，相互尊重的。"陈震一入吴国境内，便公然表明自己的立场，消除对方疑虑，他向东吴迎接的官员表示，此行目的在"奉聘叙好"，并希望建立彼此间更具体的盟誓关系。

他故意延迟晋见孙权的日期，目的在让孙权对盟定的细节能有更多的讨论，一次便把事情谈好，免得心中有所疑虑，影响彼此关系的发展。

果然到了武昌，孙权在诸葛瑾和接待官员多次的报告下，对陈震的来意也很清楚了，因此经由内部数度会议，决定了大致的应对方针。

陈震到了武昌，立刻向孙权献上祝贺的函件和礼物，双方"升坛歃盟"，约定灭掉曹魏后，共分天下。把东南的徐、豫、幽、青交给孙权，西北的并、凉、冀、兖归于蜀汉。司隶则以函谷关为界，均分东西。

由于事先各有准备，所以没什么争议，便通过了盟约。虽然这些归并只是一纸空文，并无实质意义，但从心理上却立刻可以加强吴蜀间联盟的稳定作用，使本来的发展很快步入轨道。

果然，当年九月，孙权彻底解除了西顾之忧，放心地迁都到建业（今南京）去了，只留下大将军陆逊，辅佐太子孙登镇守武昌。

陈震回国后，进封为城阳亭侯，从此，诸葛亮解除了东战线上的压力，可以专心于北伐中原、光复汉室的工作。诸葛亮这一步棋，加上苦心经营，直到日后蜀汉灭亡，吴蜀间基本上都能相安无事，再也没有出现复杂的问题。

第17章
赏罚皆有度　蜀地渐升平

　　处于乱世的经营，仍不免较关心自己势力的扩张，口头上固然会挂着"为国爱民"，但真正关心民间生活的领导者并不多。在汉末群雄中，最懂得关怀人民生活、深知其中"疾苦"的，大概只有曹操和刘备了。"论天下英雄，惟使君与操耳"相信是曹操有感而发的。

　　江南一向富庶，孙氏政权颇得地利人和，较无民生问题。中原战乱连年，民生痛苦不堪，曹操能顺利击败势力大他十倍的袁绍，懂得体察民心，便是获得当地人民支持的最主要原因。

　　西蜀地区固然可远避中原战乱，但原先刘焉父子只懂得增加赋敛，放纵豪强官吏"侵暴旧民"，生产遭到恶意破坏，人民的生活困苦不堪。

　　刘备能顺利夺取益州，主要原因也在于此，"是以有志之士，欲得明主以统治之"。

　　因此，诸葛亮接掌益州政治工作时，对这方面特别的用心。

　　作为复兴基地，最重要是国力的建立，才能不间断刘备在前线上的军事需要。但诸葛亮深深了解，光靠课税敛赋是不可能使国家真正有钱的，富国必须先富民，有效地藏富于民是绝对必要的手段。古代中国以农为主，因此要积极改革益州的国计民生，必须利用当地优异的自然条件，以务农殖谷的政策来广开财源。人民有钱，政府才有不断能够课税的财源，像刘焉父子的做法，不过是在杀鸡取卵罢了。

　　要贯彻其政策，对处于弱势的农民，必须给予有效的保护。诸葛亮确定"惟劝农业，无夺其时，惟薄赋敛，无尽民财"的方针，下令各级政府必须从心底真正关心农民，不可以挂在嘴上，只成为美丽的口号而已。他要求蜀汉行政官员，编组军队和征用民间劳役时，绝不可占用农民播种和收割的时节，更要减轻赋税，抑制豪强并吞农民土地，以确实保护农民有安稳的生活和生存空间。

　　《三国志·后主传》中，记载诸葛亮辅佐刘禅治理蜀国，主要政策在"务农殖谷，闭关息民"。保持长期的和平，让人民有休养生息的机会。即使战争时，也要充分利用空隙时间，"休士劝农，分兵屯田"，实施兵农合一制，以减轻农民的负担。

　　和曹操相同，诸葛亮非常重视屯田政策，尤其是前线地区的汉中，更是主要的屯田据点。屯田不但可以使驻军有事情做，搞好军民间的关系，并且可以解决粮食问题。继承魏延之后出任汉中太守的吕义，更有计划地招募当地游民参与屯田。不但解决不少社会问题，并且也使国家的生产力获得大量提升。《三国志》中记载，吕义为汉中太守时，"兼领督农（主管屯田），供继军粮"，建立了不少功劳。

　　早年，成都平原在李冰的刻意经营下，完成千古的大工程——都江堰，不但是当时最大的水利灌溉网，也是益州农民的生活命脉。诸葛亮对都江堰极为重视，他设置专门的堰官，负责保养、整修及管理，并有一千八百多名壮丁常驻在堰区中，以使都江堰永远维持"最佳状况"，提高灌溉能力，在蜀中农业生产上，能发挥最大的功用。

　　当然新增的水利设施也不少，现在成都市西北郊的柏河上，有一条九里多的长堤，名叫"诸葛堤"。传说便是诸葛亮为了防止洪水冲坏低洼地区农作物，特别组织人员修建的。目前成都仍流传着诸葛亮亲自率民修堤的故事。

　　盐和铁一直都是益州的特产，也是民生经济发展的重要资源。东汉时期曾废止盐铁经营禁令，把它交给民间经营，结果地方官吏勾结豪强，掌握盐铁的经营权，哄抬价格，不但造成民生困难，也减少了国家收入。

　　刘备定益州后，在诸葛亮的建议下，重新设立盐铁公营机构——"司盐校尉"（第一任是王连），"司金中郎将"（第一任为张裔），负责管理盐铁的生产和农具、兵器等的制造，不准豪强或官商勾结，私占国家资源。

　　蜀中的煮盐业，在汉王朝时已经很发达了，出产的盐属于井盐。在临邛、广都、什邡等地都有盐井，蜀地居民也熟练于煮盐的技术，有些地方已懂得使用火井（天然气）来煮盐。据张华的《博物志》记载，临邛有"火井一所，纵广五尺，深二、

三丈……诸葛丞相曾亲往视之，后火转盛热，以盆盖井上，煮盐得盐"。

《诸葛亮集·故事》卷五也记载，蜀国有盐井十四口。这些记载有部分属地方传说，不尽符合史实，但诸葛亮对火井技术一直相当重视和关心，并努力推广一事，应可确认。

从成都市郊汉墓出土的盐井画像砖图像，可以看出当时井盐的生产情形。盐井一般都在山里，井上搭建相当高的架子，并架上滑车。工人站在架上，利用滑车上的吊桶提取井水，然后用枧筒把井水引入盐锅里去煮。煮掉水分，剩下来的便是井盐了。

蜀中有个叫做仁寿的山区，蕴藏大量铁矿，故有铁山之称。诸葛亮利用它来铸造兵器和农器，即历史上记载"采金牛山铁"铸剑的故事。诸葛亮最重视技术的改良，益州人蒲元是炼钢高手，以"熔金造器，特异常法"著名，诸葛亮提拔他为蜀汉官吏，以全面提升蜀汉兵器的品质。

战国由于时代的需要，铸铁技术进步甚快。到秦汉时，人们已能掌握淬火等热处理铸剑的方法，所铸造出的兵器相当锋利坚韧。汉武帝时期，便靠着这种兵器，使汉王朝军队作战力大增。

蒲元在斜谷为诸葛亮打制兵器时，发现水质不合乎淬火的要求，还派专人到成都取水。他炼出三千把钢刀，为试其锋利，用竹筒装满铁珠，再以刀砍之，竹断珠裂，时人无不大感惊讶，称之为"神刀"。

当然，铸铁的另一大功能，是农器的改良，使土地能进行较高度开发，对生产力的提升帮助很大。

《三国志》记载："蜀汉司盐校尉，较盐铁之利，利人甚多，有裨国用。"

蜀锦也是蜀中地区的特色，锦文分明，绮丽多彩，非常美丽。从四川广汉东汉坟墓出土的"桑园"画像砖，和成都附近曾家包东汉墓出土的汉代石刻画"织机"的图像，可以看出在东汉时期四川早已广种桑树，丝织手工业非常发达。

刘备定益州后，在给诸葛亮、法正等功臣的赏赐中，便有大量的"蜀锦"。诸葛亮后来上刘禅的议奏中也表示："今民贫国虚。决敌之资，惟仰锦耳。"可见蜀锦在蜀中经济上所占的重要地位。

诸葛亮为此还特设锦官，加以专门管理，成都因此被称为"锦官城"。

诸葛亮之家设在成都附近双流县东北八里的地方，在给后主的章表中，提到他家有桑八百株，可见他对养蚕业的重视，令自己的家人也加入了生产的行列。

在他的努力下，蜀锦的生产量空前增加。据史书记载，蜀汉亡国时，库存的蜀锦及彩绢各有二十万匹。

范晔在《后汉书》中，记载曹操曾派人到蜀地买锦的事。裴松之在《三国志》注引中，也有以蜀锦作为国礼、赠送孙权的记载。可见蜀锦在当时国际名声之高。拥有这样的名物，对蜀汉经济发展自然有很大的帮助。

诸葛亮在新野时期，将大量因战乱而流离失所的农民，重新编组，自报上册，称为游民，并加以有效的管理，不但使治安问题获得立即改善，而且提高了生产力，对兵员和粮秣的增加，更有直接的帮助。

稳定益州之后，赵云建议把成都城内的屋舍和城外的园地、桑田等全部归还给当地人民，使其安居乐业，然后才可役调。诸葛亮称此为"富国安家"的主张，全力给予支持。刘备因而非常感动，立刻付诸实行。

诸葛亮以丞相兼益州牧时，便公开表示，当时益州"民如浮云，手足不安"。所以为政之道，一切以"安民"为本。诸葛亮当年在为蒋琬的广都令治绩作辩护时，便向刘备表示"其为政以安民为本，不以修饰为先"。他曾下令地方官吏，绝对要杜绝弄虚作假，浮夸不实之风。因而他认为蒋琬是位真正懂得"安民"的政治家，不求表现，能够确实体察民情。所以在刘备去世后，他先后提拔蒋琬出任丞相府参军、长史，日后更把蒋琬视为接班人来加以培养。

因为诸葛亮的确关心益州人民的生活，所以三年之后，益州足食足兵，可以充分供应刘备在前线所需要的物资。晋朝人袁准对诸葛亮的安民措施，颇为赞道：

诸葛亮之治蜀，僻田畴，实仓廪，利器械，蓄粮食……夫本立而故未治，有余力而后及小事，此所以劝其功也。

为稳定蜀汉的财政，诸葛亮采纳刘巴建议，铸造钱币，平诸物价，设立"官市"，并派专任官吏管理货币市场。

汉末自董卓迁都长安，坏五铢钱，更铸小钱，结果造成货币市场大乱，以致谷石数万，钱币不管用，给百姓的生活带来直接的危机。

随着政治的三分鼎立，货币制度因而分裂，曹操一度复用五铢钱，仍无法恢复畅通。直到魏文帝黄初二年不得不明令废止，而以谷帛为市，用实物来代替货币，但却有人乘势囤积货物，造成物价严重混乱，虽处以严刑也不能禁。到了魏明帝又使用五铢钱，使魏国的货币一直陷于混乱中。

东吴在这方面也不轻松，孙权嘉禾五年及赤乌元年，亦即公元236年到238年的三年间，先后两次改铸货币，一次是铸造"一当五百"的大钱，另一次则铸造"当千"的大钱，可见其货币也是非常不稳定，而且还设有专门取缔盗铸的机构，充分显示其问题相当多。

刘备占领益州后，铸造"直百钱"，就再也没有更动了，显然诸葛亮在这方面的处理相当得法。蜀国的货币，不但国内通行而稳定，在目前的湖北，也就是当时的荆州，也出土不少蜀汉王朝的钱币，可见其流行之广超越了国界。在诸葛亮刻意经营下，蜀汉经济措施在当时算是相当成功的。

谷俭、刘焉政策糜烂的政风，使社会贫富悬殊，豪强淫奢骄纵，贫者无立锥之地，导致情势的动荡不安。诸葛亮立志扭转此风俗。

在最后一次北征的表章中，诸葛亮向后主刘禅表示：

> 臣初奉先帝，一切收入仰赖官府，根本不用为生活伤脑筋。今成都有桑树八百株、薄田十五顷，子弟们的衣食，已经足足有余了。至于臣经常出师在外，更不需作生活上安排，随身衣食，全部由官方供应，故从不治产业，即使尺寸的财物也不会去想它。所以刻苦如此，是希望臣死之日，不使家中有用不着的余帛、外面有没有用到的赢财，而辜负陛下对我的信任啊！

诸葛亮死后，刘禅找人清点诸葛亮的财物。果然如表中所言，一点也没有增减。

其实，诸葛亮绝对不是位不懂"赚钱"的书呆子，如前所述，他非常重视民生，所以他所经营的蜀汉，经济力量也是当代最富强的。或许因为当时奢靡之风较为严重，诸葛亮为了移风易俗，只有下重药，由自己开始，以身作则，厉行节约，反对浪费。

诸葛亮的努力，的确发挥了不少效果，不少蜀汉重要官员，在这方面都较诸葛亮"青出于蓝"，节约得更为彻底。在外交上表现杰出的邓芝，《三国志》记载他"不治私产，妻子不免饥寒"。诸葛亮在军事上的继承人——大将军姜维则是"宅舍弊薄，资财无余"，而且"乐学不倦，清素节约"。日后的宰相费祎，"雅性谦素，家不积财，儿子皆令布衣素食，出入不从车骑，无异凡人"。

就是这样的努力，刘备去世时的"疲弊益州"，没多久便做到"田畴开辟，仓廪充实，器械坚利，蓄积丰饶"。诸葛亮日后能长期地发动北伐战争，便是因为有这样丰富的物资作为后盾啊！

面对蜀中长期的弛世，特权横行，公权力不被尊重，诸葛亮采取严刑峻法，抑制官僚、豪强，以确保弱势百姓的权益，因此在他治理的那段期间，蜀汉政治上的清平，为当世之冠。

为了贯彻其执政精神，诸葛亮依法行事，不避权贵，不徇私情。刘备的养子刘封，便因违反军纪，在诸葛亮的坚持下，被刘备处以死刑。而更有名的是李严和廖立的案例。

李严，后改名为李平，是蜀汉王朝的尚书令。白帝城托孤时，和诸葛亮同为辅任大臣，地位上仅次于诸葛亮。

在诸葛亮第二次北伐时，李严负责供应军需物资。由于他个性一向骄奢，重虚名而不踏实，所以使军粮的供应出现青黄不接的危机。李严自恃官高权重，根本不设法力图补救，反而假传圣旨，要诸葛亮撤军。

等到诸葛亮真的撤军，他又一面派人向刘禅造谣说："军粮供应很充分，不知诸葛丞相为何突然退军？"然后又自圆其说地表示："丞相的退兵大概是假的，目的是想引诱敌人深入，再与其战斗吧！"

他这一搅局，弄得蜀汉军令和军政系统大乱，诸葛亮察觉后，立刻下令彻底清查，并将李严以不以军国之事为重、贻误军机、弄虚作假、企图逃避责任、"安身求名，无忧国之事"等罪名，上书后主刘禅，免其官职，废为庶民，并流放于梓潼。

廖立字公渊，武陵临沅人，年轻时便很有名望，和庞统同时被尊称为"楚之良才"。刘备在世时曾以他为长沙太守。

孙权派兵攻打荆南三郡时，驻守第一线的廖立居然未加抵抗，便撤退逃走了。但刘备深重其才华，未加指责，反而又任命他为巴郡太守。或许的确太骄纵了些。

当刘备病逝白帝城时，廖立为长水校尉。但他自命不凡，认为诸葛亮小看了他，因此经常在公开场合，自认是诸葛亮手下的老二，理当掌握大部分朝政。

《三国志》记载他"诽谤先帝，疵毁众臣"。经常肆意攻击蜀汉的施政方针，并指责诸葛亮任用的官吏都是俗吏，将领也只称得上"小子"而已。这样不断地挑拨是非，终于在建兴三年，诸葛亮上表弹劾廖立，将他废为庶民，流放汶山郡。

向朗曾是诸葛亮非常器重的助理人才，并以他为丞相府长史，诸葛亮南征时，留他代理丞相，统理后方军援事宜。北伐时，向朗为监军，但马谡由街亭私自撤守，向朗因为一向很欣赏青年才俊马谡，故意掩饰其罪行。诸葛亮认为他以私害公，也不留情面，当场罢黜其官职，直到返回成都后，再将他调任为位高权轻的光禄勋。

由此可见，诸葛亮执法相当严厉，不管任何人，只要是犯法者一定惩处，绝不通融。特别对拥有权势的高官，更是大家模仿的对象，绝对轻忽不得。

但诸葛亮执法严而不苛，他不赞成连坐。认为个人的错误行为绝不影响其有才干的后人。李严被免官，但其儿子李丰仍为江州督军，日后更升为朱提太守，一点也不受影响。

向朗被免职，但其侄儿向宠反而得到破格提拔，在蜀汉国防体系里，承担重要的职责。

诸葛亮虽力行"明法"，却严厉反对"滥刑"。他非常小心地选择忠直廉平的官吏来主管狱政工作。反对给予官吏可凭个人主观喜好"专持生杀之威"，"喜不可纵有罪，怒不可戮无辜"。他一再自我要求，也要求重要干部，决狱行刑绝对要慎重，切勿"乱世用重典"，滥用刑罚并不能劝人向善。晋朝习凿齿在评论中指出：

赏罚抓得准，被处罚者自然心服口服。诸葛亮去世后，廖立哭泣道："我终于要老死于边疆了！"李严知闻凶耗后竟伤心忧郁得病死了。因为他们知道，只要时效过了，诸葛亮认为罪罚已够，便会赦免他们，让他们有自新的机会，但诸葛亮一死，没有人再能如此地公平执法，所以他们重回朝廷的希望也破灭了。

诸葛亮遗留的文集中，也公然宣称他的法治观念。认为自己是承续商鞅、韩非以及西汉大政治家董仲舒的精神，主张"法""礼"并用，"威""德"并举，并强调"训章明法""劝善黜恶"。他批评商鞅"长于理法，却不可以从教化"，是最大的不足。他反对不教而杀，取长补短，把刑法和教化共实施。因此，有关国家和军队的法律例令，他总是三令五申，让大家彻底了解，并加以警戒，不要违犯。

他制定"八务""七戒""六恐""五惧"等章条，具体指出什么是该做的，什么是不能做的，其目的在于使一切制度化，不需特别的努力大家也能遵从，这样，国家才能够长治久安，法治精神才能真正地形成。

诸葛亮的努力，的确发挥了移风易俗的功效。蜀汉不少重要官员，都能领会并执行诸葛亮的法治精神。《三国志》上记载，扬武将军邓芝"赏罚明断，善恤卒伍"；庲降都督张翼"持法严"；督军从事杨戏"职典刑狱，论法决疑，号为平当"；胖舸太守马忠"甚有威惠"。数十年的积弊，竟在最短期间内获得改善，这是千年少见的奇迹。就算如陈寿所言，诸葛亮对战场的应变较弱，但只算他的治蜀成绩，诸葛亮的伟大已是无可比拟的了。

益中长老张裔便评论道："诸葛亮丞相公正严明，赏罚不分亲疏远近。无功者不能得赏，贵势者不能免罚，这是蜀中人人奋勉向上的最主要原因。"

陈寿虽否定传说中诸葛亮的军事天才，但对他的治绩倍加赞赏，在《三国志·诸葛亮传》的评论中表示：

诸葛亮执法，科教严明，赏罚必信，无恶不惩，无善不显，至于吏不容奸，人怀自励，道不拾遗，强不侵弱，风化肃然也。

第 18 章
鞠躬为国瘁　治国重举贤

由于历史上，诸葛亮是"鞠躬尽瘁，死而后已"的悲剧人物，因而不少历史学者批评诸葛亮不会用人，无法有效地培养第二代接班者，才会造成日后的失败。

其实这只是《三国演义》作者罗贯中，在过分渲染诸葛亮的奇特异能后，又要解释蜀汉的失败，不得不营造诸葛亮不懂得用人、以致蜀汉缺乏人才的"错误印象"。

《三国演义》中，"蜀中无大将，廖化作先锋"的说法，是极端不公平的。诸葛亮在世及其死后，蜀中人才辈出，文韬武略绝不亚于"刘备时期"。蜀汉的失败，有其另外的原因，人才是一点也不缺乏的。

《诸葛亮文集》便明白指出，"治国之道，务在举贤"。因此诸葛亮治蜀是非常重视人才的。他曾提拔出身低微的张嶷、目不识丁的王平，只要是真正有才能的，不论资历或背景，都加以重用，张嶷及王平日后均建立了大功，成为蜀汉王朝的重要干部。

杨洪原是李严手下的功曹，刘备和曹操对峙汉中时，是进是退，犹疑不决，杨洪建言道："汉中乃是益州的咽喉，无汉中做屏障，成都随时备受威胁。就算所有男子都必须出战，女子都必须运粮，这场战争也非打到底不可。"

杨洪拼命的后勤支援规划，为刘备成功赢得汉中争夺战提供了保障。诸葛亮非常肯定杨洪的能力，表奏提拔他为蜀郡太守。

杨洪是个非常懂得提拔人才的主管。他手下有位书佐，名叫何祗，非常有才干，杨洪便向诸葛亮推荐。诸葛亮在严加审察后，也很欣赏何祗的行政和管理长才，数年之间，竟提拔他至广汉太守，和杨洪同等官职。

有次这两人在朝会上碰面，由于已是平起平坐，杨洪便开玩笑表示："你的马怎么跑得这么快？"何祗笑着回答："不是我的马跑得快，是你没有快马加鞭啊！"

两人的一搭一唱，一时传为美谈。

诸葛亮日后在军事上的继承人姜维，也是诸葛亮破格加以提拔的。姜维是天水冀县人，原属曹魏的郡中小官，诸葛亮第一次北伐时，姜维归降。诸葛亮非常欣赏其才能，除了放在身旁任主要参谋外，并加封他为奉义将军，姜维当时只有二十七岁而已。

诸葛亮在给张裔和蒋琬的书信中，一再称赞姜维"忠勤时事，思虑精密"，是一名"凉州上士"，而且"敏于军事，既有胆义，又深解兵意"。不久，便提升他为中监军征西将军，成为蜀汉王朝的重要军事将领。

赵翼在《十二史札记》中比较曹操、刘备、孙权兄弟和诸葛亮的用人之道。他认为曹操用人较讲求方法，甚至有点权术相驭。刘备较感性，用人方面，重视性情之相契合。孙氏兄弟豪气干云，讲求意气相投。诸葛亮则兼三者而有之。

由于蜀汉王朝地属偏远，比起魏、吴，更是地小而人少，因此诸葛亮更需要刻意地爱惜人才，只要有特殊才能，就算有其他缺点，也必须尽量使其发挥所长。他对魏延、杨仪、许靖、李严、廖立等的态度，多少是权术相驭的"机"术。

但以诸葛亮的本性而言，最喜欢用的仍是"忠直之士"，他认为"柱以直木为坚，辅以直士为贤"。《出师表》中，"亲贤臣，远小人"的建言，以及他向后主刘禅推荐的郭攸之、费祎、董允、向宠，和日后倚为股肱的陈震、张裔、蒋琬等，在才干上固有差异，然思想品格均称得上"忠直之士"。他认为"直木出于幽林，直士出于众下"，因此经常刻意从低微的地方官吏中找出真正有经验的才干之士。

明代儒学大师方孝孺，便认为诸葛亮为丞相，在举贤用人的努力上，秦汉以来的宰相，均远不及也。

为了举贤求治，诸葛亮非常重视教育工作。

刘焉、刘璋时期，蜀中可谓"学业衰废"。刘备统治益州后，诸葛亮重视教育，还特别规划有负责教育的主管——劝学从事，益州大儒张爽、尹默、谯周都担任过这个职务。

　　刘备即帝位后，诸葛亮便正式成立了最高学府太学，由博士教授学业。以古文经学与儒家经典为主要课程，因此蜀汉政权培育出不少的人才。担任劝学从事最久的谯周，是当时有名的史学家和经学家，对天文、星象有很深的研究。他培育出来的学生，包括撰写《三国志》的大史学家陈寿和以孝顺闻名的《陈情表》的作者李密。

　　诸葛亮出任丞相以后，特别在成都之南建筑了一个"读书台"，"以集诸儒，兼待四方贤士"。他特别指示延揽人才的两大原则——一是集思广益，二是循名责实。前者在鼓励部属畅所欲言，表达自己的意见，以集体智慧为国家找到最好的策略及制度，并由直谏的批评制度来弥补执政上的缺乏；后者是通过严格的考核，以追求实际的政绩，以免为虚名蒙骗，伤害了人民的利益。

　　即使在北伐最繁忙的时刻，诸葛亮仍不忘收揽人才的工作。他甚至把这个制度应用到前线，在边疆也设立不少的读书台。相传在勉县老城北门外，有个以诸葛亮早年隐居的地方为名、亦称作卧龙岗的地方，便有一个诸葛亮设的读书台。宋朝爱国诗人陆游曾到过此地，而写下《游诸葛武侯读书台》的诗篇，其中有如下诗句："世上俗锦宁办此，高台当日读何书。"读书台制度的广为设置，相信对蜀汉政权人才的延揽，有很大的影响。

　　《三国志》中记载："广汉太守姚伷，非常重视推荐地方贤才，诸葛亮特别在朝廷百官之前，褒奖姚伷道：'为官员者，对国家所做最有益的工作，就是推荐人才。姚伷不断为朝廷推荐各种人才，希望大家都能够和他一样，便是对国家的最大贡献了。'"

　　选拔人才，还要懂得运用人才，以能充分运用他们的智慧，这样建立人才管道才有意义。因此，在益州平定后不久，诸葛亮便设立了一个叫做"参署"的机构。诸葛亮表示："夫参署者，集众思，广忠益也。"即吸收各方意见，使每项决策都能做到充分讨论，以大家的意见来"斟酌损益"。诸葛亮在《便宜十六策》中，不断强调"纳言"的重要，就是下对上的沟通管道必须畅通，以"采众下之谋"。因此，"为政之道，务于多闻，是以听察采纳众下之言，谋及士庶，则万物当其目（眼睛），众音佐耳"。他非常重视能够直言的部属，因为群下能充分表达意见，才能使决策做到犯最少的错误。

　　一千七百多年前便能注意到下对上的沟通，把主管当作苦差事来干，总经理的责任在让大家的意见充分表达，并加以有效地组织及运用，即使现代的企业管理，也难做到如此的彻底。

　　他警惕高级官员，切勿"上无所闻、下无所说"，如果高级干部得过且过，必会荒废此事，使一切法令都无法推动。所以他用历史上兴亡的经验，训示重要干部道："危生于安，亡生于存，乱生于治。"并表示："人无远虑，必有近忧。"警告大家要居安思危，不可大意，多听取反对意见，可以作出更正确的判断。

在担任丞相之后，诸葛亮写了《与群下教》的训令，鼓励大家多直言。他表示："若远小嫌，难相达复，旷阙损矣！"如果因为受到批评而心里有所不快，或为了避免嫌疑，害怕得罪人，无法将问题的正反两面彻底地讨论，便会使决策有所偏差，而造成国家的损失。所以诸葛亮主张，任何决策都应该"达复而得中"，也就是运用反复争论的方法，以得出正确的结论。

不但要求部属要做到，诸葛亮自己也身体力行，并将他早年和崔州平、徐庶等良师益友交往的经验，坦然地告诉大家。特别将长期跟随他的亲近助理——董和及胡济间肝胆相照、言无不尽的处事态度，清清楚楚表明出来，以供重要官员和他们的部属参考。

积极的劝善固然重要，但消极的黜恶也是为政者必尽的责任。

《便宜十六策》中，诸葛亮仍一再强调"考黜之政，谓迁善黜恶也"，也就是"进用贤良，退去贪懦"的政风。在《出师表》中则一再叮咛后主刘禅"亲贤臣，远小人"，他认为"贤良退伏"则会"谄顽登用"，是一切败坏的开始，所以"夫国危不治，民不安居，此失贤之过矣。夫失贤而不危，得贤而不安，未之有也"。

诸葛亮虽属清流名士派，却很重实务，他深知汉末文人重虚名、互相标榜、士风败坏、好作秀的人太多，是国家危亡的主因，是以士大夫之无耻，是为国耻。

诸葛亮强调"治实而不治民"的原则，他表明："为人择官则乱，为官择人则治。"名实相符，任人唯贤，不问出身，不限资历，"取人不限其方"。杨洪、何祗得以破格提拔，便是诸葛亮此一精神的发挥。

诸葛亮之为人，虽然有点严肃而少变通，但他待人谦虚，绝不压制部属。他非常反对倚老卖老、争权夺利的行为，若被发现，常不问地位多高、关系多好，一定严加斥责。对因此而造成内部混乱、危及军国大计者，一律严惩，绝无宽恕。对于个性孤僻、忌才私人者，虽无大恶，也必耐心说服，期能改过自新。

在蜀汉政权中，地位崇高的李严、廖立、来敏等，均遭罢职，废为庶民。刘琰、张裔，则在诸葛亮诲人不倦的劝诫下，获得悔过的机会。

李严、廖立之事前已述及，不再重复。

来敏为南阳人，是东汉光武帝时大功臣来歙的后裔，可谓系出名门。他原为刘璋宾客，刘备在占有益州后，任之为典学校尉。只是来敏一向自认是"荆楚名士"，喜欢批评时政，对同朝大臣嗤之以鼻，弄得人际关系紧张，派系之间常有冲突。

诸葛亮曾感叹道："来敏乱群，过于孔文举。"（注：孔文举为孔子嫡系子孙孔融之字，孔融自任名士，经常和曹操捣蛋，在朝廷中制造派系，曹操忍无可忍，趁机杀害之。）

刘备称帝后，尚书令刘巴推荐来敏为太子家令，刘备虽不很同意，但碍于刘巴面子，勉强任命之。

刘禅继位后，任来敏为虎贲中郎将，掌宿卫亲兵，在朝廷及宫室中同时拥有大权。

诸葛亮准备北伐时，对来敏非常不放心，乃提拔"秉心公亮"的董允，以侍中兼虎贲中郎将代替来敏。而将来敏提升为军祭酒、辅国将军，随军行动以就近控制。

这件事引起来敏的不满，不但批评诸葛亮用人不当，并公然毁谤董允，造成朝廷上人际关系异常紧张。诸葛亮只好以来敏"年老狂悖"，罢其官职，并令之"闭门思愆"。针对这件事，诸葛亮还写了一篇《教令》，警告朝廷官员，不可再有来敏之现象，否则从重论罪。

张裔字君嗣，为益中名士，对历史甚有研究。刘璋时领帐下司马，曾领军和刘备对抗，后兵败投降。

刘备拥有蜀中，便任命张裔为巴郡太守、司金中郎将。南方雍闿叛乱时被任命为益中太守。但张裔无能平乱，而且为叛军所擒，并被遣送到东吴为俘虏。诸葛亮认为张裔学问好，办事敏捷，乃命令邓芝向孙权交涉，要回了张裔。张裔回蜀国后，诸葛亮对他颇为器重，两人建立了相当深厚的友情。

建兴五年，诸葛亮进驻汉中准备北伐时，特任命张裔为留府长史，和蒋琬共同负责丞相府的指挥事宜。但出任要职的张裔却假公济私，和朝中大臣常起冲突。尤其以蜀郡太守杨洪和司盐校尉岑述两个事件最为严重。杨洪和张裔感情原来不错，但张裔的儿子张郁在杨洪属下工作，因犯过被处罚，张裔便因这件事，和杨洪闹翻，两人反目成仇。岑述因长于理财和行政工作，为诸葛亮所器重。张裔认为岑述可能威胁其地位，心存妒恨，常找他麻烦，造成严重的不和。

这些事件的确使得诸葛亮相当困扰，但由于张裔资格老，同事的蒋琬也不便主动规劝之，故情况日益恶化。诸葛亮念及彼此交情，特别写信告诫：

自古以来，交谊深厚的友人，更应举贤不避仇，处罪不避亲，一切应以公事为准，何况我重用元俭（岑述字）也是为国家培育人才啊！你为何不能理解呢？

由于诸葛亮态度坚决而诚恳，张裔深受感动，乃主动和杨洪、岑述等和解，并和蒋琬密切合作，共同主持朝政。张裔日后赞诸葛亮"赏不遗远，罚不阿近"，想必也是切身经验有感而发的。

刘琰字威硕，鲁国人，在刘备为豫州牧时，便聘他为从事。因为和刘备同姓，所以特别有亲切感。《三国志》记载：刘琰"举止风流、善于谈论"，刘备非常喜欢他，常带他在左右随侍。朝廷上的名位仅于李严之下，算是诸葛亮内阁中相当重要的高级官员。

但刘琰生性奢侈，生活淫靡，侍婢常数十人，在诸葛亮的"廉风内阁"中，算是异类。诸葛亮对他的行为非常头痛，不得已之下，只好将他编入北伐大军中，过些营中艰苦的日子。

但刘琰自恃资历高，和刘氏政权关系密切，经常在军中喝醉，言辞荒诞，连蜀军首席猛将魏延都常和他闹得不愉快。使诸葛亮忍无可忍，叫到帐前，痛加斥责，并给予严重警告。

这下把刘琰吓住了，他没想到诸葛亮会对他大发脾气，但检讨起来，自己也的确做得太过分，并体认出诸葛亮的怒斥并无恶意，一切仍是为了自己，因此写了一封反省书，公然表白：

我刘琰秉性空虚，操行浅薄，又有酒荒的毛病，自先帝（刘备）以来，便经常惹麻烦，甚至危及朝廷安危。

如今蒙明公（诸葛亮）本其一心在国，不鄙视我的秽垢，仍尽力维护，让我有今日的地位。

但我仍经常迷醉，言有违错，惹得不少烦恼，幸而明公慈恩含忍，不致以理相责，使我能在百错下，尚可勉强保住名禄和性命。

今后我必会克己责躬，改过投死，以誓神灵，无所用命，否则再也无脸见人了。

这篇检讨文相当深切、坦诚，以刘琰的身份地位，也实在难得，因此诸葛亮真正原谅了他，将他遣返成都，仍为车骑将军职务。

从此以后，刘琰倒真的改过自新，相当洁身自爱。只可惜诸葛亮死后，他又毛病复发，不久竟因和刘禅争风吃醋，被赐自裁而死。

在这些事件中显示，诸葛亮的确是位颇富才能的政治家，治蜀的成绩称得上"成效显著"。蜀汉的官员们，大多能改除过去淫靡之风，兢兢业业地忠于职守，力戒弄虚作假、浮华腐败之风，使蜀汉成为三国中政治最清明、吏风最端正的国家。陈寿称赞他能使蜀汉官员"人怀自励，虚伪不齿"，主要在他用人处世能彻底做到"服罪输情者虽重必释，游解巧饰者虽轻必戮"。公平廉明，一切为公，给人以自新向上的机会。诸葛亮的治绩，的确是千古难得一见。

尽管《三国演义》将诸葛亮的军事天才吹嘘得神通无限，但以实际战绩而言，诸葛亮的表现并不特别突出，正史《三国志》陈寿则认为他长于治理，短于应变之奇谋。换句话说，诸葛亮较擅长战略制定、制度建立，或许谈"治军"还可以，但战术上的奇妙变化，也就是"用兵"方面，实非其所长。

步出隆中草庐，诸葛亮便深知：真正要在乱世中创业，非在军事上拥有实力不可。因此他向刘备建议，收编荆北流民，以扩充兵员，筹集兵粮，积极于建军的工作。

诸葛亮自幼熟读兵法，虽属文职人员，但对军事的关心几乎是从不间断的。从陈寿献给晋武帝的《诸葛氏集》目录中，就有"兵要"和"军令"等篇。目前《诸葛亮集》中也有"兵要"十则和"军令"十五条等有关军事学的著作，显示诸葛亮在军事上的用心。

不过他的军事素养却偏向管理及组训、武器的应用、部署和布阵的方法等，讲求效率而非奇谋。蜀国地小人少，要和力量大数倍的曹魏对抗，非在组训及布局上下功夫不可，特别是粮秣问题，一向是诸葛亮最为头痛的。

刘备在国力未稳时，发动大军东征，却遭惨败，使蜀汉之国力遭致命打击。诸葛亮深受其害，自然深深汲取这个惨痛的教训。因此，辅佐刘禅统治蜀汉后，立刻先和东吴恢复邦交，保持和平状态。

接着闭关息民，励精图治，由内政和经济着手，以培植军事所需的兵员和粮秣。当然兵器的补给和训练更是增强作战力的最重要条件了。

诸葛亮在治军上，分教化（心理建设）及习练（作战能力）两大重点。他引用了孔子"不教而战，是谓弃之"的话来说明教化的主要精神，并具体指出"教之以礼义，诲之以忠信，诚之以典刑，威之以赏罚，故人知劝"。

换言之，不但要有思想教育强化其心理建设，更要有具体的军法律令。他显然不像曹操一般重士气的激发和声势的制造，而比较偏重通过军队的合理性管理来提升其战斗力。

对诸葛亮而言，治军犹如治国，军队是为了"存国家，安社稷"。他表示："国以军为辅，君以臣为佐，辅强则国安，辅弱则国危，在于所任之将也。"曹操重视将领的应变及领导技巧，诸葛亮则重视将领的人格和管理。他认为将领首先要爱民，认同人民，否则光会打仗，却不懂得掌握民心，绝不是好的将领。他进一步指出："非民之将，非国之辅，非军之主。"治军如治国，必须选择才德并重者，才是好的将领。

在他心目中，优秀的将帅并非像魏延那种能征善战的猛将。《出师表》中，他特别称赞并推荐向宠；在日后给张裔和蒋琬的信中，则给姜维很高的评价。比起精通权变、善于打仗的人，显然他对忠勤工作、着眼大局、处事以公的人更为重视。

不过在"用兵"上，诸葛亮是非常谨慎的，他表示"兵者凶器，不得已而用之"。又说："将者，人之司命，国之利器。"军队是用来保卫国家和人民的，将领的优劣关系国家和人民的安全。

因此，诸葛亮认为，将领必须"审天地之道，察众人之心，习兵革之器，明赏罚之理，观敌众之谋，视道路之险，别安危之处，占主客之情，知进退之宜，顺机会之时，设守御之备，强征伐之势，扬士卒之能，图成败之计，虑生死之事"，如此才能"出军任将，张擒敌之势"。

他的将领之道，有点像日本战国时期的"将道"，用兵和治军并重。做将帅的不仅要用力，更要用脑。将领要慎思慎行，随时关怀部属的物质和精神生活。他表示："将无思虑，士无气势，不齐其心而专其谋，虽有百万之众，而敌不惧也。"带兵最重要的是带心，上下同心协力，才是发挥作战力的基本条件。他也认为只有"严明法纪，论功行赏"，建立优良的制度，才称得上是合格的将帅。

在古代的兵书中，诸葛亮重视的倒不是应变之道，而是军纪的建立。他认为"孙武所以能制胜天下者，用法明也"。他更具体表示，纪律良好的军队，即使将领的指挥应变技巧稍差，也不会容易被打败；纪律不良的军队，将领能力再好，也很少能保持胜利。

当他一向器重的马谡，在街亭之役时犯了严重错误，以致造成第一次北伐的失败，诸葛亮判处其死刑。蒋琬认为，天下未定，杀了才能卓越的马谡，未免太可惜了。诸葛亮便感叹道："四海分裂，兵交方始，若复废法，何用讨贼乎?"即使牺牲心爱的马谡，也非要彻底地维持法纪不可。

为了建立稳固的法纪，赏罚更需要制度化，是以"赏以兴功，罚以禁奸，赏不可不平，罚不可不均。赏赐知其所施，则勇士知其所死，刑罚知其所加，则邪恶知其所畏。故赏不可以妄施，罚不可以妄加，赏虚施则劳臣怨，罚妄加则直士恨"。将领在执行法纪时，必定要做到"吾心如秤，不能为人作轻重（意即不可任意偏心）"。

为了能用上最好的人才，治军如治国，是以"良将之为政也，使人择之，而不自择"。也就是人才要靠大家来推举，依法论功，不能只靠自己判断，以免在主观之下，致令真正的人才遭到埋没。

《三国志·诸葛亮传》裴松之注释中引用了袁准的立论，称赞诸葛亮"行法严而国人悦服，用民尽其力而下不怨……其兵出入如宾（整齐），行不寇（行军中不掠劫），如在国中。其用兵也，止如山，进退如风，兵出之日，天下震动，而人心不扰"。可见诸葛亮在军队管理上之高明。曹操带兵虽也颇重军纪，但诸葛亮比他则有过之而无不及。

袁准便指出，诸葛亮死后数十年，蜀国民众仍对他非常怀念，有如"周朝人民之思念召公（周王朝时辅政之大政治家）也"。

不论在政治或军事上，诸葛亮举贤任能的管理原则，使他能以文职身份，成为战乱时期的优秀专业经理人。

第 19 章
攘外先安内　南下平叛乱

西南夷又称为南中地区，三国时期属蜀汉管辖。这里居住有大量的叟、青羌、僚、濮等少数民族，汉朝以来便设有益州、永昌、牂柯、越隽等四郡，包括今天的四川西南部、贵州西部和云南一带，自古被称为"夷越之地"。

秦始皇时由僰道（今四川宜宾）开辟五尺道入南中，经营了这块地方，不久又在南中置吏，象征行政权的直接介入。但秦王朝灭亡后，南中恢复独立，和中原地区经济、文化的联系因而暂时中断。

汉武帝时国威远播，南中地区的豪族有意内附，汉武帝特别派出两位富于规划眼光的大臣——文学家司马相如和史学家司马迁前往探查。

司马相如回朝后，建议汉武帝在这里设置郡县，以加强对南中的经营。司马迁则更详细地向汉武帝报告这里的山川物产和风土习俗，并将之写入《史记》的《西南夷传》，让我们对这块地方有了较多的认识。

汉武帝首先在今天的贵州西部、云南东部设置群舸郡，接着又在四川西昌一带设置越隽郡，以及云南中部设置益州郡，展开了有计划的经营。并且大量移民实边，修筑道路，汉民族的生产技术和经济文化使南中地区逐渐繁荣起来。

西汉末年的混乱，使西南夷的经营又告中断。直到东汉光武帝时，武威将军刘尚数度征讨，西南夷才重归汉王朝版图。东汉明帝更是刻意经营，南中一带部落领袖纷纷要求内附，才在今天的西南大理、保山一带加设永昌郡，完成了南中四郡的行政规划。

随着东汉末年外戚、宦官的争权夺利，南中地区成为他们斗争的"赏赐品"。"赢家"经常将"功臣"派到西南夷，轮番搜刮，仗势欺压这些少数民族。

《华阳国志》记载，益州郡素有"盐池田渔之饶，金银畜产之富"，永昌郡也是"金银宝货"之地。因此，有机会到这里来做官的无不"富及十世"。他们甚至勾结朝廷权贵，重金贿赂，以能长期在这里贪污和搜刮。安帝时的永昌太守刘君也，便特造一条黄金铸成的蛇，献给有"跋扈将军"之称的梁冀，使朝廷发觉南中是个难得的宝矿，也不甘落后地直接加强搜刮。

东汉安帝永初六年（公元 112 年），朝廷下诏，在越隽郡设置"长利""高望""始昌"三个皇苑。益州郡设置"万岁"苑，作为皇室捕养珍禽奇兽的园林区。

连东汉王朝的统治者都想来剥削夺掠，难怪南中的少数民族对"中国"要完全绝望而展开一连串的反抗行动。

东汉安帝元初五年（公元 118 年），越隽夷人封离起兵反抗。

第二年，永昌、益州与蜀郡的夷人，纷纷响应，反叛军集结多达十余万人。

叛军攻击汉王朝的行政官署，这些只会贪污、欺负百姓的官员，面对叛民反击，束手无策，不少长吏被杀，官署城邑被夷为废墟。

益州刺史张乔，奉命讨伐南中叛军。他派遣以能干知名的益州从事杨竦率兵前往。

面对缺乏组织的叛民，杨竦发动火速的奇袭，果然一举击破叛军大本营，史书记载他"斩首三万余众，生虏一千五百余人，获得资财四千余万"。

为了鼓舞士气，杨竦将所得财物全部赏给作战的将士，让军队的积极性更高，以彻底摧毁叛军的残余力量。杨竦虽然发动严酷的武装镇压，但到达南中不久，他发现这些叛民才是真正的受害者，因此立刻改采招抚政策，并设法离间叛军领袖间的关系，使他们的力量减弱，再一一加以说服，不久便迫使封离投降了。南中的首次大动乱，总算暂告一段落。

结束军事行动后，杨竦向朝廷弹劾原南中地区行政官员"贪污长吏九十人"，以及一些俸禄二百石到四百石的小吏。但这些剥削少数民族的恶官，早和朝廷大官有利害勾结，甚至可能连梁冀和安帝都有份，因此杨竦的弹劾根本没有用。这些该死的官员都获得减刑。反观杨竦此行杀人太多，本身军队伤亡又重，却有"功"不禄，也不给予赏赐。汉王朝的腐化已到无法"治愈"的地步了。

不过，杨竦的处置及弹劾行动，发挥了一些警惕作用，大量剥削少数民族的行为，暂时缓和了下来。

但到了桓帝及灵帝时期，朝廷的风气更加恶化。赋敛加重，明目张胆的掠夺行为层出不穷。果然，灵帝熹平二年（公元 173 年），南中一带的夷人再度叛变，很快便攻占了益州郡，连益州太守雍陟也兵败被俘。

由于叛军声势浩大，朝廷派御史中丞朱龟率军讨伐。这次叛军汲取杨竦时被袭击兵败的经验，组织力已改善很多，反而主动展开迎击战。朱龟的朝廷军由于不熟地形，屡次陷入埋伏，竟至全军覆没。

灵帝的满朝文武官员大为震慑。有人竟然主张"南中郡县远在边城，蛮夷之人叛变无常。劳师远征得不偿失，不如弃之"。

只有出身益州巴郡的太尉掾李颙，力主用兵，并一再提出"镇抚南中"的策略。汉灵帝乃封李颙为益州郡太守，并下令益州刺史庞芝给予协助。

由于兵员不够，庞芝和李颙商议，将巴郡的少数民族编练成军，并由李颙率领南下。李颙采取恩威并用的策略，费了不少的力气，才把叛乱平抚下来，叛军释回雍陟。但双方只能算是打成平手后媾和，南中俨然成为半独立状态。

不久，爆发黄巾起义。朝廷对南中地区的监督力量削弱不少。中平五年（公元 188 年），益州人马相和赵祗在绵竹起义，也自号"黄巾"。他们召集被汉民族欺负的夷人，一两天内，居然有数千人响应，声势空前浩大。不久，绵竹县令李升战死，"黄巾"攻破各县，连益州刺史郤俭的军队也遭到击溃，郤俭因而殉职。

接着蜀郡、犍为郡陷入战乱，不到十天，益州地区已形成独立状态，马相自称天子，部属发展到数万人。为此朝廷改派刘焉为益州牧，赋予更大的军事权，以整顿益州。等到益州黄巾起义平复后，南中地区似乎不再受益州的统治了。

刘璋统治期间，特别派出以为官清廉出名的董和出任益州郡太守，主动进行安抚南中少数民族的工作。史书上虽记载有"南土人爱而信之"的治绩，但其实是短暂的，董和影响的范围仍非常有限。少数民族的领袖组织力加强了，他们和汉族的官员及长期在此剥削的豪族们冲突日益加大，有些地方俨然已是割据独立的状态。

对这段史实，诸葛亮自然知之甚详。因此在"隆中策"占领益州的规划中，便有"西和诸戎，南抚夷越"的方针。

在和戎方面，成效显然较大。关键是关中大军领袖马超的投靠。马超长期追随其父凉州刺史马腾在西凉地区经营，因此和羌、戎族关系良好。汉中平定后，刘备封马超为平西将军，兼领凉州牧（虚衔，因为凉州仍在曹魏统治中），进行和戎的工作。

在这方面马超做得相当成功，即使在他本人病逝后，蜀汉王朝和西方戎、羌之间的关系也比曹魏要好得多。

唯一的一次冲突，发生在建兴十年（公元 232 年），汶山地区羌人叛变，诸葛亮命治中从事马忠及将军张嶷等前往安抚。虽然蜀汉军队在军力上拥有绝对优势，但马忠和张嶷仍忠实执行诸葛亮的"和抚"原则，很快便平定了羌人的叛乱。

"和戎"方面一直算是相当成功，但"抚夷"方面，却是风波不断。

其实，刘备在一开始便非常重视南中地区的治理。平定益州后，他首先任命南郡人邓方为朱提太守，后又升任为安远将军、庲降都督，驻军南昌县，负责南中军政及统辖事宜。

邓方为人刚正，为官廉洁，做事颇为果断，他主动调和南人和汉人间的争执，而且执法公正，绝无偏颇，夷人相当信服。

不幸地，就在刘备称帝的那一年，邓方病逝了。加以刘备急着发动对东吴的远征，根本无暇顾及南方，让诸葛亮相当地担心，一再提醒刘备慎选邓方的接班人。刘备仔细思考后，也觉得南中的安定的确重要，在和诸葛亮商议后，立刻召见益州别驾从事李恢。

李恢字德昂，建宁俞元人，曾追随董和治理过南中事宜。他对刘璋的昏弱深为不满，因此获知刘备在葭明关起兵进攻刘璋时，便在绵竹投靠了刘备。不久，奉命到汉中交好马超，并说服马超由西北夹击刘璋，成了迫使刘璋不战而降的最直接的因素，建立大功，在蜀汉的官员中，称得上是长于外交的人才。

刘备故意问李恢，谁是邓方最好的继承人，李恢自然看出了刘备的意思，乃引用当年赵充国向汉宣帝自我推荐征伐零羌的故事，自告奋勇地接替邓方在南中未了的工作。

刘备自然非常高兴，立刻封李恢为庲降都督，领交州刺史，李恢以南中情势日益险恶，便将都督府由南昌县迁移至军事重镇平夷县，随时准备应对可能发生的异变。

果然在刘备出兵后不久，越巂郡的"叟帅"高定首先举兵叛变，很快进围新道县。犍为太守李严亲自率军和高定对抗，高定不敌，再度退回越巂郡地区潜伏。

等到刘备去世后，蜀汉政局紧绷，暂时不可能再对南中用兵。高定便肆无忌惮地举兵侵掠，他不但攻破越巂郡都城，还杀害郡将焦璜，并正式在越巂郡称王，号召南中豪族共同起义叛离蜀汉王朝。

不久，益州郡的豪强，也是西汉初年什邡侯雍齿的后代雍闿，在建宁县起兵，并杀害太守正昂。诸葛亮派张裔继任益州郡太守，就任后不久，遭雍闿挟持。雍闿将之解送东吴，以表示有意结交孙权，夹击蜀汉政权。

孙权立刻有了反应。他透过交趾太守士燮，封雍闿为永昌郡太守，并让刘璋子刘阐领益州刺史，驻屯于交州和益州的边界地区。显然孙权在获得雍闿示好后，便积极插手于南中叛乱事件，使刚接受辅国大任的诸葛亮备感头疼。

面对庞大的压力，诸葛亮仍认为不宜贸然行事，他先派遣邓芝重新交好孙权，断绝雍闿的外援。

对南中的叛乱，原则上他主张"抚而不讨"的策略，派遣长于规划的巴西人龚禄为越巂太守，住在离越巂郡八百里的安上县，遥领越巂郡，从长计议，由内政着手，试图恢复南中的治理。

另外，他又派遣长于外交的益州从事常房为巡行，暗中探查南中诸郡的情势。

常房到达牂牁时，透过各部落酋长的关系，得知牂牁太守朱褒有意响应雍闿之叛乱行动，不禁大惊，未向诸葛亮禀报，便下令逮捕郡中的主簿，严加拷问，判断属实后，竟公开杀害了该主簿，并正式宣布朱褒谋反。

朱褒闻讯大怒，立刻率兵攻杀常房，但恐诸葛亮处分其在成都的家族，反而控告常房谋反。

诸葛亮接获报告后，深悔派出缺乏处理敏感事件能力、却又急于表现的常房，因欠缺处理事情应有的审慎态度，迫使朱褒等原骑墙派公开造反，更可能使南方陷于大乱。

为了平抚牂牁郡官员的不平衡心理，诸葛亮下令处死常房家人，并将其四个兄弟发配越巂。但朱褒后来仍宣布全郡倒向雍闿阵营，公开抗拒蜀汉朝廷，诸葛亮的"牺牲计"显然未收到功效。

这个事件仅载于《魏氏春秋》中，因此裴松之在引其注时，深感怀疑。他认为依诸葛亮之审慎个性，应不致随便处人以死刑，"安有妄杀不辜以悦奸慝？斯殆妄矣！"

常房的态度其实相当不对，因此受到处罚也是有可能的，只是这个重要的事件，《蜀志》应有记载才对，为何完全不见，反记于和"南中事件"关系不大的《魏氏春秋》中，的确令人怀疑其"真实性"。或许诸葛亮处罚常房之遗族，只是政治上的"耍假"也说不定。不过无论如何，这个策略显然并不成功。

从日后南征的军事行动看来，牂牁的叛乱多少是被逼出来的，牂牁军民对此显然没有其他郡坚定。因此诸葛亮的南征军事攻击中，牂牁的抵抗力最小，几乎是马忠军一到，牂牁各大小部落便向蜀汉军队反正了。

但牂牁加入反叛阵营，的确使诸葛亮早期的安抚工作遭到完全的失败。

"抚而不讨"的策略，也随着南中的全面叛变，到了需要重新彻底考虑修正的时候。

刚开始，诸葛亮仍派都护李严，代表朝廷和雍闿进行协调和沟通工作。李严写了六封信对雍闿晓以利害。虽然策略上似乎仍缺乏突破性想法，但李严为仅次于诸葛亮的大员，由此可看出诸葛亮对争取雍闿回心转意工作之重视。

雍闿可一点也不领情，他回了一封信表示："盖天无二日，土无二王，今天下鼎立，正朔有三，是以远人惶惑，不知所归也。"

既然汉王朝已亡，大家都可以称帝封王，那么独立便没有什么罪恶了。可见雍闿倒不是想投靠东吴，他真正的目的，是自己据地称王。

不过在表面上，雍闿仍以孙权所委任的永昌太守自居，甚至有心攻占永昌。当朱褒杀害常房，引导牂牁郡响应后，雍闿仍立刻联络在越巂叛乱称王的高定，共同由东方和北方，夹击永昌郡。

永昌功曹吕凯和府丞王伉，据险坚守，誓死不投降。雍闿和高定只好发动大军，将永昌郡团团围住。永昌位于益州郡之西，经过刻意封锁，其和蜀汉朝廷的联系完全断绝。

但吕凯和王伉仍有足够力量动员所有的吏民，闭境抗拒叛军。这回轮到雍闿发动文件攻势，一连好几次檄文，希望吕凯能加入叛军。吕凯自然不示弱，反而在回答的檄文中，一再据理而辩，力劝雍闿重新归顺蜀汉，相信仍可出任永昌太守。

吕凯更进一步替诸葛亮讲话：“当朝的诸葛丞相，英才挺出，虽刚开始执政，已可看出其功力。受先帝之托辅佐遗孤，努力复兴国力，对任何人均无私心，为公事忘却休暇，这样认真的宰相，有关国事，没有什么不可商究的。因此将军若能改变意图，重新修正自己的立场，必能建立古人安邦立国之功，我这块小小的郡县，又有什么值得争取的。”

雍闿等虽声势浩大，却无法一口气吞灭南中，吕凯及王伉奋力抵挡，应居首功。日后诸葛亮便亲自赞赏吕凯等临危不惧、执忠绝域、高风亮节，颇有国士之风。

此后，雍闿的力量日益削弱，《三国志》上记载，益州夷人不再跟从雍闿。雍闿眼见部众散去，便派亲信到益州郡联系附近大头目孟获，希望再度吸取更多少数民族参与。

孟获雄才大略，颇得民心。他建议雍闿公然向夷叟人表示：“蜀汉朝廷向大家索取全身都是黑毛的黑狗三百头、螨脑三斗、斫木三丈长三千根，你们办得到吗?”

这些都是不可理喻的刁难，一向明理的诸葛亮绝不可能有此要求。全身都是黑色毛的黑狗可谓少之又少，而斫木最高不过二丈，哪来三千根三丈高的，对夷叟人而言，这是不可能办到的。

由于南中地区人民，一向被朝廷官员横征暴敛怕了，自然相信“朝廷”又来找他们麻烦，孟获等的煽动完全成功，史料谓：“夷以为然，皆从闿。”叛军声势再度恢复，席卷了整个南中地区，只有永昌郡成为战火中的孤岛。

刘备去世后，经过两年的“闭关息民”，蜀汉的国力已渐恢复。本来应全力筹备北征计划，以完成“隆中策”的兴汉大业，但诸葛亮心中非常清楚，南中的叛乱不平，会牵制蜀汉军力的部署，尤其是军资的供应更会成为致命的问题。因此决定在进行北伐之先，攘外必先安内，南中的危机需要全力应对，五月渡泸南征的艰难战役由此展开。

第 20 章
王师出南方　李恢建奇功

蜀汉建兴三年春天，突传来魏文帝曹丕大举征吴的消息。这显然是诸葛亮和孙权的战略所产生的效果。

魏、吴两国陷入军事纠纷，蜀汉北方和东方的防务压力自然减轻了不少。诸葛亮认为这是彻底解决南中问题的最佳时机，因此，他开始编组军队，准备亲自南征。

丞相长史兼任司盐校尉王连进谏道："南蛮乃不毛之地，疫疠之乡，不宜以一国宰相之尊前往，万一有任何差错，岂不太冒险了些！"

王连字文仪，南阳人，刘璋执政时入蜀，被任为梓潼令。刘备入蜀时，王连闭关坚守，刘备对他的负责态度和气节颇为欣赏。平定蜀中后，仍重用之，治理之郡，成绩斐然。王连除长于行政外，更长于财政，因而受诸葛亮提拔，主管四川井盐的经营，颇有成效。终其一生，虽换过不少官职，但似乎均和财政有关。诸葛亮重用他为丞相长史（机要谋士），仍是负责财政规划。

这么一位深受信任的幕僚的建议，相信诸葛亮不可能轻忽。更何况，王连的谏

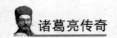

言中，必有诸葛亮一向最重视的军粮及财政问题吧！

《三国志》中记载，诸葛亮对王连的建议，的确相当慎重地考虑了，他也评估过派遣大将代替他远征的可能性。不过他认为这场战争，最主要的是政治而非军事。蜀汉中固有不少能征善战的猛将，但政治的器量则大为不足，如要彻底解决问题，非得亲自出征不可。

但王连不是容易打发的，他的谏言有充分的理由，语词非常恳切，因此诸葛亮深受感动，一再思考研究。史书上记载，由于王连的谏言，的确使诸葛亮驻留了相当长的一段时间。

直到三月，诸葛亮才决心辞别后主刘禅，亲自准备南征。

他先下令汉中太守魏延加强北方防务，严备曹魏的蠢动。再度调动李严，负责东边的防卫，并注意魏吴间军事冲突的进展，随时掌握最详细的军情。丞相长史向朗则留守成都，调动军饷，以支援前方战线。

南征大军的编组如下：

总司令：丞相诸葛亮
参谋长：丞相长史杨仪
东路军司令：门下督马忠
中路军司令：庲降都督李恢
西路军司令：诸葛亮自领

主要作战计划如下：

马忠大军由川南僰道，直趋牂牁，进攻朱褒的叛军。李恢大军由平夷进攻益州郡，直袭雍闿和孟获的大本营。原犍为太守王士改任益州郡太守，协助李恢的军事攻击行动。诸葛亮自己亲率主力部队，由成都出发直抵安上，会同驻军安上的越嶲太守龚禄军队，由安上取水路入越嶲。最后三路兵马约同会合于益州郡之滇池。

这次的军事行动，虽由诸葛亮亲自领军，但动用的将领和兵力均不算大。由于主要的强敌在北面及东面，独当一面的将领必须在这些地方布防。况且成都驻守的工作也非常重要，因此像蒋琬、董允、费祎等重要亲信，都必须留在成都应变。也就是说这场战争的规模，从一开始规划似乎便称不上大。

诚如王连的谏言，只要派一员大将即可处理这件战事了，何必动用一国之尊的丞相前往冒险。从军事上而言，这论点完全正确，诸葛亮自己心中也明白，的确有点"杀鸡焉用牛刀"之嫌。但诸葛亮的着眼点放在政治层面，要解决南中问题，不在有无能力以武力镇压，军事只能用来治标，要治本只有靠政治力量。

但南中的问题相当复杂，冰冻三尺非一日之寒，不彻底解决必成为永远的后顾之忧，根本不可能全力对外。

何况如果没有南中地区的协助，蜀汉也没有实力和曹魏与东吴长期对抗，换句话说，南中叛乱事件处理的成败，关乎蜀汉长期的经营。

"政治"层面的处理在"器量"和"权力"上，若事事都需请示，很难机动地拟出应变策略。"器量"不够，则无法透视问题，或缺乏长期规划眼光，南中问题将无法一次解决，反而只是在浪费时间。

三分鼎立之时，国际局势瞬息万变，不可能有太多时间和机会。处理南中问题，不但要快，而且要彻底，除了诸葛亮亲临第一线外，谁也没有办法扛起这份责任。基于这些理由，诸葛亮不得不亲自出征。

就在这个关键时刻，谏阻诸葛亮南征的丞相长史王连去世。诸葛亮失掉了这位勇于直言的左右手，非常的伤心，不得已之下，乃以荆州襄阳时期的老干部向朗继任。妥善交代后，诸葛亮便辞别后主，率军出发。

后主下诏赐诸葛亮金制铁钺一具，有顶盖之国用指挥车一台，前后防卫虎贲六十余人，作为受皇命出征的象征。文武百官自然也前往送行。丞相府主任军事参谋马谡，曾任越嶲太守，对南中情势认识颇深，特别在其兄长马良去世后，诸葛亮对马谡提携有加，因此双方关系非常亲密。

当天，马谡送诸葛亮的南征大军出发，直到数十里外，仍依依不舍，似乎有话要说。

诸葛亮便亲切地问道："幼常（马谡字），这几年来我们常相互交换意见，承蒙多次提供有意义的谏言，对这次南征的军事行动，你有什么想法，请坦白告知吧！"

马谡表示："南方的少数民族，一向仗恃地处偏远，又有险阻可守，长久以来经常不服从朝廷的管辖。即使今天用大军镇服了他们，军队一撤退，难保他们不再叛乱。这次远征行动就算成功，但他日丞相举兵北伐，和强敌曹魏相对抗时，南方这些蛮族，只要探知我们兵力分散，没有实力对抗他们，又会很快反叛的，这样下去，问题永远解决不了。如果硬要将他们赶尽杀绝，以除后患，不是仁者王师应有的作为，且在短时期内也不可能做到，相信这一定不是丞相的本意。依我看来，用兵之道，攻心为上，攻城为下；心战为上，兵战为下。请丞相明察，愿早服南人之心，收长治久安之效。"

这番话正合乎诸葛亮本意，不但采纳为这次南征的主要精神，而且对这位"善论军计"的马谡更是欣赏有加。难怪在日后的北伐行动中，要破格提拔、赋予重任了。

进攻牂牁的马忠大军，由今天的贵州省遵义市往南讨伐朱褒的叛军。也许由于早先常房事件中，诸葛亮的安抚政策生效，牂牁一带的部族几乎全部反正，朱褒不战而走。马忠依照诸葛亮既定方针，施惠于当地居民，重新展开安抚的工作。

李恢进攻益州郡的工作相当顺利，今云南昆明一带的蛮族反叛军，也很快地安定了下来。

主要的战场自然在诸葛亮的西路大军方面。诸葛亮由宜宾渡过长江，经过安上，由西进入越巂郡。

在大军进逼下，原本包围永昌的夷王高定，立刻撤军，并在旄牛、定筰、卑水一带，筑土垒布防。

诸葛亮进军到卑水附近，下令据险而守，暂时不发动战争，只在精神上给高定施加压力。

依诸葛亮的战术，是希望高定害怕之下，而将所有叛军集结到这里，便可以进行会战，一并讨之。

高定果然中计，他不但全力集结自己的部落，并且派人紧急告知雍闿和孟获，立刻派兵前来驰援。

当雍闿准备出兵时，便接到朱褒兵败、蜀汉军队占领牂牁的消息，且益州郡方面大多已向李恢军投诚了。

雍闿认为情况严重，便暂时婉拒高定求援，和孟获等先行全力加强益州郡方面的防务后，再整军从滇东前往援助高定。

但因为雍闿迟迟不发兵，使高定对他深感疑虑，尤其是高定属下的部落酋长对雍闿大为愤怒。因此当雍闿到达前线时，反而立刻被高定属下袭杀了。

雍闿死后，其部众也马上和高定闹翻，并由孟获率领，向南逃亡至益州郡。

眼见叛军陷入分裂，诸葛亮立即出兵，攻击高定的土垒。由于蛮族兵力已削弱，立刻兵败如山倒。蜀汉军乘势攻破高定大本营，俘虏了高定的妻子。

诸葛亮本有意停止攻击并派人劝服高定投降，想不到高定恼羞成怒，反而集结了二千多名敢死队，主动袭击诸葛亮的主力部队。诸葛亮大怒下，发动歼灭战，将高定的军队击溃，高定当场战死，越巂郡至此被完全被收复。

孟获率领的雍闿余众，退回益州郡，再度结合对汉民族长年仇视的南方部落，准备和诸葛亮的南征大军作最后的对抗。

中路的李恢大军，本已由平夷进入益州郡，包围着雍闿和孟获的巢穴。想不到孟获却率残军退回益州郡，反而在滇东和黔西地带，由南北双方夹击李恢的军队。

这时候，李恢不但处于敌众我寡的劣势下，而且与诸葛亮大军间的联系也被切断了，情势非常的危急。

李恢急中生智，便利用他也是南中地方人氏的关系，假意对叛军表示："蜀汉之军，官粮已尽，即将退回北方。我因离乡已久，想落叶归根，与大家共谋大计。为表现我的诚意，特别把这些机密告诉大家啊！"

李恢这一缓兵计相当有效，益州郡的蛮族因而放松了包围的压力。

李恢见敌人松懈，立刻亲率敢死队袭击，反而击溃敌军的主力，突围而出，直至盘江，东接牂牁，和马忠的东路大军联系上，共同防御益州郡的蛮族主力。

一方面，诸葛亮由于和李恢失去联系，深恐中路军陷于孤立，亦于当年五月，挥师渡过泸水（金沙江），由后追击孟获的军队。

获知诸葛亮主力部队已进入泸水南岸，孟获立刻再率军南撤，使诸葛亮军队顺利地在滇池附近，和马忠与李恢的东、中路大军会师。

当初如果李恢守不住益州郡北方，或者遭到歼灭，必使蜀汉南征大军无法会师，不但不能集结足够的作战力量，反而会增加叛军声势，造成不可收拾的后果。所以《三国志》上记载："南土平定，以李恢军功居多。"

向南撤退的孟获军，遭到李恢军反击，只好再掉过头来面对诸葛亮的主力部队。

双方大军对峙于盘江上游，展开决战，孟获自然不是诸葛亮的对手，在一次决战中，兵败被生擒。

这一仗原本意味着征南战事完全结束，但诸葛亮却不这样想。他认为"军事"虽胜利，但"政治"却不见得已取得优势，赢了力，不见得赢了心。他想起马谡"攻心为上"的建议，决定赢得更深、更远，以彻底解决"南人叛乱"问题的根本。

第21章
攻心当为上　七擒孟蛮王

南中叛乱事件由危急转向和缓的关键，在于永昌郡太守王伉及功曹吕凯，矢志坚守永昌，使叛军无法席卷整个南中地区，也使蜀汉军日后的反扑军事行动得以顺利展开。

特别是吕凯，他将雍闿指挥下的南蛮军北进的情形，写成《平蛮指掌图》呈献给诸葛亮，作为参考。其中对南中地区的地形、气象、风俗习惯，以及南蛮兵器及作战方法，都有详细的分析及说明。

诸葛亮看完后，非常感动，将此《平蛮指掌图》作为南征大军的演习指导。也许就凭此"知己知彼"的蓝图，诸葛亮才能够轻松地七擒孟获，达到完美的"全胜"。

诚如前章所述，"七擒孟获"的事件主要来自于南中地区（特别是云南西部）的野史传闻，历史上虽有擒放之记载，对次数则语焉不详。《华阳国志》虽有七擒七纵字眼，但时间和地点则全无记载。

倒是小说《三国演义》根据部分地方野史，附会正史少数的记载，加上小说家丰富的想象力，以四万多字淋漓尽致地描写七擒七纵孟获的全部始末。其中大部分地区都是吕凯和王伉经营的滇西，正史上并无诸葛亮率军到此的记录。而其中和正史最大的不同，在于整个南征大军的编组，特别是主要作战人物有很大的差异。

五月渡泸，平服南中，在诸葛亮的生涯中是非常重要的事件。加上《三国演义》是大家非常熟悉的小说，里面的情节虽有明显的不合理，但在中国民间却常被认为是事实相信着。因此在本章特别根据野史，重新较有系统地整理《三国演义》中诸葛亮南征的情节，或许让我们对诸葛亮的个性和军事才能，以及《三国演义》中诸葛亮功业的真伪，能有较真实的了解和判断。

依野史记载，诸葛亮判断在首战中失败的孟获，一定会设法对蜀汉军进行反击，因此他下令王平大军由正面迎击孟获军。

王平故意单身上前向孟获挑战，孟获军的主将忙牙长向前应战，王平假装不敌撤退，忙牙长立刻猛进，孟获趁机领军追击。但只过了一个山头，侧面飞出关索大军挡住孟获军的后路，同时张翼、张嶷两支大军，由双侧猛攻，孟获大败，向锦屏山附近逃逸。

王平率军在后猛追，不让孟获有思考生路的机会。孟获只好带残众逃入锦屏山，想不到赵云早在那里埋伏，孟获不敌，当场被抓。

虽然左右众臣属都建议诸葛亮斩杀孟获，便可以平乱。但诸葛亮为了让南人信服，仍无条件释放孟获。

这个战役记载，令人最不解的是，深为熟悉锦屏山地形、地利的南蛮军，为何反而中了"人生地不熟"的蜀军埋伏，稍有军事常识的人，便可看出其中的虚构。

依照正史记载，诸葛亮是在五月渡泸之后才和孟获进行接触战的。

但在野史传说中，二擒孟获的战役发生在渡过泸水的时候。

被释放的孟获，再度集结各"洞"酋长，退到泸水南岸建立新防线。他的作战计划是蜀军若勉强渡过泸水，必使战争成为长期对抗战，远征军师老则疲，更何况水土不服，战斗力必急速下降，孟获将趁机发动猛攻，便可彻底击溃诸葛亮大军。

诸葛亮早料到孟获的作战心理，因此下令全军撤离泸水，到较阴暗凉爽的地方驻营避暑，对孟获的积极挑战，表面上来个不理不睬。

但诸葛亮仍暗地里命令吕凯详细调查周边地形。吕凯在泸水下游找到一个叫做流沙口的地方，流水较缓，河底也较浅，而且对岸的夹山地区，正是敌人运粮的主通道。（深知此地地利的孟获，为何会愚笨到把重要的粮道设置在此不利地形上，显然是小说家的虚设。）

这个时候，正好负责后勤支援的马岱大军（马超之弟），运送补给品到前线，诸葛亮便下令这个精锐的生力军渡河袭击孟获大军。（战场上各军营职责分明，诸葛亮调动没有心理准备的勤务大军成为先锋部队，其实是兵家大忌，这也可能是小说家想象之言。）

野史记载，马岱大军乘夜渡过流沙口，向夹山袭击，使孟获军的粮道遭到阻断。孟获下令忙牙长向夹山反攻，却又为马岱击溃，忙牙长当场被杀。

孟获又下令第二军的董荼那部众，迎击马岱大军。由于诸葛亮的主力部队乘胜渡过泸水，董荼那曾遭诸葛亮释放之恩情，无心对抗，便自行收兵向南撤退。

孟获以董荼那违反军令，欲斩杀之，幸其他酋长求情，改为处罚一百大杖，令其闭门思过。

受过屈辱后的董荼那，对孟获更为不满，特别是其族人，几乎全部主张向诸葛亮投降，以报受辱之恨。董荼那乃率领自己部落之亲信，袭击孟获的大本营，再度生擒了孟获。

诸葛亮似乎早预期孟获自家阵营中会有窝里反的事件，所以轻松地等待董荼那生擒孟获求降。

赏赐并遣返董荼那部队后，诸葛亮问孟获的感想，孟获表示被自己人所害，因此相当不服气，诸葛亮便下令无条件释放，让他卷土重来。

这段记载，不但和史实有很大出入，而且不合理的事情也很多。马岱的介入违反军事学上的常识；孟获对董荼那的处置，显然属于汉式的军法，和南蛮军的部落式组织规则显然有出入；孟获在处分董荼那后，却又如此疏于防卫，更令人不解。

孟获逃回大本营后，立刻派人擒杀董荼那和阿会喃。（这又是小说中诸葛亮的失算，相信历史中一生谨慎的诸葛亮不应犯此错误。）杀了叛逆的酋长后，再度领军攻打夹山，却发现诸葛亮早已撤军，这里一个人也没有。

孟获只好返回本阵，正好其弟孟优由蛮部银坑山带了两万部队前来增援，兄弟两人彻夜研究击败诸葛亮大军的方法。

隔日，孟优带着百余名蛮军，以极乐鸟和白孔雀的羽毛装饰头顶，穿着彩色的上衣，手足均戴有金银珠玉的装饰。依蛮军的习俗，这是放弃武装的和平使者装扮，因此一直到蜀军大本营前均未受到阻扰。

孟优在大门前大声表示："我是南蛮王孟获之弟孟优，特代替兄长来向丞相投降。"

诸葛亮虽不信孟优有投降的诚意，仍问其来意，孟优道："由于兄长蒙丞相两度释放，心中非常感激，只是族人反对，不敢随意投降，因此令我前来致意，相信兄长孟获一定会设法说服大家，前来投降的。"

诸葛亮也当面表示嘉勉，并置酒宴款待孟优及其部众。特别还拿出了从成都带来的美酒请客，蜀汉军和投降蛮军彻夜举行庆功宴，通宵饮酒作乐。

其实，孟获早在附近部署大量蛮军，企图等酒宴中的蜀汉军队醉倒后，再发动火攻。但等到酒宴结束后，孟获率军攻入，却发现里面醉倒的只有孟优的蛮军而已，蜀汉士兵一个都没有，才发现又中计了。

孟获带着醉倒的孟优放火烧营，但反被埋伏的蜀汉大军营团围住，孟获带着亲信杀出重围，逃到泸水附近，看到岸边有南中蛮族的船队，立刻登船准备逃逸。

但一登船，才发现原来是马岱部队化装的。孟获在仓皇中，失去抵抗力，终于再次被生擒。

诸葛亮对孟获说："这一次使奸计的可是你啊！如今心服了吧！"

孟获说："是我弟弟孟优贪酒误事，否则我的计策一定会成功。"

诸葛亮听了大笑，下令第三度释放孟获。

诸葛亮在释放孟获后，便率大军越过泸水，直到西洱河边，在南、北两岸扎营布阵，并有浮桥联系两岸的蜀军阵地。

孟获的探马人员，发现南岸的蜀汉阵营似乎没有军队。孟获乃组成突击队袭击南岸的蜀汉军营，但意外地发现阵营中一个士兵也没有，只有数百辆堆满粮食的车子，武器和马具被杂乱地舍弃着。

不过，由南岸望向北岸阵营，仍布满了无数蜀汉军旗，到处可看到枪剑在阳光下反出的光线。

"这一定又是诸葛亮的谋略了！"孟获对参谋人员表示道，"丢弃这些粮食和车辆，显示蜀汉内部发生事变，诸葛亮一定是撤军离去了。为了防备我们的追击，故意在北岸布置整齐的阵营，以为疑军吧！"

不过，孟获的确被吓怕了，仍不敢轻易攻击蜀汉北岸营区。

三天以后，北岸蜀军的旗帜显得混乱，摆置的刀枪也不见了。

"看吧！还是退回去了！追吧，一个也别让他们逃掉。"

孟获决心渡过西洱河，向北追击。但当夜天气不佳，风沙颇大，渡过北岸的孟获军，只好暂时退至蜀汉北岸营区中避风。

深夜时，突然阵地起火，加上风大，很快成了火海，孟获军队立刻乱成一团，四处逃窜。但阵营外已完全为蜀军所包围，孟获率领残余十数余亲信，落荒而逃。

一直到天亮，孟获发现前方森林前有一个车队，认真一看，竟是诸葛亮车队。

只见诸葛亮在车上，大声笑道："不要再逃了，为什么还没有决战，就逃开了呢？"

孟获回过头来，主动攻击诸葛亮之车队，不料，还未攻击到车前，便轰然一声踏入诸葛亮预设的沙坑中，而为魏延的军队所擒获。

诸葛亮问孟获道："这次你可心悦诚服地投降了吗？"

孟获大声表示："绝不投降！我是被你用诈术欺骗的，怎么可以投降？你可以杀了我！如果不杀我，我绝对会领军再来和你堂堂正正地决战，再也不会被你的诡计欺骗了。"

"好吧！就这样吧！"

诸葛亮下令第四度无条件释放孟获。

这段野史记载中的孟获，不认输的反应如同恶作剧被抓到的顽童，一副要赖的模样，一点也不像南蛮的领导人物。

孟获日后升任蜀汉朝廷的大官，并且有非常杰出的表现，应不致如此缺乏器量才对。

西洱河之役以后，孟获率残余部众往南撤退，诸葛亮也被迫深入地追向更南方的南中地区。

孟获这次投奔了秃龙洞的洞主朵思大王。

吕凯的《平蛮指掌图》中，指出南中地区有所谓的"洞"，那是个天然要塞。不但山势险要，而且山区充满了瘴烟之气，岩石中经常喷出硫磺，时人称之为"毒泉"。

蜀汉军以王平大军为先锋，向南中进攻，由于受到瘴气的袭击，损伤非常严重。加上天气炎热，兵士看到泉便四处争取饮用，却因为饮泉中含大量硫磺，纷纷中毒，王平无法指挥，只好向诸葛亮求救。

诸葛亮立刻下令重赏寻找向导人才。总算幸运地得到居住当地隐士之引导，不但找到可以饮用的泉水，更找到了避开瘴气的小路，使蜀军顺利越过毒泉区，进入西洱河南部接近秃龙洞的地方。

这下把朵思大王吓坏了，他认为凭地理优势，蜀军是绝对过不来的，想不到蜀军已轻易到达秃龙洞的东北方。

蜀汉军声势浩大，不少部落酋长不战而降，朵思大王大惊，只好据险而守，并向附近酋长争取援助。

不久，西方银冶洞二十一洞洞主杨锋率领他的五个儿子和三万蛮兵前来助战。孟获和朵思大王非常高兴，双方立刻详细研拟对付蜀军的计划。

杨锋的儿子表示："我们的兵士都是以一当十的勇将，由我们来应付蜀军便足够了。"

孟获和朵思大王立刻举办酒宴招待，杨锋更由军中挑选出十数位美女献舞庆祝，双方都非常高兴，朵思大王也下令暂时解除警戒，让大家可以一起同乐。

就在大伙儿酒酣耳热之际，跳舞的十数个舞娘突然拔出尖刀，直冲向朵思大王和孟获的座位，一下便制住了两个蛮王。杨锋的五个儿子动作更快，迅速制服了宴会上的蛮军将领。

原来杨锋和他的儿子早就接受了诸葛亮的招抚，三万蛮军中也藏有大量蜀汉军队。因此秃龙洞势险的地理条件完全无法发挥，孟获和朵思大王在无法抗拒下，成为蜀军的阶下囚。

诸葛亮在安抚和赏赐杨锋父子后，并在营前审问孟获、孟优和朵思大王。

"这一次，你们可服气了吧！"

"是我们自己人叛变，根本不是你们的力量，我们怎么会信服！"

于是诸葛亮第五度释放孟获。

孟获在秃龙洞弃守后，决心在其根据地蛮都银坑山布防，并集结南中地区各部族军力，以和诸葛亮一决生死。

银坑山以产银而闻名，是南中地区的政经中心，约在现今贵州省及广西壮族自治区附近，也是这次诸葛亮南征的主要目标。由孟获之妻——祝融氏及其娘家部族驻守。

当诸葛亮下令南征时，祝融一族公开宣称，将运用他们的力量彻底击溃蜀汉大军。

祝融一族擅长飞刀术，杀伤力极强，在蛮族中作战力应属佼佼者。相传祝融氏属火神后代，拥有各式各样的火攻秘术，他们经常穿着朱红色战袍，凶狠又勇猛，是让其他族人闻之色变的"大杀手"。

孟获在退入银坑山后，立刻召集附近属祝融族的四个洞主，共商对蜀汉南征军的作战计划。

孟获的妻子祝融氏，强悍地表示："要击溃蜀汉大军，最有效的办法，是直接先行击杀诸葛亮。诸葛亮一死，所有南征大军便会自然而然崩溃掉的。"

"那用什么方法可以击杀诸葛亮呢？"

"最好的方法，是将他们引入决战的地点，要利用地利。银坑山北面有个三方河平原，是三条大河的冲积地，那里是个袋形的平地，可以将蜀军诱入那个地方，再从三河口上截断之，诸葛亮便成为囊中物了。"

这时候，又传报西南八纳洞的洞主木鹿大王也率其部众前来助阵，木鹿大王是位有名的驯兽师，他的大军最大的特色便是拥有大量的虎、狮、象等凶猛动物，在平地作战，破坏力非常可怕。

孟获得到此援助，信心大增，决定和诸葛亮在此硬碰硬地决战。

他在银坑山山麓、泸水、甘南水、西城水的汇流处，搭建防御性城堡，由朵思大王负责防守，木鹿大王则驻守在附近平原区，随时准备袭击进攻到这里的蜀汉大军。

朵思大王在城寨上埋伏大量弓弩手，每张弩可同时连续发射十支箭，箭头上均涂有剧毒，只要伤及皮肤，立刻会侵入五脏六腑，非死不可。

从前线上的情报，诸葛亮判断这将是场硬仗，因此他派出赵云和魏延军为主战部队。

但在朵思大王的毒箭攻势下，蜀汉军在首度和第二度的攻城战中，损失惨重，赵云只好宣布暂时退守，请示诸葛亮再做定夺。

诸葛亮下令建造防箭工事，但朵思大王却以火箭攻击之，蜀军只好撤退至十里之外。

诸葛亮便下令暂时休战，重新搜集地形环境情报，并拟定新的攻击策略。

休战期间，三河口附近突然狂风大作，两三天内飞沙走石，十尺以外的距离完全视线不清。

诸葛亮突生一计。他下令二十万蜀汉大军，小心地将土用衣服包着，再穿在身上，好像是一个个移动的小土包，利用黄昏时刻，在猛风中，逼近三江平原的防御城。

朵思大王虽下令以毒箭攻击，但强风中弓弩根本射不准，蜀汉大军攻到城寨下，把土包堆高，很快堆成一个和城墙同样高的小山。蜀军便很快地由小山翻墙攻入城寨内。

由于兵力相差悬殊，朵思大王的防御军队很快就遭到歼灭，朵思大王也死在乱军中。

在银坑山本寨的孟获，获知三方河兵败消息，大为吃惊，下令祝融氏和木鹿大王进入三江平原，准备进行会战。

张嶷和马忠的部队首先进入平原区，立刻遭到祝融夫人的袭击。虽然吕凯在《平蛮指掌图》中对祝融氏的作战方法有详细解释，但第一次面对飞刀和火箭的攻击，张嶷和马忠仍被打得大败，张嶷更因而被擒。

听到蜀军大败，接应的赵云和魏延大为吃惊，这两位身经百战的老将军，便研拟对付祝融夫人的作战密策。隔日，由赵云先行前来挑战，当祝融夫人发动攻势时，赵云即下令撤退，祝融夫人乘胜追击。但魏延又接着由另一路向祝融氏挑战，双方初一接触，魏延又往后撤军，祝融氏杀得兴起，狠追猛打。一直进入山麓边，魏延突回身迎战，祝融氏亲自取飞刀袭击魏延，但被魏延挥刀挡落。祝融氏正要再度发动攻势，不防赵云突由侧面率军攻来，蛮军立刻陷入大乱，祝融夫人慌乱中，竟为赵云所擒。

孟获在接获祝融氏失败的消息后，大惊失色，立刻下令木鹿大王催动野兽大军出战反击。由于赵云和魏延从未见过如此大军，不敢应战，立刻退回大本营向诸葛亮请示。

诸葛亮陷入深思。经过数天的准备，他想出了对付野兽大军的方法。

诸葛亮下令全军各带草束二把，当木鹿大王的野兽大军发动攻击时，蜀军点燃草束，以烟火反击野兽。野兽看见烟火立刻陷入混乱，赵云和魏延乘势追杀，木鹿大王亦死于乱军中。

在大本营中的诸葛亮，突然接获传报，有蛮族领袖押解孟获兄弟前来投降。诸葛亮下令开营寨大门，迎入投降队伍。

但当领头的酋长押着全身绑着大绳的孟获、孟优兄弟一踏进营门，负责防卫的关索突然下令关门，并命侍卫队突击并逮捕了投降行列及孟获兄弟。

诸葛亮下令搜身，果然投降行列及孟获兄弟身上均暗藏短刃，打算假装投降，进入营寨直接袭杀诸葛亮，没想到仍被识破，全部成为俘虏。

诸葛亮问道："这回总该服气了吧！"

孟获答道："是我自己主动来让你俘虏的，不是你的本领，当然仍不服气。"

从这段记载看来，孟获简直成了耍赖大王，哪里像是日后成为蜀汉朝廷大员应有的器量。

诸葛亮又无条件释放了孟获。

孟获、孟优及祝融夫人，带着残军，向银坑山东南的乌戈国撤退，并向乌戈国酋长兀突骨请求支援。

兀突骨下令乌戈国部队，在东北桃花水的渡头河谷建筑防御工事，作最后抵抗的阵地。

依吕凯的《平蛮指掌图》记载："乌戈国的军队，穿着藤甲制成的战盔及战甲，这藤甲是用油料浸泡后制成，重量很轻，但却刀枪不入，作战的威力相当可怕。"

诸葛亮命令魏延由正面攻击蛮军的营寨。兀突骨立刻展开反击。蜀军大败，魏延下令全军撤向桃花水渡口的正北，一个叫做盘蛇谷的地方。

兀突骨率藤甲军在后猛追，当他们刚进入谷口时，后方的出口处上面忽然投下大量巨木、大石堵住了退路，接着山谷的上方投下了大量点燃了的树枝，浸油的藤甲见火立刻烧起来，很快形成一片火海，兀突骨的无敌藤甲大军全部烧死在盘蛇谷中。

孟获听说兀突骨追击魏延军入谷，心中生疑，也立刻打开营寨门，率军前往接应，不料却碰上诸葛亮的车队。由于有马岱和关索护卫，孟获的军队显非敌手，便再度退向桃花水的营寨，想不到营寨早被王平和张翼的大军占据了，孟获和祝融夫人大惊，想突围而出，却为横冲进来的马岱所生擒。

诸葛亮下令释放孟获，孟获却感动地下跪表示："南人心服了，从此以后，绝无反叛之心。"七擒七纵，使孟获完全心悦诚服的时候，已经是建兴三年九月的初秋季节。

以上这段野史和小说上的情节，虽然相当详细，却也相当不合理。前面几次战役，双方的损失较小，诸葛亮不见好就收，反而发动第五次到第七次的战役，造成双方人马的严重伤亡。以政治层面而言，制造更多的仇恨，应该是更不利才对。后面几场战役，从任何一个角度观之，都是没有必要的。

尤其是朵思大王、木鹿大王、祝融夫人、兀突骨等人物塑造，显然过分小说化了些。不但有渲染之嫌，人名、地名上都极其怪异，记录上也缺乏史实的严谨性及合理性。

吕凯的《平蛮指掌图》虽见于史实记载，但其真实内容已付之阙如。小说中有关《平蛮指掌图》内容的记载，显然有牵强附会之处。

人物的出现，更与史实矛盾，赵云、魏延等蜀汉主力大军，应布防于北方和东方以应付曹魏、东吴等强敌才对，安排他们在平南战役中扮演主要角色，显然是小说家的虚构。

真正的平南英雄马忠、李恢及日后的张嶷，反而成为表现不佳的小角色。

有史实记载和小说情节的对照，七擒七纵之说法的确很难采信。

第 22 章
治疆有策略　和抚显高明

　　平定南中之后，诸葛亮仍坚持"和抚"政策，随后实行"即其渠帅而用之"的复员方针，也就是说，尽量利用当地有声望的领导人物为官方的行政领导者，甚至任用南中的重要人物为朝廷的高官，例如孟获日后便累官至御史中丞，对蜀汉的政治稳定贡献颇大。

　　这个想彻底改革数百年来汉人压榨少数民族恶习的策略，自然立刻遭到朝廷中保守分子的强烈反对。他们认为少数民族领袖绝不可靠，这种"放任"的人事政策将危及朝廷的统治权。但诸葛亮坚持反对，他并不奢谈理想，反而以实务的立场来分析利害。他表示，以汉人来管理战后的南中地区，将有三大不利：

　　第一，如果以汉人为行政长官，势必要在南中保持大量的军队。驻军人数太多，必耗费国家军粮，对蜀国抗拒曹魏的基本国策是相当不利的。

　　第二，此次平南战事，南方夷人死伤颇重，虽然已经和平了，但父兄被杀之仇恨，不是轻易忘得掉的。将汉人留于此地，日夜相见，反而相当危险。

第三，南中少数民族有他们自己的文化和价值体系。由汉人管理的话，即使秉公论断，也得不到信任，反而将加深彼此的误解，造成日后更多的困扰。

因此，他决定采取"不留兵，不运粮"的政策，让南中的少数民族自己管理自己，使这个地区成为一个"纲纪粗定，夷汉初安"的自治区。

虽说诸葛亮一生行事谨慎，但他绝非保守于特权的政策。只要对大局有利，策略上合理而行得通的，诸葛亮倒相当有魄力去改革。

不过，"即其渠帅而用之"，并不意味着完全放任不管，好不容易平定的叛乱，自然不能让其再度发生。为维持稳定的局面，诸葛亮采取了不少策略性措施，以加强蜀汉中央政府对南中地区的控制。

其一，将南中地区改行郡县制，以扩大及健全政治统一的局面。改益州为建宁郡，再分建宁及牂柯郡的一部分设置兴古郡，再分建宁及越巂郡的一部分设置云南郡。叛乱最严重的益州郡被缩小了，也就是原有的四个郡增改为越巂、建宁、云南、永昌、牂柯、兴古六个郡，加上没有参与叛乱的朱提郡、原庲降郡都督所辖的郡，共增为七个。并由参加南征有功的李恢以庲降都督加封安汉将军，兼领建宁太守，并将治府移往中心地区的味县（今云南曲靖）。

郡县制加强了朝廷对行政官员的监督，以免传统的不良政风再度引发少数民族的不满。郡区的缩小，也有利于解决地方势力过大、容易造成割据的弊端。

各郡太守几乎都是对当地颇为熟悉、具有影响力、而且能了解诸葛亮南中政策的官员。新任命的永昌太守王伉和越巂太守龚禄，原本便是南中地区的高级官员，建宁太守兼庲降都督的李恢、云南太守吕凯，都是忠于朝廷的少数民族领袖，他们日后成了朝廷和少数民族沟通取得共识的桥梁。

其二，有计划地削弱大姓、夷帅，并设法收罗有潜力的俊杰之士。他下令强行迁移"南中劲卒，青羌万余家于蜀北"。即使如此，南中地区大型的叛乱已不再出现，但小的、局部性的叛变事件仍层出不穷，尤其是以越巂郡最为严重。不久连新任的越巂郡太守龚禄都战死了，幸赖将军张嶷率军得以讨平。

更严重的事件，竟发生在庲降都督李恢所驻守的建宁郡。《三国志》上记载："李恢亲自前往讨伐。锄尽叛乱余党，并迁徙其豪帅于成都。"可见，李恢这次一反以往的和抚政策，改采强硬手段，不但以武力杀尽叛党，而且加强了控制，使有影响力的豪强和夷帅全部迁移到成都，让他们永远脱离南中的统治。

其实，思虑谨慎的诸葛亮，绝不可能真正对那些少数民族豪强领袖放心。他在迁移南中劲卒青羌到蜀中后，特别将较羸弱的部曲留下，分给雍、焦、娄、爨、孟、量、毛、李等大姓为部曲，并设置五郡都尉加以管理，将他们纳入政府正式的地方军队。

这些地方军有如现在的"后备军人",平时从事生产,战争征调服役,也就是诸葛亮在南中"不留兵"但仍有兵可用的策略。

当然也有不少部落拒绝被并入大姓或迁移蜀中,诸葛亮便下令大姓们用金帛收买他们。收买编组多的,可以世世代代承袭官爵。

这个策略不仅削弱了大姓们的经济实力,也以"金钱"攻势降伏了最不易控制的少数民族。把他们组成"夷汉"部曲,加强了他们之间的认同感,大幅度改善了汉人政权和少数民族之间的关系。

建兴十一年,南夷的耆老刘冑造反,庲降都督张翼率此夷汉军队将之讨平。越巂太守张嶷,因现有兵力不足以固守,便将这些"后备军人"编组成赤甲、北军两牙所,以强化军力。

又永昌郡常有寇害,太守霍弋征用"偏军"——即此种"后备军人"征讨之。

可见这些预伏的"后力",对日后南中地区的安定的确发挥了不小的作用。

同时,为加强对南中的掌握,诸葛亮大量提拔南中有声望的豪族领袖出任蜀汉朝廷的高官。例如建宁郡耆老爨习是李恢的姑父,后来随诸葛亮北伐,官至领军;朱提郡的蛮族领袖孟琰,亦曾参加北伐,官至辅汉将军、虎步监;叛军的领袖孟获,更官至御史中丞,职掌监察大权。这些策略,对南中蛮族向心力的培养,有很大的帮助。

诸葛亮对少数民族的文化非常尊重,他一向重视庲降都督的人选。首任都督李恢,本身便是南中地区人氏。李恢于建兴九年去世,诸葛亮以蜀郡太守犍为人张翼继任。由于张翼执法严格,经常禁止南中民族的宗教习俗,因此惹起南中耆老刘冑等的反叛,影响到其他郡的不安。

诸葛亮立刻紧急召回张翼,改以对南中了解较多的益州治中马忠为庲降都督。马忠很快讨平了刘冑,使南中地区恢复治安。

马忠字德信,巴西阆中人。刘备在猇亭战败后,黄权投奔曹魏,刘备非常伤心。巴西太守阎芝振、马忠率军以强化刘备亲侍部队,刘备在与马忠详谈后,便转忧为喜地对他人表示,失掉黄权,复得马忠,可见世上真不乏贤人呢!从此以马忠为亲信。

诸葛亮开丞相府时,以马忠为门下督,南征时马忠更出任主要大军领袖而建立大功。战事平定后,马忠受命代遵诸葛亮在南中执行抚恤复员的工作,甚有威严。建兴三年,召为丞相参军,曾为诸葛亮政权核心的成员,并领益州治中从事。由于长期和诸葛亮共事,彼此默契深厚,对诸葛亮的政风体会甚深。

马忠继任庲降都督后,处事果断,恩威并立,将诸葛亮的和抚政策精神发挥得淋漓尽致。《三国志》上记载:"蛮夷畏而爱之。"马忠去世后,南中各族人民流泪哀叹,并为他建庙立祀,可见其治绩的辉煌。

后来继任的霍弋,也能立法施教,轻重允当,使夷境安康。南中治理的成功,慎选人事可说是最主要的原因。

越嶲太守张嶷，也是位颇能体认诸葛亮"和抚政策"的南中行政长官。越嶲郡原任太守龚禄在夷人叛变中殉职，继任的代理太守根本不敢到越嶲郡上任，而寄居于八百里外的安上郡。越嶲郡徒有其名，完全陷入无政府状态。这个时候临危受命、整顿越嶲郡的便是张嶷。

张嶷字伯岐，巴郡南充国人，年轻时以勇敢又富谋略而著称，拜为牙门将，和马忠共同讨伐汶山叛羌，以谋略筹划建立功劳。

张嶷在正式授任越嶲太守后，率直属大军深入越嶲境内，诱以恩信，使不少部落酋长皆来降服。张嶷主动缩小打击范围，把敌人仅限于杀死龚禄的荆都耆帅李求承，将其余部落一律视为友军，使李求承很快陷入孤立，没多久就被抓到并处以死刑。

张嶷一向反对用武力解决少数民族的叛变，他认为治理南中，应首重恩信，一定要尊重他们的宗教及文化，站在同一阵线上，才能使夷人心悦诚服。

这件任务他做得非常成功，据说当他在修复越嶲郡旧城都时，夷人男女无不尽力而为，使工程在极短时间内便告完成。

除了精神生活外，张嶷也很重视物质上的富足。他在郡内的定筰、台登、卑水三县，有计划地开采盐、铁和漆，并设立专任官员进行管理，让少数民族的各部落都能参与，以改善他们的生活。

更重要的政绩是张嶷成功地打通了邛都经旄牛到成都的旧道，并修复古亭驿站，以利商旅往来，不但强化了蜀汉朝廷和南中地区的行政管理，也使南中经济有了突破性的发展。

张嶷在越嶲做了十五年的太守，当他卸任取道旄牛回成都时，夷人男女老幼夹道欢送，无不伤心流泪、依依不舍，甚至有一百余人随张嶷直到成都。

后来张嶷跟随姜维北伐，战死于沙场上。越嶲夷民接获消息，无不痛哭流涕，并为他建立祠庙。

诸葛亮非常重视南中地区的农业发展，他说："朱提银、汉嘉金，采之不足以自食。"只有农业发展，才能解决人民的衣食问题，衣食不匮乏，政治才谈得上稳定。

冯苏的《滇考——诸葛武乡侯南征》记载，诸葛亮命令汉人教夷人用牛耕种代替人力，使耕种的效率及收成大量提升。直到今天，云南省德宏地区的傣族，还有诸葛亮引进耕牛、改善本地农耕技术的传说。

发展农耕最重要的是水利。诸葛亮在此地做了相当完整的水利工程，以灌溉农田，使耕地面积有计划地扩大。现在云南省保山县城南约十里的地方，还有三个能供灌溉的"诸葛堰"，传说是当年诸葛亮所规划的。

依史书记载，诸葛亮应该未曾到过保山，因此这些"诸葛堰"应是诸葛亮在南中地区兴修水利工程、重视农业政策下的产物。经过努力和宣导，这些原本生活在山林、靠打猎生活的少数民族，逐渐离开山村，迁徙到平地来，建立城邑村落，从事农业生产，社会组织结构日趋稳定，生活上得到大幅度的改善。

诸葛亮也非常重视南中地区的手工业及商业。他设置盐铁官，以公家立场管理盐井和矿山的生产；永昌郡的特产樟华布，大量地输向成都；铜、锡、黄金、栏杆细布等特产开始有计划地开发；尤其是张嶷大力改善南中地区的运输系统后，蜀中和南中的商旅来往大量增加，对南中的经济发展影响甚大。

在云南昭通孟孝琚碑附近的墓中，曾出土蜀国特有的货币"直百五铢"，可看出蜀汉内地与南中地区经济来往的密切关系。

云南地区直到今天，仍有不少民族亲切地尊称诸葛亮为"孔明老爹"；傣族人传说诸葛亮教他们的祖先盖房子、编竹笼，连种稻的技术也是诸葛亮带来的。

刘禹锡在《嘉话录》中，记载诸葛亮南征时曾在越隽郡种过蔓菁以为军队食物，后人称之为"诸葛菜"。

当然有些只是牵强附会的传说，但毋庸置疑的，诸葛亮在南中地区所进行的工作造成了很大的影响。

交通不方便，地势险恶，加上部落式的组合，对外资讯几乎完全控制在酋长和长老之手，这是南中地区叛乱不断、各部族容易据地为王最主要的原因。

平定南中后，诸葛亮努力将这些部落的"战士"，有计划地并入官方的行政体系，这便是所谓"部曲制度"的建立。

部曲原本是汉王朝的一种军制，到东汉后期，却成了地方豪族的"半私人部队"。平常耕种，战时则接受征调服役。

诸葛亮首先将南中地区最骁勇的战士编为军队，号为"飞军"，再连同其家人一万多户全部迁到蜀中，分别驻扎各地。这支由夷人组成的部队，日后成为蜀汉的精锐大军之一。

如前所述，其余较弱的战士，分派给焦、雍、娄、爨、孟、量、李等大姓做"部曲"，平时生产，战时当兵，并鼓励大户用钱收买"少数部落"的战士，将各部落重新组合，混合汉人部队，称为"夷汉部曲"。

这种制度，满足了南中地区大户的政治欲望和经济利益，使他们和蜀汉朝廷维持较好的关系，成为南中地区安定的支柱。如果再有部落发生叛变，庲降都督及各郡太守便可组织这些大户和其夷汉部曲的武力，进行平定叛乱的工作。

在云南昭通后海子东晋霍承嗣的古墓中，有一幅壁画。第一排的武士有十三人，皆为汉族装束，手持环形铁刀，第二、三排的武士，头上有挽髻，是所谓"天菩萨的发型"，身着披毡，为夷人装束，共有二十七人，这便是夷汉部曲的组织情况。虽是东晋时所留下的，但相信这仍和诸葛亮的"夷汉部曲"有关。

"夷汉部曲"不但融合了汉人和夷人的组织，改善了民族间的感情，同时对南中地区社会制度的组织强化，也有直接的关系。

　　诸葛亮的南中"和抚"政策，的确使夷人和汉人的关系有很大的改善，即使到近代，诸葛亮的故事仍在这些地区广泛流传着。除了前面提及的盖房子、编竹箩、种"孔明菜"及稻米等，傣族人也传说他们傣族佛寺大殿的屋顶是仿照诸葛亮帽子模样而建造的。南中地区的人们亦经常将铜鼓称为"诸葛鼓"，反映出他们祖先对诸葛亮的尊敬和怀念。

　　《华阳国志》记载，南中地区出产的金、银、丹漆、耕牛、战马等，不断运往蜀中，以为军国之用。因此，直接受到剥削的少数民族，不得不起来反抗，越巂郡太守龚禄被杀事件，便是因此而起。

　　其实，蜀汉的官员们对南中的夷人，一直都没有好印象。大学士谯周曾公然指出：

　　　南方远夷之地，平常无所供为，犹数反叛，自丞相南征，兵势逼之，穷乃幸从，是后供出官赋，取以给兵，以为愁怨，此患国之人也。

　　可见蜀汉官员，即使在诸葛亮平服南中、大力进行和抚政策后，对南中的夷人仍抱有强烈的不满及鄙视。

　　正因为如此，诸葛亮对南夷民族之"爱心"，无法完全发挥心悦诚服的效果。诸葛亮回成都不久，南夷复叛，杀害守将。李恢等人亲自征讨，诱以利害，才使骚动事件缓和下来。

　　牂牁、兴古郡也时有反叛，庲降都督马忠亲往征讨。越巂郡的叛乱更为严重，最后不得不任命张嶷为越巂太守，才逐渐平抚下来。《三国志》上称"经亮之世，南方不敢复反"，指的应是大型的叛乱不再发生而已。

　　不过，诸葛亮的确彻底改革了汉民族刑威夷人的传统边疆策略，承认南中夷人的生存权，尊重他们的文化和习俗。数千年来，能够获得夷人永不停止的尊敬和怀念，诸葛亮应算是千古唯一的伟人。

第 23 章
出师表传颂　鬼神泣壮烈

　　诸葛亮在平定南中后，取道云南东北班师回朝。丞相府重臣蒋琬及费诗也由成都前来会面，同行带有新近由魏国投奔蜀汉的李鸿。诸葛亮在朱提郡汉阳县接见了他们。

　　《三国志》有如下记载：

　　李鸿对诸葛亮说："我来这里以前，曾在新城孟达（蜀国将领，和法正共同引刘备入蜀有功，后因刘封事件投降曹魏，被任为新城守将）那儿，见到李严的部属王冲。王冲因和李严闹翻，投奔了魏国，他告诉孟达，当年孟达降魏时，诸葛丞相大发脾气，想处斩孟达全家，好在先帝（刘备）念旧，原谅了孟达家族。孟达听了以后，却不以为然，当面对王冲表示，诸葛丞相一向重道义，对人有始有终，绝不会做出这种事。后来，孟达将军知道我将南奔，便暗中嘱咐，来时要对诸葛丞相特别致意……"

诸葛亮听了，对蒋琬和费诗交代说："回成都后，设法和孟子度（孟达字）通个讯息吧！"

费诗听了，立刻表示："孟达这家伙，一向三心二意。早年侍奉刘璋时，便不够忠诚，后来又背叛先帝，这种人还是少来往为妙。"

诸葛亮摇摇头，默然不语，心中自有主张。

十二月回到成都后，诸葛亮立刻召见侍郎费祎。

南征结束，接下来的工作自然是承续刘备建立的蜀汉王朝的任务，击败曹魏，兴复汉室。但北伐绝不是件简单的事，用什么策略，从何处着手，的确是个长期的"头痛问题"，不是那么容易下决定。不过，从现实的立场，倒有件事非先做不可，就是彻底探究东吴孙权的态度和想法。

费祎曾有出使东吴的经验，人际关系不错，而且年纪较轻，没有刘备时期官员的包袱，或许正是这敏感复杂的交涉谈判最好的人选。

诚如诸葛亮所料，孙权对诸葛亮南征这件事，态度上是相当矛盾的。他曾在交州和益州边境布置大量兵马，并且任命刘璋之子刘阐为益州刺史，驻扎于这个地方，表示孙权对南中地区相当有野心。

不过，这方面诸葛亮的确棋高一着，他对孙权的布局假装不在意，而在刘备死后，派出多位使节积极主动地建立关系，使孙权根本无法公然派兵支援雍闿等地叛乱。加上诸葛亮出兵南中的时间抓得太巧妙，正好是曹丕亲征江南、对孙权和蜀汉的交往给予威吓的时候。孙权虽深知曹丕目的只是在吓他而已，并无大战决心，但面对曹魏大军，孙权不敢大意，只有眼睁睁看着诸葛亮再度将南中地区纳入掌中。

虽然孙权的确没有力量干涉，但诸葛亮也深深体会到孙权心中的不平衡，必会影响日后两国的外交来往，进而成为诸葛亮无法放心北伐中原的重大因素。

费祎的任务，便在于平抚孙权因诸葛亮平定南中之乱所产生的心理不平衡。

既然诸葛亮方面已主动表示尊重，孙权到底是位有器量的务实政治家，知道蜀汉和东吴联盟的重要性，不但主动召回交、益边界驻军，还送给刘禅（后主）两头驯象，表示亲善之意。

隔年，即建兴四年、魏文帝黄初七年的五月间，发生了一件对国际军事形势有重大影响的事故，那便是魏文帝曹丕的突然去世。

在曹操刻意的训练下，曹丕算是位文武全才，并且相当有见识的政治领袖。但这都是"装"出来的，其实曹丕本性上比曹操更感性。他酷爱文学，情绪起伏颇大，因此在人际关系上无法像曹操般放得开。他爱皇后甄氏，但彼此间的争执却从未停止过，最后甄氏更因此而被赐死。和胞弟曹植间的相处，更是问题重重，虽然他占有优势，但精神上却是非常苦恼，也严重地影响健康。

为报当年曹操败于赤壁的仇，曹丕经常利用冬天校阅水军。在前一年的十月，他集合十万士卒，在广陵故城临江阅兵。由于那年冬天特别寒冷，江水结冰，舟船不能行，阅兵最后被迫取消，曹丕心里自然很不是滋味。或许因而受了风寒，使一向不太好的健康进一步恶化。

隔年春天，曹丕返回曹魏建国的重镇许昌，却碰到许昌南城门崩坏。生病的曹丕见此心情更加恶劣，便不入城，直接返回洛阳，在九华山上养病。

到了五月，病情加重，立刻召见中军大将军曹真、镇军大将军陈群、征东大将军曹休、抚军大将军司马懿，并遗命众大臣辅佐嗣子曹睿。五天后，去世于嘉福殿上，享年四十岁。

曹丕笃好文学，喜好著作，陈寿在《三国志》上，称赞他天资文藻、下笔成章、博闻强识、才艺兼备。即使贵为皇帝，每天忙于政务，仍写有百余篇的论文。此外，他又令儒学国士撰集经传几千余篇，号曰《皇览》。

曹睿是曹丕长子，也是废后甄氏的遗子，小时候深得祖父曹操喜爱。曹操死后，甄氏和曹丕冲突日大，因此不立之为嗣子。尤其是甄后被赐死后，曹睿基于孝心，对父亲深表不服。曹丕便有意以其妃子所生的京兆王为嗣子。

但继甄氏为皇后的郭氏，却非常怜爱曹睿，加以郭后无子，便以曹睿为养子。曹睿外表俊秀，天性善良，对郭后极为孝顺，因此深得郭后支持，加上曹丕仍属壮年，也就不急于指定继承人了。

有一次，曹丕带着曹睿去打猎，见到一对母子鹿，曹丕立刻射杀母鹿，并要曹睿射杀子鹿，曹睿当场拒绝，曹丕惊问其故，曹睿答道："陛下已杀其母，臣不忍复杀其子。"曹丕惊奇之下令停止狩猎，并以曹睿善良而坚毅，决心立为嗣子。

曹丕重病，便在众大臣前，立曹睿为皇太子，并遗命辅佐之，是为魏明帝。

曹丕遽逝，曹魏政权必定陷入短期的紧张及混乱中，对诸葛亮来说正是发动北伐的最好机会。

不过，诸葛亮倒不会真的认为可以一举击破曹魏政权，他的目标其实只是西北边疆的凉州，运气好的话或许可攻占关中地区的长安。凉州一直是蜀汉政权夺得南中后的下一个目标。当年孙权向刘备要回荆州时，刘备便以取得凉州、再还荆州作为答复。刘备在伐蜀时，刻意拉拢关中名将马超，也是希望在日后征伐凉州时，有所助益。

如果能顺利夺得凉州，由西北和西南方向夹击，可攻取关中地区，只要长安城在握，即可直接威胁曹魏的新京城洛阳。若能同时夺得名城——长安和洛阳，即使曹魏政权能据守在曹操以来的军政重镇——许都和邺城，但蜀汉仍能反败为胜地掌握中原枢纽，恢复汉室的目标也就更进一步了。

谨慎又务实的诸葛亮自然不会做白日梦，他将北伐的目标只锁定在曹魏政权一向防卫较弱的凉州而已。如果要有效地攻陷凉州，孟达所镇守的新城乃是必争之地。

虽然费祎出使东吴后，东边战线的紧张关系消除了，但防务仍不得不强化，以免意外事件发生。其实诸葛亮早在这年年初，便奏明后主，加升同为辅佐大臣的李严为前将军，并将其大军移屯于江州，防务东吴并兼管后方军事。此外，他特别将护军陈到的大军移防白帝城，加封他为永安都督，附属于李严的防卫体系，并协助强化东方的防务。

准备妥当后，诸葛亮便想对孟达下功夫。虽然年前费诗曾进谏言，认为孟达不可靠，但如果孟达能在新城起义，蜀军的确可以轻而易举攻陷关中，甚至有机会直接取得洛阳，因此诸葛亮仍执意要试试看。

首先他请和孟达交情不错的李严，先以密函试试孟达的心态。李严在信中直接表示，自己和诸葛亮同时受到刘备托孤重任，忧深责重，希望得到孟达这种有能力的老友相助，以全其功。

不过，孟达最关心的，倒不是李严是否还记得他这位老友，而是诸葛亮对他的态度，是不是真能原谅他当年投奔曹魏的罪过。就在犹疑不定的时候，孟达意外地接到诸葛亮的亲笔密函。信中表示：

去年岁末，我南征班师回朝途中，在汉阳巧遇李鸿，得知足下之现况，甚为感慨。以足下平素之志向，相信绝非贪图富贵而背离正道的啊！

当年之事，我和先帝早知足下是受到刘封欺凌，义愤之下，才弃职离去。刘封的行为，本来便违反先帝爱才重士的道理！希望足下对以往之事不需特别在意。

据李鸿之言，当时王冲故意造谣，伤害我和足下情义，幸足下能体谅我的心意，不为所惑，使我感到非常的安慰。为表达我内心感受，让能了解我心志的好友知道，特写此书，以致依依怀念之情！

信中不但没有责备孟达之意，更表现出知己般的体谅，这封信自然让孟达感激万分，也开始和诸葛亮有书信的往来，特别是在曹丕去世后，孟达更坚定了叛魏归蜀的决心。

当年孟达投奔魏国的时候，不少大臣对他深为疑虑，但由于孟达博闻强记，文学基础又好，深得曹丕喜爱，不仅完整地保留了他四千多名原属大军的编制，更将房陵、上庸、西城三县合并为新城郡，任他为新城太守，直接委以西南（对蜀国）防务之大任。

虽然魏国朝中大臣对孟达相当不信任，但尚书令桓阶及西南军区总司令征南大将军夏侯尚，对孟达倒相当友善，使孟达的任务获得足够的支撑力。

如今曹丕死了，辅佐大臣——特别是司马懿——对孟达相当不信任，加上桓阶和夏侯尚又已在曹丕之前去世，孟达顿感形单影只，非常没有安全感。

诸葛亮立刻加紧对孟达进行"政治喊话"，孟达也很快有了反应，彼此约定在适当时刻，献出新城郡，起义来归。

孟达暗中遣亲信赠送诸葛亮"绘帽"一顶、"玉玦"一副，以表心意。谨慎的诸

　　亮却警告孟达，要沉住气，耐心等待时机，特别要严守秘密，不可大意。

　　居中拉拢孟达和诸葛亮关系的，是蜀汉的辅佐大臣前将军李严。

　　李严字正方，南阳人，年轻时出任郡职吏，以才干著称，深得刘表信任。曹操攻占荆州时，李严逃入蜀中，投奔刘璋。刘璋非常欣赏他，以之为成都令。

　　刘备攻打益州时，刘璋派李严为护军，在绵竹和刘备的主力部队相抗衡。想不到李严认为刘璋大势已去，竟不战而全军投降刘备，使刘璋的防务遭到致命的打击，最后不得不向刘备投降。由此可见，李严虽然干练，却也是个标准的投机分子。

　　不过刘备仍非常欣赏李严的才干，拜李严为裨将军，不久更任之为犍为太守，加封兴业将军。

　　刘备临终前，特别封李严为尚书令，和诸葛亮共同辅佐后主，以之为中都护，统内外军事。诸葛亮平服南中后，加紧北伐工作，升任李严为前将军，负责东方防务。由于李严在益州为官时，和孟达相交颇深，诸葛亮便派他和孟达进行初步的接触。

　　由于拉拢孟达有功，诸葛亮和李严间的关系更为密切。在给孟达的书信中，诸葛亮称赞李严："处理事情有如流水般自然、快速，任何困难的工作，在他手中，也绝不必迟滞。"由此可见，李严的确是位相当能干的官员。

　　这样又激起了李严喜欢讨好别人的毛病，他给诸葛亮上了一份建议书，希望诸葛亮能称王而加九锡之封赐。

　　从春秋以来体制，皇族外的臣属封王时，可享有九锡之尊，这九锡分别为车马、衣服、乐器、朱户（大门可涂皇宫的朱红色）、纳陛（朝仪时可直上中阶）、虎贲（特种仪仗队）、弓矢、斧钺、秬鬯（可享用特酿高级酒）等九种代表特别身份的赏赐，可和皇帝分享政权。当年曹操便以魏王加九锡之尊，在邺城和许都的汉献帝分庭抗礼。

　　或许李严认为，诸葛亮将编组的北征大军空前庞大，并已有绝对的统治优势，蜀汉国内任何一股力量都不足以与之相抗衡，因此干脆让他公然拥有相对的地位，对蜀汉政权的稳定较有帮助。

　　也有史家认为，李严在蜀汉政权中，实力仅次于诸葛亮，因此他对诸葛亮在短期间势力不断膨胀，深为疑虑，是以故意试探诸葛亮的心态也说不定。

　　不过，诸葛亮倒一点也不马虎，立刻给李严写了一封义正词严的回信，原文如下：

　　吾与足下相知久矣，可不复相解，足下方诲以光国，戒之以勿拘之道，是以未得默已。吾本东方下士，误用于先帝，位极人臣，禄赐百亿。今讨贼未效，知己未答，而方宠齐、晋，坐自贵大，非其义也。若灭魏斩睿，帝还故居，与子并升，虽十命可受，况于九邪？

　　诸葛亮在信中坦然表示，他和李严已是长久交往的旧友，难道李严真的未能了解其心志？他相信李严的建议是善意的，只是为了加强北征大军的威势，而不在乎正常的规章，所以才会打破沉默，表现出这种意见。

　　接着诸葛亮更谦虚地表示，他只是一位东方的底层士族（诸葛亮是山东人），由于刘备破格提拔，已位极人臣之极（丞相），享有百亿的赏禄。但是目前尚未讨伐敌国的贼臣（指曹魏），也未能回报刘备重用的恩惠，却自以为功劳同于齐桓公和晋文公，想要享有九锡之尊。这种自抬身价的做法是非常不合于正道的，所以他绝对不会接受。

　　除非北伐能顺利成功，讨灭曹魏，使皇帝得以还于故乡，那也应该和大家共同升官才对啊！到时候不要说是九锡，十命（最高爵禄）他也是可以接受的。

　　由这封信中，可以看出诸葛亮毫不掩饰地坦诚，他明白地表示，倒不是"九锡"有什么高不可攀，而是因为自己尚未建立大功，未完成应有的责任，实在没有资格接受此爵禄。

　　外表谨慎的诸葛亮，其实内心相当有器量。

　　蜀汉后主建兴五年三月，诸葛亮下令中书令陈震、丞相长史张裔、参军蒋琬等留守成都，代替他处理国政。将军向宠为成都留守部队的总指挥，负责京城的安全警卫任务。

　　北伐大军的编组如下：

　　总指挥：诸葛亮自任
　　参谋本部：杨仪、董厥、爨习、杜义、樊建
　　主力参军总部：马谡、李盛、高翔、吴班、黄袭、胡济
　　前军总指挥：镇北将军、凉州刺史魏延
　　先锋大军：张翼大军、王平大军
　　后军总指挥：奋威将军马忠
　　附属大军：张嶷大军、刘琰大军
　　预备师总指挥：镇东将军赵云
　　附属大军：邓芝大军、向朗大军
　　后勤师：马岱大军、廖化大军

　　这个编制，几乎动用了蜀汉所有的将领，但依史料记载，大军编组之军力，大约在五万人左右。显然诸葛亮并未倾巢而出，他似乎不打算一举击灭曹魏，以前军总指挥魏延的官衔凉州刺史来看，北征的第一目标锁定在凉州而已。

　　除了本部主力军，各军营的编制较小，前、后预备师团中的兵员大约是在五千

左右。诸葛亮的指挥采用相当的分权制，各路大军指挥都拥有相当的独立作战能力。

蜀汉建国不久，加上刘备在政权未稳定前便去世了，因此北伐虽然重要，内部稳定的维护更是生死关键。虽经诸葛亮数年苦心经营，蜀汉政权已拥有相当实力，但诸葛亮不在成都期间，是否会有野心分子趁机作乱，仍是大意不得的。北征大军未能集结足够兵力，诸葛亮有他不得已的苦衷。

三国时期，北方曹魏势力最大，统辖地共有九州（包括冀、兖、青、并、徐、豫、雍、凉及司隶），总户数大约有六十六万户，人口四百四十三万左右。

吴国统辖有扬、荆、广三州，总户数约五十二万户，人口九十四万左右。

蜀汉只统有益州，总户数约三十八万户，人口九十四万左右。以每户抽一壮丁计算。蜀汉总军力不超过三十八万，要防卫东战线、京城、南中以及全国各地区的安全，能动用在北伐的军力自然不多。

日后魏明帝曹睿派遣来迎击诸葛亮的军队，先发的曹真、张郃大军便达二十万，而由司马懿编组、曹睿自己率领的后备大军更高达三十余万。虽然后备大军并未投入战场，但光是先发部队，面对诸葛亮的北征军，已拥有压倒性的优势了。

不但兵员不足，蜀汉大军中，有丰富作战经验的将领其实也不多。关羽失荆州，刘备败于秭归，使当年在第一线的大军几乎全部溃灭了，唯一幸存的身经百战的老将军赵云，年事已高，不适合太辛苦的战斗，因此只能编入预备师，负责第二战线的指挥。

魏延、马忠等大将，虽有防卫本土、征伐国内叛乱的丰富经验，但远征进行国际性的战争，是否能十足发挥其能力犹未可知。

作战最需要的是财政，经过诸葛亮有计划的经营，蜀汉的经济力量在三国中属最优异者。平定南中以后，又获得不少金银、盐铁、耕牛、犀革、战马等贡品，对蜀汉军费的筹措，的确有很大的帮助。但伐吴失败，加上北征的军事行动，势必要花上不少的经费，对只有一州管辖权的蜀汉，要连续准备这么多经费，的确是相当不容易的。

不论兵力、财政上都明显居于劣势的诸葛亮，为什么反而要主动采取攻击的行动呢？一向务实的诸葛亮，这种决心实在令人费解。

有些史学家认为，诸葛亮是大义所在，不得不为，由此更可看出诸葛亮的忠心和伟大，"汉贼不两立，王业不偏安"，不顾一切以恢复汉室为意志，显示了诸葛亮浩然的精神。

这种说法，其实是相当"八股"。打仗是要耗费大量人力及钱财的，明知没有胜算，知其不可为又勉强为之，在个人工作上或许可称为英雄，但对于统率数万人马之身，这种心态是非常不负责任的，相信绝非谨慎又有智慧的诸葛亮所愿为。

也有部分史学者认为，诸葛亮的北伐行动，是以攻击代替防御，其实并无求胜心，只希望让蜀国军民有所警惕，不要安于享乐。这种说法，显然缺乏军事学常识。

除了游击队，必须不断采用不定点的主动攻击干扰战术外，一般有效的攻击者都要比防御者多出五倍到十倍的兵力，《孙子兵法》上便有"十则围之，五则攻之"的说法。兵力、财力比别人少，却以攻击代防御，尤其是一而再地发动长途远征，这无疑是自掘坟墓了，相信诸葛亮再笨，也不会采取这样的战略和战术。

比较合理又可能地判断，应该是不论是想有效防御蜀汉的安全，或是想找机会击败曹魏，恢复汉室，诸葛亮都必须尽快地占领北伐的第一个目标——凉州。

刘备东征失败后，荆州确定已夺不回来了，只凭一个州，蜀汉政权随时都像处在风雨飘摇中，因此诸葛亮必须尽快再找一块足以真正维持三分鼎立局面的管辖州。

最可能攻占的便是曹魏所统辖的凉州及司隶以长安为中心的关中地区了。这些地区都是在曹操晚年才并入管辖的，加以关中及凉州大军的名誉领袖马超，在被曹操击败后投奔刘备，受到重用。马超和仍留在该地区的地方领袖间颇有来往，因此地方军民对蜀汉的印象相当不错，反而曹魏政权的统治者对这一地区的管理一向颇为头痛。

如前所述，若能顺利攻占凉州及关中，便可联合东吴分别由西北、西南、东南夹击曹魏，尤其是曹魏的京城洛阳，将会受到直接威胁，对曹魏政权的民心士气打击很大。不但可以改变蜀汉的劣势，并且对恢复汉室的大业也会有实质的帮助。

相信诸葛亮必是在这样的体认下，来发动北伐的。

至于诸葛亮为什么有把握以较少的兵力主动去攻击凉州？他的信心在哪里？运用的又是哪种策略？其成败如何？我们将在后面的数章中分别说明。

北征大军编组完成后，诸葛亮向后主刘禅呈上那本千古传颂的《出师表》。

南宋的末代丞相文天祥，在其弃世遗作《正气歌》中，对《出师表》有相当高的评价，"或为出师表，鬼神泣壮烈"。后世的儒者也常谓："读《出师表》不哭者，不可谓忠。"《出师表》的确充分显现诸葛亮对蜀汉王朝忠心耿耿的情怀。

特别将其原文，收录于此，由其文旨及词气中，我们可清楚看出诸葛亮之人格及其器量。

　　先帝创业未半而中道崩殂，今天下三分，益州疲弊，此诚危急存亡之秋也。然侍卫之臣不懈于内，忠志之士忘身于外者，盖追先帝之殊遇，欲报之于陛下也。诚宜开张圣听，以光先帝遗德，恢弘志士之气，不宜妄自菲薄，引喻失义，以塞忠谏之路也。

　　宫中府中，俱为一体，陟罚臧否，不宜异同。若有作奸犯科及为忠善者，宜付有司论其刑赏，以昭陛下平明之理，不宜偏私，使内外异法也。

　　侍中、侍郎郭攸之、费祎、董允等，此皆良实，志虑忠纯，是以先帝简拔以遗陛下。愚以为宫中之事，事无大小，悉以咨之，然后施行，必能裨补阙漏，有所广益。将军向宠，性行淑均，晓畅军事，试用于昔日，先帝称之曰"能"，是以众议举宠为督。愚以为营中之事，悉以咨之，必能使行阵和睦，优劣得所。

亲贤臣，远小人，此先汉所以兴隆也；亲小人，远贤臣，此后汉所以倾颓也。先帝在时，每与臣论此事，未尝不叹息痛恨于桓、灵也。侍中、尚书、长史、参军，此悉贞良死节之臣，愿陛下亲之信之，则汉室之隆，可计日而待也。

臣本布衣，躬耕于南阳，苟全性命于乱世，不求闻达于诸侯。先帝不以臣卑鄙，猥自枉屈，三顾臣于草庐之中，咨臣以当世之事，由是感激，遂许先帝以驱驰。后值倾覆，受任于败军之际，奉命于危难之间，尔来二十有一年矣。

先帝知臣谨慎，故临崩寄臣以大事也。受命以来，夙夜忧叹，恐托付不效，以伤先帝之明，故五月渡泸，深入不毛。今南方已定，兵甲已足，当奖率三军，北定中原，庶竭驽钝，攘除奸凶，兴复汉室，还于旧都，此臣所以报先帝而忠陛下之职分也。至于斟酌损益，进尽忠言，则攸之、祎、允之任也。

愿陛下托臣以讨贼兴复之效，不效，则治臣之罪，以告先帝之灵。若无兴德之言，则责攸之、祎、允等之慢，以彰其咎。陛下亦宜自谋，以咨诹善道，察纳雅言。深追先帝遗诏，臣不胜受恩感激，今当远离，临表涕零，不知所言。

从这篇《出师表》中，我们也可以看出，诸葛亮对北伐之事拥有相当高的信心，绝对不是一件无奈的"苦行"。相反地，他担心的并不是前线，而是国内。

刘禅的确是位"扶不起的阿斗"，软弱无能，头脑不清，喜欢接近身旁的服侍者，对喜欢讲道理、谏言的大臣一向敬而远之。诸葛亮在朝期间，刘禅管不管事倒不重要，但诸葛亮不在朝中时，如果刘禅仍亲近小人，则可能会影响政务的推动。这篇《出师表》有如一位即将远离的父亲谆谆告诫儿子要"亲贤臣，远小人"，辞意恳切，真情流露，实在令人感动。

为了让刘禅能居安思危，诸葛亮提醒他如今虽天下三分，但仅有益州的蜀汉在三强中仍最弱，加上刘备建国后不久便去世，的确是创业未半而中道崩殂、益州疲弊，正处于危急存亡的关头呀！

指出了危机点，当然也要明示其机会点，蜀汉的文武众臣在资质和忠诚上，的确高于曹魏，所以最重要的是身为"主帅"的刘禅，切不可妄自菲薄，反使这些忠义的部属无法发挥才能。

接下来，诸葛亮更具体地告诉刘禅如何做"主帅"，辅佐和实际工作的人才则由诸葛亮事先安排，文事方面，有郭攸之、费祎、董允，武事方面有向庞。"主帅"刘禅只要不论"营中、府中"之事，均谦虚坦然地向他们咨询便可以了。

怕刘禅年轻气盛，诸葛亮特举实例，阐释前汉及后汉兴衰的主要原因，并将刘备抬出来，严厉警告刘禅，切勿如同汉桓帝、灵帝般的腐化、愚昧。

第三部分则明述自己必须发动北伐的主要原因，是在完成刘备的遗志，不是为了自己的野心，更不是在趁机扩张权势。所以要求刘禅一定要尽量配合，亲贤臣，远小人，做好国内政治，以免他身在前线还要担心后方。

最后，诸葛亮具体地将自己和刘禅的工作进行了明确的界定。北伐的工作由自己负责，若失败则应责成其过失。内政则由刘禅和辅佐人员负责。以求能彻底扮好彼此的角色。

这不但是篇远行前对君王的正式谏言，更是一篇精辟的经营领导建议书。没有八股式的忠义空言，句句都是具体可行的策略。《出师表》真正感人之处，或许便在这里吧！

此外，《出师表》更是相当具有文学价值的优秀论文。名列唐宋八大家的北宋文豪苏轼，认为诸葛亮称得上是优秀的文学家：

他的文字可以清楚而流利地表达自己的想法，毫无赘言。《出师表》文体简洁，内容相当完整，词意率直，情感丰富却又颇为内敛，实在是千古难得的好文章。

苏轼更进一步指出，诸葛亮最伟大而令人倾心的地方，在于他的名实一致，只有思虑忠纯、诚恳的人，才能写出如此精辟感人的文字来。

呈上《出师表》后，诸葛亮又以后主刘禅的名义，下了一道讨伐曹魏的诏书。诏书中提及将和孙权合谋，互为犄角。且凉州诸国、月支、康居、胡侯、支富、康植等异族也将派军相助，所以北伐军将高达二十余万人。这和实际的五万北征大军差异颇大，只是用来作为政治宣传的工具。

之后，诸葛亮率领北征大军，驻屯于汉中，大本营则设于沔北的阳平关上。

第24章
北伐告失败　挥泪斩马谡

　　诸葛亮带着北征大军，越过剑阁进入汉中盆地，并在曹魏国境边阳平关的白马立下大本营，摆出一副要由秦岭进攻长安的姿态。

　　秦岭地势险恶，必须靠栈道才能进入，想发动突击是不可能的。因此诸葛亮停顿了下来，在大本营里一方面派人修筑进入秦岭的栈道，另一方面则让各军进行山中作战训练，有意误导曹魏的防守策略。

　　魏明帝曹睿听说诸葛亮率大军进入阳平关，便召开御前军事会议，研判诸葛亮显然将出斜谷，进攻南郑，直接威胁长安。

　　散骑常侍孙资表示："关中地势险恶，易守难攻，若派大军迎击，可能遭遇当年太祖武帝（曹操）出师不利的困境，何况如今东吴和蜀国有再联合的迹象，如果由东西战线同时北上，必会对我们造成威胁，绝对不能忽视……"

　　孙资更进一步建议曹睿，应派遣拥有独立作战能力的大将，据守各地方险要，采取"威慑强寇，镇静疆场"的策略。长久下来，吴、蜀两国必自疲，到时可收不战而屈人之兵之功。

的确，如果诸葛亮采取的策略真如曹魏大臣们所作的研判，那么就和孙资的建议一样，只要曹魏派遣大将，据险而守，那真的是一点办法也没有了，长期下来，势必弄得自己帅老兵疲，反而容易为曹魏所击破。

但诸葛亮到底不是一般的俗将，脑子里深藏的策略是不容易被预料的。他所规划的奇兵战术，是由祁山进入陇西，以攻占凉州。对诸葛亮而言，北伐的第一个目标，应该是曹魏政权最没有威胁、防守力也较弱的凉州。只要稳住凉州，再配合汉中部队，由西南和西北同时夹击关中，获胜的机会便大得多。

不过，诸葛亮还有一个奇兵，那就是据守在新城郡的孟达。孟达的大本营设在汉水北岸的上庸城。如果他能及时起义，引诸葛亮车队直入新城，便可以一举切断洛阳和长安的联系。整个司隶的西半部或可纳入蜀汉的掌握中，到时魏国的京城——洛阳会受到莫大威胁，甚至被迫迁移都城，那么蜀汉即可在政治声势上取得绝对优势。而且只要攻占长安，就能进一步取得凉州和雍州，在长期的对峙战上，对蜀汉是相当有利的。

因此孟达这着棋非常重要，绝对大意不得。诸葛亮到达汉中后，停止练兵长达半年之久，主要是在等待孟达，让他掌握最佳机会，叛魏归蜀。

不过孟达到底是空有才学、缺乏见识的儒将。虽然诸葛亮一再要求他切勿轻举妄动，一定要抓住最好的时机，才可发动兵变。但孟达似乎沉不住气，急着想把这件困难又危险的任务尽快完成。

偏偏在这年六月间，曹睿接受孙资的建议，派遣骠骑大将军司马懿，都督荆、豫两州，并在宛城附近设置指挥总部。宛城离上庸不远，因此孟达有点着慌，不断派遣使者向诸葛亮告知情况的变化，一方面也加紧调度人马，准备起义。

也许动作太频繁了，终于引发了附近魏兴太守申仪的疑虑。申仪和孟达一向不和，因此以半猜测的方式，暗中上书密告孟达有与蜀潜通的嫌疑。

曹睿颇欣赏孟达的儒将风度，对申仪的密告不是很相信，但由于新城和上庸均在通往蜀国的重要管道上，实在大意不得，于是他命令司马懿暗中观察孟达的行动。

司马懿故意先派人透过耳语传播，让孟达知道申仪暗中对他提出了密告，让孟达心存警惕。如果没有这回事，孟达一定会公然为自己辩护，如果真有其事，孟达必会恐慌，而在行动上露出破绽。

孟达得到消息，果然深为惶惧，司马懿又派参军梁畿，带了一封司马懿亲笔写的慰问信，故意对这种传言表达关心之意，并劝告孟达亲自回朝廷晋见曹睿，以表明心迹。

这使缺乏器量的孟达大为惊慌，他根本无心思虑应变之道，只想尽快完成叛魏归蜀这件事。当司马懿的使者一离开上庸城，孟达立刻派人送信给诸葛亮，请求发兵接应。这些动作自然都在司马懿的窥伺中，因此，他判断孟达造反之事应属事实。

孟达也知道司马懿必对他展开监视，但他实在不知该怎么办，所以只好狠下心来着手起义行动。在写给诸葛亮的信中表示：

司马懿驻军宛城，离洛阳八百里，离新城有一千两百里。要是司马懿得知我起义，必会向洛阳的曹睿报告，再由曹睿发出正式命令，派司马懿由宛城带兵攻打新城，这样一来，至少要一个月以上。到时，孟达早已将新城地区的守备作好事先的部署。就算司马懿大军到来，也不用担心了。

况且，司马懿防御的对象主要是东吴，加上新城地势险要，不是短期内攻打得下来的。因此，司马懿为了不影响正式工作，一定只会派出其部将前来。只要司马懿不亲自到来，前来围剿的曹魏军便不会太多。

其实，这只是一般"官僚"的想法，对于一个有胆识的将领，岂会如此地怕事而不负责任。

因此，当诸葛亮看到这封信，不禁大惊失色，顿足叹息道："太大意了，太粗心了。孟达既熟读兵书，岂不知'将在外，君命有所不受'。在自己的管辖区内，有人叛乱，哪有还要向皇帝报告才加以征讨的道理，孟达必会败于司马懿之手了。"

诸葛亮知道孟达这着"伏棋"失败了，因此不再寄望。他必须保持实力，进行西战线的安排。所以只派一支偏军前去接应，设法救出孟达即可。

果然不出所料，不到半个月，诸葛亮再度接到孟达的急报，表示："出兵才第八天，想不到司马懿亲自率兵，将上庸团团围住了，请速派遣救兵前来援助。"

其实，即使诸葛亮有心前往援助，也不可能了。原先派去的接应部队，被挡于木兰道上，根本无法进入新城郡境界。孟达起义时，曾联系孙权，希望获得支援。孙权亦派出接应部队，同样被挡在西城安桥附近。孟达的叛军在准备不周的情况下，完全被孤立。

蜀汉建兴六年春天，司马懿完成对新城郡的包围，下令攻击。孟达见援军不到，心慌意乱，原先答应他共同叛变的部队也纷纷背离。因此只花了十六天，新城郡治城便陷落了，孟达被斩杀，原先较亲蜀汉的孟达直属大军七千余人，全部被调往北方。诸葛亮东战线突击计划，到此完全失败。

看到诸葛亮驻屯大军于汉中，最为担心的是曹魏的长安守将夏侯桥。夏侯桥是曹操时期故征西将军夏侯渊幼子。曹操欣赏夏侯渊之才干，当夏侯渊在汉中天荡山战死后，曹操非常怜惜其遗孤夏侯桥，特将女儿清河公主嫁给他。夏侯桥头脑清楚，长于文学及辩论，因此相当得曹丕欣赏，又属同族，曹丕即位后，夏侯桥被封为安西将军，都督关中，镇守长安，以承续夏侯渊临终前的最终官职。

在孟达起义失败后，诸葛亮只好撤销西战线的规划。但在大本营举行的第一次军事会议上，丞相司马——也是北征军第一军主将魏延却提出不同的意见，他认为如果策略运用正确，便可以直接突击长安，占领司隶军区，何必从凉州绕一圈。

魏延大声地表示："听说，夏侯桥是曹操的女婿，年轻而不懂战略。只要给我二千精兵加上五千后援部队，我会由褒中出发，循秦岭向东方进攻，由子午道再转往北，不到十天即可到达长安。由于此路大多在山区，所以夏侯桥不可能知道，当他发现我兵临城下时，必会惊慌地弃城逃走。只要主将逃走，长安城内大多是文人，根本不可能作有效防守。

"更重要的是长安城内有大批存粮和武器，如能据为我方所有，就能很快地加强防务。估计由洛阳方面派来援兵，至少要二十天，这时候丞相也会有足够的时间率大军出斜谷和我军会合，那么关中地区必可以完全属于我们了。"

魏延这一段豪论虽说得理直气壮，其实中间有很多破绽。蜀军未和夏侯桥真正对阵过，便如此地低估对方主将，未免太冒险了些。

况且由秦岭北进，必须经由栈道，率领一万大军在危道上行军，行动相当危险。如果没有其他部队引开敌方的注意，而一味地认为处于山中敌军便无从知悉，这种想法也太肤浅了些。当年韩信明修栈道，暗渡陈仓，则是这一策略的反运用，而能顺利成功。

最反对魏延计划的是参谋部杨仪，他的个性和魏延正好相反。魏延好说大话，做事认真而勇猛，就是缺乏考虑。杨仪思虑细密，行政能力甚强，很得诸葛亮的信任，但权力欲极重，喜欢指使别人。其他将领一方面基于对诸葛亮的尊重，另一方面也对杨仪的能力颇为钦佩，因此大多还能配合。只有一向傲慢的魏延偏不买账，两人之间常有冲突，使诸葛亮相当头痛。当天，杨仪把魏延的计划批判得体无完肤，让魏延几乎当场暴怒。

诸葛亮想起当年魏延受刘备封为汉中太守时，即口出大言，深知此人虽勇猛好表现，但值用人之际，自然不宜打击他的士气。于是他向杨仪使眼色，明言加以斥责，再对魏延好言相慰，之后直接裁决，还是采取西向突击凉州的计划。

诸葛亮的计划是不走山路，反而由祁山攻向陇右，占领凉州的主要精华区，再倒过来威胁长安。为了不让曹魏判断出他北征的第一个目标，居然是离汉中大本营遥远的凉州，诸葛亮兵分两路，派遣谨慎又有丰富作战经验的预备师主帅——镇东将军赵云，在东战线制造疑兵，部署在祁山，攻击凉州的南方军事重镇南安、天水和安定。

后世的史学家，由沙盘推演，以子午线离长安最近而判断魏延的战术较优秀，甚至借此批评诸葛亮缺乏应变的军事能力，其实是非常不公平的。

以蜀汉和曹魏的实力相比，即使能突击长安成功，但如果要真正有效地统治关中和凉州地区，便没有足够力量长期守住长安。如果曹魏坚壁清野地在司隶和蜀汉北征军对抗，必使战事陷入僵局，远征军补给困难，战线又长，万一曹魏军在后方进行偷袭，势必危及远征军的生存。

当年关羽连破曹军，包围住襄樊，眼看成功在即，但后方本营遭到吕蒙突袭，远征军士气立刻崩溃，造成全军覆没，这个前车之鉴是不可不仔细评估的。

魏延这个策略，好比棒球赛里的长打，虽然能马上取得分数，甚至出现全垒打，但是被接杀的概率很高，严格来讲，对于弱势球队，长打是相当不智的战术。

诸葛亮参谋本部的规划，可以说是短打强迫上垒的战术，利用对方的不注意，攻击其最疏忽的地方，不求大功，只求进垒。战胜一垒后，再一步步往前推进，一垒又一垒，也许艰苦些，花的时间较多，但却是最扎实、最没有风险的。诸葛亮便是如此，想以最大的耐心、最少的代价，获得最后的胜利，这是《孙子兵法》精神的最高发挥。慎战和局部"速战"法的短打战术，对弱势球队而言，的确是比较适合的。

建兴六年春天，诸葛亮的北伐大军在汉中驻扎了将近一年，在孟达事件失败后，立刻由阳平关出发。但诸葛亮大军并不往北进攻，反而向西行军，绕一大圈到祁山南端。如前所述，诸葛亮不会单纯地认为绕道便可骗过曹魏的参谋本部。对此，他作了相当完整的准备。

首先他制造疑兵阵，让曹魏参谋本部认为他的确想由秦岭攻击关中，占领长安。负责此一任务的是谨慎负责、顾全大局的老将镇东将军赵云，这时候的赵云已近七十岁，仍头脑清楚，冷静而有毅力，诸葛亮更派出足智多谋、善于应变的扬武将军邓芝协助赵云，以应付曹魏主力部队可能产生的攻击。

为了达到吸引敌人注意的目的，赵云大胆地采用分散扎营策略，将一万多部队，组成数百个可以独立作战的小组，分派比人数更多的旗帜，在箕谷一带呈纵式鱼鳞阵的部署。看起来如同诸葛亮的主力仍在于此，并且摆出准备从斜谷道去攻打关中西南区军事重镇的态势。赵云坐镇于伪装的诸葛亮大本营中，以静制动地准备迎击曹魏大军。

诸葛亮则亲率主力部队四万多人，暗中往西急行。第一军魏延率领先行，诸葛亮的主力军紧随其后，马忠的后军殿后。每一个军营均分成数小组，分开于夜间急速行军，相约在祁山之南的武都郡为集结点，在此重新部署，以向祁山发动攻击。

诸葛亮自己也放弃常用的坐车方式，改穿武装铠甲，并乘坐骑随军行动。表面看来这是支小型特遣支队，以有效欺骗曹魏的情报人员。

这个战术果然空前成功，曹睿的作战参谋本部完全受骗。曹魏的辅国大臣——大将军曹真亲率十万大军，布阵于鄠县，准备和蜀汉北征军决一雌雄。显然曹魏关中大军的主力，已被赵云指挥的偏师牵制在东战线上了。

诸葛亮的主力大军在不到十天的期间，便在武都完成集结。神不知鬼不觉地做好了攻击发起线的部署。祁山以北的曹魏郡县仍以为这只是特遣部队，将配合东战线发动局部攻击行动而已，因此并未集结足够的防御军力。

从武都越过祁山的诸葛亮北征大军，如疾风暴雨般地攻向曹魏管辖的凉州。魏延大军更深入凉州和关中直辖司隶的边界安定郡。陇西的南安、天水两个军事重镇在诸葛亮主力的攻击下，相继叛离曹魏，归顺蜀军，这和诸葛亮及刘备时期不断向凉州进行政治号召有关。不久，安定郡陷没，陇西郡的攻占看来是迟早之事，诸葛亮的突击战获得了相当程度的成功。

但对诸葛亮而言，最兴奋的倒不是辉煌的战果，而是获得了一位空前优秀的将才——姜维。这位日后成为诸葛亮军事继承人的年轻将领，和诸葛亮的相遇却是相当偶然的。《三国演义》及京剧上，描述诸葛亮如何运用奇计击败姜维，使其心服口服的情节，在历史上并不存在，只是小说家的渲染而已。

姜维字伯约，凉州天水冀县人（今甘肃甘谷县南方），少年时父亲去世，和寡母相依为命。但姜维一点也不丧志，他努力研究郑玄之学，希望在仕途上顺利发展。由于其父亲姜同以前做过天水郡功曹，正值羌人和戎人叛乱，姜同亲自率军征讨，兵败被杀。因此在姜维成人之后，太守特请朝廷赐姜维为官中郎，得以参与天水郡军事，不久便出任郡计掾，更由凉州刺史聘任为从事。

诸葛亮大军由祁山攻入天水郡时，太守马遵认为在祁山集结的蜀军只是特遣支队而已，根本未真正做准备，反而轻敌地率领姜维和郡功曹梁绪、主簿尹赏、主记梁虔等到郡内各县视察。等到确定诸葛亮本人在军中，而这支即将攻来的军队就是蜀汉北征大军的主力部队时，马遵不禁大惊失色。加上南方诸县一一向蜀军响应，马遵也怀疑姜维等可能会反叛，深夜独自脱离队伍，向东逃往上邽（今甘肃天水市），并且下令封城，任何军队都不准进入。

姜维无可奈何之下，只好解散部队，独自返回故乡冀县，但冀县已为蜀军攻陷。依照《魏略》中记载，姜维还冀后，冀县父老大喜，共推他与诸葛亮进行谈判。姜维硬是被赶鸭子上架，只好代表故乡父老，向诸葛亮投降。

看来，姜维的投降倒不是诸葛亮使了什么计策，让他心服口服。最主要的原因，是被马遵的不信任所逼，故不得不如此。

不过，确如《魏略》上的记载，诸葛亮见到姜维时，大为高兴。姜维当年二十七岁，和诸葛亮出隆中时同龄，个性上颇为相似。好学不倦，深通兵法，企图心甚强，而且头脑清楚，长于辩论，又颇有胆识，可以挑起临危重任的担子。这一切和诸葛亮本人太像了，难怪后人常把姜维视为诸葛亮的继承人。

诸葛亮在给留府长史张裔及参军蒋琬的信中表示："姜伯约忠勤时事，思虑精密，……其人，凉州上士也。"并且对姜维的能力颇为肯定："姜伯约甚敏于军事。既有胆义，深解兵意，此人心存汉室，而才兼于人……"

但诸葛亮并未马上重用姜维，除了在个性和心态上需详加观察外，二十七岁的姜维思考力到底尚未成熟，而且经验不足，只能算是犹待琢磨的璞玉，仍需诸葛亮加以有计划地教导和训练才能发挥其才。

不急于把姜维捧上台面，正是诸葛亮爱才之心所致。但在同时，诸葛亮却严重地错用人才，不但使对方酿成悲剧的命运，并且也使第一次北征计划遭到致命的打击。

凉州三郡失陷，关中大为震动。

曹睿终于发现箕谷的蜀汉军只是疑兵而已，深感自己判断错误责任重大，由此立刻御驾亲征，到长安坐镇。他一方面下令曹真倾全力攻打箕谷的赵云军，一方面动员五万生力军，由左将军张郃率领，急速赴前线，阻止蜀军的攻势。为了彻底击退蜀军，曹睿便下令留置洛阳的官员动员编组三十万的后援部队，随时准备支援前线。

张郃字俊义，河间鄚人，黄巾军起义，张郃响应朝廷征募，投入官军，屡立奇功，升为军司马，后编组属冀州牧韩馥属下。袁绍代替韩馥为冀州牧时，张郃归属袁绍，在和公孙瓒对抗中功劳甚大，升宁国中郎将，年纪轻轻便成为独当一面的将领。

官渡之战时，张郃和大军指挥郭图意见不合，遭到郭图谗言相害，不得已投奔曹操。曹操非常欣赏张郃才华，称之为"韩信归汉"，拜张郃为偏将军，封都亭侯。

汉中大战，夏侯渊殉职，曹军陷入严重危机，在郭淮建议下，张郃临危受命，代理统帅一职。在他冷静的安排下，终于有效地挡住刘备大军的攻势。由此可见，张郃是位颇富智慧和经验的大将。

经过多年的磨炼，张郃的作战经验更为丰富、更为老道了。为应对凉州失陷的危机，张郃以左将军的高级职衔奉命领军，对付诸葛亮的北征大军。

张郃率领五万生力军，由洛阳出发，在长安拜见曹睿后，立刻西进。他先到达郿县，和曹真会商，彼此交换东西战线作战策略的意见后，便即刻攻向凉州。

张郃的作战计划相当大胆，他无视于蜀军已同时占有安定、南安及天水三郡，采用中央突破战术，由郿县直攻陇山北麓，通过陇山和六盘山之峡道，直接进入凉州北境。换句话说，他由中央直接切断了在安定的魏延大军和天水的诸葛亮的主力军之间的联系。

张郃之所以如此大胆，是因为他判断凉州诸郡的反叛是慑于诸葛亮突击的声势。魏延虽已占领安定郡，其实未获当地军民的诚心支持。只要曹魏军能有效攻入凉州，安定郡诸县必会很快反正，到时候，魏延大军反而成为孤军，安定郡、天水和南安必有光复的希望。

张郃这一战术的确又狠又准，使一下子攻占太多地方而尚未稳定战局的蜀汉北征大军大为惊慌。尤其是安定郡的魏延大军更有被切断后路的危机。

诸葛亮立刻在天水召开军事会议，参谋本部建议派大军在祁山东北的咽喉要地街亭（今甘肃省秦安县东北），迎击越山而来的张郃大军。由于这场会战，将是两军胜败的关键，故需派遣富于智慧又能独当一面的大将负责这一重任。

大多数将领都认为最好调回目前在安定郡指挥的宿将魏延，或者较富作战经验的张裔来担任。但诸葛亮认为据守在安定郡的蜀军，正陷入极端不安中，调回大将，可能会因而崩溃，何况魏延绕道赶回，也是缓不济急。张裔过于审慎，应变能力不足，不见得是张郃的对手。左思右想下，诸葛亮决定派任他一向器重的参军马谡。

马谡是马良的幼弟，自幼熟读兵书，组织力甚强，又好为议论，是一流的军事参谋，可惜一直被编组在参谋本部中，缺乏临场作战经验。

马良死后，诸葛亮基于和马良的深厚友情，更为怜惜马谡，经常将他带在身边，随时教诲磨炼。刘备在永安宫托孤时，见到诸葛亮过分重视马谡，遗言警告诸葛亮，马谡为人言过其实，自视甚高，思虑常不切实际，不可赋予重任。

有一段期间，诸葛亮将马谡置于参谋本部严加磨炼，不敢赋予实际作战责任。直到诸葛亮南征前夕，马谡告以"攻心为上"的建言，诸葛亮大为高兴，更以之为北征军事行动的指导方针。

或许由于这件事，使诸葛亮判断马谡已经完全成熟，因此这次的北征行动中，不再将他安排在参谋本部，而是以参军长身份成为诸葛亮本部大军的首席将领。

当年马谡已三十九岁，正值壮年，如果不借机建立战功，日后可能不会再有独当一面的机会。因此，诸葛亮有心刻意重用。

不过，街亭会战实在太重要了，大部分将领都怀疑马谡能否胜任，纷纷不表赞同。诸葛亮独排众议，认为张郃经验老到又富于作战智慧，一般的战术不见得敌得过他，派任没有传统包袱的马谡，发挥创新的作战方法，正好可以难倒张郃，得胜的机会较大。

为弥补马谡临场经验的不足，特别派遣行伍出身、经验丰富的裨将军王平为副将，除了保留少数近卫军外，诸葛亮的主力军几乎完全交付给马谡，即刻在街亭附近布阵。

临行前，诸葛亮特别嘱咐马谡，要沿河边布阵，只要挡住张郃的攻势，挫其锐气，等待魏延由安定郡而下，南北夹击，即可彻底击溃张郃军。若街亭战役获胜，凉州便能稳稳地掌握住了。

但马谡到达街亭观察地形后，却对诸葛亮交代的布阵方式不表同意。马谡发现街亭在渭水南方、祁山的西北方，街亭和渭水间是一片盆地。诸葛亮交代沿祁山山麓一直到渭水旁的盆地沿线布防，阻挡张郃军渡水而来，只要张郃攻击受阻，安定郡的魏延军便可由后面夹击之。

马谡却认为张郃越过陇山而来，若在河边布阵，张郃大军等于由上而下，不但可清楚地看出自己的全盘部署，而且上攻下的气势比较锐利，虽说有渭水阻挡，但张郃大军在人数上占绝大优势，如此布局是非常不利的。

就算能勉强阻挡张郃过河，仍需靠魏延由后面攻击，才能击败张郃，到时候战功一定反为魏延所夺，这对一个战场的指挥官而言是很没有面子的。因此，他决定要引诱张郃渡河，进入街亭再进行决战。如果要达到此目的，就必须在街亭正南方的祁山上布阵，在这里不但可以居高望下，清楚地看到张郃军的部署，决战时，蜀军更可由高往下冲，《孙子兵法》有言："高山勿仰。"这样一来，对张郃军相当不利。

谨慎的王平自然不赞成马谡的看法，他担心万一战事拖长，不能马上进入决战，则在祁山半山上布阵的蜀军在饮水上会陷入困难，数万大军集结，如果没有水源是非常危险的。

但马谡不接受劝谏，他认为派遣少部分军力部署街亭西北角上邽附近，便可维护水源的供应。王平以街亭战役关系重大，不可违背丞相（诸葛亮）事先嘱咐，马谡则认为"将在外，君命有所不受"，何况战场上的指挥官，身在第一线，怎能完全接受后方参谋人员的指挥，所以坚持依照自己的方法。

马谡大军的部将黄袭和李盛也赞同马谡的看法。王平不得已之下，只好率本队千余人，在街亭的西北角盆地布阵，以和山上的马谡主力军，互为犄角。

张郃的主力军日夜兼程越过陇山北方，由东北接近街亭附近。半路上，张郃得知街亭的指挥官是诸葛亮一向器重的少壮派将领马谡，因而一点也不敢大意。他一面派遣斥候部队，探察安定郡魏延军动静，计算魏延军可能赶到战场的时间，一方面详细观察马谡在街亭布阵的情形，以及街亭北方渭水的宽窄深浅，以为渡河的准备。

在搜集完详细情报后，张郃先下令大军在渭水北岸驻扎，自己亲临前线，观察马谡大军的动静。

他仔细地对照画下来的地图和实际的情景后，不禁哈哈大笑道："马谡空有其名，必被我所擒矣！"

张郃先派出部分兵力，在陇山口据险而守，以阻挡魏延军可能的从后夹击。再派出副将率领突击队夜间渡河袭击街亭东北角负责水源保护的蜀汉特遣队。

张郃将部队分成数拨。第一拨选择最容易渡河的地方，分成数队个别行动，渡河成功者，立刻在南岸建立桥头堡，互相掩护。第一拨军队完成渡河后，其余第二、三、四拨大军，可旌旗整齐地摆出正兵姿态，堂堂渡过，以声势震慑伏布阵于半山上的马谡大军。

经验丰富的张郃，在到达战场的当晚，便派突击队渡河发动奇袭，蜀汉负责水源供应的部队措手不及，全部被抓。渡河成功的曹魏军，彻夜在渭河南岸完成桥头堡以掩护前锋部队的渡河行动。

接到突击成功及桥头堡工事完成的报告后，张郃天未亮便下令第一拨部队各就各位展开渡河行动，只要到南岸者立刻着手建立防御工事，以协助后续部队的到来，期间若遭到敌人攻击，一律由原先建立桥头堡的突击队抵抗，不得延缓工事的进度。

马谡在凌晨接到曹魏军突击水源部队的消息，立刻派特遣队前往调查，不久又接获曹魏大军开始渡河的消息，马谡下令全营备战，并派黄袭率领先锋军，下山攻击渡河中的部队。

黄袭的先锋部队，遭到曹魏临时桥头堡军队的顽强抵抗，由于曹魏军的防御工事陆续完成，黄袭部队无法有效地突破，眼看曹魏渡过河的部队愈来愈多，惊慌之中，竟下令部队退回半山上的营区。

等马谡到达前线时，张郃大军第一拨渡河行动完全成功，南岸边已建立整片的防御工事。马谡下令攻击，但曹魏兵在掩护下以箭雨抵抗，蜀军根本接近不得，只好暂时退回本阵中。

这时张郃已亲临渭水南岸，在建立好的大本营中，指挥第二、三拨大军渡河。蜀军在半山上往下望，只见满山遍野的曹魏军，渐渐进入作战位置。水源已被切断，山下曹军兵力更在数倍以上，蜀军将领和军士无不吓得面色惨白，士气逐渐崩溃。

不到一天，张郃的五万大军已完全渡河完毕，并在街亭平原上，将马谡大军团团围住了。

相反地，山上的马谡大军，一天没有水喝，也煮不成饭，靠着干粮勉强喂饱肚子，早已心慌意乱了。加上一眼望去满山遍野、军容严整的曹魏大军，蜀军哪有心情作战。马谡虽亲自率队往下冲，但很快便被击败。张郃又下令不得上山，马谡所设计的木石战具也发挥不了杀敌的功效，愈僵持下去对蜀军愈是不利。

天黑前，已有不少蜀军违背军令，下山向曹魏军投降，眼看士气已完全崩溃，李盛和黄袭建议放弃本营突围而出，马谡迟疑不决。

夜间，张郃下令沿山放火。火势虽不大，但火光更助长蜀军崩溃的心理，慌乱中，马谡率领本营军士下山突围。剩余的蜀军由山上舍命往下冲，曹魏军不能挡，张郃不愿造成不必要的损伤，下令放过马谡，重新布置防线，并安排招降山上蜀汉大军的事宜。

蜀汉大军群龙无首，只好全军向敌人投降。张郃在街亭获得全胜，俘虏了近万名蜀汉士兵，所获的辎重更不计其数。

王平在西北角，见张郃渡河攻击，知道大势已去。他下令千余名部队，分成数组，尽量在隐蔽处部署，如有魏军攻来，便锣鼓大作，以为疑兵。

果然不久后，见到马谡带领残余部队前来投靠，后面又有不计其数的曹魏追兵。王平下令掩护马谡撤退，亲自在前线督阵，锣鼓喧天，制造疑兵。由于天黑，视线不良，张郃怕有埋伏，不敢过分冒险，乃鸣锣撤退，使蜀汉的军队损失减到最少。

魏延的支援军，在六盘山附近便得知街亭战败的消息。经验丰富的魏延知道，街亭一失，北征大军的补给线将被切断，诸葛亮势必退兵。自己的大军远在北边的安定郡，很可能成为孤军，而遭遇全军覆没的悲剧，因此，不赶快行动是不行了。他派遣急使通知留守安定郡的部队，立即绕道六盘山北麓向陇西撤军，自己带着支援部队在六盘山西边接应，再共同前往与诸葛亮会合。

果然，在祁山本阵的诸葛亮，接到街亭战败报告，为顾及全军的安全，立刻下了撤军的指令。

他先将总部撤退至西城，重新布防，准备接应由前线陆续退回的北征部队。马谡和少数残兵首先返回本阵，向诸葛亮请罪，其余败军在王平的指挥下，安全退回，损失高达三分之二以上。魏延的前军军营历经千辛万险，勉强逃了回来，失散将近一半。

诸葛亮下令尚属完整的马忠大军殿后，部署于祁山南麓的建成，以阻挡曹魏追兵。为避免蜀汉军情泄露，诸葛亮下令将西城千余户民家，强制移往汉中，第一次的北征行动到此宣告失败。

《三国演义》描写诸葛亮自西城退军时，由于仓促中准备不及，在西城为司马懿的大军追上。不得已下，诸葛亮只好冒险，以"空城计"欺骗司马懿，勉强保住了生命。京剧中有名的"失空斩"，便在描述"失街亭""空城计"和"斩马谡"的故事。但依历史记载，"空城计"这段情节是完全不可能发生的。

首先，一向谨慎的诸葛亮，不可能对退路完全没有准备。何况他的大本营在祁山东南，离街亭尚有一段距离，就算街亭败得突然，诸葛亮也不可能如此仓皇失措。再者，这次的北征行动，从头到尾，诸葛亮都未曾和司马懿交过手。自从在新城收斩孟达后，司马懿一直负责曹魏东战线的防务，根本未到过西战线。镇守在长安的是魏明帝曹睿本人，指挥街亭战役的是老将张郃，甚至后来收复凉州三郡，也是由大司马曹真指挥张郃和郭淮进行，司马懿怎么可能突然出现在西城附近呢？这显然是小说家杜撰的故事了。

得知诸葛亮主力在祁山后，防守邱县的曹真立刻向箕谷的赵云大军发动攻势，但由于箕谷地势险要，曹真空有数十倍兵力，一时之间也拿赵云没法子。

街亭败讯一传出，赵云判断诸葛亮必会撤军，曹真也必乘势发动猛攻，下令原先布置各险要地段、虚张声势的蜀军，立刻迅速集结，选择几个要害关口，以防曹真发动猛攻。

果然不久，曹真军便全面发动雷霆万钧的攻势，赵云料不能守，下令由邓芝集结辎重和部队，有秩序地先行撤退。他自己率领少数直属部队殿后，烧毁栈道，让曹真军无法越过箕谷，以确保汉中和褒城的安全。在这次北征的败退行动中，只有赵云大军全军而退，兵员、装备和辎重损失非常少。

回到汉中后，检讨战败责任，总指挥官诸葛亮难辞其咎，他上书后主刘禅表示：

为臣才能疏弱，却窃居军政职上，如今亲自率领三军北伐，不能训章明法，碰到危难又判断错误，以致有街亭之役，马谡违背军令遭致惨败的缺失，箕谷方面也无力有效防守。此乃为臣的过错，用人不当所致。臣有不知人之罪，领导上亦显无能。春秋大义，任何失败，责任都在总帅，为臣自必须承担此过，请自贬官职三等，以处罚监督失败的责任。

后主刘禅依照诸葛亮的要求，贬诸葛亮为右将军，但仍行丞相事，照常总揽军政大权。赵云虽是预备师，却是偏师之主帅，自然也应负起战败责任，把他由镇东将军，贬为镇军将军。

魏延本身是受害者，自然不用负责。马忠军负责殿后，也无过错，所以不作任何奖惩。

其实，在这次撤退行动，表现最佳的应算是赵云，面对曹真的主力部队，老将军自己殿后，使军队损失降到最低，实在是了不起的行为。诸葛亮从邓芝口中，了解赵云在指挥撤军行动中所显示的智慧、责任和勇气，深为感动。他把赵云带回的军资余绢，分赐给将士们，但却被赵云郑重其事地拒绝，他表示："军事上失利了，怎么能够接受赏赐呢？"他请求将这些赏赐全部存入国家的府库中，留作十月时的冬天赏赐用。

打从年轻时起，赵云一直就是位勇敢、负责又能顾全大局的将领，也最能替国家、部属和人民着想，他品格高尚，尽忠职守，一直深为诸葛亮所钦佩。

责任最重的自然是马谡、李盛、黄袭和王平了。但王平曾经对马谡进谏，且在最后的撤退行动中，主动以少数兵力掩护战败的主军，功大于罪，不但不被处罚，还加拜参军，统五部兼掌管事，进位讨寇将军，封亭侯，是这次战役唯一得到重赏的将领。

王平这位蜀汉后期的著名将领，正是在这次大败仗中，以优异表现而崭露头角的。

王平字子均，巴西宕渠人，他在洛阳投入曹军，由基层干起，后在汉中之役投奔刘备，拜牙门将和裨将军。他行伍出身，手不能书，所识不过十字，但头脑清楚，组织力甚强，口授而成的作战计划，颇有条理。和马谡的言过其实、好论军计，正好形成鲜明的对比。

街亭战役的主要干部李盛判处死刑，黄袭被废为庶人，罪责最重的自然是现场指挥官马谡了。

《三国志·诸葛亮传》中记载："遂戮谡以谢众。"军士损失惨重，马谡自然是非杀不可。但"马良传"中则记载："诸葛亮判马谡下狱监禁，不久死于狱中，诸葛亮为之感伤流泪。"这里没有讲明马谡被斩杀，但下狱不久后死去应属实，而且诸葛亮还颇为感伤。

《资治通鉴》根据两者说法，再加上《襄阳记》中有马谡死后诸葛亮亲自临祭的记载，表示："诸葛亮将马谡下狱而后杀之，亲自吊祭，为之落泪，并且抚养马谡的遗孤，恩赐如同马谡生前。"

依史料判断，马谡应是被斩杀的，因为宰相府首席参军蒋琬曾替马谡求情道："古时候，楚成王因战败之责，杀害大将成得臣，楚国的敌人晋文公闻之，非常高兴，像晋文公这样的心理是可以理解的，在天下未定之时，杀害有智慧又善于谋略的将领，岂不是太可惜了吗？"

诸葛亮回答道："孙武所以能制胜天下者，在其用法严明也。如今四海分裂，正必须依赖战争以解决问题，若是军中法令不行，又如何有效地讨贼？"由此可见，马谡是被处以军法的。

马谡在狱中，曾上书诸葛亮表示："明公视我马谡犹如儿子，马谡也视明公如父亲，希望明公能发挥舜诛杀鲧而提拔大禹的精神，让我们平生的交往，不要因为这件事而中断受损，我虽死于黄泉之下，却无遗恨也。"

马谡知道自己罪行深重，非死不可，希望的只是诸葛亮不要迁怒于其家族，仍能重用马家之人。

裴松之在《三国志》注解中，引《襄阳记》中故事，马谡被杀，蜀汉军民感其才华，无不悲叹流泪。对这件事不得不用重刑，相信诸葛亮的确是非常伤心的。

诚如《三国演义》作者罗贯中的描述，诸葛亮痛哭马谡，一方面固然是念及马谡的才华及彼此间的交情，但另一方面也是严厉的自责行为。刘备临终前，特别交代马谡言过其实，不可委以重任，诸葛亮却为了破格提拔马谡，一时欠缺深思，以致酿成大错，的确有"伤先帝之明"，因而悔恨不已。

后世小说和戏剧中"挥泪斩马谡"的情节，描述的便是诸葛亮这种深为自责的心理挣扎过程。

第 25 章
暗中度陈仓　出兵再北伐

　　建兴五年第一次北伐时，诸葛亮四十七岁，当年他的长子诸葛瞻诞生。诸葛亮结婚甚早，老年得子，自然值得珍惜。这件事也显示，此时诸葛亮的健康情形仍相当良好。

　　隔年春天，街亭战役惨败，结束了第一次北伐的军事行动。

　　这一年，长老派的丞相府长史张裔去世。由诸葛亮亲信、少壮派的首席参军蒋琬继任长史，并加封为抚军将军。换言之，诸葛亮逐渐能掌握朝政的动向了。

　　蒋琬果然能彻底贯彻实施诸葛亮的大政方针，处理朝政以"安民为本"，谦让节约，摒除浪费，以求"足食足兵"。诸葛亮每与左右亲信说及蒋琬，都不禁要称赞道："公琰（蒋琬字）托志忠雅，当与吾共赞王业者也。"

　　不少人表示，街亭失败，主要罪过在马谡，但箕谷对峙及陇西郡一度降服，显示蜀军已有足够力量对抗曹魏军了。因此建议，应编组更多的兵力，再度北伐攻占凉州。

诸葛亮却不表赞同:

我军在祁山和箕谷时,声势及实力丝毫不亚于曹魏军,但却在紧要关头遭到大败,问题不在作战的将士,而是我做总帅的用人不当,指挥错误所致啊!因此,应检讨的是我自己。从今以后,我决定精简兵力,严明赏罚,彻底改善决策的弱点,重新拟定策略,否则兵再多也没有用。今后,凡忠于国家的人,更应努力发现我的弱点,不用客气地提出建议,大家同心同力,敌人会很快地被消灭,胜利不久就属于我们了。

这段话便是有名的《劝将士勤攻己阙教》,正是诸葛亮为人谦虚、广纳众言的最佳证据。

由此可看出,第一次北伐失败,并没有动摇诸葛亮复兴汉室的决心,反而再接再厉地准备着。对诸葛亮而言,最重要的是下一次的策略。依从前制定的路线进攻凉州是不可能了,接下来必须再想出一个敌人无法料到的通路,这对诸葛亮应该是最困难的。

于是,他一方面奖励有功人员,抚恤阵亡将士家属,一方面励兵讲武,重整军容,准备再一次出发。

诸葛亮退回汉中后不久,曹魏和东吴间发生了一起重大事件。

蜀汉建兴六年五月,吴王孙权为解除东战线的紧迫威胁,决定袭击曹魏扬州太守曹休的武装部队。

曹休字文烈,是曹操的侄儿,十余岁时,集合乡勇数十人,到谯县响应曹操举兵对抗董卓的行动。曹操见了大为高兴,常表示:"此吾家之千里驹也。"待之如己子,并曾让他指挥曹操亲卫部队——虎豹骑,表现非常出色。

汉中之役,曹休便有击败蜀汉名将张飞的记录,一时之间声名大噪。曹丕即帝位后,升任领军将军,封东阳亭侯。夏侯惇去世后,曹休以镇南将军,成为京城防卫的最高行政长官。

孙权遣将屯兵历阳,打算威胁曹魏东战线防务,曹休亲自领军击破之。不久便在洞浦会战中,大败东吴名将吕范的大军,拜为扬州牧,负责东战场第一线防务。

曹睿即位后,曹休又击败东吴大将审德驻屯于皖(安徽省)附近的大军,吴将韩综、翟丹纷纷请降。曹休以军功迁升大司马,仍领扬州牧。

由于曹休声势迅速膨胀,吴国东战线防务遭到空前压力,吕蒙和周泰所建立的防线几乎完全崩溃,使孙权为之头痛不已。

顺应曹休日正当中的气势,孙权暗中指示鄱阳太守周鲂向曹休假投降,引诱曹休军深入吴境,再一举击破。

为执行这一计划,孙权亲自至皖郡监督军事,并将东吴西战线总司令陆逊调往东战线为大都督，指挥这次军事行动，并以朱桓、全琮为左右都督，各指挥三万人，随时准备袭击曹休进入皖地的大军。

因为一切顺利而有点趾高气扬的曹休，自然完全相信周鲂的投降。他立刻亲率十万步骑混合大军，南下皖地接应周鲂，打算一举渡江，袭击东吴的大本营——京城建业。

曹睿接获报告，恐曹休深入敌境有所闪失，特派指挥荆、豫军的司马懿，进军江陵，以为接应，并派遣贾逵攻向东关的濡须口阵地，三路俱进，以减轻曹休面对的压力。

曹休到达皖地后，不见周鲂接应，反而不断受到朱桓及全琮的袭击，便知道中计。但他认为自己拥有较优的兵力，若因而退兵，徒见胆怯，乃决心与吴军进行决战。

朱桓向孙权建议，在夹石、挂车埋伏，袭击曹休，并乘胜长驱北方，进取寿春，直接威胁曹魏许都和洛阳。孙权以之询问陆逊，陆逊认为太冒险，孙权便婉拒朱桓的建议。

由于曹魏军政中心洛阳、许都、邺城都在东战线北方，所以东战线防守的战将，曹休以下，司马懿、贾逵、满宠等都是一时之选、当代俊杰，在智谋和勇略上，优于西战线的曹真、张郃、郭淮及郝昭。朱桓的大胆战术，其实是很难行得通的，陆逊的反对，应在于此。

尚书蒋济上书曹睿表示："曹休深入敌境，和孙权、陆逊的精兵相对抗，而朱然的大军又紧蹑其后，看来形势相当不利，宜速作准备。"

前将军满宠也上疏表示："曹休虽然善于用兵，但他一向擅长平野的骑兵战术，今身处江河湖泊多的皖地，易进难退，愈是深入，将愈难以有效防备。"

不久，曹休和陆逊会战于石亭附近，陆逊自己在中路指挥正面交战，令朱桓、全琮由左右翼袭击曹休大军。曹休的步骑混合大军，实在不擅长湖泊地作战，因而被击得大败，退至夹石地区，死伤高达万余人，牛马骡驴车队数万辆被俘，军资器械几乎全部丧失。

贾逵军队进攻濡须口时，发现守军不多，且据险而不出战，便判断东吴一定将军队集结在皖地，曹休如此深入，必遭击败。因此兼程前往支援，未到即接获曹休在石亭会战遭到惨败、目前正退回夹口的情报。

贾逵大军将领认为大势已去，打算迅速退军，以免受到袭击，但贾逵厉言道："曹休兵败于敌境，退路可能受到阻断，是所谓进不能战、退不能还之苦境。东吴军必全力想歼灭他们，不会注意周围的动静。这时候，我们更应兼程前往支援，出其不意，便是'先人以夺其心'的战术。如果怕事，曹将军可能会全军覆没的。"

贾逵立刻赶往夹石，并多设旗鼓以为疑兵，东吴军果然不敢逼进，曹休的败军才得以脱险退回北方。

曹休和贾逵一向不睦，两人很少说话，但这次大危机中，贾逵却及时救了曹休和其大军。

曹睿对这次的严重失败并未指责，但曹休自己颇为惭愧内疚，不久即背疽发作，不治去世。曹睿以满宠代之为扬州牧，都督曹休大军。

为弥补东战线溃散的兵力，重行编组曹休遗留下的军队，曹睿由关中地区调回不少部队，因此使西战线出现了防务上的漏洞。

接获此情报后，诸葛亮认为机会又来了。

诸葛亮在八月派出大量情报人员，密切注意曹休和陆逊间的抗争。不久，曹休战败，忧愤而死，诸葛亮知道机会到来，下令积极准备北伐工作。果然立刻传来满宠接替曹休职务、从关中调动大量兵力重新部署东战线的情报。

十一月，诸葛亮调集大量军力于散关，并指向包围（现今陕西省宝鸡市）的军事重镇陈仓。

据说这次出兵之前，诸葛亮又再次向后主上了《出师表》，即后世留传的《后出师表》。

不过这篇《后出师表》，不见于正史《三国志》。裴松之注引《汉晋春秋》中表示，这个书表最早出现在东吴人张俨的《默记》中，因而很多人认为这篇《后出师表》绝非诸葛亮所作，应属他人托名的伪作。但问题是到底什么人会做这样的事呢？

《资治通鉴》的作者司马光认为，后表中"鞠躬尽瘁，死而后已"的说法，最能象征诸葛亮忠贞不贰、至死不渝的精神，因而全文照录，连注解《资治通鉴》的胡三省，在考据时，也未加怀疑，而肯定其为诸葛亮的作品。不过这样的看法，多少是宋元以后，以"忠诚"为主的文人偏见而已。

为了从文体、内容、语气和《前出师表》做具体的比较，以辨识其真伪，特将全文录于下：

先帝虑汉贼不两立，王业不偏安，故托臣以讨贼也。

以先帝之明，量臣之才，固知臣伐贼，才弱敌强也；然不伐贼，王业亦亡，惟坐而待亡，孰与伐之，是故托臣而弗疑也。

臣受命之日，寝不安席，食不甘味，思惟北征，宜先入南，故五月渡泸，深入不毛，并日而食。臣非不自惜也，顾王业不得偏安于蜀都，故冒危难以奉先帝之遗意也，而议者谓为非计。

今贼适疲于西，又务于东，兵法乘劳，此进趋之时也。

谨陈其事如左：

高帝明并日月，谋臣渊深，然涉险被创，危然后安。今陛下未及高帝，谋臣不如良、平，而欲以长计取胜，坐定天下，此臣之未解一也。

刘繇、王朗各据州郡，论安言计，动引圣人，群疑满腹，众难塞胸，今岁不战，明年不征，使孙策坐大，遂并江东，此臣之未解二也。

曹操智计殊绝于人，其用兵也，仿佛孙、吴，然困于南阳，险于乌巢，危于祁连，逼于黎阳，几败北山，殆死潼关，然后伪定一时耳，况臣才弱，而欲以不危而定之，此臣之未解三也。

曹操五攻昌霸不下，四越巢湖不成，任用李服而李服图之，委任夏侯而夏侯败亡，先帝每称操为能，犹有此失，况臣驽下，何能必胜？此臣之未解四也。

自臣到汉中，中间期年耳，然丧赵云、阳群、马玉、阎芝、丁立、白寿、刘郃、邓铜等，及曲长屯将七十余人，突将、无前、賨叟、青羌、散骑、武骑一千余人，此皆数十年之内所纠合四方之精锐，非一州之所有，若复数年，则损三分之二也，当何以图敌？此臣之未解五也。

今民穷兵疲，而事不可息；事不可息则住与行劳费正等，而不及今图之，欲以一州之地与贼持久，此臣之未解六也。

夫难平者，事也，昔先帝败军于楚，当此时，曹操拊手，谓天下已定。然后先帝东连吴、越，西取巴、蜀，举兵北征，夏侯授首，此操之失计而汉事将成也。然后吴更违盟，关羽毁败，秭归蹉跌，曹丕称帝。凡事如是，难可逆见。臣鞠躬尽瘁，死而后已，至于成败利钝，非臣之明所能逆睹也。

这篇《后出师表》在文体和遣词用句的风格上，的确和《前出师表》有很大的差异，两篇看来似乎不是出于同一人的手笔。或许有人认为这两篇《出师表》，可能是诸葛亮口述，而由不同学士写成。但这篇《后出师表》在内容方面，也有令人质疑的地方。

首先，陈寿的《三国志》和萧统的《昭明文选》，都收录《前出师表》，既然同是诸葛亮作品，他们却都未曾收录《后出师表》，或根本不知道有这篇东西。

《前出师表》文体简洁，内容充满自信，但《后出师表》语气显得犹疑，词语中充斥失败的气氛，一点也不像正式上给皇帝书表应有的口气。前后《出师表》只差一年，诸葛亮心态不应有如此巨大转变。或许有人认为街亭战败对诸葛亮打击很大，但从他刚撤兵不久，便发表的《劝将士勤攻己阙教》中看来，仍充满卷土重来的心志。为何不到一年就一蹶不振？何况休养一年后，应更意气风发才对，根本不该反而消沉。仔细揣摩《后出师表》，的确不像诸葛亮的文笔。

更令人怀疑的是其内容上也有不少错误。最严重的是把赵云去世的时间弄错了。赵云是蜀汉的首席长老将领，他有没有死，诸葛亮应很清楚才是。依史料记载，赵云死于建兴七年，而《后出师表》完成于建兴六年冬天，却提及赵云去世之事，这是非常不合理的。身为丞相把一个还活着的将领说成死了，岂不是天大的笑话。

相反的，十一月间，曹魏的兰陵侯王朗去世，《后出师表》中，却把他当成活人般提及，像这种内容上的严重错误是不应该发生的。

大陆作家柳春藩，依考据判断，认为这篇《后出师表》可能出自诸葛亮侄儿、诸葛瑾之子——东吴大将军诸葛恪之手。诸葛恪个性激烈，言过其实，有其叔父和父亲的才华，却无其叔父和父亲之豁达，而且功名心甚强，好大喜功。在他掌握吴国军权后，曾连年北征伐魏，受到东吴大臣及将领们的强烈反对，因此特别写了《征魏论》来反驳不赞成北征的将领。这篇《征魏论》在文体和内容上，与《后出师表》极为相似，确有可能是诸葛恪假借扬名国际的叔父诸葛亮之名，写下此《后出师表》，以和其《征魏论》并列，给他的北伐主张做最有力的支持。

诸葛恪性格强烈，好做悲壮言论，《后出师表》中一再申论知其不可为而为之，鞠躬尽瘁，死而后已的词语，的确相当有可能出自其手笔。

加上这篇文章，首见于东吴人张俨的收藏，柳春藩这样的说法就更有可能了。

总之，大部分的史学家相信，《后出师表》并非出自诸葛亮之手，应属后人的伪作。

陈仓是自古以来兵家必争之地。当年韩信成功地攻入关中，便是从这个地方"明修栈道，暗渡陈仓"。在秦岭山脉中，唯一可容纳较多大军经过的，只有这条管道。加上地势隐蔽性高，"暗渡"的时候较不容易被发现。

另一个特色是，陈仓城腹地很小，容不下太多军队，城外山路崎岖，无法驻扎，故此虽然重要，守军却不能太多，只能在有紧急情况时，再派兵队前来支援，这一点对进攻的一方较为有利。

但陈仓地势险要，易守难攻，即使少数军力，也可以挡得住数倍以上的进攻部队。

陈仓属关中军区管辖，属于曹魏大将军曹真指挥范围。

曹真字子丹，是曹氏第二代最优异的将领。曹真之父曹邵，曾追随曹操起义对抗董卓，因公殉职。因此曹操对其遗孤深为怜爱，视同己出，曹真在曹操刻意的调教下长大。

长大后的曹真，非常喜欢狩猎，有一次随曹操出猎，正好碰上猛虎袭击，大家都各自奔走，只有曹真停了下来，以弓箭瞄准而射之，老虎应声而倒，全队哗然。曹操十分欣赏其猛勇，让他代替曹纯，和曹休共同指挥虎豹骑。此后曹真屡建军功。

夏侯渊在汉中殉职时，曹魏军士气低落，曹操甚忧。曹真志愿为征蜀护军，和徐晃共同击败刘备军，稳定了曹魏阵营的士气。曹丕即帝位后，更以曹真为镇西将军，督雍、凉两州军事，进封东乡侯。黄初三年，升为上军大将军，都督中外诸军事，曾数度击败东吴的北征军，转拜中军大将军，加给事中。

曹丕去世时，特召见曹真，赋与陈群、司马懿共同辅佐重任，并以曹真为首席辅佐大臣。

曹真不但勇猛，而且富谋略，器量大，相当体恤别人。每次征行，都能和将士共劳苦，军赏不足时，常以家财分赐之，因此甚得军心，士卒皆愿为其所用。诸葛亮第一次北伐时，曹真倾大军围堵箕谷，和蜀汉首席大将赵云对峙。曹真作战经验不若赵云，但赵云也占不了任何便宜，最后反而被迫退军。

陇西三郡原都反叛曹魏，曹睿派曹真前往招抚，凉州将士见曹真到，不发一兵一卒立刻反正，可见曹真在军中的声望发挥了最高的效用。

曹真在审视地形后，判断诸葛亮既在祁山失利，下次北上，一定会选择陈仓为攻击目标，因此特别安排智勇双全、忠诚负责的豪将郝昭，负责固守陈仓城。

诸葛亮仍以魏延为前军司令，用数万兵力包围陈仓。陈仓城是利用山形为城墙而建立的，一般的攻城武器对之产生不了任何效力，魏延数度攻城，皆无功而返。

诸葛亮眼见硬的不行，只好用软的。由于陈仓守军只有二三千人，而魏延的攻城部队将近二三万人。曹真由长安来的援军，至少要二十天才能到达。诸葛亮便派郝昭的同乡好友靳祥前往劝降，郝昭却答以："吾受国恩和曹将军重用，只有死而后已。"严词拒绝之。

诸葛亮无奈下，只好以云梯车，企图强硬登城而上。云梯是长形的登城梯子，前面张有牛皮，这种牛皮浸过火油，坚固异常，普通刀剑无法穿过。

云梯一般是放在冲锋车上，故称为云梯车，冲锋车是由马匹拉动的巨型战车，车前有大铁柱，是击破城门的工具。

当魏延以云梯车展开猛攻时，郝昭也不是省油的灯，他早探知这种附有牛皮的云梯刀剑不入，但由于浸过火油，所以特别怕火，于是命令部下由城墙上射下大量火箭及滚火球，云梯车瞬间便被烧毁。

郝昭更准备绳连石磨，由城门上砸下来，不久，冲锋车完全破损。

由于陈仓城离城外平地甚高，一般弓箭射不上去，诸葛亮乃设计百尺高的井栏，让士兵在上面用弓箭攻击城墙上的防卫士兵。郝昭令士兵躲在掩体内，只要蜀军不攻近城墙，一律不与之对抗，诸葛亮白白浪费数万羽箭，却无可奈何。

诸葛亮下令边放箭，边以土填壕沟，准备强硬攻破城墙，郝昭则下令在城内建筑城墙，使蜀汉大军一点办法也没有。

诸葛亮又下令由城外挖地道，郝昭也下令在城内挖横沟，阻断地道进入城中心，使动用数万兵力的地道工程，同样无法发挥攻城实效。

这样的攻防战，连续进行了二十多天，由于郝昭早就接获曹真命令，有相当周全的准备。因此不论诸葛亮智慧再高，魏延勇气再够，都丝毫奈何不了他。

相反地，这次诸葛亮是由汉中的行营直接出散关攻击陈仓，军队未曾重新编组及补给。因此，准备的粮秣根本不够。依照诸葛亮的估算，陈仓防守兵力不过数千，如果采用突击战，应该三五天内便可攻破。只要占有陈仓，强化北方防务后，再补足粮食也不算晚。否则在前线的编组和补给工作上耽搁太久，必会泄漏军机，到时就难以发挥突击的实效了。

想不到曹真早有准备，加上郝昭英勇无比，诸葛亮的数万大军，一时之间束手无策，反而因为兵员过多，每日粮食消耗庞大，才二十天左右，临时补充的粮秣、器械已严重不足了。

加上敌后情报显示，曹真派遣的费曜大军及由曹睿指挥的张郃大军，即将到达陈仓。审视敌我力量之消长，诸葛亮决定暂时撤军返回成都。

这时候，由王双率领的费曜先锋部队已到陈仓城外，听说诸葛亮退兵，王双恃其猛勇，拒绝郝昭的苦劝率军追赶。诸葛亮早已派遣殿后的魏延在散关附近埋伏，王双不察，全军陷入埋伏圈，魏延一声令下，埋伏四起，当场斩杀了王双。

王双为胡族的猛将，身长九尺，力敌万人，是曹真最倚赖的先锋大将，想不到却死在这场己方几乎是全胜的战役中。

斩杀王双成为诸葛亮二次北伐的唯一重大收获。

不过，这次北征行动，规模不大，除了诸葛亮参谋本部也到达前线外，真正动用的只是魏延原先率领的前线大军，且整个大军并未重新编组，严格来讲，只能算是第一次北伐的延续行动。因此，不少史学家不认为这是第二次的北伐行动。

第 26 章
诸葛三出兵　木牛流马车

连续两次无功而返，诸葛亮痛下决心，全盘检讨自己在战略和战术上运用的得失。

明显地，前两次采取的都是突击战，直攻敌人军事要害。第一次虽然获得相当的成功，但由于深入敌境，补给线不够稳固，在街亭战败后，又有被切断后路之虑，不得不仓促撤军。

第二次因一开始情报判断便有错误，而无法发挥奇兵战术的应有功能。

这两次的失败均在于急于求功。彻底检讨之后，诸葛亮决定采行更务实的方法，先建立进攻的桥头堡，以做搜集情报的中心，缩短战线，使补给不致发生困难，彻底了解敌情后，再作进一步计划。换句话说，诸葛亮有意采取长期战的策略。

前面两次都在于敌方发生剧变，一次是曹丕新逝，另一次是曹休新败，但继承人魏主曹睿表现极佳。在政治上对方已无可乘之隙，现在只有靠己方逐步努力累积的力量了。

建兴七年春天，诸葛亮发动第三次的北伐，这次完全采用近取固本的策略，只要赢取小成绩即可。

进军的目标是祁山之南的武都及阴平，这两个地方都在魏蜀的边界上，虽是军事重镇，却是人迹罕至的地方，离凉州尚有一段距离，即使被攻占了，对曹魏政权来说只是"小皮肤病"而已，应不致有太大的反应。这次的北伐行动，严格来讲，只能算是大赌博中的一场小游戏。

但为了重建两次失败的蜀军士气，诸葛亮仍决定全力以赴。《三国演义》作者夸张这次的战功，描述诸葛亮不但亲自攻陷陈仓，吓死了郝昭，而且在阴平大战司马懿及张郃，取得重大胜利。

这显然是小说家的虚构情节。陈仓和阴平、武都相距数百里，除非坐飞机，否则诸葛亮无法同时处理两边的战局。何况，依史料记载，诸葛亮从未攻陷过陈仓，而且建兴七年的战事中，不要说远在东方的司马懿，连常在西战线的张郃，都未曾到过前线来。诸葛亮所动用的北征大军少之又少，即使经常出任前锋的猛将魏延，这段期间也是留在汉中，重新组训及补足他的大军，并未投入战争。

这次动用的北征军兵力和第二次北伐相同，大约只有两万余兵力。

第一拨，由将军陈式率领（《资治通鉴》上作陈成）由武兴出发，直接攻打武都郡及阴平郡。

第二拨，诸葛亮亲率万余主力部队，暗中西向，随时准备接应陈式。

武都（今甘肃成县）及阴平（今甘肃文县）两郡，当时都属于雍州管辖，因此曹魏的雍州太守郭淮，亲自率军南下，准备狙击陈式的前锋大军。

郭淮字伯济，太原阳曲人。汉中战役时，任夏侯渊大军参谋长，天荡山之战前夕，郭淮重病，未曾参与规划。夏侯渊战死，曹军陷入危急中，郭淮抱病复出，说服大军将领，共同拥立张郃为临时总司令，稳住曹军的士气，也有效地阻断刘备的攻势。因此深得曹操欣赏，赐爵关内侯，迁升为镇西长史。

街亭战役时，郭淮攻占了高详所据守的列柳城，阻断诸葛亮退路，逼得蜀军不得不紧急大撤退，郭淮亦以军功迁升为雍州刺史。

由此可见，郭淮是位智勇双全的将领，并不容易对付。因此，诸葛亮的二拨部署，隐藏主力大军实力，暗中行动，也有他用心之处。

果然郭淮并未发现诸葛亮的主力部队，只全力迎击陈式大军的攻势，双方在武都郡展开数度接触战。

正当郭淮的部队逐渐掌握优势时，诸葛亮的主力军却突然出现在武都西北的建威郡，有可能再出祁山，攻向西县及街亭。郭淮闻讯大惊，没时间详细思考，便下令放弃武都、阴平，即刻退回街亭，重新部署防线。

诸葛亮这次突击行动，不战而吓走郭淮大军。诸葛亮留下陈式大军驻守此地，并对当地少数民族氐、羌做了完善的安抚后，便又收军退回汉中，进行组训军队的工作。从此，武都和阴平正式归入蜀汉政权的版图，并纳入管辖之下。

基于这次成功的战术，后主刘禅立刻下诏，恢复诸葛亮之丞相职位。其诏书内容如下：

街亭战役失败，其实错在马谡，相父却引咎辞职，自请贬为右将军，为了不违背相父自责以明法大义，朕已勉强同意。

但前年，相父再度光耀我汉军荣誉，斩杀魏国名将王双。今年的远征，更逼退郭淮的大军，降服氐、羌族人，光复阴平、武都二郡，威震四方，功勋显然。

如今天下骚扰未定，罪魁祸首的曹魏政权尚未枭首，相父承受复国大任，是我朝廷最重要的支柱，却长久居于自我委屈的地位，实在不是光扬我军民忠诚爱国精神的好现象。因此，现在便恢复您丞相之职，请勿推辞。

这篇诏书自然事先征求过诸葛亮的同意，因为接获诏书不久，也就是同年的十二月，诸葛亮在南山建立丞相府（四川省南部县），并在汉城（陕西省沔县）和乐城（今陕西省城固县）建立城寨，完全做好长期在前线作战的准备。

但同时，诸葛亮加入刘备军以来仅存的长期战友、蜀汉首席老将赵云病逝。对诸葛亮和后主刘禅而言，这是相当令人伤心的噩耗。

赵云在战场上一向勇猛，能以七十二岁高龄寿终正寝，也算是值得安慰的了。但在刘备的元老级重臣中，赵云最支持诸葛亮，尤其是他能顾全大局、爱护部属、照顾人民、生活俭朴、从不浪费军资，为武将中的楷模。这位高风亮节、相处二十三年的同事兼老友病逝，自然让诸葛亮深为感伤。

对后主刘禅而言，赵云更是大恩人，前后两次单身救主的功劳，忠诚之心令人怀念。三十二年后，刘禅在追谥刘备时期的元老将领——关羽、张飞、马超、庞统、黄忠之时，也特别对赵云做了追谥。

在姜维等人的建议下，对赵云的一生做了以下的评断：

以云昔从先帝，劳绩既著，经营天下，遵奉法度，功效可书。当阳之役，义贯金石；忠以卫上，君念其赏；礼以厚下，臣忘其死；死者有知，足以不朽；行者感恩，足以殒身。谨按谥法，柔贤慈惠曰顺，执事有班曰平，克定祸乱曰平，应谥云曰顺平侯。

谥书中强调赵云有贤者之风，能体恤民情，慈爱百姓。现今成都武侯祠中，特别把赵云塑造为古朴慈祥、满头白发的元老文臣模样，想必是以他一向的儒将风范所做的具体表征吧！

在同年夏天，东方政局发生了巨大的变化。

击败曹休的大军后，东吴和曹魏关系已完全恶化，孙权一不做，二不休，干脆也称起皇帝来了。他改元黄龙，追尊父孙坚为武烈皇帝，兄长孙策为长桓王，儿子孙登为皇太子；并以诸葛瑾之子诸葛恪为太子左辅，张休为右弼；以建业（今南京市）为京都，国号仍为吴。史称孙权为吴大帝。

孙权派使节到成都晋见刘禅，要求今后两国以平等的皇帝名义相来往。蜀汉朝廷文武大臣议论纷纷。大多认为孙权称帝，无疑否认了蜀汉政权承继汉王朝的正统地位，绝对不予以承认，并主张立刻和东吴断绝关系，有的甚至要求出兵讨伐。务实派的大臣蒋琬等当然拒绝这种激烈手段。因为这样不但会削减北伐曹魏的力量，而且双面树敌，可能危及蜀汉王朝的稳定。因此，认为应由正在汉中组训军队的诸葛亮来裁断。

孙权称帝，对诸葛亮一向以"清流派"传人自居的"正统"观也是严重的挑战，经过深思熟虑后派使者对刘禅上书表示：

孙权很早便有僭逆的野心，我们一直不过于计较，在于必须得到他们的支援，而互为犄角。

如果现在我们公然拒绝承认，并断绝其盟好，必会引来他们的仇视，也将迫使我们移师伐吴，和他们拼一长短，只有并吞了东吴领地后，才能再有力量进兵中原。

但孙权手下贤才众多，文武大臣也能和睦相处，绝不是一朝一夕可以讨平的。长期在此地相持不下，必得益于曹贼，此非为上策。

孝文帝以卑辞谦让应付匈奴，先皇帝也主张和吴国通好，这都是应权通变之道，弘思远益，考虑国家长远大计，而非为匹夫逞一时之愤。

也有人认为孙权以三分鼎立为其目标，不会和我们共同努力讨平曹魏，况且他已志得意满，并无渡江攻打曹魏之打算。这样的说法，都是似是而非的，为什么呢？

孙权其实是心有余而力不足，所以才会限江自保。孙权不能渡长江，犹如曹魏之未能渡汉水，并非力量有余而见利不取。

如果我们大军北征，并告诉他们成功后可以共分曹魏土地，并统辖其军民，我想孙权绝不会静坐不动的。就算他不动，只要双方保持友好态度，让我们在北伐时能够没有后顾之忧，使黄河以南的曹魏大军，不至于全集结在西方，这样对我们已有很大的好处了。

因此，孙权僭越称帝的罪行，不宜公开揭露。

诸葛亮不但承认这个既定的事实，并且以目前国家的实际利益为考虑重点，他坚持自己的战略目标，必须集中攻击曹魏这个首要敌人，对"不是敌人便是同志"的吴国，采取变通原则，才是明智的。因此发表以上公开说明，以说服蜀汉朝廷意见不同的臣属。

诸葛亮更派遣卫尉陈震为使者，到建业祝贺孙权称帝。

双方在经过协商，约定将来平分曹魏疆土时，西部的州归蜀汉，东部的州归吴国，并发表共同声明："戮力一心，同讨魏贼；若有害汉，则吴伐之；若有害吴，则汉伐之；各守分土，无相侵犯。"俨然是古代版的友好安全同盟。使蜀汉和东吴的关系，得以维护稳定的发展。

诸葛亮在孙权称帝事件上的公开谈话中所提到的"孙权无力渡长江，犹如曹魏无力渡汉水"说法，在隔年春天便遭到挑战了。

蜀汉建兴六年六月，继曹休出任大司马的曹真，建议曹睿主动进攻蜀汉，以解决西南军区的防务。

这次南征军的编组相当庞大，对蜀汉国防的确是空前未有的挑战：

中路大军总司令：曹真
原计划由斜谷越过箕谷进入汉中，后改由长安经子午道直入汉中
东路大军总司令：司马懿
溯汉水而上，由西城进入蜀境，以和曹真会师
西路大军总司令：郭淮
由祁山南下，攻击武都郡和建成郡

曹真向曹睿表示："汉人数入寇，请由斜谷伐之，诸将数道并进，可以大克。"

曹真有意采用人海战术，倾全力攻击蜀汉，一次将之彻底击溃，因此动员的人力非常庞大。曹真大军人数超过五万人以上，司马懿有三四万，郭淮军由各将领的小部兵马组成，人数也在一两万以上。

这也是司马懿第一次参与对蜀汉的战争，诸葛亮和司马懿这两位日后北伐战场上的宿敌，首次正式交手。

不过，汉中及益州都以地势险要闻名，诸葛亮在防守上面要比攻击轻松得多，何况诸葛亮一直在汉中前线，蜀汉一直处于备战状态，所以敌军来得虽多，诸葛亮心理压力倒不是很大。

诸葛亮的作战计划相当简单，所谓"兵来将挡，水来土掩"。蜀汉的兵力较薄，却不乏独立作战的大将，加上据险而守，又在自己境内，拥有地利及人和的优势。

他自己率领主力部队，驻屯东方城固地区的乐城，抵挡曹真由子午线进入汉中的主力，又可阻止曹真和司马懿会师。

同时他下令李严由江州率两万人马，前来汉中支援，表封李严之子李丰为江州都督，接替其父亲镇守江州，谨防东吴的动静。

严阵以待地防备了一个多月，却没有看到"一只老鼠或蚂蚁"，到底曹魏的大军哪里去了？诸葛亮每天派遣大量细作，搜集敌人动向情报，并未发现曹魏军越山而

来的动静。

曹真于六月中到达长安，首先等待张郃大军的到来，他命令张郃由斜谷道进攻汉中，自己则由子午谷道推进，约定在南郑会军。

曹真的大军于八月初出发，刚进入子午谷山区，便碰到连续三十多天的大雨。在谷中绕了一个多月，面对庞大的山雾区，全军迷路了。加上刚建好的栈道被大水冲坏，建了又坏，坏了又建，光是工程就浪费了一个多月时间，曹真的数万大军在大雨中奋斗，真正成了英雄无用武之地。

张郃的大军也不比曹真好多少，斜谷道地形险恶，下雨天根本动弹不得，又和曹真失去了联系。经验老到的张郃判断天险难斗，干脆退回邱县驻扎，伺机而动。

由东路溯汉水而上的司马懿，碰到雨季的大洪流，根本上不了路，只好一直停留在豫州，等"天公作美"了。

曹魏的朝廷大臣反对这次的军事行动，同属辅佐大臣的陈群，首先进谏："当年太祖由阳平攻张鲁，是趁丰年收割完成之时，但张鲁未攻下，我们就已发生粮食短缺的情形。如今未到收割期便出兵，粮食问题必会更严重，而且斜谷险阻，难以进退。补给运输费时费力……不可不熟虑也。"

太尉华歆也以大雨为患，不宜发动战争，劳民又伤兵，绝非治国之道。少府杨阜亦上书表示："徒使大军困于山谷之间，进无所略，退又不得，非王兵之道也。"

散骑常待王肃建议，天气短期内无法转晴，是"贼得以逸待劳，乃兵家所惮也"。

曹睿左思右想后，下诏令曹真班师回长安。

曹真退兵后，张郃和司马懿各自返回其驻扎地。

倒是西战线的郭淮大军行动较顺利，他和魏曜分别攻打武都和阴平，使蜀汉防务一度告紧。

诸葛亮确定曹真等退兵后，便立刻命令魏延和吴懿率军入西羌，由后方干扰郭淮的补给线。郭淮和魏曜不得已回军迎击之，双方会战于阳谷（陇西南安祁）。魏延大败郭淮军，也算向曹魏证明了蜀汉国防上的实力。

魏延和吴懿击败郭淮，但以大军深入陇西，防卫和补给方面困难太多，清理完战场后，不敢久留，便再度退回武都郡以南。郭淮虽被击败，仍很快守住了祁山的防线。

诸葛亮以战功上表升魏延为前军师、镇西大将军，进封南郑侯；吴懿为左将军，进封高阳乡侯。

由于曹真来势汹汹，诸葛亮不敢大意，一开始便摆出长期抗战的姿态。因此粮秣的准备相当重要。

将近两个月的雨季，诸葛亮大军均在山中度过，运输成了严重的问题。为克服此困难，诸葛亮首度采用了一种叫做"木牛"的运输工具。

这是专为秦岭山区寸步难行的栈道方便运输而设计的，在第四次北伐行动时，更是全面采用。第五次北征，和司马懿对阵于五丈原时，还依据木牛的几个缺点，加以改良，成为运输更多也快的"流马"。

《三国演义》中，渲染"木牛"及"流马"的神奇性，好像成了"机器牛"和"机器马"，外形和真的"牛""马"都一样了。连现代也不可能有这种技术，更何况是科学尚不发达的三国时期呢？

《三国志·诸葛亮传》上称赞他"长于巧思……损益连弩，木牛、流马，皆出其意……推演兵法，作八阵图，咸得其要"。换句话说，诸葛亮相当懂得工艺，长于发明和创造各种工具，也就是具有科学头脑，当然三国时期的科技是不可能和现代科学相提并论的。

中国自古便有不少人擅长发明各种科技工具。战国时期的墨翟（墨子）和公输般，以发明攻城及防卫工具而闻名，据说还做过能够飞起来的木鸢（可称得上飞机的雏形）。汉王朝时期的张衡，更以发明观测天象的浑天仪和感知地震的地动仪而流传后世。

相传诸葛亮的妻子黄夫人也是这方面的高手，夫妻两人兴趣相投，相信家里的器具必有不少精彩的设计。

损益连弩是一种杀伤力极强的武器，据说是诸葛亮依照当时的连弩改良设计的，又称之为元戎。弩是一种利用机械力量射箭的兵器，由弩弓、弩臂和弩机组成。装置在弓臂后面的金属发射器（大多由铜制）叫做弩机，一次能够发射数支箭镞的叫做连弩。弩在战国时期已有人使用，汉王朝时为对抗行动火速的匈奴骑兵队，于是发明了连弩。

曹魏军由于曹操擅用骑兵的传统，以快速的骑兵战而闻名，或许诸葛亮便是为了应付曹魏骑兵的冲击，强化己方的杀伤力，才发明这种损益连弩。

根据裴松之记载，诸葛亮的损益连弩以铁为矢，矢长八寸，一弩十矢俱发，号称为摧山弩，威力非常强大，在当时被列为第一流的兵器。

第四次北伐战中，魏国名将张郃便是死在这种"损益连弩"的乱箭齐发之中。

1964 年，大陆考古学家在成都附近郫县太平公社，挖掘出后主刘禅景耀四年（公元 261 年）二月三十日制造的铜弩机，为诸葛亮死后二十七年所制造，应属诸葛亮改良后的一种损益连弩。

这种弩机，弩弦用臂力是拉不开的，发射时必须用脚踏，扣动扳机后，钩抬会往下缩，钩住的弦随即弹出，箭镞就会发射出去，由于附有瞄准器，命中率甚高。

"八阵图"牵涉范围较广，篇后将辟专章讨论，在此不赘述。

其实，最值得一提的仍应属"木牛""流马"。这是针对蜀国畜力不足、秦岭山区多栈道、运输粮秣非常不方便，由诸葛亮指导工匠蒲元等设计出来的。史料记载：木牛是一脚四足，流马是前后两脚；脚是车轮，足是支撑用的木柱。也就是说，"木牛"及"流马"并非是"牛"形或"马"形的机器,而是单轮和四轮的小木车。

清朝人张澍在其所编纂的《诸葛武侯故事》中引用《后山杂谭》记载:"蜀中有一种小车子,一个人推动,可运载八石重的东西,前如牛头;又有一种大车子,可以四个人一起推。载重量超过十石,这大概就是诸葛亮所发明的'木牛''流马'吧!"

不过根据史料记载,诸葛亮时,木牛只能载一岁粮(即一个人一年的口粮),流马只能载四斛六斗(约四石多)。由此看来,《杂谭》所记载的,已是经过改良后运输量更大的"木牛""流马"了。

木制独轮小车,其实在汉代以前,已为民间所用,称为辗车。诸葛亮的"木牛",应是针对山路崎岖、平衡感的特殊需要,重新设计的。

成都羊子山二号汉墓出土的骈车画像砖,右下角有人在推独轮小车,大概就是"木牛"的大体轮廓。

"木牛"每次可载一岁粮,约有六百公斤重,每人每天可以运送二十里路,虽不会太辛苦,但速度的确稍慢了些。后来设计的"流马",不但载重量增大许多,相信最主要应是速度的改良,所以才会以流马称之。

"木牛""流马"可以运粮,本身又不需要喂食,对长期的远征作战,的确有很大的帮助。

第 27 章
司马懿出山　高手来对阵

建兴九年三月，经过将近两年的休养生息，诸葛亮在汉中集结了大量人马，准备发动第四次北伐。

第一次北伐，规划上最完整，掌握的时机也最好，不幸错用了马谡，造成凄惨的败局。

第二次北伐，只能算是第一次的延续行动，由于敌军统帅曹真早有准备，加上陈仓守将郝昭表现优异，迫使诸葛亮无功而还，虽谈不上失败，却相当没面子。

第三次北伐，规模小，目标也不大，只是用来重建自己的信心，及加强西战线的基础实力。

建兴八年的那场被大雨阻止的蜀魏对抗战之后，诸葛亮认为时机已成熟。风闻魏军总司令曹真病重，一旦去世，曹魏的军政结构将因连续丧失曹氏第二代精英曹休和曹真而产生重大变故，也将削弱魏军的作战力量，因此诸葛亮准备趁机展开一场大规模的北伐行动。

这次，他仍选择祁山的西战线，可见在战略规划上，诸葛亮的目标不变——仍是曹魏最西方的凉州。

三月初，诸葛亮完成编组。

去年调到汉中的蜀汉江州防卫司令李平（即李严），一直在汉中帮忙，东方的防务由其子李丰接任。诸葛亮上表拜李平为中都护，在汉中开署治事，督办这次北伐大军粮秣的运输、调配工作。

这次动员兵力将近十万，所需的辎重粮秣相当多。因此，动用了一批新制的"木牛"负责运输。掌管后勤补给的李平，工作压力巨大。

第四次北伐大军的编制如下：

北伐大军总指挥：诸葛亮

参谋本部：杨仪、姜维、杜义

第一大军司令：魏延

第二大军司令：高翔

第三大军司令：吴班

第四大军司令：王平

汉中后勤行政总指挥：王平

北征大军依编制，于三月底从汉中出发，预计在武都、阴平集结，准备向祁山发动总攻击。

就在这个紧要关头，曹魏的西战线司令——大司马曹真，却进入病危中。

去年，曹真主导南征蜀汉的军事行动，动用的军力空前庞大，连东战线荆、豫两州的督军司马懿也被借调。不幸碰到连续三十多天的倾盆大雨，秦岭山区整日浓雾笼罩，对此区地形不熟的曹魏关中大军主力部队居然迷路了，将近一个月进退不得。

曹真又急又气，亲自冒雨指挥行军，因而得了严重风寒，回到长安后，心情一直抑郁不安，病情更为恶化，到了建兴九年入春，已经是一病不起。

魏主曹睿亲赴长安探望，曹真知道自己将死，乃推司马懿接任。

由于司马懿和曹真一向不和，曹真遂亲自写了一封急函，派人送给司马懿，信中表示："非仲达（司马懿字）不足以救国家。"要求司马懿承续自己未完成的工作——消灭蜀汉及东吴，统一华夏。

司马懿字仲达，河内温县人，比诸葛亮大两岁，温县大约在洛阳东北七十公里的地方。

司马家为当地望族，祖父曾任河内郡太守。司马懿在家中八个男孩里排行老二，由于这八个男孩子表现都很优异，当地有"司马家八达"的美誉。

　　司马家兄弟受过完善教育，学问渊博，尤其在佛学方面造诣颇深。长兄司马朗年轻时便颇有声望，当时的军事强人董卓有意重用他，但司马朗以董卓乱政，拒绝受聘，反而弃家投奔举义旗反抗董卓的曹操。

　　司马朗个性善良、豁达，工作相当干练，曹操曾封之为成皋县令。"治务宽惠，不行鞭杖，而民不犯禁"，曹操非常欣赏，认为是千古难得的治世能臣。可惜他在随军南征东吴时，罹患疫病，以四十七岁的英年，死于军旅。

　　曹操怜惜司马朗英年早逝，因此特别将他年仅二十九岁的大弟司马懿，聘为私人谋士，刻意提拔。

　　年轻时期的司马懿和兄长有很大不同，虽然个性上都显得温和，但司马朗较诚恳，司马懿则城府深，友人们常批评司马懿"内忌外宽，善于权变"。也就是说，他虽热情有气度，却机警善变，又有点狡诈，很像年轻时期的曹操。

　　官渡大战前，曹操广征人才，司马懿自然是其中之一。但司马懿怀疑曹操是否有力量敌得过袁绍，因而不愿出仕，便假装中风，无法应征，居然连兄长司马朗都以为他是真的病了。

　　曹操的首席内政辅佐崔琰，曾对司马朗说："你那位大弟弟，智慧和胆识都在你之上呢！日后一定是名了不起的将才。"

　　不过，司马懿不久还是被任为文学掾，陪曹操的儿子曹丕研究学问，两人有相当亲密的交情。由于曹丕比司马懿年轻八岁，故对待他有如兄长一般。

　　汉中大战前夕，司马懿由书记升任军事参谋，在曹操生命中最后的十二年间，司马懿一直跟随在曹操身边，学会不少曹操思考、应变及待人处世的技巧。

　　编年史的《资治通鉴》中，司马懿是在曹操征伐汉中道教大军领袖张鲁时登场的，当时已出任军事参谋。他在征服汉中后，建议曹操要乘胜进攻益州，曹操却笑着对他说："人的欲望真是无穷呀！又何必得陇而望蜀乎！"

　　建安二十四年，关羽发动北伐，以水淹法击溃于禁大军，威震华夏，曹操有意迁许都以避之。司马懿全力劝阻，并建议联合东吴袭击关羽后方，一举解决襄樊所受的压力。

　　曹丕即帝位，司马懿立刻成了曹魏政权的大红人，深获曹丕信任。曹丕病重时，更将司马懿与曹氏第二代精英曹真、曹休等，加上陈群组成托孤的辅佐大臣，还特别交代曹睿，任何事情都可以和司马懿商量。

　　不久，孙权在江陵方面军力不断强化，使樊城和襄阳备受压力。曹睿乃任命司马懿为骠骑大将军，兼任豫州和荆州督军，并进驻宛城，负责抵挡东吴势力的扩张。

　　就在这段期间，孟达打算在新城起义，响应诸葛亮的北伐，被司马懿火速的行动加以敉平。

　　建兴八年，曹真发动征讨蜀汉的军事行动时。曾约司马懿由汉水西上，由西城攻打汉中盆地的东方，这也是司马懿第一次参与和蜀汉的作战。却因为连续一个多月的大雨，汉水洪流暴涨，司马懿连船都还没有登上，曹睿已经下令撤军了。

曹真和司马懿之间，虽明争暗斗，常有冲突发生，但彼此仍相当尊重对方。因此曹真在临终前基于公义，推荐司马懿代理自己和诸葛亮对阵。他的理由是孙权力量虽大，但重点在自己为皇帝，原则上是以自保为主，蜀汉自认为汉王朝正统继承人，因此诸葛亮北伐的企图心旺盛，不得不严密防御之。或许曹真早已看出，由于曹氏第二代精英皆英年早逝，曹睿固然贤明，但年纪太小，曹氏政权的实力已大幅削弱，必须靠在洛阳地区属于世家的司马家声望，来维护曹氏政权的掌控力，所以希望司马懿能够和曹睿密切配合。

平心而论，司马懿的作战经验还不如诸葛亮，这个弱点，在司马懿的心里自然是非常清楚的。

既然临危受命，司马懿不敢怠慢，立刻由荆州返回京城洛阳和曹睿会商。曹睿将曹真的推荐函当面交给司马懿，并嘱咐之："西方事重，非君没有可以托付的人了。"

当场，曹睿令司马懿即刻进驻长安，总督张郃、费曜、戴陵、郭淮等，共同商讨对付诸葛亮的北征大军。

隔月，曹真病殁，从此以后司马懿的大军逐渐成为曹魏军权的主流派。原曹真、曹休的主力反而退为附属地位。

司马懿到达长安后，立刻着手编组对付诸葛亮北征的大军。

总司令：司马懿
参谋：司马师、司马昭
前军大军司令：张郃
中军大军司令：郭淮
后军大军司令：司马懿自兼
大军将领：魏平、贾栩（非曹操时期参谋长贾诩）
副司：戴陵

司马懿编组的防御大军，人数约二十万人左右。由长安出发后，魏主曹睿也在洛阳编组后援大军，目标三十万人，以应随时需要，分批奔赴前线支援。看来，曹睿打算全力以赴。

司马懿令费曜和戴陵率四千精英，防守凉州军事重镇，一方面可以阻止诸葛亮再度趁机攻占陇西三郡，另一方面也可以确保曹魏在祁山前线的守卫军和雍州后方之间的补给线。

张郃向司马懿建议，由他带领前军军营，由郿县和雍县附近，循褒斜道南下，攻击诸葛亮在汉中的补给阵地，以摧毁诸葛亮的作战力。

但司马懿担心自己在这地区的作战经验不如诸葛亮，张郃正可弥补自己这方面的弱点，因而加以婉拒。他坦白地对张郃表示："目前军营中，能够独当一面对抗诸葛亮的大概只有将军一人了，若再分散兵力，对我方的战斗力可能会不利。况且，秦岭山区多险路，想必诸葛亮会以少数兵力据险而守，去了也不见得能建功，相信他的主力一定会放在祁山，我们应集中最大的兵力来对付他才对啊！"

另一方面，诸葛亮的主力军，由武都直接攻击祁山山下的曹魏军防卫要塞，他预测司马懿将由陇山南麓渡过渭水，经由街亭，南下木门，来拯救祁山的曹魏守军。

因此，他留下王平指挥由南中少数民族组成的无当飞军，继续围攻祁山，自己亲率魏延、高翔、吴班等大军北上迎击司马懿的主力部队。

不过，在到达木门附近时，诸葛亮突然变更行军路线，他表示不愿和司马懿硬碰硬，而转向西方，先攻打由费曜镇守的凉州军事重镇上邽。或许诸葛亮早有此打算，因为他北伐的第一个目标仍是凉州，只是为了欺骗司马懿，才故意摆出要在渭水河畔进行决战的姿态，却避实击虚地攻打凉州第一道防线上邽。

司马懿原本认为以上邽的天险，又没有多少兵力驻守，诸葛亮应不会在那里浪费时间才对。想不到诸葛亮竟动用庞大军力，围攻上邽。

这下司马懿慌了，立刻派郭淮大军，火速支援上邽，自己则随后赶到。

费曜在得到郭淮的支援后，胆量变大了，为确保上邽的安全，他和郭淮商议，想趁诸葛亮大军到来之前，先夜袭刚到城外驻营的蜀汉前锋魏延大军的大本营。

但魏延经验老到，又勇猛善战，他判断郭淮军一到，魏军必会主动求战，因此日夜严守。

夜袭的魏军，反而陷入苦战。在将近半天的肉搏血拼后，费曜和郭淮好不容易才脱险而出，幸留守的戴陵军还算谨慎。他除了据险坚守本关外，还派出接应部队，打开一条回关的道路，使郭淮和费曜的败军得以顺利入关。

就在这段时间内，高翔和吴班的大军也赶到了，他们趁机攻占了上邽周围的外线防守阵地，使费曜等只好退回本关死守，上邽外围的麦子被蜀汉大军收割一空。

等到司马懿大军渡过渭水时，发现上邽外围的防守已完全落入诸葛亮手中，想要支援上邽也不太有把握打胜仗。在此进退两难之际，只好来个以静制动的策略。

司马懿下令在渭水河畔构筑防卫营寨，据险而守，以消耗诸葛亮远征军的粮秣。不管蜀汉军如何挑衅，司马懿一律相应不理，让诸葛亮一筹莫展。

率领数倍于敌人的大军，却能够在得到十足把握之前，强忍着不进行决战。拥有此等坚忍不拔的耐力，司马懿不愧是日后雄霸一时的豪杰。

面对司马懿的坚守战术，诸葛亮决定暂时把军队退到邽城东北约五十里的卤城，在这里可以同时监视司马懿的大军和上邽守军的动静。如果司马懿想趁机解救上邽之围，诸葛亮便可配合魏延大军内外夹击之，或许还可以在街亭安排另一次会战，以报当年马谡溃败之仇。

235

但司马懿似乎没有中计，他虽然移动了军队，却没有攻向邦城。相反地，是尾随在诸葛亮大军后面跟踪。不过，也不是趁机从背后袭击，而是像监视般地远远盯着，并且若即若离地和诸葛亮保持一段安全距离。

诸葛亮实在无法了解司马懿到底耍的是什么战术。只要诸葛亮一动，他立刻跟着动。诸葛亮停下来，他也跟着停下来，并且立刻构筑防御工事，搭建营寨，以等待蜀军来攻。但诸葛亮下令攻击时，他又闭营坚守，完全不理。

不过，比诸葛亮更受不了的，却是司马懿本身大军的将领们，他们觉得这样太没有面子了。曾在这里立下彪炳战功的老将张郃，实在看不懂司马懿到底在干什么，便坦然地建议道："蜀汉大军远征攻击我们，我们避其锐锋不愿和他们会战，主要是想消耗他们的粮秣和士气，这种战术我也颇为同意。我方的祁山守军，知道我们大军南下，相信必能信心十足，固守住他们的本营，因此我建议分出一支奇兵，绕到他们的后方。一方面可以强化祁山的防御力量，一方面也给蜀军压力。像这样尾随他们前进，又不敢逼近，一副很害怕的样子，是会让众人大失所望的。"

司马懿认为时机未成熟，还是不同意，决定仍然跟着诸葛亮跑，每到一个地方，立刻建立营寨，但就是不肯出战。

后军指挥官贾栩和魏平实在看不下去了，便纷纷议论道："司马公畏惧蜀军有如老虎，实在是我们的耻辱，这会使我们成为天下的笑柄呀！"

这种传言多少会进入司马懿的耳朵，司马懿心里自然很不好受。加上军中又不断有耳语表示，蜀军最怕的是张郃，像司马懿这种胆小鬼，根本不放在心上。这些传言的确使一向冷静的司马懿，开始有点沉不住气了。

到了五月，诸将求战的压力更大，司马懿不得已，只好依照张郃的建议，让张郃分出一支奇兵，到祁山之南攻打王平的部队。他自己带着魏平和贾栩，由正面向诸葛亮挑战。

张郃的步骑混合组大约有六千名，由探马搜集消息得知，王平的无当飞军不到三千名。

因此张郃暗自计划着，王平军看到曹魏援军到来，一定会立刻撤退，祁山之围自然而解。到时候，他便可会合祁山守军，由南向北夹击木门附近的诸葛亮大本营。和街亭之役相同，将很快迫使诸葛亮退回汉中。

王平的无当飞军人数虽不多，却个个猛勇善战、视死如归。王平一听到张郃援军到，不但没有逃走，反而天天在第一线督战，并在祁山外围根据地形构筑了一道相当坚固的防御工事。张郃的军队攻势虽猛，却一步也踏不进去，更不要说和内围的曹魏守军取得联系了。

王平早年曾任曹操关中大军的中坚干部，本身又是行伍出身，实战经验丰富，对张郃关中大军的作战方式知之甚详，两军相峙达数十天之久，张郃对他一点办法也没有，反而使自己的军队开始有了粮秣供应上的问题。

司马懿的主力部队，进行得也不顺利。

原先司马懿的策略是，先由魏平和贾栩带领万余人马埋伏在卤城东北角山区，然后他亲率主力部队，和诸葛亮军正面对抗，当两军陷于僵局时，魏平等可绕道山路由侧面袭击蜀军。由于曹魏军力在人数上占有绝对优势，或许能有效地将诸葛亮北伐的主力军围困在卤城附近，这样曹魏军便胜券在握了。

为达此目的，司马懿还下令自己的两个儿子司马师和司马昭由正面发动试探性攻击，吸引蜀军注意，让魏平和贾栩得以顺利行动。

不幸地，进入山区绕到侧面的魏平和贾栩，迫不及待地想袭击蜀汉军队，让谨慎的诸葛亮有所察觉，进而展开巧妙的反制行动。

诸葛亮令魏延迎击并搜索魏平在山区的军队，双方刚一接触，魏延便发动猛烈攻击。曹魏军兵力虽较多，但因为在山区调动不易，反而被魏延军一一击败。这场仗打下来，魏军损失了甲士三千多人、玄铠五千多套、角弩三千一百多张。司马懿看到魏平大军溃散，便放弃和诸葛亮对峙，再度退回营寨坚守。

在祁山外围僵着的张郃大军，听说司马懿战败，急忙引军退回，双方再度合为一军，守住阵地，任凭蜀军再怎样挑战也不出来了。

据野史记载，诸葛亮不但火速击溃了魏平军队，还让高翔、吴班等引诱司马懿父子进入山谷中，安排火攻欲消灭之，不巧当天大雨，火药完全失效，司马懿父子才得以侥幸脱险。

但是依司马懿小心翼翼的个性，这种情况的真实性似乎不高。总之，这场宿敌对阵，高手相逢，从头到尾如同在捉迷藏，双方仍无缘当面交锋。

双方相持到六月间，诸葛亮的粮秣陷入了严重的供应困难。

新设计的"木牛"固然功能不错，但到底还是速度太慢，诸葛亮由武都到祁山，由祁山到卤城及邦城的战线，又拉得太长，使负责运输粮秣工作的李平感到非常困扰。

不久，参军马忠和督军岑述紧急来到卤城前线，要求晋见诸葛亮，代李平传达后主刘禅的口谕，表示后方的行政工作出了严重问题，粮秣和装备供应上有困难，希望诸葛亮先行退军，从长计议。

诸葛亮正为粮秣供应不足而烦恼着，听说后方出了问题，也认为勉强不得，便紧急下令撤军。

看到诸葛亮突然撤退，司马懿判断蜀军已经粮尽，军心必不稳。如能趁机追击，或许能报魏平遭击溃的耻辱。因此他命张郃率领前军军营，组成骑兵组，火速追击。

《三国演义》描述，听到诸葛亮退兵，张郃便欲主动追击之，司马懿大力劝阻，但张郃坚持己见，以至遇伏身亡。历史上的记载正好相反，司马懿下令追击蜀汉退军，张郃以《孙子兵法》上"归师勿遏，围师必阙"的道理反对，但司马懿执意不肯放弃，张郃只好勉为其难从之。

依诸葛亮的个性，即使在危急关头，他也是井然有序的。街亭之役后，除了魏延大军距离太远损失较大外，其余的部队大多能安返。由此看出，诸葛亮相当懂得败而不乱。初次交手的司马懿，低估了诸葛亮这方面的能力，想趁机讨回点"利息"，却造成曹魏大军的空前悲剧。

由于王平在祁山仍拥有绝对优势，诸葛亮根本不必担心归路遭到切断，因此他先指示包围邦城的高翔大军先行撤军。郭淮和费曜虽暂获解围，但和主力部队的联系已断绝多时，谨慎的郭淮不敢擅自行动，让卤城的蜀汉主力在压力不大下，迅速而颇有秩序地撤退了。

但诸葛亮担心司马懿或郭淮，在确定蜀军撤退后会趁机追击，便亲自断后，在木门的山上安排大量弓弩队，并配置部分刚改良成功的损益连弩，想试试其杀伤威力。依诸葛亮原先的构想，只是杀杀曹魏追军的威风，打击其士气，让他们不敢追来而已，不料却钓到了一尾大鱼。

在这次的攻防战中，一向在这个地方相当威风的张郃，却吃了不少暗亏，心里颇为不平。加上第一次和司马懿配合，处处受限制，一股怨气正没处发泄，又被强制命令追击撤退敌军，因此几乎是不顾性命地往前直冲，即使到达山谷地区，也未特别警戒，以致遭到诸葛亮断后部队的袭击。

若是一般的传统武器，依张郃的作战经验，要逃过这个劫难不是不可能，只是损益连弩威力太大，一发十数支飞箭，挡也挡不住。在首次的攻击行动中，张郃的右膝中箭，落下马来，使他气愤难消，大吼一声，愤怒地杀向山上，不一会儿，便死于乱箭之中。

这位让诸葛亮颇为头痛的魏国一代名将，就这样意外地送了命。张郃大军中分出追击的骑兵组，也几乎全军覆没了。

当诸葛亮大军回到攻击发起线的武都和阴平时，驻守汉中负责粮运的李平突又宣布："粮秣充足，补给上全无困难。"然后派人向诸葛亮表示："为什么突然退军呢？"

这下子把诸葛亮搞糊涂了，不是李平派马忠传令，后主因粮运困难，而下令先行退兵的吗？为什么李平会不知道这件事呢？难道是马忠误传或另有内幕？

李平以尚书令身份，成为刘备托孤大臣之一。换句话说，依刘备临终的意思，李平所承担的责任，仅次于诸葛亮而已。

刘备为什么会如此重视李平？这大概是因李平在蜀中为官最久，人脉及人际关系要比空降的诸葛亮好得多，为了蜀汉新政权的稳定，刘备特别要求李平给予诸葛亮有力的协助。

但刘备死后，李平由于要应付东吴方面可能的攻击，一直驻扎在江州，根本没有时间返回成都发挥他的影响力。相反地，诸葛亮回到成都后，在很短的期间内，以高度的政治技巧，独立组合了蜀中各股力量，使不稳的蜀汉政权，在刘备去世后不久便稳定了下来。尤其是南中凯旋班师回朝以后，诸葛亮的声望达到最高峰，很快便掌握了蜀汉政府的主要大权，似乎一点也不需李平帮忙。即使他北伐中原进驻汉中之后，成都的政治也由诸葛亮提拔的第二代精英郭攸之、费祎、蒋琬等负责。特别是张裔去世后，诸葛亮似乎已把主要的政治运作，交由少壮派承担，像李平这种元老级大臣，都不再负责实际运作的职责了。

即使原本驻守江州负责东吴防务的工作，也因东吴及蜀汉关系缓和，不再是那么重要。诸葛亮下令李平将江州防务交给儿子李丰负责，李平自己则到汉中来协助诸葛亮北伐工作有关粮秣的供应及运输事宜。

对诸葛亮而言，这正是他大公无私和高度政治智慧的表现。诸葛亮个性上虽审慎细心，但却自信十足，对本身的能力有充分把握，而且不会患得患失，总是尽全力工作着。

他比刘备更了解蜀中政治和社会结构，为了避免刘备死后可能产生的争权，他决心尽快建立接班的班底，将蜀汉政权的重心很快转移给第二代精英的少壮派。他自己则承担最困难的"业务开拓"工作，将剩余的生命贡献在为国家未来前途所做的"南征北讨"上。

因此，他希望元老级的大臣和他一样，不再掌握实际政治权力，只求做事不再做官。

但对李平而言，这种崇高的思虑和情操，是无法理解的。好不容易受到刘备之托为辅佐大臣，便应该好好发挥其权力。诸葛亮不在国内，照理讲，他应留在成都指挥大局才对呀！怎么被调到汉中管理这吃力不讨好的后勤补给工作呢？

相信李平的心理一定非常不平衡，他认为诸葛亮剥夺了他的权力，并且在内心严厉地指责诸葛亮的"独裁"。

李平忍受了一段相当长的日子，甚至把自己的名字由"严"改字"平"，多少在心理上有"自我疗伤"的作用。但心中的不平并没有消失，所以只要机会到来，他总想报复和发泄一下。

这次的运粮工作，进入五月后，便碰到和去年魏国曹真南下时同样的难题，大雨接连数十日不停，运粮工作阻碍重重，前线的诸葛亮又不断急迫催促着，使李平在情绪上再也无法平稳下去了。

他先派马忠假传圣旨，表明后方的困难，再派自己的部下岑述催促诸葛亮立刻撤军。但他似乎没有仔细思考诸葛亮真的回来后，这个假传圣旨事件上，应该怎么交代。或许他认为诸葛亮绝不可能说退军便退军，一定会派使者来交涉。到时候他或许可以向诸葛亮建议，这批少壮派执政经验不足，才会造成后方行政上的困难，不如由自己回成都，彻底从政治及经济层面上解决这些问题，这样便名副其实地掌握辅佐大臣的权力了。

诸葛亮远在数千里的前线，就算郭攸之等想和他联系，也没有自己来得方便与快速，只要处理得当，诸葛亮是不可能发现事情真相的。

他实在没有想到，诸葛亮对战场条件要求非常谨慎，因此在接到粮秣困难的消息后，即立刻宣布撤军。

这下子李平着慌了，他害怕诸葛亮回汉中发现真相后，会追究他假传圣旨、贻误军机的重罪，但他也不知道应该如何来为自己辩护及解脱罪行。有一阵子，他甚至想谋杀马忠和岑述以推卸责任，但事情到了这个地步，这样做未必骗得过诸葛亮，使他一直迟疑不安。

在成都的后主刘禅，接到诸葛亮突然撤军的消息，由于当时通讯不发达，掌政的第二代不了解诸葛亮退军的原因，或许认为蜀军又打了败仗而心焦不已。因此，刘禅派人向后勤留守的李平询问诸葛亮为何突然撤离前线。

面对这个问题，李平不知怎么回答才好。起初他表奏后主刘禅，称说这次的退军是假的，是诱敌之计吧！但从诸葛亮直接和后主的通信中，刘禅很快发现，这似乎不是假退军。因而再度要求李平澄清。李平实在是乱了方寸，干脆向后主表奏，诸葛亮或许临阵畏敌，有无故撤军的嫌疑。

留在成都的诸葛亮心腹重臣，接到这种奏呈，不免大惊失色，立刻紧急向前线的诸葛亮密报。诸葛亮不动声色，迅速回到成都。他把李平给自己的书信，以及上给后主的奏呈详加对照，并召见马忠、岑述等有关人员，了解事实真相。由于人证、物证俱全，李平的野心及不负责任的态度完全暴露。诸葛亮下令暂停李平所有职务，在家闭门思过。

即使没有李平的欺骗，诸葛亮也可能因粮运困难而被迫撤军，因此李平贻误军机的罪行其实并不严重。但他以个人野心欺上瞒下及逃避责任的作风，让诸葛亮深为气愤，他给后主刘禅上了一份弹劾表章：

先帝去世以来，李平便一再以自身利益为主，求取虚名，而无忧国之心。

当臣准备北征之际曾要求李平在汉中镇守后勤，但李平以该职务对其利益不大，而要求出任统辖五郡的巴州刺史。

去年，臣欲由祁山西征，征召李平主督汉中后勤事宜，李平却说司马懿已开府招抚，影响东方边境的稳定，臣因知李平之野心，想用这件事，取得更多的个人利益。是以臣特别表李平之子李丰为江州大军总督，特别隆重优遇之，希望李平对朝廷能有更多的认同。

李平到达汉中时，臣亦将所有后勤工作完全交由他全权处理，许多臣属都责怪臣过分迁就李平，对他太好了些。但臣认为大事未定，汉室倾危，与其过分指责其短处，不如褒扬其长处，强化其忠诚，团结一致为国事而努力。

想不到李平心里所想的仍只有虚名及个人利益，因此颠倒黑白，欺下瞒上，造成严重的军事贻误。当然这一切过错，臣也无法逃避责任，这也是臣用人不实的过失呀！

由于李平乃托国重臣，地位崇高，这件事情应该予以怎样的处分，蜀汉朝廷重臣们为之议论纷纷。

诸葛亮清楚地表达了他对这个事的看法："人的忠诚心，就如水中之鱼一样。鱼如果没有水，一定会死。人如果失去忠诚心，也必会发生凶事。是以良将更应谨守自己的忠诚，才能够扬名立万啊！"

八月底，后主刘禅下诏，免除李平所有职权，废黜为平民。

李平所统辖的蜀汉最大非主流派大军，也解散并入各大军中。在江州督军的李平儿子李丰，调回成都，但诸葛亮仍升之为中郎将，成为不直接带兵的参谋官职务。

当时很多人判断李平家族可能会遭到罢黜，想不到诸葛亮严惩李平，对其家族却意外宽容，嫡子李丰除继承其爵位外，仍可参与蜀汉朝廷军政大事，诸葛亮还特别写了一封慰问信，要求李丰谨守职责，和长史蒋琬"推心从事"，尽心为国建功。

李平虽遭严厉处分，到底他也能自我反省，对诸葛亮并无怨恨，使李平大军的解散及分并得以顺利完成。尤其对李丰继续受到重用，李平深为感激。日后，李平在梓潼郡听到诸葛亮病逝的消息颇为伤心，不久便突发急病去世了！

第 28 章
秋风五丈原　汉丞相归天

第四次北伐失败，主要是粮食供应的困难。但诸葛亮在连续和曹真、张郃及司马懿等曹魏一流名将对阵后，信心大增，特别是袭杀张郃之后，诸葛亮对击败曹魏、占领关中已是愈来愈有把握了。

为改善粮运问题，他对"木牛"和"流马"又做了进一步的改善。建兴十年和十一年，诸葛亮加紧粮源及兵源方面的规划。他在黄沙（陕西省勉县）大规模垦殖，并在景谷（四川昭化）的白马山，操练"木牛"和"流马"的运输作业。十一年冬天，在斜谷道筑成空前巨大的仓库，做好再度北伐的完整准备。

这两年，诸葛亮大部分的时间仍在汉中"休士劝农""教兵讲武"，有时候则返回成都探望家人。他的两个女儿诸葛怀和诸葛果也在这期间出生，这时候的诸葛亮已五十二岁了，却能连续生育子女，可见他的身体健康情况仍然相当不错。

不过，诸葛亮之所以经常往来于前线和京城，并非为了和家人团聚，主要是蜀汉的军政系统中产生了严重的纠纷。

前锋大军首席猛将魏延领导的"战士"派，和车骑将军刘琰、绥军将军杨仪所领导的"参谋"派之间，由早期的意见不合，逐渐演变成意气之争，彼此相互排斥，使军队的运作产生问题，诸葛亮为此头痛不已。

魏延一向深得军心，加上勇猛善战，是前线不可或缺的将才。杨仪则擅长行政作业，对诸葛亮最为困扰的粮运问题常能提出有效的解决办法，深得诸葛亮器重。这两人都是诸葛亮少不了的左右手。

为协调彼此间的歧见，诸葛亮只好将官职最高的车骑将军刘琰，以酗酒的理由，下令遣返成都，减轻魏延的心理压力和对"杨仪班"的敌视。

因此，诸葛亮的忧心和工作量同时增加了不少。就在这个时候，他听到隆中时期的老友、曹魏御史中丞徐庶和典农校尉石韬相继退休，诸葛亮不禁感叹道："魏国人才何其多啊！连他俩人都有机会退休呢！"

就在这段时间，诸葛亮的食量和睡眠明显地减少，无因的焦虑愈来愈严重，大小事如果不自己经手，都会有强烈的不安，健康状况也开始衰退。

建兴十二年二月，诸葛亮率领第四次北伐原班人马，再度出征。这次他的路线有很大的改变。两次远绕西战线攻打凉州的策略均遭失败。尤其是粮秣运输问题，由于战线拉长更严重。而且，连续数度的对峙，曹魏阵营在这里的防卫能力也大大加强了。由子午道进攻长安，虽最快速，但路途最难行，也有可能造成运输上的困难。

因此，他选择由褒斜道出斜谷攻击关中西南军事重镇郿县的计划。去年，在斜谷道建构大仓库时，便已决定了此战术。这个战术效果虽较直接，但反弹也一定较大。为分散曹魏的力量，诸葛亮特别派使节到东吴，约同孙权一起出兵，得到了孙权的首肯。

二月间，诸葛亮仍以魏延为前锋，出斜谷直接攻击郿县，自己率领主力部队共约十万，随后到达五丈原附近，并在此扎下营寨。

曹睿再度以司马懿为总司令，率领二十万兵马，沿着渭水南岸布阵，背水建构防御工事，准备长期抵挡蜀军的攻击。

五丈原在（今日陕西省岐山县）南端，是一片低矮丘陵地，土质肥沃，适合种植粮食。诸葛亮选择这个地方，显然是为了粮秣供应问题，他有作长期战的打算，有先为不可胜以待敌之可胜的准备。可见这个时候，诸葛亮对自己的健康，仍有相当的把握。

其实，司马懿最怕的是诸葛亮发动决战。当时，参谋本部原建议他将大军部署在渭水北岸，但司马懿认为这会引诱蜀军越过郿县以东，为了保护长安，便不得不进行决战。虽然曹魏大军人数上占绝对优势，但张郃去世后，曹魏阵营实在缺乏和魏延在战场上相抗衡的指挥官，因此进行大会战并不见得有利。

他下令移师渭水南岸建立防御营寨，主要目的在全力阻挡诸葛亮向东或向北的攻击。

由于双方仍如第一次对阵般的谨慎，五丈原上外弛内张，战局暂时呈现僵局。

二月底，诸葛亮下令自己统率的主力部队，在五丈原散开布阵，并沿着太白山下的丘陵地进行屯田，准备长期性粮食的自给自足。

表面上，诸葛亮显得好整以暇、从容不迫，其实他的焦虑行为日渐明显。据说，他自己兼任"品质管理"人员，每天审察"木牛"及"流马"的运作成效，并亲自改良损益连弩，审察二十杖以上的罪刑。显然，诸葛亮是利用这种不用花太多脑筋的工作来消耗时间、平缓心里的压力。

三月，和诸葛亮同年的汉王朝末代皇帝——汉献帝，在被罢黜十二年后，病死于许昌，享年五十四岁，结束了他坎坷的政治生涯。

魏明帝曹睿，下令司马懿坚守阵地，避开敌军锐锋。让蜀汉大军进退两难，只要他们陷入粮食不足的情况，便可轻易地击败之。

坚守战略，已成为曹魏决策中心的共识。

不管诸葛亮如何地挑衅、示弱、引诱，司马懿一律不理睬，对蜀军的攻击，一律以箭雨对付，兵士们一步也不离开营寨，倒让诸葛亮真正束手无策了。

这段期间他写了一封信，给他的兄长诸葛瑾，表示：瞻儿今年已八岁（虚岁），聪明又可爱，只是稍嫌早熟了些，恐日后不成大器。

《诸葛亮集》中，收录两篇《诫子书》，一篇探讨求学之道，一篇说明宴请宾客时饮酒的节制。想必是为养子诸葛乔（诸葛瑾次子，为诸葛亮养子，街亭之役殉职）所写的，否则为刚满六岁的儿子作此训诫，有何意义？

不过，诸葛亮的屯田政策做得相当成功。由于他治军严明，屯田的士兵和当地百姓相处颇为融洽，《三国志》上记载："百姓安居，军无私焉！"加上原本的准备充裕，一时之间，蜀汉大军的粮秣供应似乎没有什么问题。

守在营寨后面的司马懿也想不出什么方法对付，只好向后方要求更多的支援，继续坚守下去。

西线无战事，东战线倒热闹了起来。

五月间，孙权亲率十万大军，攻击曹魏最东边的军事重镇合肥。

同时，诸葛瑾和陆逊也领军进入江夏，出沔口，准备向襄阳进攻。

另外，孙诏、张承等也以少数人马，布阵于广陵、淮阴一带。

蜀、吴同时北伐，曹魏政权面临空前未有的庞大压力。

代替司马懿指挥魏东战线防务的是作战经验丰富而且文武双全的老军头满宠。

满宠在曹操时期便常膺重任，尤其富于独立作战能力。只是魏国大军这几年大多调往关中，去对抗诸葛亮的连年北伐，致使满宠能够动用的军力不多，加以防御地区广大，一时也感到非常头痛。

经过审慎的评估，满宠决定采取坚守策略。他下令各地守将封城，自己则率主力部队准备亲自迎击孙权的北上大军，并向曹睿申请援助。

审视战局，曹睿决定御驾亲征对抗孙权。

七月，满宠募集敢死队突击孙权的大本营。孙权侄儿孙泰殉职，吴军遭到严重挫折。加上天气炎热，吴军多数染病，又听说曹睿亲率三十万大军，已逼近约数百里。孙权担心硬战对自己的军队不利，紧急下令撤军。

孙诏在淮阴的部署，也因孙权的撤退，失去屏障，跟着退回长江以南。

荆州战线的陆逊闻讯，立刻派遣亲信韩扁，向孙权请示作战计划，不幸韩扁在途中为魏军斥候部队俘虏。

诸葛瑾在前线听到这个消息，大为恐慌，立刻派人向陆逊通报："主上（指孙权）的大军，已退回江南，贼人又抓到了韩扁，对我们目前的困境应了解颇多，看来还是赶快撤退吧！"

陆逊见到使者也不答话或回复，反而当着使者的面，催人去做葑豆，还和部将们下棋、射箭，一点也不紧张。

使者回报诸葛瑾，诸葛瑾不禁感叹道："伯言（陆逊字）一向器量大、多智略，想必早已有应对之策了。"亲自前往陆逊处请教。

陆逊表示："贼人既知主上退路，这对我们是相当不利的。前进已不可能，退路又有截断之危，处理不当，可能会全盘崩溃。因此目前最重要的是保持冷静出奇兵以应变，才能够脱困。如果现在急着退军，贼人更会认定我们已心慌意乱，必前来相迎，这样我们是非败不可了。"

两人商议反守为攻。

诸葛瑾负责指挥水军，布阵于汉水险要之地。陆逊自己率领所有主力部队，北上襄阳城进攻。荆北地区曹魏守将一向害怕陆逊，全部快速退回守城，不敢出击。诸葛瑾指挥船队进入汉水主流，陆逊也将其部队慢慢接近船队，由于军容整齐，曹魏军不敢逼近，陆逊军顺利会合诸葛瑾后，快速撤离。行至白河口时，陆逊还假装上岸狩猎，却暗中派遣部将袭击曹魏江夏郡北方的新市、安隆及石阳，俘虏斩杀了千余曹魏守军，使东吴大军在这次军事行动中不至于完全失败，振奋了不少士气。

东吴大军撤退后，不少大臣屡劝曹睿趁机御驾亲征，到长安为司马懿大军打打气，或许可一并解决诸葛亮的威胁。

曹睿笑着表示："孙权逃走，相信诸葛亮早已吓破胆了，司马懿的大军足可应付他们，根本不用我去担心。"

当然，这只是在替自己的军队打气罢了，曹睿担心的是自己一撤军，孙权可能再度北上，因此不如在东方镇住东吴，让司马懿全力去阻止诸葛亮，他相信只要司马懿不进行会战，诸葛亮是一点办法也没有的。

当然，诸葛亮的北伐计划一向不倚赖东吴帮忙，孙权撤军不会对他有太大的影响。

最让诸葛亮头痛的是司马懿一直相应不理的策略。从四月进入五丈原以来，已将近一百多天，诸葛亮不断下战书进行挑战，司马懿总高挂"免战牌"。诸葛亮迫不得已只好进行大规模屯田，准备和司马懿周旋到底。

七月，诸葛亮以没有办法中的办法，将自己打扮得一副很悠闲的样子，坐着白色木头制的车子，改用侍童作护卫，穿戴白色葛巾，手持白羽毛扇，在前线指挥，完全解除武装，视曹魏数十万大军如无物，故意想激怒曹魏的将士们。

这便是京戏和图书中诸葛亮的固定形象。平常诸葛亮自然不会这样地完全没有武备，只是为了引诱司马懿开战，故意将平时服装用在前线而已。

虽然曹魏将士有很大骚动，但张郃死后，司马懿已能完全控制住曹魏军的动向，因此，他严禁曹魏大军有任何行动。

这段时间，诸葛亮的健康情形，可能发生了严重的变化，因为他已失去往常的冷静，而显得急躁。

司马懿很快地发现了这个迹象，不过从诸葛亮外表的装束和潇洒的行动，他仍不得不感叹道："诸葛亮的确是世上无双的名士啊！"

这一招行不通，诸葛亮更着急了，他干脆派人送一套妇女的服装给司马懿，讥讽他如妇人般没有胆量。司马懿虽然没生气，但的确已经不易抵挡得住部将求战的压力了。

为平抚将士们的情绪，司马懿召开阵前会议表示："皇上在返回洛阳前，曾下旨意要求我们坚守，既然大家都认为开战比较好，我们还是立即向皇上请求批准吧！"

于是，他将诸葛亮侮辱挑衅的情形，向曹睿呈上奏文，并表示将士们义愤填膺，是否可以出战，以孚众望。

急于求战的曹魏将士们，只有暂时等待曹睿的指示了。

曹睿自然深知司马懿的意思，他立刻派遣卫尉辛毗为军事参谋，持节到前线慰劳将士。

辛毗将至前线指示是否开战决策的情报，也被蜀汉的探马截获了。

参谋姜维向诸葛亮表示："辛毗持节而来，看来司马懿是不会出战了吧！"

诸葛亮也感叹表示："的确如此，司马懿原本就无战心，他所以上奏表请示，不过是为了应付求战心切的部属罢了，兵法有云：'将在外，君命有所不受。'他如有意和我们一决雌雄，哪需要千里向皇帝请示呢？这不是反会贻误军机吗？"

诸葛亮派使节去见司马懿，探询接受巾帼衣饰的感想。这时候的司马懿已经完全冷静下来，他判断诸葛亮的健康一定出了问题，因此坦然地正式接见前来讥讽的蜀汉特使。他避开尴尬的军事不谈，很亲切地和特使们闲谈家常。

司马懿："诸葛丞相最近可好？他实在是个很认真、很了不起的人啊！"

由于闲聊的气氛相当融洽，使节们不知不觉中透露出诸葛亮的健康情况："是啊！诸葛丞相工作非常辛苦，早起晚睡，责罚在二十板以上的案子，他都亲自审问，而且胃口愈来愈差，有时候一连好几天都吃不下饭……"

使者回去以后，司马懿立刻召集军事会议，慎重地表示："对峙的时间不会太久了，诸葛孔明食少事繁，不可能再撑太久的。"

他下令各大军指挥官，坚守自己的阵营，绝不可出战，以等待诸葛亮不得不退军时再加以追击。

诸葛亮的健康情形已有显著变化。前几年，从他连续有子女出生的情况看来，健康应该不会太差才对。而这两年，没有战争，诸葛亮应该也不至于太紧张焦虑。

但到了七月底，即诸葛亮经常以葛巾羽扇出现在前线的时候，他的健康情况已明显恶化了。送出巾帼服饰讥讽的策略，的确是在焦虑下，缺乏谨慎的做法。

从诸葛亮的病势来看，他焦虑、忧心而咯血、食量减少，但却无咳嗽的记载，毛病应在胃部。诸葛亮高大雄伟，个性谨慎冷静，一向颇注重养身之道，即使胃有毛病也不致如此快速恶化才是，因此他有可能罹患了胃癌。

七月初，他写了一封信给后主，表示自己健康情况不佳，希望后主刘禅多留心国事，心里要有所准备，显然诸葛亮已判断自己病情严重，有生命之虑了。

诸葛亮颇具科学头脑，对生理学也有相当研究，加上一向健康情形良好，如果是一般胃病，应不至于让他如此担心，而健康也不至于急速恶化。显然诸葛亮和他的军医们，对他的病情是完全束手无策的。

八月初，他写了一封密函，呈奏后主刘禅表示："臣若有不幸，后事可交付给蒋琬。"

他表示蒋琬有能力继续他的安定蜀汉、光复汉室工作，并希望刘禅早些安排，以免临时造成政治混乱。

刘禅接到这封密函，自然是吓坏了。

他立刻派尚书仆射李福，披星戴月赶赴五丈原前线探询诸葛亮的病况。

诸葛亮这时已完全不能起床了，他在病榻上和李福密商良久，向李福交代，自己受先帝刘备托付，眼见北伐大业未成，却因天命不得不离去，希望朝中大臣仍一本初衷，尽心辅佐王室，继续完成自己未竟之志业。并且要求李福转告后主，他去世以后，不必迁葬成都，直接安葬在前线的定军山即可，以象征自己马革裹尸、战死疆场的志向。

李福一一记下诸葛亮遗言，便迅速赶回成都复命。

接着诸葛亮召开本阵参谋会议，参加者为长史杨仪、司马费祎和护军姜维。没有大军将领参与，显然诸葛亮仍不愿让部署在五丈原的蜀汉大军，知道自己命在旦夕。从日后杨仪、费祎、姜维等的行动看来，这次会议商讨的应属退军事宜。

几天后，李福再度匆匆赶来，他进入诸葛亮本营时，见到诸葛亮已经昏迷不醒，不禁痛哭表示："来迟了一步，是我误了国家大事。"

奇迹似的，或许弥留中的诸葛亮听到李福的哭声，回光返照地清醒了过来。

他看到李福，便表示："我知道你要问的事情，可以立刻承续我工作的人，是公琰（指蒋琬）。"

李福："公琰百年之后，又有谁承续呢？"

诸葛亮："文伟可也（指费祎）。"

李福："费文伟以后呢？"

诸葛亮默声不答，众人急视之，已气绝了。

建兴十二年八月底，蜀汉一代俊杰——诸葛亮病殁于五丈原前线的军营中，享年五十四岁。从他出隆中茅庐以来，已历经了二十七年的岁月，就蜀汉丞相之职，也长达十四年之久。

据东晋人孙盛的《晋阳秋》记载："传说诸葛亮去世当天，在北方芒角的位置，有颗巨大的赤色星，由东北向西南方向闪逝而过……"

诸葛亮突然急逝，天地也为其未竟之志而含悲吧！

唐朝诗圣杜甫，日后拜访武侯祠时，写下了《蜀相》这首传诵千古的名诗：

丞相祠堂何处寻，
锦官城外柏森森。
映阶碧草自春色，
隔叶黄鹂空好音。
三顾频烦天下计，
两朝开济老臣心。
出师未捷身先死，
长使英雄泪满襟。

蜀汉丞相诸葛亮的祠堂在哪里呢？成都府外锦官城边那儿有着茂盛柏树的地方。祠堂前的阶梯上长满碧绿的小草，显现着蓬勃的生命力。在柏树的叶荫中，轻轻传出黄鹂鸟的美妙歌声。

想起当年先主刘备三度拜访隆中草庐，探询争取天下的大规划，感其恩义，诸葛亮鞠躬尽瘁，连续效忠刘备父子两代，克尽老臣之心。征讨曹魏、光复汉室的军事行动尚未完成，身为主将的诸葛亮却病死军中，听到这样的事迹，长使后世英雄们为之感伤而落泪啊！

《三国演义》第一百零四回"见木像魏都督丧胆"以及第一百零五回"武侯预伏锦囊计"中，记载诸葛亮遗命刻木像扮自己吓走司马懿追兵，以及嘱咐西凉名将马岱刺杀魏延的故事，神秘、生动却颇不合逻辑，虽然常让后人津津乐道，其实都是夸大、渲染和虚构的。

历史上记载：负责撤军指挥行动的是参谋本部最高主管长史杨仪。当蜀汉大军离开五丈原进入褒斜道后，当地百姓立刻奔告司马懿。司马懿亲率少数部队前来探视，姜维建议杨仪反旗鸣鼓，攻打司马懿追兵，所谓"摆开阵势，若将向懿者"。司马懿见状，立刻收军退回本阵，不敢逼近，杨仪收阵退入斜谷后，才举兵发丧。

当地百姓便据此编出"死诸葛能走生仲达"的谚语。听说司马懿听到此传言并没有生气，只是自我解嘲地表示："吾能料生，不能料死也。"

这个传闻，显示司马懿的确率军队前来追击，而蜀汉退兵也在姜维的建议下，重整军队反击之，但司马懿未和其战斗便撤兵了。

姜维一向有胆识富智谋，但由他率军反击，是绝对吓不了司马懿的，所以从常识来看，司马懿会急速退军，的确是看到了诸葛亮。

《三国演义》的作者对此大加渲染，说是看到诸葛亮预制的木像，司马懿便失魂落魄，这是完全不可能的。以司马懿的冷静，不可能分不出真人和木像，而诸葛亮的谨慎，也不致做出如此儿戏的事情，那么司马懿为何会仓皇退兵呢？

回顾五丈原对峙的晚期，诸葛亮故意以白色木车和葛巾、羽扇的打扮，出现在前线司马懿将士们的面前，显然除了激怒敌人外，还有其他的意义。

司马懿日后亲自到五丈原蜀汉的空营中，详看其布局，不禁称赞道："诸葛亮真乃天下奇才也。"这个让司马懿如此敬佩的行营布局，相信便是名传千古的"八阵图"，我们将辟专章阐释，在此不赘述。

另一件让人难解的是锦囊计刺杀魏延之事。历史记载，魏延的确死于五丈原的撤军行动中，并且真是为西凉名将马岱所杀。

马岱是马超的胞弟，继承其兄统领蜀汉西凉大军，也是诸葛亮的主要武将之一，附属于后军的王平大军下。

《三国演义》刻意描写诸葛亮和魏延间的对立，并以魏延"身有反骨"，是天生的反将，也使这位蜀汉后期最勇猛的前锋大将，蒙受了千古不白的冤屈。

史传上记载：魏延，义阳人，字文长，自荆州时便以部曲随刘备和诸葛亮入蜀，数有战功，深得刘备及诸葛亮重用，曾被破格提拔为汉中太守。

魏延"善养士卒，勇猛过人"，是一位非常优秀的将领，被认为是刘备继关羽之后的首席猛将，独立作战能力甚强，因此长期被任命为前锋大军的统帅。

但他秉性矜高，时人皆避之，不愿与他争锋，似乎只有诸葛亮才管得住他。

偏偏诸葛亮的谋士里，出现了一位怪杰——杨仪。这位财经及运输上的高手，对一向缺乏粮秣的蜀汉远征军，真是军中"至宝"，深得诸葛亮器重，成为最重要的左右手——首席参谋。

史传记载杨仪心胸"狷狭"，恃才傲物，蜀军中只有他敢公开瞧不起魏延，认为不过是"老粗"一个而已，以致两人形如水火，只要在一起开会，必会争得面红耳赤，据传还有一天闹到魏延"举刀相向"而杨仪"泣涕横流"的地步。

诸葛亮对他们两人的争执，自然非常生气，但也不知如何是好。逢此用人之际，为了让两人彻底发挥才能，也不便太多干涉，史称诸葛亮"常恨二人之不平，不忍有所偏废也"。

由于诸葛亮病势急速恶化，事出突然，只好安排紧急撤军。依军中伦理，魏延应是必然的继任人。但诸葛亮担心魏延自恃勇猛，可能会和司马懿正面对抗，加上蜀军撤退，士气已失，势必造成严重不利，因此不敢将指挥大权委任于"鹰派"的魏延。

论才气和经验，姜维最为合适，但他原属曹魏阵营将领，半道而来，不易取得诸将信任。费祎又太年轻，军中资历不足。杨仪长期跟随他南征北讨，又是运输行政的专才，规划和处理撤退工作自然是再适合不过的了。

不过，最让诸葛亮不安的是他和魏延之间的意气之争。为了把可能产生的意外伤害降低到最小，诸葛亮并未让魏延参与撤军规划，以免影响杨仪的指挥权。在临终前的秘密会议中，诸葛亮要求姜维、费祎协助杨仪，全力协助撤军行动之执行。他以书面指示魏延负责断后，再令和魏延交情较好的姜维助之，并告诉杨仪等三人："若魏延不服从撤军指令，不用等他，你们可指挥其他军营，先行撤离。"

可见，诸葛亮的确预知魏延在他死后可能会闹事，但他相信魏延不会反叛，最多只是"放生吃草"，让他自己去和司马懿对抗。

以诸葛亮一向对魏延的重用，相信不可能如小说般，故意设什么"锦囊妙计"去斩杀他。魏延的悲剧可以说是偶发事件所造成。

诸葛亮死后，杨仪立刻派急使，向各军营领袖报告，并指示诸葛亮之遗命。其他的军营自然不会有太多问题，但魏延可能会有敌视反应，为此杨仪还派出费祎为使节，想给魏延些面子，减少他的反弹。

果然，一听到要紧急撤军，魏延已经非常不高兴了，听说撤军的总指挥是杨仪，他更是暴怒得跳了起来。

"丞相虽亡，还有我在啊！何况我军目前尚属优势中，你们这些参谋本部的人，大可以去准备发丧的工作，由我负责指挥大军，继续和敌人对抗吧！怎么可以因一人去世而荒废国家大事呢？"

魏延立刻下令，派人通知各军营的领导将领，但王平、高翔、吴班、马岱等均表示，丞相有退军遗命，不得造次。

这下子魏延更生气了，他大声呼："我魏延何许人也，怎能接受杨仪小子指挥、为他做断后的工作？"

这时魏延完全乱了方寸，下令自己的大军先行进入斜谷口南归，不愿做全军的断后工作。因此以"替身"回军对抗司马懿追军，便成了姜维的责任。

前锋军营的将领们，对魏延在敌前不听指挥调度的行为大为不满，但由于事起仓促，只好跟着南回。

如果魏延直接退入汉中，或许还不会有事，偏偏他愈想愈气，竟下令全军布阵于斜谷线的南谷口，准备迎击杨仪的退军。

杨仪在获知司马懿追兵撤退后，便下令诸葛大军昼夜兼程，火速退回汉中。在南谷口前，接获开路的探马报告魏延大军挡路的消息。

杨仪立刻下令后军军营统帅王平，亲自迎击魏延。王平为人正直，在蜀军中，声望崇高。他先礼后兵，派人约同魏延在南谷口对阵，先行谈判。

当天，王平全身披挂，冒险亲临阵前喊话，他对魏延及其大军表示："丞相刚刚去世，尸骨未寒，你们竟不顾恩义，想要造反吗？"

魏延大军的将领们，原已不满魏延自行撤军，听到王平的心战喊话，士气立刻崩溃，大多数部队便不战而径行撤离南谷口。

王平因而轻而易举地击溃魏延少数的直属部队。

魏延在溃败后，带着妻儿及少数亲信，逃亡入汉中的山区避难。杨仪下令马岱率军搜捕，不久，便捕获魏延及其家人，杨仪下令就地处斩。魏延一生勇猛又富胆识，却因和杨仪的争执以致晚节不保，其悲剧下场，的确令人惋惜。

不过，魏延的这场悲剧，和《三国演义》的舞台式渲染，是完全不同的。

魏延溃败后，蜀汉大军安然退回汉中，诸葛亮最后一次的北伐行动，因为他急逝军中而结束了。

后主刘禅在惊闻诸葛亮病逝后，痛哭流涕。并依照蒋琬建议，派遣特使到原丞相府，赠予丞相武乡侯印绶，并依诸葛亮生前的品德及功绩，谥为忠武侯。下令大赦天下，并依诸葛亮遗命，下葬于汉中定军山上。

从坟冢的规模和陪葬物来看，作为一国宰相的葬仪，实在是非常的简单朴素，诸葛亮在遗命中指出："因山为坟，冢足容棺，敛以时服，不须器物。"的确是一代名相的风范和器量啊！

第 29 章
无力终乏术　阿斗亡蜀汉

诸葛亮去世后，蜀中人民感其恩德，纷纷要求为诸葛亮立庙祭祀，但刘禅以诸葛亮并非皇族，立庙于礼法不合，拒绝之。但百姓仍依时节，在道路边私祭诸葛亮，蜀国官员无从管理，只得睁只眼闭只眼。于是私祭的风潮愈来愈盛，反而超过了对刘备的祭祀。

步兵校尉习隆等上书，请就近在沔阳诸葛亮墓旁立一庙，以断私祭之风，免得影响国家礼法，刘禅只好听从。

刘禅令左将军吴懿为车骑将军，代魏延督领汉中防卫事宜，并令王平统辖所属大军协助之，并以丞相长史蒋琬为尚书令，总理国事，并领益州刺史之职。

隔年，杨仪以诽谤罪被收押，自杀而死。

蒋琬升迁为大将军，录尚书事，费祎则代替蒋琬为尚书令，正式成立后诸葛亮时期的蜀汉政权。

此时为魏明帝青龙三年，公元 235 年。

连年远征，加上主将去世，国内情势不稳，蒋琬认为攘外必先安内，除了派姜维强化北边和西北边的防卫之外，这段时间，蜀汉几乎无任何大规模军事行动。

一直到三年后的公元 238 年，蒋琬升任大司马，并以姜维为司马，进驻汉中，积极筹备恢复北征的事宜。

隔年（公元 239 年）魏明帝曹睿去世，遗命以养子曹芳继承大统，并令曹真之子曹爽和司马懿为辅国大臣。

由于曹芳年仅八岁，东吴和蜀汉都认为有可乘之机，东吴东战线主将全琮经略淮南，蜀汉司马姜维由祁山驻扰边境，却无功而返。

公元 241 年，蒋琬在汉中驻守的第三年，他谨慎评估诸葛亮从建兴六年以后的北伐征战，向后主刘禅提出新战略。

他表示，诸葛亮大多以正北的秦岭和西北的祁山为进攻路线，道路险阻，运输及补给非常困难。不如多造舟船，由汉水及沔水东下，直接由水路袭击魏兴、上庸，如果再配合东吴在东战线的行动，必可给曹魏庞大的压力。

蒋琬有意付诸行动，乃派遣姜维回成都向刘禅报告并评估此战略的可行性，但适逢旧疾复发，行动困难，暂时停止此计划。

姜维在成都和费祎等详加研究，都认为由水路东进，撤退不易，或稍不顾，远征军恐遭击溃。经刘禅同意，尚书令费祎陪同姜维再返汉中，与蒋琬作全面检讨。

这时候蒋琬健康情形恶化，加上东吴配合上的困难，终于放弃水路东进计划，以姜维为凉州刺史，进驻涪城，强化西北前线的经营。

冬十月，蒋琬赴涪城前线视察，病情恶化，乃下令汉中太守王平为前监军，封镇北大将军代替他督导前线诸大军。

诸葛亮之侄、诸葛瑾之子诸葛恪统领东吴东战线大军，开始积极进行北伐曹魏的工作。

司马懿相当重视东吴的威胁，亲率大军入庐江舒郡。孙权下令诸葛恪退入柴桑，防备曹魏大军南征。

由于蒋琬病重，刘禅令费祎为大将军，录尚书事，接管蜀汉军政大事。

公元 244 年，孙权以上大将军陆逊为宰相，仍领荆州牧，督导东吴西战线防卫事宜。

曹魏大将军曹爽，欲立威名于天下，计划发动大规模南征蜀汉的军事行动，太傅司马懿力劝不听。三月间，曹爽亲至长安，会同征西将军、雍凉两州军事都督夏侯玄，率领十万军马，由骆谷口进入汉中。

这时候，蒋琬和姜维都在涪城，汉中守军不到三万，诸军营将领，大为惊恐，均主张闭城坚守以待涪城的援军。

王平独排众议，他表示："汉中距涪城千里之远，若让曹魏大军入关，将造成重大威胁。不如主动出击，护军刘敏在兴势山据险坚守，我亲自布防于关后，向敌人明示我们力战的决心，虽然兵力较少，但地利在我，短期内是很难击败我们的，这样，涪城的援军才来得及赶到。"

成都的蜀汉朝廷，也接获前线紧张军情，大将军费祎亲自督大军，前往支援。

曹爽的大军被挡于兴势山关口外，加上运输补给困难，南征军反而陷入危机。参谋本部参军杨俊建议立刻撤军，但大军主持邓飏、李胜等坚决反对。杨俊疾呼："飏、胜两人将败国家事，可斩。"曹爽迟疑不决。

司马懿紧急致书夏侯玄，分析自己曾参与曹操汉中之役，深知时机未成熟，要由关中进入汉中非常不利。何况如今蜀汉已掌握兴势山之地险，随时可能截断我军归路，不快下决心是非常危险的。夏侯玄害怕，立刻呈报曹爽，曹爽才下令撤兵，但费祎已攻入扶风以北中南山的三岭（沈岭、衙岭及分水岭），截断曹爽军的部分撤退途径。整个由关中军组成的南征军损失惨重，关中的守备受到很大影响，曹爽在曹魏军中的地位也一落千丈。蒋琬因为病重，让职权于大将军费祎，刘禅仍以费祎为益州刺史，并以董允为尚书令协助之。

十一月，蒋琬去世，费祎亲自至汉中，审视防卫体系。

十二月，留守成都的董允，亦因疾病去世，紧急中，刘禅提升尚书吕义为尚书令。

董允个性严谨，秉心公亮，连刘禅都畏其三分。刘禅深爱宦官黄皓，但董允在朝，黄皓不敢为非，直至董允辞世，黄皓官位不过黄门丞。

费祎个性温和，缺乏蒋琬和董允之坚持态度，依刘禅要求，以汝南陈祗代董允为侍中。陈祗外表有威仪，多技艺，并富智谋，故费祎误以为陈祗有董允之才。但陈却只空有其表，他和黄皓互为表里，使黄皓有机会干涉政治，累官至中常侍。

从诸葛亮去世到蒋琬去世期间共十一年（公元234—245年），三国鼎立的情势并无太大变化。蜀汉实力虽较弱，但凭借秦川地利，加上诸葛亮培养了不少人才，政治、经济、军事实力尚在，曹魏和东吴想要趁诸葛亮之死而获利，是不太可能的。

东吴孙权有陆逊等名将相辅佐，实力反而更笃实些。诸葛瑾之子诸葛恪接掌东战线统领后，积极经营北征事宜，使平静十数年的曹魏、东吴间的对峙关系日益紧张。相对地，由老牌名将陆逊指挥的襄阳、江陵间，反而显得"西线无战事"了。

其实，改变最大的是幅员最广、实力最强的曹魏政权。魏明帝曹睿死于三十五岁，由于无子嗣，由八岁的养子曹芳继承。虽仍有曹真之子曹爽辅佐，但曹芳继承的合法性削弱，曹爽又过于年轻无经验，军政大权逐渐落入司马懿之手。

曹氏势力不满司马氏力量的扩大，彼此间的斗争加剧，也影响曹魏力量的整合。

但公元246年之后的蜀汉政权，开始有了较大的改变。

费祎的才能和学识，虽属一时之选，工作效率更超过诸葛亮及蒋琬。但个性温和，使他在防卫上的功夫破绽百出。诸葛亮所建立、蒋琬所维持的严格法治及清廉政风，逐渐遭到破坏，蜀汉政权中问题增多，整合的力量转弱。

蜀汉朝廷上，以大司农孟光为主的大夫们，当然也看出这个危机，他们建议以凉州刺史姜维晋升卫将军，与大将军费祎共录尚书事，但堤防破洞已现，要恢复昔日政风已不可得。太子家令、蜀汉首席大学者谯周，力劝后主刘禅行节俭之教，去声乐之风，被刘禅当庭加以拒绝。

东吴陆逊病逝，步骘继任为丞相，威北将军诸葛恪为大将军，代替陆逊镇守武昌，负责东吴西战线防卫。诸葛恪虽急于求战，但孙权年事已大，趋于保守，是以东吴在这段时间反而没有什么作为。

两年后的公元248年，费祎继诸葛亮及蒋琬之后，进驻汉中，筹备北征事宜。唯一不同的是，费祎在成都并无留守自己派系的人马，只是以遥控方式指挥大局。费祎不在场，蜀汉朝廷的风气更加恶化。

曹魏大将军曹爽在失掉主控权后，日益骄奢无度，饮食、衣服皆有僭越之嫌，加以纵于酒色，终为司马懿及其子中护军司马师、散骑常侍司马昭设计诛杀，曹氏在曹魏军政中的实力急速锐减。

曹魏军政中的另一股主流派夏侯氏，也遭到司马氏体系的严重排挤，夏侯渊之子征西将军夏侯玄、左将军夏侯霸，都陷入了重重危机中。

司马懿的体系，包括征西将军郭淮、雍州刺史陈泰等军头，逐渐取得主流地位。尤其是受到司马懿特别提拔的少壮派将领，南安太守邓艾表现最为突出，逐渐在关中战区掌有主导力量。

公元249年，就是诸葛亮去世后的第十五年，有诸葛亮嫡传弟子之称的蜀汉卫将军姜维，在经营汉中地区三年后，开始积极筹备北征的计划。

虽然负责抵挡姜维大军的是曹魏老将郭淮，但邓艾也以关中大军将领参加这场战事，展开长达十数年的姜维、邓艾宿敌对阵。

这年秋天，姜维率军进驻雍州境界，并在曲山筑有两座前进用的城寨，令牙门将句安及李歆等守之。由于姜维和凉州羌人关系良好，凉、雍地方的羌族部落酋长，皆叛魏助蜀，声势浩大。

司马懿下令郭淮和陈泰前往援助。

陈泰认为曲城虽险要而坚固，但离蜀境过远，粮秣补给困难，而羌兵乃乌合之众，无法紧密配合，故宜直接包围之，并分兵截断其补给线，如此一来蜀军必败矣。

郭淮认同其看法，派南安太守邓艾包围曲城，由陈泰攻击蜀汉护军徐质的防卫补给线，有效地切断其退路。

句安等见邓艾军到，为避免成为孤城，乃主动出城求战，但邓艾反而在曲城周围据地利构筑防御工事，并切割曲城外界补给。致使蜀军为严冬将至，军粮补给不足将造成的灾难而担心不已。

姜维接获报告，引军出牛头山，欲支援徐质和句安等。陈泰在洮水之北布阵，抵挡姜维大军。

和邓艾的战术相同，陈泰也不想和蜀军决战，他对军营将领表示："兵法贵在不战而屈人之兵。姜维虽富智谋，但兵力不多，必无法分开作战，不如分兵直接占领牛头山，截断其退路，打击其士气，必可擒得姜维。"

因而下令在姜维军正面构筑防御阵地，不与蜀军交战，并要求郭淮另派军攻打牛头山，截断姜维退路。姜维见大势不妙，下令撤军，曲山立刻成为孤城，句安、李歆等投降，各部落羌兵也被迫撤回山区。

邓艾在占领曲山后，便向陈泰表示，姜维主力军丝毫未受挫，必会很快再回来，不如屯军白水之北，以彻底阻挡蜀军北上。

三日后，姜维果然遣廖化向屯驻白水的邓艾军进攻。邓艾亲至前线观阵，表示："廖化军比我军多，却不强行渡河或搭桥，此疑兵也，姜维必会率主力军攻打洮城，以再度袭击雍州境内。"

洮城距白水六十里，邓艾下令彻夜紧急行军，比姜维早到达洮城，加强防御工事。姜维果然率主力攻打洮城，却毫无进展，只得下令全军撤回汉中，结束了第一次较大规模的北征战役。

隔年，郭淮晋升车骑将军，邓艾也成了曹魏西战区防御姜维大军的主力。

是年底，姜维再进西平，但邓艾严加防守，无功而返。

隔年（公元251年）八月，司马懿去世，其子卫将军司马师为抚军大将军，录尚书事。

十二月，蜀汉大将军费祎返回成都。但成都朝风已败坏，费祎无力掌握，只好返回驻屯的汉寿，冷静思考对应之道。

隔月，尚书令吕义去世，侍中陈祗接任，宦官黄皓自此声势日大。

公元252年，司马师升任大将军，比其父亲更严格地全力掌握曹魏军权。

二月，吴大帝孙权去世，太子孙亮即位，以诸葛恪为太傅、吕岱为大司马，共辅国事。

诸葛恪刚愎自用，又向往叔父诸葛亮之国际声望，急于发动北征，造成东吴国内政治情势暗潮汹涌、动荡不安。

公元253年，蜀汉大将军费祎和汉中防卫大军诸将领会饮于汉寿。费祎个性随和，一向不讲气派，因而疏于防卫，当晚酩酊大醉，竟为曹魏降将郭循刺杀。

初期，姜维自认和凉州少数民族极为熟悉，欲以羌胡部落为辅，袭击陇西，每次欲与大军由祁山北征，主帅费祎均不表赞同。

费祎表示："吾等不如丞相（指诸葛亮）远矣！丞相北征尚不能如愿，况吾等乎？不如保国治民，谨守社稷，等待比我们更能干的后人出现罢！急于和敌人决一胜负，万一失败，必动摇国本，悔之晚矣。"

其实费祎的这种说法只是借口，大本营成都朝政败坏，后勤支援早陷于不利中，欲发动大军谈何容易。因此费祎从不给姜维超过万名以上的兵力，姜维虽怀恨，但也无可奈何。

费祎遽逝，汉中大军群龙无首，只得由姜维统之。少了费祎的节制，姜维立刻集结数万兵力，由武都出石营，攻击陇西军事重镇狄道。

这年诸葛恪由东战线进驻淮南，五月，大军新成。司马师令太尉司马孚率军二十万对付诸葛恪。并以郭淮、陈泰率领关中大军，倾巢而出，前往解除狄道之围。

陈泰仍以围堵战术对付姜维，果如费祎所料，蜀军后勤脆弱，没多久，姜维便粮尽而还。

东战线的曹魏大军也采用坚守策略，诸葛恪猛攻数月，不见效果，反而因粮食缺乏和疫病流行，在撤军中蒙受重大损失。诸葛恪声望大降，不久为孙峻阴谋杀害，家属都遭连累，几至灭门。

曹魏政权在司马懿去世后，曹氏、夏侯氏和司马氏军系间的斗争日益激烈。司马师在连败姜维及诸葛恪后，威势大振。曹氏军系计划反扑夺权，却阴谋败露，主将夏侯玄、中书令李丰等均遭逮捕，夷其三族。夏侯渊之子夏侯霸率领直属部队投奔蜀汉。

隔年，即公元 254 年，司马师废黜魏主曹芳，以高贵乡公曹髦为魏主，曹氏政权至此形同傀儡。

趁曹魏军系内部动乱，姜维再度率军攻占狄道，进而经过河间、临洮地区。魏将徐质率领关中军驰援，双方在河间会战，蜀军大败，荡寇将军张嶷阵亡，姜维再度舍弃狄道，退入武都以南。

曹魏关中大军大统领郭淮去世，雍州刺史陈泰继其职。

曹魏镇东将军毋丘俭，联合扬州刺史文钦军变，欲为夏侯玄复仇。司马师派军讨平，毋丘俭被捕，夷其三族，文钦举军投降东吴。

同月，司马师急病暴死，在中书侍郎钟会策动下，司马师之弟司马昭继掌军政大权，并以大将军，录尚书事。

秋七月，姜维再度准备出军北伐，征西将军张翼力谏以国小民劳，不宜黩武。姜维不听，偕同新投降的车骑将军夏侯霸及张翼等率数万大军再出祁山。八月，攻占袍罕，准备再度攻入狄道。

关中大军总将军陈泰亲率大军抵御。雍州刺史王经和姜维会战于洮西，被姜维打得大败。陈泰以情势不利，退守狄道城，一方面向洛阳请求支援。

张翼以粮秣补给日趋困难，力请退军："可以止矣，不宜复进，毁此大功，为蛇画足。"姜维不听，仍率大军，包围狄道。

洮西战败，加上夏侯霸对曹魏大军的政治号召，洛阳当局为之震撼。司马昭下令长水校尉邓艾，升安西将军之职，由长安出发，协助陈泰共御姜维，并以太尉司马孚率二十万精兵，驻守长安，以为后援。这是姜维数度北伐以来，成绩最好的一次。

　　王经失败后，陈泰立刻率领主力军赶到陇西，诸军营将领皆认为姜维声势正高，宜暂避之，等邓艾及司马孚援军到达，再行对抗，但陈泰反对。他认为姜维孤军深入，最希望速战速决。王经本应坚守高垒深垒，却恃勇发动会战，终为所败；姜维乘胜东进雍州，直攻栎阳军仓重地，若让他获得此粮秣，必可西连羌胡部落，进行长期战术。如此陇西、南安、天水、广魏四郡将受到严重威胁，对魏军是非常不利的；兵法之道，在于要抓住敌人之所欲和所惧，如今宜尽全力阻止其东进，截断其退路，必可逼退姜维的远征军。

　　陈泰亲自出马，倾巢而出，驰援狄道围城。姜维见陈泰亲自前来，急欲攻之，但曹魏人和及地利上较具优势，姜维占不到便宜，又恐陈泰分兵截断其退路，配合狄道守军，三方夹击，对蜀军非常不利，加上接到曹魏后援大军将至的消息，下令再度撤回凉州和汉中交界地的军事重镇钟提。

　　隔年，即公元256年春天，姜维正式升任大将军，掌有蜀汉军政大权。其实朝中大政，几乎已完全纳入陈祗和黄皓手中，姜维根本无法过问，甚至前线远征大军的后勤问题，也没有力量解决。

　　关中诸将认为姜维力量已弱，不可能再出祁山用兵。只有邓艾独排众议，他判断姜维虽连年用兵，但并未遭到真正失败，虽然粮秣补给上颇有困难，但兵员尚称充裕，又有羌胡族人相助，除非曹魏阵营凉雍地方的防卫有实质的改善，否则他一定会一再冒险，以承袭诸葛亮攻占凉州的战略。

　　果然，到了秋天时，姜维率众再出祁山，但邓艾已在祁山关口部署了相当完整的防卫力量。姜维估算无力突破，便决定由董亭袭击南安郡西南，想不到邓艾早已在进入南安的重要管道武城山建有城寨。姜维见所有北上通路均被阻挡，不禁大怒，乃趁夜晚渡过渭水东进，沿山路到达上邦。邓艾率主力部队随后赶到，双方大战于段谷。由于另一支队伍领西将军胡济大军迷途，未能及时到达战场，姜维主力竟被邓艾击溃，死伤惨重。这是自牛头山之役以来，姜维最严重的失策，蜀中人心大震。姜维学诸葛亮街亭战役后的行为，自请贬黜，刘禅下令其以卫将军行大将军事。

　　相反地，邓艾以优异战功，晋升为曹魏之镇西将军，都督陇右军事。

　　曹魏司马昭号大都督，并以司马孚为太傅，高柔为太尉，司马系人马完全掌握了曹魏军政大权，曹氏王朝如同虚设。

　　东吴军事强人孙峻暴死，以其堂弟孙綝继续大权。十一月，晋升大将军。

　　负责曹魏东战线防卫的总指挥，征东大将军诸葛诞，和夏侯玄等一向友好。夏侯玄死后，诸葛诞深为不安，加上原曹氏栋梁大臣贾逵之子贾充、乐进之子乐琳，均加入司马氏阵营，常向诸葛诞施加压力。诸葛诞不满贾充和乐琳之为人，终于当场斥责贾充，并袭杀乐琳，以淮南及淮北大军十余万人策反，并将儿子诸葛靓，送入东吴为人质，要求东吴出兵援助。

　　司马昭亲自率军讨伐诸葛诞。

东吴派将军全怿、全端、唐咨、王祚等配合曹魏降将文钦，前往救助诸葛诞。

姜维截获司马昭下令关中大军分去驰援淮南的消息，立刻乘虚向秦川进军。他率数万大军出骆谷，到达沈岭，打算夺取关东大军的存粮，但邓艾配合司马望，以少数兵力据险坚守。姜维屯驻大军于芒水，数度挑战，司马望和邓艾均不予理会，姜维反而一点办法也没有。

孙綝率领后援大军，前来帮助诸葛诞和文钦等，却为司马昭所败，诸葛诞和文钦的守军于是陷入曹魏大军的重重包围中。

由于粮秣缺乏，诸葛诞和文钦反目，文钦被杀，其子文鸯等率众投奔司马昭。司马昭不但赦免了文钦的残党，更封文鸯及其弟文虎为将军。围城内残军闻讯，几乎全数叛变，诸葛诞为自己属下所杀。

姜维听到孙綝和诸葛诞皆为司马昭所败，恐曹魏军乘胜攻击蜀汉，立刻率军回到成都，重新布防。

司马昭这次大获全胜，得之于钟会的规划，钟会因而得到重用，时人比之为西汉开国大军师张良。

司马昭以军功晋封相国，加九锡之尊，权贵可比汉献帝晚年之曹操。

孙綝废吴主孙亮，迎琅琊王孙休为吴王。

十二月，孙休在张昭儿子张布的协助下，击杀了孙綝，重新掌握大权。

隔年，和黄皓狼狈为奸、腐化蜀汉朝廷政风的尚书令陈祗去世，在姜维极力的推荐之下。刘禅以董厥为尚书令、诸葛亮之子诸葛瞻为仆射，加强政治革新及整顿，但为时已晚，绩效不彰。这年为整顿内部，姜维亲自坐镇成都，不再对外用兵。

隔年，即公元260年，夏天，曹魏相国司马昭封晋公。魏主曹髦阴谋罢黜司马昭之权，却反为司马军系将领暗杀。司马昭下令惩罚弑帝之党羽，迎接常道乡公曹璜为魏主，是为元帝。

冬十月，刘禅以董厥为辅国大将军、诸葛瞻为都护兼卫将军，共领尚书事，并以侍中樊建为尚书令。三人虽励精图治，但中常侍黄皓党羽已成，士大夫多附之。董厥及诸葛瞻、樊建等心有余而力不足，革新行动，成效不彰。

经过两年的准备，公元262年8月，蜀汉大将军姜维，准备再度北征。右车骑将军廖化认为蜀汉已无实力，应加强边防，不宜出击。

姜维由于和黄皓冲突日大，不愿留在成都，坚持出军。当然姜维深知蜀汉大军后勤效率低，作战力早已退化，因此选择曹魏军防守力较小的洮阳地区为攻击目标。想不到邓艾却采用滴水不漏的防守战术，姜维不得已，和邓艾的主力会战于侯和，初战不利，姜维退守沓中。

右将军阎宇和黄皓共谋，欲废姜维之职。姜维则建议诛杀黄皓，后主刘禅装糊涂，一概置之不理。姜维害怕为黄皓陷害，屯田于沓中，不敢返回成都。

司马昭接受钟会建议，决定主动攻击蜀汉，以钟会为征西大将军，都督关中大

军。邓艾虽不表赞成，但既由朝廷下令，只得遵从。

姜维接获曹魏将大举入侵的密报后，立刻建议刘禅，由张翼守阳安关口，廖化守阴平桥头，自己则在最前线的沓中抵挡。但这个防卫计划，一直被黄皓扣住，刘禅和董厥等都不知道。

公元263年，即诸葛亮去世后的第二十九年五月，在钟会的全盘筹办策划下，司马昭在洛阳完成编组工作，开始向各大军发出召集令，对蜀汉展开总攻击行动。

钟会的规模如下：

前锋大军由征西将军邓艾率领三万多人，自狄道攻击甘松及沓中，这里是姜维屯军的大本营，也是蜀汉防卫力最差的地方，所以这路线势必是硬碰硬的战争。

右翼的西路大军，由雍州刺史诸葛绪统率三万多军力，自祁山攻向武街桥头，目的在截断姜维归路，以配合邓艾的前后夹击。使蜀汉这股最强的军事力量，在最初的总攻击中崩溃，便可在最快的速度下，迫使蜀汉投降。

钟会则率领西征的主力军十万余众，由斜谷、骆谷、子午谷分三路进攻汉中。

司马昭自己仍坐镇洛阳，只派廷尉卫瑾持节，为镇西军司，监督邓艾和钟会之军事行动。

这个时候，刘禅才知道问题的严重，不断遣特使询问姜维的意见。姜维下令廖化率领援军至沓中。为防卫后路，抵挡诸葛绪的威胁，张翼和董厥等在阳安关口布防，作为边防各要塞的后盾。下令各要塞皆坚守不得应战，并将主力集中在汉城及乐城，各驻守五千精锐，以抵挡钟会大军的攻击。

张翼、董厥将部队驻屯阴平附近，知道诸葛绪大军已由建威南下，担心他会越过阴平突袭蜀中，在阴平防守了一个多月。

九月，钟会派遣将军李辅率万余军队，包围蜀汉乐城的守卫军王含的部队。护军荀恺也以万余大军，攻击汉城守卫军蒋斌的部队，但蜀汉方面已有周全的准备，一时间也毫无进展。

钟会率大军由西路经过阳安口时，特别派使节祭诸葛亮的坟墓。

钟会派护军胡烈攻击关口，但蜀汉守将傅佥坚守，不得而入。武兴都督蒋舒不满朝廷对他调职，故意怂恿傅佥出战，再暗中向胡烈投降，傅佥中计，回守不得，力战而死。关口失守，钟会大军乘势长驱而下，获得汉中地区大量的库藏积谷。

邓艾遣天水太守王颀攻击姜维主营，姜维不得已回军和他们在强川口大战，但蜀军作战意志不强，姜维在初步接触后，便下令再撤军。

撤退中，姜维得知诸葛绪大军已攻陷桥头，并阻住通道，乃大胆地反守为攻，由孔函谷入北道，反而从后面袭击诸葛绪。诸葛绪大惊，立刻放弃桥头，撤退三十里。姜维知道诸葛绪撤军，后再率军折回，过桥头，安全进入阴平。由于关口已失，退入白水，集结廖化、董厥、张翼等大军，会合于剑阁，以抗拒钟会长驱直入的大军。

　　十月，由于战局恶化，刘禅遣使向东吴告急。吴王孙休派大将军丁奉督军攻击寿春，将军留平在南郡集结大军，准备进攻襄樊，分散曹魏军力，以减轻蜀汉之压力。另外派将军丁封、孙异由沔中进入，以救援蜀汉。

　　邓艾率军追击姜维至阴平，精选敢死队，打算由江油直攻成都，正值诸葛绪到阴平，邓艾邀请其同往。诸葛绪认为太冒险，且非此行任务，拒绝前往，引军回白水。钟会闻之，上书责备诸葛绪懦弱，罢其兵权，军队并入钟会主力大军中。

　　钟会大军猛攻剑阁，姜维据险而守，双方陷入僵持。曹魏军粮秣运输日益困难，钟会甚至有了撤军的打算。

　　邓艾向钟会建议道："贼兵士气已挫，应趁这个机会摧毁之。如果从阴平由小道经过汉德阳亭，袭击涪城，便可越过剑阁天险百余里，而攻入成都腹地。这时候，剑阁守军不得不撤回成都，钟将军可乘势而进。如果姜维拒不回军，涪城守军必太少，夺得成都也非不可能之事。"

　　钟会赞成此战术，命邓艾率本部三万余兵马前往，自阴平取小道而下。由于此路天险太多，如入无人之地，邓艾要在七百多里的山路中急行军，凿山通道，造桥建阁，加上粮运问题非常艰苦，很多将领都劝邓艾放弃此计划。

　　邓艾亲自在前面指挥开路，遇到陡坡无法跃下时，邓艾用毛毡裹身，由山坡直滚而下。将士们也逐个攀木缘崖，慢慢穿过这些难以克服的天险。

　　不久，邓艾的前锋大军便到达江油，蜀汉守将马邈投降。由于事出突然，刘禅下令诸葛亮之子诸葛瞻率军对抗。

　　诸葛瞻的军队到达涪城时，因为无法判断敌军进攻途径，乃暂时停军观察。尚书黄崇（黄权之子）力劝诸葛瞻尽速攻入险地，占取地利之便，不要让敌军攻入平地。诸葛瞻经验不足，犹豫不决。黄崇再三进言，甚至跪地哭求，诸葛瞻终不能依其建议。

　　邓艾军进入平地，士气大振，蜀军不能敌，诸葛瞻下令退守绵竹。

　　邓艾以书函劝诸葛瞻投降，诸葛瞻大怒，反斩其使节。邓艾派其子邓忠及司马师纂，由左右夹击绵竹，反为诸葛瞻所败，邓艾只好亲自挥动大军攻之。蜀军虽猛勇抗拒，但寡不敌众，诸葛瞻、黄崇均当场殉职。诸葛瞻长子诸葛尚，年仅十七，奉命守城，见蜀军大溃，知道大势已去，向残余守军表示："我父子奉命承受大任，却不能早早斩除黄皓，才会有这次败国殄民之罪，哪有面目图存苟活。"便单枪匹马直冲敌阵，不久死于乱军之中。

　　绵竹陷落，加上仅存的主力守军——诸葛瞻大军溃败，刘禅为了减少百姓损伤，听从光禄大夫谯周谏言，向邓艾投降，并派特使要求姜维等剑阁守军也向钟会投降。

　　邓艾依照礼制拜刘禅为汉王，行骠骑将军之职。蜀汉旧官大多归属汉王，少数具有实力者，由邓艾亲自统领。以师纂领益州刺史，和陇西太守牵弘共同处理蜀中诸郡归降事宜。

邓艾痛恨黄皓奸险误国，收禁之，本欲处刑，黄皓派人贿赂参谋本部邓艾亲信，以事态未明为理由，暂时监禁之。

姜维知道诸葛瞻失败，欲回军支援，引军退出剑阁进入巴中地区。钟会大本营进驻涪城，并派胡烈等追击姜维。姜维退至郭县，接到刘禅投降的诏命，下令解除武装，偕同廖化、张翼、董厥等向钟会投降。当投降敕令公布时，蜀汉将士无不义愤填膺，纷纷用刀砍石直到刀卷曲为止，以泄其恨。

钟会厚待姜维等人，还其兵权，并入其大军。蜀汉传二世，共四十三年而亡，距诸葛亮去世后已有二十九个年头。

东吴接获蜀汉亡国情报，下令丁奉撤军，加强边疆防卫。

由于邓艾功劳较大，敕令邓艾为太尉，增邑二万户。钟会为司徒，增邑万户。邓艾自此，颇显骄矜之色，以占领军统帅自居，和原远征军统帅钟会，产生严重的摩擦。

姜维知道钟会心中怨恨，煽动其铲除邓艾。钟会向司马昭密告邓艾据蜀为王，拥兵造反。由军前情报显示，邓艾的确有此迹象。司马昭下令钟会由剑阁袭击成都，收押邓艾。

司马昭恐远征军两大头目相互争斗，造成弊端，下令贾充由斜谷出兵，自己和魏主进驻长安应变。

钟会大军攻入成都，擒俘邓艾，但邓艾大军不服，双方对峙情势紧张。钟会又听说贾充已由斜谷攻入，司马昭亲自进驻长安，心知已不得曹魏朝廷信任，和姜维商议，想利用蜀军和自己的直属部队叛变，坚守蜀中，据地为王。

姜维力劝钟会趁机杀尽北方将领，以求自保，又密谋暗杀钟会，以图恢复汉室。他亲自密书刘禅表示："愿陛下忍数日之辱，臣欲使社稷危而复安，日月幽而复明。"

一时成都情势险恶，军变之说数起。钟会直属部队统领胡烈，得知姜维阴谋复汉，发动兵变，攻击姜维军营。邓艾大军趁混乱也攻击钟会本营以复仇。成都陷入混战中，姜维、张翼、钟会均死于乱军中。

钟会之前军统领，率军平乱，恢复成都治安，并派遣护军田续，袭击在绵竹的邓艾本营，斩杀邓艾父子。

司马昭在长安，知道成都之乱已平，乃派贾充收拾残局，平抚百姓，自己和魏主返回洛阳。不久，刘禅也举家东迁洛阳，蜀汉的最后奋战，到此完全结束。时为曹魏元帝咸熙元年，公元 264 年 3 月。

第 30 章
一生为国筹　千古一丞相

　　诸葛亮病逝五丈原的消息传入蜀中之后，曾因骄奢无度、被诸葛亮奏请刘禅废为庶民的前长水校尉廖立，正徙放于汶山，听到噩耗，大为哀痛地表示："诸葛丞相死，我一辈子都要老死在这儿了！"

　　因为伪造军情被废为庶民的前尚书令李平，听到诸葛亮去世的消息，更伤心得发病而死。李平被流放后，经常对友人表示，相信有一天诸葛亮一定会原谅他而再度重用他的。

　　原蜀中大佬张裔，本来对以空降而掌握益州大权的诸葛亮颇不服气，但在出任丞相长史，和诸葛亮朝夕相处后，不禁感叹道："明公（诸葛亮）有赏时，远方之人只要有功，绝不会被遗漏，惩罚时，只要有罪，再亲近者也逃不掉；爵位绝不予无功之人，刑罪也不避尊贵大官，所以贤人、愚人均可感受他的大公无私而努力工作，不去计较个人利害。"

　　且不以成败论英雄，诸葛亮光是这种让政敌都感动的磊落政风，的确称得上古

今难得的大政治家。

《三国志》作者陈寿，在《诸葛亮传》中的最后下总评道：

> 诸葛亮为相国，安抚百姓，倡导礼仪规范，裁减官员，尊崇制度，开诚心，布公道。做事尽忠而有益社会者，虽是仇人也必有奖赏；违犯法令而做事怠慢者，虽是亲人也一定处罚。承认错误，努力改过向善，虽是重罪也会加以原谅；巧辩脱罪，变本加厉，虽是轻罪也必加有戮诛。善再小也必会受到奖赏，恶再小也必会遭到贬谪。处理行政工作以精炼为主，重视事情的本质，要求事事确实，对虚构好表现者常公开责备。所以邦域之内，皆敬畏又热爱之，刑法和政令虽严峻却毫无怨恨者，因为他用心公平而劝戒明确，称得上是懂得治理之道的长才，即使管仲和萧何，也比不上他。

诸葛亮虽然对兵法和军事学有相当深入的研究，但实战方面的才气的确不是太高，一生中败战多于胜战。除了早年自己当"配角"的当阳之役几乎沦于溃败外，其余的情况倒还尚能掌握得住，战败以后的损失均不大。诸葛亮的确是策略规划长于战术应用，陈寿批评他应变技巧不足，是相当有道理的。

但就一位政治人物来讲，诸葛亮谦虚、谨慎、认真又尽职，或许谈不上雄才大略，但在实务管理上几乎是第一流的，人格、担当、技巧也的确无懈可击，称得上是中国历史上杰出的政治人物。

由于小说的渲染，诸葛亮被塑造成"未卜先知"的"半仙"。让人觉得他事无巨细，大小通吃（因为别人的智慧差他太多），甚至因而误解诸葛亮独断专行，不懂得用人和培养人才，所以最后才会"鞠躬尽瘁，死而后已"。

其实，诸葛亮无法达成恢复汉室的宏愿，倒不是他治理蜀国效果不彰，除了蜀国本身的实力太弱外，应归于对手太强（曹操、曹丕、司马懿、孙权的确皆是一世之选）以及本身运气不佳所致。历史上的诸葛亮不但有陈寿所言"大公无私，令人钦佩"的人格和政风，而且他谦虚下人，广纳各方意见，对人才的培养更是不遗余力。

在《出师表》中，诸葛亮特别强调"斟酌损益，进尽忠言，裨补缺漏，有所广益"。《诸葛武侯集》的《便宜十六策》中，他写了一篇《纳言》，表示："纳言之政，谓之谏净，所以采众下之谋也。"主张在上者应广纳部属之言，才不至于"失政"。

另一篇《视听》中，更表示："为政之道，务在多闻，是以听察采纳众下之言，谋及庶士则万目当其目，众音佐其耳。""故人君以多见为智，多闻为神。"

最以"人君拒谏，则忠臣不敢进其谋，而邪臣专行其政，此为国之害也"。

虽然，有不少史学家根据《便宜十六策》的文体，认为可能非诸葛亮亲笔作品，但身为丞相日理万机，由"学士"代笔，将其意思作完整表达，以见之于"公文"中，的确有可能，即使如此，文辞或许不"真"，但精神仍是诸葛亮的。

诸葛亮不但说，而且也彻底地去做。出任丞相后，他特别在丞相府中成立"参署"的机构，其目的在于"集思广益"以采纳更多人的意见。

《三国志》记载了诸葛亮叙述他和董和共事七年的感言："董幼宰（董和字）和我共事七年，碰到事情决策有不周到的地方，他一定会反复表达他不同意的看法，因此我们常往返地讨论再讨论，有时甚至十余次之多……如果大家都能像董幼宰一样勤恳认真，不但对公事有好处，也可以使我在决策时，不致造成太大的错误。"

他还谈到早年和朋友相处的情形。徐庶是位头脑清晰、绝不马虎的益友；和崔州平交"屡闻得失"，后来的胡济更是"数有谏止"。这些朋友都是以提供"谏言"而让诸葛亮深为感激、终生难忘。他更客气地表示，自己"资性鄙暗"，所以有时无法完全理解和采用。但他和董和、徐庶、崔州平及胡济四人的关系始终很好，因此相当鼓励大家不疑于直言的精神。

最令人感动的是第一次北伐失败，诸葛亮在汉中前线向北征大军公布的《劝将士勤攻己阙教》之文，公开表示希望今后诸将士能勤于攻击他的缺点，才算忠于国家的人。

他曾听从杨洪的建议，急速派兵驰援在汉中和曹操陷入苦战的刘备，以稳定北方防务；征求邓芝东和孙权的策略；遵从马谡"攻心为上"的战略，为南征蛮中的主要精神指导。或许这些也是他个人心中早下的决定，但他绝不争功，而是让优秀的部属不要被自己的光芒所掩盖，使每个人才都能乐于发挥自己的智慧，用心于公事。

三国鼎立中，蜀汉力量最小，但人才最多，所以才有力量屡次向曹魏攻击。这些优异的人才，的确都是因诸葛亮"不居功、不恃才、虚心纳谏"的作风，才能获得的。北宋大改革家王安石在《诸葛亮诗》中便写道："区区庸蜀支吴魏，不是虚心岂得贤！"

明代大儒方孝孺也评论道："诸葛孔明之为相，敏然虚己，以求闻己之示，秦汉以下为相者皆不及也。"

诸葛亮的政治思想是法儒混合体的。他重视制度，拟定管理条例时，必须以理性立场，视人人都可能为恶，严格执行所有的法令。陈寿便称他刑法和政令都很严峻。但执行上他则重视领导，在上者必须为人君、为人师，正己才能教人。《便宜十六策》的《治国篇》写道：

治国之政，其犹治家，治家者务立其本，本立则末正矣……故本者，经常之法，规矩之要。

这段文字，明白显示制度的重要性，国家有国家制度，家庭有家庭制度，是治理的根本。《君臣篇》则写道：

君以施下为仁，臣以事上为义。二心不可以事君，疑政不可以授臣。上下好礼则民易使，上下和顺则君臣之见矣。君以礼使臣，臣以忠事君，君谋其政，臣谋其事……君臣上下，以礼为本；父子上下，以恩为亲；夫妇上下，以和为安……

这段文字则显示诸葛亮之重视身教。身教重于言教，领导者不可光说不练。做好榜样，才能使政令贯彻，这便是他以身作则的儒学精神。

诸葛亮严格要求自己谨守本分，一丝不苟。赤壁之战时，奉刘备之令到东吴，孙权爱其才，要诸葛亮之兄诸葛瑾设法留下诸葛亮。但"知弟莫如兄"的诸葛瑾表示："我弟弟诸葛亮委质于人，义无二心，弟之不留于东吴，犹如我诸葛瑾不会投靠其他地方一样。"后来，诸葛瑾出使蜀汉，诸葛亮也只按接待他国使臣的礼节来对待多年不见的"老哥"。除了公事会面交谈外，兄弟俩从未私下接触过。诸葛兄弟彻底遵守人臣之节，是中外古今难见的。身处战乱之世，如果不懂得如此审慎，势必会遭人猜疑，而影响任务的完成。

相同的，刘备不但称赞自己有了诸葛亮的辅佐是"如鱼得水"，还将身后大事完全委托诸葛亮，毫无猜疑，相信他对诸葛亮的人格必有相当深入的了解吧！

不过，诸葛亮虽大权在握，却非常懂得自制。南征回来后，诸葛亮声望达到空前的高度，使另外一个辅佐大臣李严深为疑虑，故意写信建议诸葛亮趁机晋爵封王，接受九锡。对这件事，诸葛亮坦然地表示：

我是位东方才能低下的士人，辅佐先帝，力不胜任，但却承蒙错爱，位极人臣之首，所得的禄锡也够多了，如今讨贼尚未奏效，知己之恩未报，便妄自尊大，与义不合，对我没有好处的……

裴松之注解《三国志》时，认为诸葛亮拥有大权，却不失节制，绝不跋扈欺上、代替皇帝行事，因此很少人会怀疑他有篡位自立的野心，的确做到了"上不生疑心，下不兴流言"，在蜀中这种好摆龙门阵、好拉关系的社会环境里，实在是不简单的事。

当然也有对他大权独揽深为疑虑的人，廖立、李严、张裔虽颇不服诸葛亮，却还相信其人格，但有位叫作李邈的官员，充分表现出对诸葛亮的反感，常自作聪明地分析，诸葛亮这种权臣，功高震主，有一天一定会和皇帝产生权力冲突，到时候不是篡位，便是身败名裂。诸葛亮听到了，一点也不生气，反而把李邈视为自己的监察人，暗自警惕，不可有越分的表现。

诸葛亮死后，李邈仍不放松，他上疏后主表示："诸葛亮身仗强兵，狼顾虎视，野心勃勃，又长年镇守边疆，臣常担心会发生意外。如今诸葛亮暴死，刘氏政权从此得保。西戎也可以静息，全国大小应为之庆祝才对啊！"

刘禅和蜀汉大臣们正为诸葛亮的噩耗哀悼，见此疏文，自然大发脾气，认为李邈恶意诋毁公忠体国的贤臣，立刻将他下狱治罪。由于再也没有像诸葛亮这种会保护自己政敌的人替他求情，李邈不久便被处以死刑。

诸葛亮生前为官清廉，清心寡欲，以身作则力求改变东汉官员贪图享乐、浮华淫逸的官场风气。他生活十分俭朴，并常以春秋楚相孙叔敖自比，从他在最后北伐前给刘禅的上疏中，公布自己的财产，便可看出这一代权臣、名相是如何的刻苦自持，以端正社会风气。

为了反对东汉以来的厚葬风气，诸葛亮遗命将自己安葬于前线的定军山下，不必运回成都举行国葬，以免浪费铺张。他还明确指示，殡仪从简，依山造墓，能容下棺材即可，入殓时穿平常衣物，不必有随葬器物。一人之下、万人之上的宰相，能有此心胸，在人生的最后阶段仍坚持原则，力行俭朴风气，实在难能可贵。

诸葛亮相信治国必先治家，所以对自己的子侄要求至为严格。他到四十六岁才得子，所以早年便将兄长诸葛瑾的次子诸葛乔过继到自己名下。诸葛亮北伐时，诸葛乔也跟随到前线。为加强其锻炼，诸葛亮特别安排他担任山区押解军粮的工作，相当辛苦，要冒风雨，又有跋涉崇山峻岭的危险。在写给诸葛瑾的书函中，诸葛亮特别提到这件事："乔儿按道理是可以留在成都的，但现在诸将的第二代子弟，都在前线运送物资，大家应该同甘苦才对，所以我特别令他率领五百多名兵士，和众子弟们相同，担任运粮工作。"

很不幸地，诸葛乔在街亭之役时，为保护粮秣安全，在撤兵途中，和敌人力战而死。

到了晚年，诸葛亮对自己的嫡子诸葛瞻，管教上仍非常严格，在给诸葛瑾的书信中提到："瞻儿现已八岁，聪慧可爱，但嫌早熟了些，恐怕成长过程中会锻炼太少，而难成大器。"他希望以更多的要求和磨炼来教导成长中的孩子。

诸葛亮学识广博，并有独立思考的习惯，绝不使自己的思想拘于一家之言，因此他强调治学要博取众家之长。不少后世儒家，认为诸葛亮"其事杂，其法该，其道混"，认为他的思路不纯，杂乱无章，其实是门派之见而已。

在《诫子书》中，诸葛亮明白表示自己治学和修心的想法："夫君子之行，静以修身，俭以养德，非淡泊无以明志，非宁静无以致远，夫学须静也，才须学也，非学无以广才，非志无以成学。"

他强调修心在于寡欲，多学才能成才，要立有远大志向，不断要求自己，治学和修心才能真正成功，这也是诸葛亮鞠躬尽瘁的基本精神。

虽然在官位和权力上一路顺风，但在事业上可谓历尽坎坷。为了实现早年"清流派"的理念，他选择刘备作为自己终生效奉的"主帅"。刚步入"社会"，便遭到

"一代军事奇才"曹操的大军压境，真正是"受任于败军之际，奉命于危难之间"。但不管如何挫折，这位年轻的军师，拒绝孙权的引诱，仍坚持在刘备军中奋战到底。

在最艰难的时段里，这位企划部最高主管，却做好了"三分鼎立"建立"国际级大企业"的规划，并且一一付诸实行，不但反败为胜，而且让刘备完全脱离了"危亡"的困境，这不能不说是诸葛亮的功劳。

但紧接而来的"失荆州""败街亭""白帝托孤""南中叛变"，一个接一个的打击和挫折，使新生的"蜀汉"政权又有夭折之虑，因而诸葛亮不得不挺身而出，单肩独挑大任，以求力挽狂澜。

刘禅年纪轻，又无经验，加上刘备有遗命在先，诸葛亮大可取而代之。但他却能做到心无二志，全心辅佐刘禅。在当时"三国"中的辅佐大臣里，诸葛亮的权力最大，担子最重，困难也最多。

为了克服所有的困难，打开蜀国发展的契机，以报答刘备的知遇之恩，诸葛亮日夜思索，战战兢兢地工作着。他不但承担了全国军政大计的决策和推动，并亲自监督兴修水利、桥梁、道路、驿舍等工程，组织养蚕、织锦、煮盐、冶铁、铸钱等重要事宜，还亲自规划设计"木牛""流马""连弩"等新式作战工具及武器。

每样工作都是开创性的，无前例可循，不可能交代他人，必须自己摸索。所以他大小事并抓，"躬自校簿书，流汗竟日"。丞相主簿杨颙，担心他的健康，曾劝他不要太辛苦，并以丙吉、陈平的故事，强调丞相只要负责决策便可以了。

诸葛亮自然非常清楚这层道理，但问题是一切未步入轨道，他不但要决策，而且要彻底监督执行。何况不自己参与，决策可能会闭门造车，所以只好辛苦地翻阅所有的资料，以求确实贯彻政策的精神。

或许是诸葛亮的努力，使他在广大的中国百姓中，成为三国时期最受尊敬和怀念的人物，祭祀他的庙宇最为普遍，有关他的故事也流传最广。一代明君唐太宗在评论陶侃时，表示："机神明鉴似魏武（曹操），忠顺勤劳如孔明（诸葛亮）。"这四个字"忠顺勤劳"，可以说是最明确的诸葛亮"形象"。

清朝康熙皇帝曾直接表示："诸葛亮云，鞠躬尽瘁，死而后已。为人臣者，惟诸葛亮能如此耳。"这是同属政治人物对他的评价。至于民众百姓方面，反应上则更热情。诸葛亮去世后，蜀中人民非常怀念，"百姓巷祭，戎夷野祭"。虽然蜀汉当局认为不合礼法，拒绝为诸葛亮立庙，但蜀中百姓、南中蛮夷、西方戎人都私祭，几乎是全民运动，盛况空前，政府也禁止不了。据说这种情形，历数十年不衰。

唐代的孙樵表示："诸葛武侯去世已五百年，迄今梁、汉一带人民，仍然歌颂其事迹，立庙和祭祀者大有人在，他给人的怀念是如此地久远而深刻。"

公元263年，即蜀汉灭亡的那年年初，步兵校尉习隆、中书郎向充等上书刘禅，建议为诸葛亮立庙，他们表示："自汉代以来，有小善德之人，很多都能被绘图立庙作为纪念。而诸葛丞相的品德，足可为四海之楷模，功勋更是举世无双，蜀汉今能幸存，丞相之力最大。目前即使政府不做，百姓仍做私人祭祀，这绝不是纪念先贤的方法。所以我等建议，应立刻筹建武侯庙宇，使其亲可以按时追怀祭祀，百姓愿意者也可到庙中祭奠，才是正当的礼仪啊！"

刘禅批准此奏议，下令在沔阳（陕西勉县）邻近诸葛亮的墓地旁，修建庙宇，即最早的武侯庙。

公元 304 年，李雄在成都建立成汉政权，又在成都的"少城"建有"孔明庙"。公元 347 年，东晋大将军桓温平灭成汉政权时，烧毁了少城，但孔明庙却被刻意地保存下来，显示后代人对诸葛亮的敬重已超越了地域观念。

后来在成都南郊原来刘备庙的后堂，修建了纪念诸葛亮的专殿。到了唐代，诸葛亮的声望超越刘备，此庙竟被称为武侯祠，并且一直流传至今，成为成都重要的名胜古迹。这个武侯祠，名诗人杜甫、李商隐、陆游都曾来此地瞻游，并且写下不少怀念诸葛亮的诗词。杜甫的《蜀相》流传最广，尤其"出师未捷身先死，长使英雄泪满襟"的诗句，更是流传千古的不朽名句。

成都武侯祠，存有大量纪念诸葛亮的文物，其中以"蜀丞相诸葛武侯祠堂碑"最有价值。这是唐代著名政治家裴度撰文，名书法家柳公绰（柳公权之兄）执笔的。碑中称赞诸葛亮有"开国之才""治人之术"，并和历史名臣姜尚（太公望）、伊尹、管仲、萧何等人相比。更认同他的军事成就，"北伐中原，曹魏震恐"。特别是赞扬诸葛亮权倾一国，却能功高不震主的高贵品德及情操，充分显示了后代政治人物对诸葛亮的敬仰和怀念。

在保存的文物中，最引人注目的是被称为"诸葛鼓"的三面铜鼓，其中有一个是唐代以前铸造的，另两个较小的则是明清的产物。铜鼓早在春秋时期便流行于西南地区的少数民族中，起初是用作炊具的，日后才逐渐演变成乐器，在祭祀、集会或战争时使用。

后世将铜鼓称为诸葛鼓，主要基于一个传说：诸葛亮远征南中时，制作了这种铜鼓，白天做饭用，晚上若有情况便用以示警。这个传说，一直在云南、贵州、四川一带广为流传，很多人相信诸葛鼓为诸葛亮所发明。

如同我们把很多的发明归功于传说中的黄帝一样，西南地区对诸葛亮的传说，充分显示了当地人对诸葛亮的无限怀念。

武侯祠中也有不少后代名人留下来的对联，如清人赵藩所写："能攻心则反侧自消，从古知兵非好战；不审势即宽严皆误，后来治蜀要深思。"近代人冯玉祥所写："成大事以小心，一生谨慎；仰流风于遗迹，万古清高。"

除了成都外，白帝城的武侯祠、南阳武侯祠及襄阳武侯祠也都享有盛名。

白帝城的武侯祠，最有名的仍是诗圣杜甫的作品：

诸葛大名垂宇宙，宗臣遗像肃清高。

三分割据纡筹策，万古云霄一羽毛。

伯仲之间见伊吕，指挥若定失萧曹。

运移汉祚终难复，志决身残军务劳。

宋朝的民族英雄岳飞在瞻仰武侯祠后，对诸葛亮的忠诚为国感慨万千。据传他在当晚亲笔书写《出师表》，留于祠中，表达自己的心志和对诸葛亮的怀念。

对历史人物，由于立场的不同，后代的评价常有高有低、有好有坏，但数千年来，人们对诸葛亮的评价却都是正面的，或许有程度上的高低，但基本立场则是清一色的赞扬、钦敬及怀念。